纪念我的导师童庆炳先生

中国文化诗学

历史谱系与本土建构

李圣传　著

人民出版社

策　　划：王　锋
责任编辑：万　春　孙　逸
封面设计：李媛媛

图书在版编目（CIP）数据

中国文化诗学：历史谱系与本土建构/李圣传著．—北京：人民出版社，2021.4
ISBN 978 - 7 - 01 - 023314 - 7

Ⅰ．①中…　Ⅱ．①李…　Ⅲ．①诗学－研究－中国　Ⅳ．①I207.2

中国版本图书馆 CIP 数据核字（2021）第 062975 号

中国文化诗学：历史谱系与本土建构

ZHONGGUO WENHUA SHIXUE LISHI PUXI YU BENTU JIANGOU

李圣传　著

人 民 出 版 社 出版发行

（100706　北京市东城区隆福寺街 99 号）

涿州市星河印刷有限公司印刷　　新华书店经销

2021 年 4 月第 1 版　2021 年 4 月北京第 1 次印刷
开本：710 毫米 × 1000 毫米 1/16　印张：18.25
字数：300 千字

ISBN 978 - 7 - 01 - 023314 - 7　定价：65.00 元

邮购地址 100706　北京市东城区隆福寺街 99 号
人民东方图书销售中心　电话（010）65250042　65289539

序一

林继中

　　将中国文化诗学与西方新历史主义的文化诗学做一个区隔，至少在目前是有必要的。众所周知，中西文化与语言有巨大的差别，致使相应的许多名物、概念往往只能仿佛似之，很难若合符节，大体上是中心清楚边缘模糊。而我们却又往往按本土的老路子去思考、理解，难免会生出许多误解。首先，中国传统中对文学的认定就与西方大不相同，其偏重在文采，并不强调文体的差异，一部《文选》便是明证。事实上中国文学的概念里富含着文化，文学与文化好比隔着屏风的同一间房，虽隔却通。从本书开头两章我们不难看出二者的不同根源，它们之间更多的只是感应关系，还很难说是"移植"什么的。西方伴随着革新总有许多新概念、新词汇出现，就好比蛇蜕了皮好再长；而我们则爱"旧瓶装新酒"，一个概念几乎就是一部《资治通鉴》。圣传君这本著作追本溯源、左穿右穴，务求正本清源，避免了许多想当然，有利于中西间做一有的放矢的、较为实事求是的比较。在这一基础上，对"中国文化诗学"的来龙去脉及现当代讨论状况做了颇为全面详尽、分门别派、同中见异、异中见同的陈述与分析，可以说是为读者提供了一张定位较为准确的鸟瞰图。不过在对当代中国文化诗学各种观点的综述中，将丛起的各种观点都归于有限几家"代表人物"是否合适？盖草创期间观点丛脞、不成体系者众，似应另列其独特而有所见者举例存览为宜。且书中涉及我的文字，颇有溢美之辞，当以为戒。

　　综观圣传君多年用心积累之作，为研究者提供了较为详尽的资料，在矛盾的清理中形成"谱系"，汇聚各种问题之焦点，提示各派隔阂之所在，方便继续讨论，自有其存在之价值，读之便知。我借此也谈点个人的期盼，如下：

中西体用之辩是个老问题，拖累人前进的老问题！我最服膺钱锺书毕生追求人类共同的文化，"东海西海，心理攸同"，一部《管锥编》道尽其中甘苦。其实中西之异是明摆着的，中西沟通倒是要花大力气。好比石油，各国地下都有，西方先开采了，不等于我们原先地下就不会有，进口些又有何不可？至于"主体"，也有个时空范围，商周时的疆土与汉代的疆土，与今日之疆土，同是中国的领土主权，概念范围就不同。今日"各美其美"还不是为了"美美与共"？现在当然还要讲点"历史阶段"，一步一步走向前。大凡大变革总要跳出旧思维，进化论要跳出上帝创世的圈子，相对论要跳出牛顿力学，"一生二，二生三"，此"三"不是一加一得来，它还是"一"，新的独立于前两个"一"的"一"，只是按顺序它摆在"三"。"文化诗学"不是文化加诗学，不存在谁为主体的问题，二者好比蛋白与蛋黄，合起来才是一个有生命的蛋！杜甫《白小》诗云："白小群分命，天然二寸鱼。"白小俗称小白条，一称面条鱼，此诗幽默中有大道理，有些事物要合观才有生命力，这叫"共命"。文化诗学应视为一个共命体，是前所未有的新概念，合之双美，分之两伤。"子曰：兴于诗，立于礼，成于乐。"（《论语·泰伯》）诗、礼、乐，一气通贯，形成生命之律动。这就是中国式的文化诗学！"伐柯伐柯，其则不远。"（《诗经·国风·豳风·伐柯》）我们能否也大胆一试？这也算是"序"吧。

2019.10.30夜于面壁斋

序二

李春青

　　童庆炳先生一生共招收过八十余名博士研究生，他们各有所长，有的博闻强记，有的才思敏捷，有的出口成章，有的妙笔生花，而这些特点能够兼而有之者却是凤毛麟角。李圣传博士可以说正是其中一位。我认识圣传快十年了，在我的印象中他总是朝气蓬勃的样子，对学术有一种由衷的热爱，学术会议上发言口若悬河，撰写论文则如有神助，无疑是属于才子型的学者。但他并没有才子型学者通常会有的那种浮躁与轻狂，每做一个课题，他总是力求穷尽性地掌握资料，每一个立论都建立在坚实的知识基础之上，从不做天马行空般的空论。读他的文章，既可以被他的精到见解所启发，又可以比较全面地了解一个学术论题的来龙去脉，可谓收获多多。圣传从硕士研究生时期开始对"文化诗学"产生强烈兴趣，在跟随林继中先生、童庆炳先生和高建平先生攻读硕士、博士学位和博士后研究的近十年一直在这个领域里勤奋耕耘，可以说，就对中国语境的"文化诗学"问题的广泛了解与深入思考而言，在中国学界无出圣传之右者。

　　我眼前这部书稿就是他多年潜心研究的成果。书稿从梳理"文化诗学"在西方的生成演变的学术史脉络，到勾勒美国文化诗学进入中国学界的过程，再到对"文化诗学"本体化过程及其实绩的阐述，条理清晰，材料丰富，切切实实从第一手材料出发，言必有据，绝不像某些学者那样拍拍脑袋，就信口开河。不承认别人的研究成果是中国学界一大通病，人人都自认为是在做原创性研究，即使只有一知半解的程度，也有足够的勇气睥睨学界，目空无人，这也是在中国很难形成学术流派和生成标识性概念的重要原因。在这样的情况下，圣传这样以诚恳的态度对"文化诗学"的本体化和"中国文化诗学"发展脉络、基本主张、学术特点进行细致而深入的研究就显得尤为难能可贵。

美国的文化诗学（新历史主义）在20世纪80年代末90年代初始为中国学界所熟知，并开始产生影响。20世纪90年代中期，我提出"中国文化诗学"这一提法，先是在研究生课上（1995年），后来专门写了文章（1996年）。我在"文化诗学"前面加上"中国"两个字并非为了标新立异，也没有民族立场问题，我的初衷乃是为中国古代文论的研究寻找一种新的路径。我希望在借鉴格林布拉特、海登·怀特的主要观点并接受哲学阐释学以及西方马克思主义意识形态批评的某些主张的基础上，紧密结合中国传统文化与文学实际，建立起一种能够更有效地阐释中国传统文学思想的方法。所以"中国文化诗学"并不是美国文化诗学的翻版，而是一种新的建构，其基本精神是在大文化传统中考察文学观念、文学思想的历史生成与演变轨迹，把文学视为某种文化精神之表征。因此与格林布拉特等人特别关注那些边缘化的零碎材料不同，中国文化诗学特别关注知识主体，即士人阶层的社会境遇与精神状态，认为士人阶层既是创造和传承主流文化的主体，又生产特定社会结构的某种功能，具有主动与受动的双重特点。在中国文化诗学看来，中国古代文学艺术，包括诗词歌赋、琴棋书画等等，都具有意识形态功能，是不同历史时期社会政治的表现形式。东汉以后渐渐形成的追求清雅、淡远、高古、闲适风格的文人趣味看上去远离政治，实际上依然具有政治功能，发挥着极为重要的社会区隔作用。作为一种方法，中国文化诗学的主要功能就是要探讨中国古代文学观念是如何在与社会政治、学术思想的相互作用中产生并形成自己的独特性的。所以中国文化诗学固然也要研究审美特性、文学形式等问题，但是其真正旨趣却是要从文学的角度切入传统文化的深层肌理之中，深入古代知识阶层的心灵之中，以期对历史悠久、博大精深的中国传统文化有一个新的理解。中国文化诗学的研究对象是文学，但其研究的目的与核心却是文化。中国文化诗学不是一种文学理论而是一种关于文学阐释的方法论，也可以说是一种文学阐释学。阐释学在西方经历了从方法论到本体论的历史演变，具体到文学阐释则有以尧斯和伊瑟尔为代表的"接受美学"，专门从读者角度重新审视文学创作、文本构成以及文学史的重要问题。作为一种文学阐释学的中国文化诗学则是从大文化角度来审视文学现象，力求揭示具体文学思想、文学形式以及文学风格背后隐含的复杂关联性，探讨其发生发展的社会文化原因。因此这种文学阐释学也可以称为文学文化学。

对于上述关于"中国文化诗学"的观点，圣传博士在他的书中有很好的理解与阐发，表现出做学问不可或缺的实事求是态度。

圣传博士对学术有着极大的热情，是一位可以下大力气刻苦钻研的青年学者，在经过林继中、童庆炳、高建平三位有着不同的知识结构、学术兴趣，又都有极高学术造诣的著名学者的悉心栽培之后，业已打下了扎实的专业知识基础，摸到了切实可行的治学门径，在他的面前道路宽广，只要不畏艰难，奋力前行，一定会取得辉煌成就。

2019年11月2日于北京京师园

目　录

序一　林继中 ··· 1

序二　李春青 ··· 3

绪　论　失重的焦虑与理论选择 ·································· 1

　一　理论盘旋与文艺学失重的焦虑 ······················· 1

　二　蜕变的思考与文学观念的变迁 ······················· 8

　三　"文化—诗学"：探寻文论阐释模型的支点与框架 ······· 15

　四　文化诗学的理论品格及其现实意义 ················· 18

第一章　新历史主义文化诗学面面观 ···························· 23

　第一节　一项批评运动的崛起 ····························· 24

　　　　——"新历史主义文化诗学"的历史、语境及脉络 ······· 24

　第二节　实践"新历史主义"：格林布拉特及其同伴们 ······· 32

　　一　格林布拉特："权力的即兴运作" ················· 32

　　二　蒙特洛斯："文本的历史性"与"历史的文本性" ······· 34

三　海登·怀特："元史学"与"话语转义" ·············· 39

四　多利莫尔与辛菲尔德：文艺复兴研究中的另一种新历史主义 ······ 43

第三节　思想来源：新历史主义文化诗学的方法论 ·········· 48

一　米歇尔·福柯：权力话语与知识考古学 ············ 48

二　克利福德·格尔茨：文化实践与"厚描" ············ 51

三　米哈伊尔·巴赫金："对话"与"狂欢化" ············ 55

四　西方马克思主义理论传统 ·················· 61

第二章　"文化诗学"在中国与中国文化诗学 ·············· 66

第一节　"新历史主义文化诗学"在中国 ·············· 66

一　译介与传播 ······················ 67

二　接受与评述 ······················ 68

三　拓展与深化 ······················ 71

第二节　"文化诗学"的挪用与"本土化"转化 ·········· 73

一　西方"新历史主义文化诗学"的外部冲击 ·········· 75

二　中国传统诗文观念的模式延续 ·············· 75

三　"失语"与"文化研究"的内部影响 ············ 76

第三节　"中国文化诗学"的建构与发展 ·············· 77

一　20 世纪 80 年代末至 90 年代初：胎动与萌芽 ········ 77

二　20 世纪 90 年代中后期：兴起与爆发 ·········· 78

三　新世纪之后：多元群体性发展 ·············· 79

第四节　中西文化诗学的关联与差异 ·············· 88

第三章　模式谱系与当代会通 ·················· 93

第一节　文化与诗学的古代模式 ················ 93

一　"以意逆志"与"知人论世"文学批评观 ·········· 94

二 "乐以观世"文学批评观 ·············· 98

三 "发愤著书"说及其文学批评传统 ·············· 100

四 "入乎其内,出乎其外"及其文学批评观 ·············· 104

五 "六经皆史"及"文史互动"文学批评观 ·············· 112

第二节 文化与诗学的现代模式 ·············· 115

一 鲁迅论"魏晋风度及文章与药及酒之关系" ·············· 115

二 闻一多与"诗经学"研究 ·············· 116

三 钱锺书与跨学科"打通"思维模式 ·············· 122

第三节 文化与诗学的现实源泉 ·············· 124

一 日常生活审美化与文艺学的学科反思 ·············· 124

二 重建"新理性精神"与走向"文化诗学" ·············· 127

第四节 当代小说中的文化诗学 ·············· 130

一 小说创作中的"新历史"趋向 ·············· 130

二 诗史融合:文化记忆与重建理想 ·············· 132

三 民俗野史的开掘:历史与人文的心灵感召 ·············· 135

第四章 理论建构与方法实践 ·············· 139

第一节 中国文化诗学研究概观 ·············· 139

第二节 作为文学理论的新构想 ·············· 152

——童庆炳与文化诗学理论建构 ·············· 152

一 早期"文化诗学"思想的来龙去脉 ·············· 152

二 "学案"研究与后期文化诗学的纵深 ·············· 164

第三节 建构富于创意的文学新论 ·············· 177

——刘庆璋与文化诗学理论建构 ·············· 177

一 诗心与对话:融通"中西—古今" ·············· 177

二 诗法与理念："文学—文化"的互涵互动 …………… 181

三 诗意与创新："文化诗学"的出场及建构 …………… 184

第四节 文学批评的文化之路 ………………………… 189

　　　——蒋述卓与文化诗学理论建构 ……………… 189

一 "综合研究法"与文艺研究的文化观照 ………… 190

二 批评失语与建构"文化诗学"批评范式 ………… 193

三 城市、传媒与大众文化：批评理论与批评实践的"诗学"延伸…… 197

第五节 文本·体验·文化语境 …………………… 202

　　　——李春青与中国文化诗学实践 ……………… 202

一 在"反思"中走向"阐释"：中国文化诗学的萌发机制 … 203

二 中国文化诗学的学理特征与研究模式 ………… 208

三 中国文化诗学的研究方法与阐释实践 ………… 212

第六节 在"双向建构"中"激活传统" …………… 216

　　　——林继中与中国文化诗学实践 ……………… 216

一 "双向建构"：中国文化诗学的操作方法 ……… 216

二 中国文化诗学实践："双向建构"的三种运用模式 …… 221

三 "激活"与"重构"：中国文化诗学的境界与意义 …… 227

第五章 理论困境与突围对策 ……………………… 230

第一节 "文化诗学"与"文化研究"的区隔 ……… 231

一 "文化诗学"与"文化研究"殊名异义 ………… 232

二 "文化诗学"与"文化研究"维度有别 ………… 234

三 文化诗学："文化"与"诗学"的互动互构 …… 236

第二节 文化诗学的理论困境与突围对策 ………… 242

一 文化诗学的四重"病根" ……………………… 242

　　二　文化诗学的二次"消亡"？ ·················· 246

　　三　文化诗学突围困境的理论对策 ·············· 248

第三节　审美文化：文化诗学建构的支点与方向 ·············· 253

　　一　"诗意的裁判"：文学的审美品格与价值诉求 ·········· 254

　　二　认识论——泛文化——审美文化：范式的变革与更新 ······ 258

　　三　"审美文化"作为"文化诗学"场域的原点与支点 ········ 262

结　语　文化转向与诗学转换：中国文化诗学的未来 ·············· 266

参考文献 ·· 269

后　记 ·· 273

绪 论 失重的焦虑与理论选择

　　"文化诗学"（Cultural Poetics）亦称为"新历史主义"（New Historicism），作为一股兴起于20世纪70年代末80年代初的西方后现代主义文论思潮，因其反抗形式主义的语言自设而对历史与文化语境重新开放的阅读实践，曾在20世纪80年代中后期于英语国家中形成广泛反响，并在20世纪80年代末至90年代初传入中国，影响至今。然而，文化诗学之所以能在中国土壤中落地生根，并经由两代人的努力趋于建成富有中国特色的文化诗学理论体系，除其观念方法与中国传统诗学文论相通契合外，更在于它顺应并符合了当代中国文论的时代情势和理论吁求。因此，除术语借用外，中国文化诗学仍是植根于现实土壤的，具有区别于西方新历史主义文化诗学的鲜明现实品格。究其"本土化"与"现实性"何谓？这一问题的回答则必须回到当代中国文学理论生成与发展的复杂进程中，这也是全面客观理解文化诗学"本土化"及其理论发生和选择之历史艰难的有效途径，更是解决当下学界在"文化诗学"问题上人人标举却又言人人殊进而造成其混杂语义的有效办法。

一　理论盘旋与文艺学失重的焦虑

　　新时期之后，"文学是什么？"这一最朴素却又异常响亮的问题激发并拉开了人们对于文学思考的帷幕。"形象思维"问题、"文学反映论"问题、"审美反映论"问题，直至"主体性"问题的提出，一系列涉及文学理论性质特征及其本质规律的学科基础性问题的争论，不仅意味着学者们久经坎坷后重归学术的热情和投入，更预示着长期以来的文学理论，急需得到反思、批评、清理与重建。

文学理论如何定位？其哲学基点何在？文艺理论建设路向何方？这些问题几乎激荡着整个20世纪80年代，进而在文坛掀起一波接一波的"伤痕文学""反思文学""改革文学""寻根文学""先锋文学"思潮，并在文艺学领域蔓生出"方法热""主体热""语言热""文化热"等诸种形态。文学作品与文学理论上的不断寻"根"与反复摸"索"，正鲜明映照着时代文学与文论的"整体性焦虑"。

回到文学理论，方方面面的问题摆在现实面前，亟待得到学人有效回应，以求得文艺理论的新发展。这种"理论焦虑"，在1987年《文学评论》组织的"当代中国文艺理论新建设"专栏文章的"编者说明"中得到一定的体现："文艺理论界的辛勤探索、争鸣讨论，至今仍是方兴未艾。这是新时期以来我国文学艺术不断繁荣、发展的标志之一。永不停息的探索，目的正是为了建设具有当代精神、中国特色、足以和世界文艺思潮相对话相抗衡的社会主义文艺理论。……需要说明的是：文艺理论建设谈何容易！它不可能一蹴而就，不可能一言定鼎；这是一项长期的，艰苦的，有待一批又一批文艺理论研究者们共同孜孜探求的历史课题。"[1]"永不停息的探索"以建设"具有当代精神、中国特色"的文艺理论，可谓道出了当时学者们的普遍心态。然而，"探索"之路何其艰难，某一理论的"破土"谈何容易，正如当时异常活跃的学者许明所指出的：

> 这几年来，文坛思潮如涌，令人目不暇接，而且，也确实叫人开了眼界，在一定程度上切入文艺学的层面；但是，这毕竟不是整体的推进。这是现有成果的选择，而不是创造；这是试用，甚至还谈不上移植。在貌似多元的繁荣中，隐含着文艺家们深深的找不到"根"的痛苦。艺术家有着寻找角度的徘徊和找不到定位的焦虑；批评家们早晨的批评与黄昏的思考可以截然相反；失重的理论家们把写作当作一种精神苦役……找不到意识形态的定位，特别是找不到哲学的定位，文艺学的学科推进在整体上是不可能的。[2]

---

[1] 《当代中国文艺理论新建设》"编者简短说明"，《文学评论》1987年第2期。
[2] 许明等：《我们的思考与追求》，《文学评论》1987年第2期。

找不到定位的"焦虑"以及"寻根"的痛苦，不仅反映出20世纪80年代中后期文艺学学科虚假繁荣背后的"理论失重"，还深深炙烤着一代学者试图破茧而出的理论躯壳。

如果说1987年"当代中国文艺理论新建设"专栏文章中，许明、钱竞、陈燕谷、张首映、王宁、彭富春、邱紫华等青年学者们普遍表达出文艺理论建设的"理论焦虑"，那么到了1988年《文学评论》刊发的另一组"语言问题与文学研究的拓展"专栏文章中，则可视为程文超、王一川、伍晓明、季红真、吴予敏、陈晓明等文艺理论界的另一批青年学者们所尝试寻求的"理论突围"。

专栏文章的"编者语"中也着重提到"语言问题"对于"文学研究拓展和深入"的重要意义。①程文超指出"方法热""观念热"的确给文学理论和批评带来了新意，但"多开创之功，少后继之力"，究其根源在于"思维模式松动不大"，为此提出文学理论要发展"必须将思维模式的突破真正提上议事日程"②。王一川就20世纪西方文论的"文本方式"和"人本方式"两种研究路径进行了评论，认为中国更急需"人本方式"，但并非放弃"文本方式"，而是要"以人的存在为根基重新追问语言，重新进入语言"，进而确立一种人类学的语言本体论。③此外，伍晓明、季红真等学者也深切表达了回到狭义的语言问题的重要性。

应该说，《文学评论》组织的以上两组笔谈，十分具有代表性，恰好一"正"一"反"地清晰传递出20世纪80年代中后期文艺学界在意识到文学理论所存在的诸多问题后，试图解决但尚未形成学科定位和找到哲学基底的"理论焦虑"，以及从语言问题入手自觉寻求"困境突围"的理论尝试。

现在看来，这种焦虑也有着时代理论的必然性和复杂的历史情愫，并且可以视为20世纪80年代中期"方法论繁荣"背后理论引进与盘旋过后的"文化失重"。正是这种"失重"后的"焦虑"，直接诱导了20世纪90年代初期文论界"失语症"的研讨。

众所周知，西方19世纪末至20世纪初发生了哲学领域的"语言论转向"，即"语言论"代替"认识论"成为哲学关注的基本出发点，语言不再完全依附于认识论被单纯看作认识工具的载体。这一转向被学界视为一场"哥白尼式革

---

① 《语言问题与文学研究的拓展（笔谈一组）·编者语》，《文学评论》1988年第1期。

② 程文超：《深入理解语言》，《文学评论》1988年第1期。

③ 王一川：《"语言作为空地"》，《文学评论》1988年第1期。

命"，因为其影响几乎波及20世纪整个人文社科领域。以索绪尔《普通语言学教程》为标志，现代语言学顺应了这场语言哲学转向。索绪尔突破了传统的外在工具的语言观，提出了语言的独立系统，区分了"语言—言语""能指—所指""共时性—历时性"等语言结构模式，并确立了语言的内在关系法则及其自身运动。[1]这种思想不仅将认识阶段的经验的或理性的人类知识来源转移到研究语言问题上，还同样为文学研究提供了新的哲学思想基础。

受语言哲学的影响，20世纪西方文论形成了科学主义和人本主义两种思潮。科学主义思潮从执着于诗歌语言形式技巧的俄国形式主义，到强调文本封闭自足的英美新批评，直至法国结构主义文学批评，通过对文学作品语言、文本、结构等形式规律的探索，建立起了一整套完善的以语言为本体的形式主义文学理论体系，也清晰显示了20世纪上半叶文学研究的"语言论转向"轨迹。人文主义思潮作为对科学主义思潮的某种反拨，则通过精神分析、神话原型批评、读者反应批评理论、解构主义，直至女性主义文学批评、新历史主义文学批评、文化研究批评等，不仅将"语言问题"从"文学文本"带入到更宏阔的文化语境中，进而将"被斩断的文学的文化语境重建起来"[2]，还将文学艺术的本体由静态转向动态、由封闭转向开放，并重新打开了文学通往社会、历史、文化的窗口。

新时期伊始，百废待兴的当代中国文艺理论建设将目光重新转回西方。自此，西方文论，尤其是经历"语言论转向"过后的20世纪西方文论成为了新方法引进与译介的重点，从俄苏形式主义、英美新批评、结构主义、读者反应论、解构批评到文化研究，诸种思潮轮番登场，令国人大开眼界。现在看来，20世纪80年代初中期的这股西方文论译介思潮对于当代中国文论，其影响和意义是巨大的。

首先，在理论观念上冲破了狭隘的"语言工具论"模式，重新缝合了形式与内容的辩证关系。文学长期被作为"他律性"工具，忽视了文学与科学、日常语言的差别，文学语言的多义性、含混性、不确定性被忽视，语言问题的疏离与遮蔽直接导致对形式问题的漠视。20世纪80年代后，受西方形式主义文论的影响，语言形式问题得到改观和重视。由此，作家创作中对于语言形式技巧

---

① [瑞士]费尔迪南·德·索绪尔：《普通语言学教程》，高名凯译，商务印书馆1980年版，第102—103页。

② 王一川：《修辞论美学》，东北师范大学出版社1997年版，第25—26页。

的把握、运用和创新也得以体现，出现了意识流小说、零度介入写作、先锋派写作、新状态文学、新写实主义小说等，体现了文论进步与文学创作的发展。

其次，在思维方法上突破了"社会主义现实主义"的"文学反映论"模式，文学的"主体性"以及研究方法的"多元性"得到体现和运用。"十七年"时期文学理论的核心就是"文学反映论"，当时影响最大的文学概论教材如以群《文学的基本原理》和蔡仪《文学概论》，均将"文学是社会生活的反映"视为文学的本质①，将"社会主义现实主义"视为无产阶级文学的创作方法②。这种苏联文论模式的影响随着思想解放以及西方文论的大量涌入而被打破，尤其是精神分析文论、读者接受理论、原型批评、后结构主义等各种西方时髦文论思潮接踵而起，既极大更新了文论研究的视界，更在人文主义维度上有效推动了文艺理论的学科发展。

再次，在文论话语建构上冲破了"三段论"的"苏联文论体例"模式，理论视野得到有效拓展。苏联文论写作模式最典型的就是"本质论—作品论—方法论"这一"三段论"写法，如季摩菲耶夫的《文学原理》分为三部：《文学概论》（探讨文学的本质、特性及法则）、《怎样分析文学作品》（探讨作品的思想、主题、结构、情节）、《文学发展过程》（分析文学发展依据的原则和方法）③清晰体现了这一特征。同样，在谢皮洛娃的《文艺学概论》中同样体现了这种"反映论""典型论"及"社会主义现实主义"④的本质观和方法论。这种苏联文论范式体例直至西方文论思潮的译介和学习才得到根本性扭转。受西方文论的启发影响，到童庆炳主编《文学理论要略》一书，已将文学理论的知识建构从"三段论"拓展到对文学心理、文学语言、文学接受，包括先秦至明清的古代文论体系，乃至福柯、阿尔都塞、德里达等西方后现代文论知识状况⑤，均被有效纳入文学理论话语的当代重组中，显示出兼容并蓄、融通中西的理论建设方向。

与此同时，尽管西方文论的引进在变革更新当代文学理论知识和思维方法，尤其是突破"苏联文论"生产框架及其"反映论模式"带来了积极作用，

---

① 以群主编：《文学的基本原理》，上海文艺出版社1980年版，第269页。
② 蔡仪主编：《文学概论》，人民文学出版社1979年版，第4页。
③ [苏]季摩菲耶夫：《文学原理》，查良铮译，平明出版社1955年版，第1页。
④ [苏]谢皮洛娃：《文艺学概论》，罗叶等译，人民文学出版社1959年版，第1—11页。
⑤ 童庆炳主编：《文学理论要略》，人民文学出版社1995年版，第383—390页。

却也在诸多方面产生了消极影响。其表现大体有三：

第一，理论的繁荣与身份"失重"。尽管早在20世纪30年代中国便已开始接受和运用新批评等现代西方文论，但真正成规模的引进始于20世纪80年代初期。随着思想解放，形式主义文论等西方各种文艺思潮如潮水般涌入中国，其思维方法更新所带来的正面意义以及食洋不化、机械硬套所带来的消极影响，无需赘言。真正值得反思的是：这种大规模西方文论的引入，其背后实则暗藏着一种身份认同的矛盾与危机。如果说"五四"时期"别求新声于异邦"的意义在于思想启蒙，那么新时期对西方文论的大量引入则体现了一种"对西方现代性的认同"[①]。这种从反拨苏联文论模式到附庸"西化"的理论转向，使得学界对于西方当代文论采用了不加甄别、辨析、批判的态度进行了"全盘式"接受，"拿来主义"成为普遍心态。然而，由于理论的"历史语境"和"批评对象"的错位，尤其是西方文论观念与中国传统文论的"异质性"，使得知识分子在选择对西方现代性认同的同时，却愈来愈发现"他者性"理论繁荣背后"言说主体"的身份缺席，由此引发知识分子严重的"心理矛盾和身份危机"[②]。对西方文论思潮的接受和对西方现代性的认同，与赓续中国传统文化、建立中国特色文论的两难处境，无疑将当时的学者们推向一种更加矛盾、更加焦虑的自我认同与身份危机之中。"失重"可谓体现了本土文论寻求身份认同的"他者化"焦虑。

第二，方法的多元与思维"困惑"。20世纪80年代文论最明显的特征之一就是方法的多元，从形形色色的西方文艺思潮及其方法的引入，到本土语境中信息论、控制论、系统论的研讨，文学领域对于"新方法"的运用与实践，可谓盛极一时。对于方法论的兴奋，无疑与文艺领域对长期以来教条主义思维方式的反抗相关。对长期占据主导的独断论与机械论的摆脱，代之以科学化、生命力的新方法，既打破了"文学研究中的思维惰性，改变了文艺理论多年不变的状况"，更为文学研究带来了"由外到内""由一到多""由微观分析到宏观综合""由封闭到开放""从静态到动态""从客体到主体"的多方面"建

---

① 周小仪、申丹：《中国对西方文论的接受：现代性认同与反思》，《中国比较文学》2006年第1期。

② 周小仪、申丹：《中国对西方文论的接受：现代性认同与反思》，《中国比较文学》2006年第1期。

设性影响"。①然而，新方法在冲破理论规范、更新知识结构、冲破长期单调划一的方法论代之以多样化形态的同时，却也存在"教条式"布道的不足。诸如林兴宅所倡导的"诗与数学的统一"一样②，诸多观念与方法，并非从文学本体出发，而是"理念、方法、观念"先行，忽视了对象本身之于方法的制约性，而把文学作为论证某种"观念"与"方法"的工具，导致原本鲜活的文学之"美"成为了抽象推理之"道"。这种对于新方法的比附和滥用，更在一定程度上反衬出学者们对于"多元"的"困惑"。傅修延提出："这样我就产生了一种困惑：从理论上说，批评家完全应该不受限制地发展和运用种种方法去获得他的研究成果；但是在实际上，批评又应该起到沟通文学作品与读者之间联系的作用，批评方法不应当成为这中间的阻碍，更不应当使批评著作失去读者。这种矛盾，在目前新方法的运用中表现得最为明显：我常常一方面为某些批评文章深刻的阐述感到欣喜，另一方面又为其生涩枯燥的论证过程感到担心……但愿我的困惑会随着时间的流逝而消失。"③"多元"背后的"困惑"，正映射出方法变革与规范制约的"选择性"焦虑。

第三，话语的喧哗与文论"失语"。西方文论的涌入，在理论繁荣、方法多元的同时，也带来了话语的喧哗，理论家、理论思潮、理论术语此起彼伏、应接不暇。然而，在话语喧哗的背后，中国文学批评的传统文化根基早已默然退场。因为当代文学理论所使用的方法、术语、观念早已在"西化"中被同化，甚至中国古代文学研究也习惯于"用西方文论话语来阐释"，自我的"他者化"既标志着传统文论话语的失落，也产生了后来学界广泛议论的所谓"中国文化的失语症"④。诚如曹顺庆所解释："所谓'失语'，并非指现当代文论没有一套话语规则，而是指它没有一套自己的而非别人的话语规则。当文坛上到处泛滥着现实主义、浪漫主义、表现主义、唯美主义、象征、颓废、感伤等等西方文论话语时，中国现当代文论就已经失落了自我。它并没有一套属于自己的独特话语系统，而仅仅是承袭了西方文论的话语系统。"⑤应该说，话语喧哗中的文论"失语"，同样在言说主体的文化

① 钱竞：《欲穷千里目，更上一层楼——记扬州文艺学与方法论问题学术讨论会》，《文学评论》1985年第4期。
② 林兴宅：《文明的极地——诗与数学的统一》，《文学评论》1985年第4期。
③ 傅修延：《思考与困惑：小议文学批评方法论的体系》，《文艺理论研究》1985年第4期。
④ 曹顺庆：《21世纪中国文化发展战略与重建中国文化话语》，《东方丛刊》1995年第3辑。
⑤ 曹顺庆：《文论失语症与文化病态》，《文艺争鸣》1996年第2期。

主体性缺失中体现了当代学人以及当代文论的"建构性"焦虑。

可以说，当代中国文艺理论从压抑、问题与困境出发，显示出强烈的变革吁求。在对苏联文论模式及其知识框架的突破中，对西方文论以及西方现代性的羡同，使得西方文艺思潮及其批评方法如潮涌入，理论的繁荣、话语的多元、方法的开拓，也使得当代中国文论知识结构、思维方法得到极大更新。然而，正所谓机会与危机并存，对西方现代性的身份认同陷入到"他者性"危机中、对新方法论的运用陷入到"选择性"困惑中，而话语喧哗过后的思索又陷入到文化主体性的缺席失语与"建构性"焦虑中。由此，一切的一切，似乎都在传递着一个暗号：文论建设正陷入到身份危机中，文学理论急需摆脱这种焦虑，寻找到理论的突围之路。

二 蜕变的思考与文学观念的变迁

20世纪80年代中后期，文学理论的本土建设是在对西方文论的借鉴与反思中缓慢推进的：一方面仍需大量借鉴西方文论的思想、方法、术语来不断改进与变革苏联的文论模式；另一方面又必须根据当代中国文学、文论与文化的现实情势作出自我调整，以建设具有"当代精神、中国特色"的文论话语体系。为此，边学习、边思考——学习西方文论的话语建构方法、思考本土文论建设的哲学基础，是身份危机与理论焦虑中寻求蜕变的突围路径。这种理论的突围模式，通过文学观念的不断调整与变化得到呈现，而"方法热""主体热""语言热""文化热"正承载并表征着这种文学观念的整体性变迁。这正符合了"西化"模式影响下中国文论的理论发展，也彰显了植根现实、立足本土的"反思性"文论建设原则，充分凸显了文学理论蜕变的思考及其艰难历程。

（一）方法热

起于1984年而形成于1985年的"方法热"，可谓是当代文艺理论在新时期之后的第一次变革热潮。正如刘再复所指出的："这股浪潮的特点是从变革文学研究和文学评论的方法入手，对已经固定化了的文学评论中的独断论和机械决定论进行了反拨。"[①]随着"形象思维"和"美学热"的兴起，"人性、人

---

① 刘再复：《近年来我国文学评论界的三次变革热潮》，《福建论坛（文史哲版）》1987年第1期。

情、人道主义"问题得到舒张。作为文艺学领域中理论形态的变革，"方法热"也正是伴随着这股感性解放潮流而自觉兴起。20世纪80年代文论在"方法热"中也突出表现出两条运用"新方法"建设文论新形态的路径：

一是以信息论、系统论与控制论等自然科学方法论为代表的科学主义流向，其实践代表有林兴宅、黄海澄等人。运用"三论"研究文艺理论和美学在今天看来似乎不可思议，但在20世纪80年代初中期却异常热闹，《文学评论》与《文艺研究》均开设有专栏发表相关研究成果，大有取代一切"旧方法"之势头。所谓"信息论"就是将文学视为一个"信息系统"，它由"信息源"（诗人）、"信息通道或信息储存器"（诗作）、"信息接收者"（读者）三个要素组成，而"文学信息学"就是要围绕文学信息去研究文艺信息的形态、文艺信息的功能、文艺信息的传播以及文艺信息系统内部的复杂关系等问题[①]；所谓"系统论"就是通过借用自然科学的概念、知识和方法对文学进行"整体性""结构性""层次性""动态性""相关性"的有机整体性把握，在"定量分析"层面上协调整体与部分的关系进而达到艺术审美的目标[②]；所谓"控制论"就是要抓住生物机体、机器装置和社会等性质不同的系统的共同特征，如将"定向控制""反馈调节""自组织""自适应"等这些共同规律抽象成形式化，使之成为适用于各学科的共同语言、模式和方法，为宏观文艺研究到微观文艺研究找到一种数学方法的量化分析[③]，也为从根本上把握美感的本质及其过程提供依据[④]。作为自然领域的科学方法，运用"三论"研究文学艺术无疑给思维模式带来了积极影响，给原本单一线性的文学批评代之以多层次、多角度的切换，有力纠偏。但正如后来学者所总结的："任何无限夸大和抬高控制论美学的社会作用的企图都是错误和徒劳的"，而"一切全盘否定和全然漠视控制论美学的成就和贡献的态度也是片面和不正确的"[⑤]。这种辩证的立场，同样应该成为当下学者反思历史的学术态度。

二是以文艺心理学等社会科学方法为代表的人文主义流向，其实践代表有鲁枢元、金开诚、童庆炳等人。与科学主义方法不同，人文主义方法极为重视文

---

① 野桃：《运用信息论研究文艺与美学》，《文艺研究》1985年第3期。
② 林兴宅：《论系统科学方法论在文艺研究中的运用》，《文学评论》1986年第1期。
③ 陈飞龙：《文艺控制论初探》，《文艺研究》1986年第1期。
④ 黄海澄：《控制论的美感论》，《文艺理论研究》1985年第4期。
⑤ 涂途：《控制论美学的产生及其走向》，《文艺研究》1989年第5期。

学的直觉性、偶然性、体验性，主张从心理学的角度去把握审美主体在文艺创作与欣赏中的内在规律，这也使得文学研究实现了"向内转"的变化。心理学美学原是20世纪初西方文论的重要思潮，曾于20世纪二三十年代经由朱光潜《文艺心理学》的介绍引起国内注意，但受"抒情"的压制未能得到应有的发展，直至20世纪80年代初思想的解放，加之从个体心理把握艺术规律的重要性，使得文艺心理学在"主客观两方面"原因的促动下逐渐成为"热门"。[1]金开诚1980年率先在北京大学开设《文艺心理学》选修课程，并于1982年出版了《文艺心理学论稿》，"打破了长期以来笼罩在文艺心理学上的神秘感"[2]。鲁枢元则先后发表《创作心理研究》《心理学与文学观念的变迁》等系列文章，详细阐明文艺心理学的理论背景以及心理学对于文学观念突破的重要意义[3]。此后形成巨大影响的则是童庆炳领衔的"国家'七五'社会科学重点项目"文艺心理美学研究团队的成果"心理美学丛书"（十五种），该丛书包含童庆炳《艺术创作与审美心理》、陶东风《中国古代心理美学六论》、丁宁《接受之维》、王一川《审美体验论》等，对"艺术家的心理特征，艺术创作的动力，艺术创作的心理流程，艺术作品的心理蕴含，艺术接受的心理规律"[4]等进行了富于开拓性的研究，极大推动并深化了文艺心理学在国内的发展。

应该说，尽管以林兴宅"系统论"为代表的科学主义方法热潮和以鲁枢元"文艺心理学"为代表的人文主义方法热潮在探索文艺美学的路径上截然不同，但在突破文论研究固有思维定式上存在着内在的"一致性"，其旨趣也均为突破僵化的文论思维定式以建立现代形态的文艺理论话语体系，推动文艺学美学研究多元格局的形成。

（二）主体热

与"方法热"尝试借助"他学科"话语以突破长期坚固的思维定式一样，"主体热"现象的出现同样有着历史的必然性，是新时期文学尝试突破的理论表达，其先导则与"哲学认识论"这一哲学框架相关。长期以来，受苏联文论

---

① 谭好哲：《文艺心理学的研究方法及其他——访鲁枢元、金开诚、童庆炳三教授》，《文史哲》1987年第5期。

② 宋平：《打破笼罩在文艺心理学上的神秘感——〈文艺心理学论稿〉》，《中国社会科学》1983年第3期。

③ 鲁枢元：《心理学与文学观念的变迁》，《文艺理论研究》1987年第1期。

④ 王一川：《审美体验论·总序》，百花文艺出版社1992年版，第2页。

模式渗透影响，文艺理论话语思考的逻辑前提就是哲学认识论，将审美主体与审美客体视为"反映—被反映"的从属关系。这极大限制了主体的能动功能，遮蔽了作家艺术家的个性创造。

作为时代语境的理论折射，1985年，刘再复发表了《论文学的主体性》一文，明确指出："强调主体性，就是强调人的能动性，强调人的意志、能力、创造性，强调人的力量，强调主体结构在历史运动中的地位和价值。文学中的主体性原则，就是要求在文学活动中不能仅仅把人（包括作家、描写对象和读者）看做客体，而更要尊重人的主体价值，发挥人的主体力量，在文学活动的各个环节中，恢复人的主体地位，以人为中心、为目的。"①文章一经发表，立即引发学界轰动，程代熙、何西来、杜书瀛、敏泽、涂途、陆贵山、严昭柱、董学文、王元骧等人纷纷发表文章对此发表意见，一时间学界形成了两种相互对立的看法。这其中，中国社会科学院文学研究所副所长何西来的观点最具代表性，他指出："我赞成刘再复把文学主体性问题提出来探讨，因为这是一个被忽视了的重要理论方面。研究这个问题，对于把文学理论从'左'倾教条的僵化模式中解放出来，促进文学观念的变革，建立中国化的马克思主义文学理论体系，是很有意义的"，"刘再复在对文学主体性作哲学的说明时，首先强调了人作为实践主体的方面，这就抓住了问题的根本，不仅不脱离马克思主义的反映论，而且是站在它的坚实的基础上的"②。由此可见，尽管刘再复试图从"价值论"出发将文学视为人的自由创造的生命现象以突破"认识论"的工具性思维，但从何西来委婉的支持中不难发现："反映论"模式在当时语境中仍是难以跨越的。

关于"主体热"及其讨论，似乎可以从1991年"文学主体性问题讨论会"中得到结果，尽管与会的60位学者均认为"文学主体性问题是一个重要的理论问题"且对其探讨"是完全必要的"，但同时指出："刘再复的文学主体性理论并没有沿着马克思主义的轨迹行进，不仅在思想上颠倒理论是非、对社会主义的文艺事业造成了不良影响，而且在政治上也起到助长资产阶级自由化思潮泛滥的作用，因而，必须加以认真清理。"③可以说，"主体热"及其相关讨论

---

① 刘再复：《论文学的主体性》，《文学评论》1985年第6期。
② 文学研究所文艺理论研究室：《自由地讨论，深入地探索——关于刘再复〈论文学的主体性〉一文的讨论》，《文学评论》1986年第3期。
③ 严昭柱等：《文学主体性问题讨论会纪要》，《文史哲》1991年第2期。

到此便告一段落。

（三）语言热

从"主体热"的幻灭中不难看出，"语言热"在20世纪80年代末90年代初的兴起有着本土语境的必然性：一方面，它符合并适应了中国社会转型时期"在文化思想和意识形态领域的纷争和裂变"①，是当时学者们退回书斋的必然选择；另一方面，此时以形式主义、新批评、结构主义、符号学，乃至德里达为代表的解构主义等西方"语言论转向"文论模式重新引发学界极大关注。相较于国内占据主导的经典美学传统——认识论美学，西方"语言论"美学对形式、结构、话语等问题的关注，不仅恰好指向文学本体的内部，还为实现文学理论的更新发展带来新视野。正是这些复杂的内因与外由，促成了"语言论转向"文论模式在20世纪八九十年代之交在国内的发展与热潮。

仅在1988—1989年两年间，《文学评论》《文艺研究》《文艺理论研究》《文学自由谈》《当代作家评论》《当代修辞学》《小说评论》以及《当代文坛》等几乎绝大多数的文学专业刊物均纷纷开设"语言问题"研究专栏，发表相关论文近百篇，并在语言学视野内涉及了文学的形式、结构、符号、叙事、文体、修辞、语法等多个方面内容，涉及语言学文论模式中的文学性、陌生化、含混、隐喻、转喻、张力、反讽等一系列理论术语。受"语言热"影响，20世纪90年代文艺理论领域也兴起了文学言语学、文学叙事学、文学文体学、文学符号学、文学修辞学等，并在理论与实践层面进行了卓有成效的探讨，推动了文学观念的变革。

最具代表性的首推王一川。他自20世纪80年代后期提出"语言作为空地"②始，便开始构想由"语言"作为突破口进行文学的深入研究，并于20世纪90年代形成了其独具一格的"修辞论美学"话语体系，出版了《修辞论美学》专著，对20世纪中西文论、文学、文化、电影进行了全方位的理论解读，极具创造性。徐岱从"文学文体学"角度对文艺文体学的研究对象、方法与术语概念进行了认真清理，为建设学科形态的文学文体学提供了理论准备。③鲁枢元倡导构建一门"文学言语学"，关注"文学创作和文学鉴赏、文学流动的活动"，注意"从言语在作家心灵深处的'孕育'，到言语通过写作在文本上的'定

---

① 童庆炳：《植根于现实土壤的"文化诗学"》，《文学评论》2001年第6期。
② 王一川：《"语言作为空地"》，《文学评论》1988年第1期。
③ 徐岱：《文学的文体学研究》，《学术月刊》1988年第9期。

形',到鉴赏者在历史的长河中接受性的阅读"这一过程,究其重点则在于从文学艺术的审美的特性出发关心"文学言语的'主体性''创化性''心灵性''流变性'"①。罗钢则从雅各布森《语言学基础》中提出的"隐喻—转喻"模式对诗歌、小说文本进行了深入解读,为运用"语言学模式"解读分析叙事文本提供了理论方法。②

总体来看,"语言热"仍是西方"语言论转向"背景下本土文论研究的一种自律性回潮,是自20世纪初期的"社会批评"、新中国成立后的"政治批评"以及新时期之后的"文化批评"之后的再一次转折。它紧紧承接"主体热",则意味着"语言问题"对于"主体性问题"的"消解"与"移心",正如王岳川所指出的,"语言转向在中国"事实上是"拒绝意识形态化,力求保持自己的'平面化''反信仰'的立场"③。

(四)文化热

实际上,在"方法热""主体热"之后,"文化热"也随之兴起。这其中,"丛书热"④扮演着不可或缺的角色。诸如,浙江人民出版社的"世界文化丛书"和"比较文化丛书",上海人民出版社的"文化新视野丛书",中国民间文艺出版社的"文化哲学丛书",四川人民出版社的"走向未来丛书",甘阳主编的"文化:中国与世界"新论丛书和王元化主编的"新启蒙"丛书等。这些以"文化"为主题的丛书相继出版,不仅拓展了人们的视野、展现了当代世界文化的整体格局,还在一种新的对中国传统文化模式的批判反思以及西方现代化模式的借鉴学习之"学术力量"的合力作用下驱动着"文化热"的形成。具体到文学研究中,"文化热"不仅冲击了文学史的研究框架,由其引出而后发生的"文化研究"更冲击了文学理论的知识边界及其理论构架。

---

① 鲁枢元:《超越语言——"文学言语学"刍议》,《文艺研究》1989年第4期。
② 罗钢:《叙事文本分析的语言学模式》,《北京师范大学学报(社会科学版)》1994年第3期。
③ 王岳川:《语言论转向后的价值重建》,《中国音乐》1995年第3期。
④ 据统计,20世纪80年代中期,各类"丛书"有近千种,是出版工作中出现的十分惹人注意的"文化现象"。这种"热"不是偶然的,而是与社会历史变动有着密切关联。一方面与精神贫瘠后对"知识性"丛书的知识渴求相关;另一方面又与特定历史条件下特殊的心态与需要,即民族深层反思后"时代精神和民族精神的庄重选择"相关。所谓"丛书热",作为"文化热"的重要表征,即是时代精神反思之后对于民族历史的一种思想选择。参见方鸣、陈沙、余亦赤:《"丛书热"三人谈》,《出版工作》1988年第7期。

先看"文化热"。学界对于20世纪80年代"文化热"的描述和总结不胜枚举，但在有限的阅读范围内，笔者十分认可朱剑先生的评议，他认为"文化热"的出现：首先在于"广泛的文化交流背景"，由此自觉地意识到文化差异后"以主动的、进取的姿态对待外来文化"；其次则"有赖于对文化差异的一种猛然的醒悟，从而产生出变革传统文化的欲望"；再次则是拥有一个"自由、平等地探讨问题的环境"①。可以说，正是文化碰撞下对于传统文化变革的欲望，使得从文化角度变革古典文学研究成为了一种学术趋势。其中，自《美的历程》到《古典文学札记一则》，李泽厚或许较早地诠释并实践了这种"从文化的视角考察文学现象和文学史演进"的路径方法。此外，蒋述卓《把古代文论放到中国文化背景中去考察研究》与林继中《文化建构与文学史》也较早地从古代文论与文学角度探讨了文化背景对于文学的影响以及文学史现象中所蕴含的文化心理内涵。

再看"文化研究"。应该说，20世纪90年代"文化研究"与20世纪80年代"文化热"既有着相似的"文化视野"，又有着截然不同的学术背景和理论意涵。"文化研究"是市场经济条件下物质消费欲望日益高涨背景下"由以崇高为主形态的审美道德教化文化向审丑的、享乐的消费文化转化"的新形态，"史诗、颂歌、悲剧、交响诗悄然遁形"，而"通俗歌曲、小品、流行音像制品、通俗小说赫然居于文化正堂"②。即是说，文化研究的对象主要指向大众文化现象，而大众文化特指"现代都市工业社会或大众消费社会的特殊文化类型，是通过现代化的大众传媒所承载、传递的文化产品"③，体现了消费文化语境中"拜物教"背景下知识分子对于文化转型的价值忧虑以及介入公共领域的文化批判热情。当然，文化研究因其"跨学科"和"反学科"的学理姿态极大开拓了文学研究的理论视野，却因其研究对象的转移在"言说身份"的学科立场上对传统文学研究提出了严峻的挑战④。

综上看来，从"方法热""主体热""语言热"到"文化热"，20世纪80

---

① 朱剑：《"文化热"的兴起及其发展》，《东南文化》1988年第2期。
② 陶东风、金元浦：《从碎片走向建设——中国当代审美文化二人谈》，《文艺研究》1994年第5期。
③ 陶东风：《新"十批判书"之三——欲望与沉沦——当代大众文化批判》，《文艺争鸣》1993年第6期。
④ 参见赵勇：《关于文化研究的历史考察及其反思》，《中国社会科学》2005年第2期。

年代文艺理论观念及其"兴奋点"的不断变迁，既体现新时期之后感性解放背景下思想理论领域的活跃性气氛，也反映出"西化文论模式"借鉴启发下对于长期坚固的思维理论模式框架的突破、变革与创新。与此同时，中西文化碰撞交流下"热点"的不断转移与变迁，也充分映衬着理论"多元"背后的某种断裂与无序，由此愈发凸显着当代中国文艺理论急需找到自身的哲学基点及其学科定位，借以求得理论的突围转型和持续有效的健康发展。

三 "文化—诗学"：探寻文论阐释模型的支点与框架

经过20世纪80年代"理论热潮"此起彼伏的不断酝酿与发酵，文艺理论在生机与危机、焦虑与迷雾的思索中，也逐步探寻到学科发展的突围之路，日趋找寻到本土文论建设的理论支点和建构模型。尤其是"文化热"之后"文化研究"对文艺学传统话语范式及其学科边界的挑战，更使得文艺学找寻到理论开拓的"文化视野"：一方面力求在文化系统中突破传统文论框架模式，实现理论话语的更新与转场；另一方面则试图顺应文学土壤的时代变迁以关注并介入现实。

这种"主体路径"与"文化视野"合围的建构路径，在历经蜕变的思考后，成为20世纪90年代初中期文论界学者的普遍共识，并成为文论话语建构的普遍趋势。正如当时学者所指出：

> "主体"和"文化"这两个概念的提出，说明文艺学理论探索已经找到了自己的支点。"主体"方向的探索，追求人的解放和艺术的解放的目标，为新的时代灵魂——在个体意识充分高扬基础上重建的民族精神，为新的时代艺术——通过激活创造性的想象力焕发现代的民族的诗学光辉，可能提出更富启发性的理论。"文化"方向的探索，意在突破庸俗社会学的思维模式，对人所生活的社会文化世界作系统的、深层的把握，依此来对人所创造的艺术和艺术中的人作文化的解析。这两个理论支点，都是从旧观念的迷误的地方起步的，都反映了民族精神的更新和文化变迁的时代要求。①

可以说，"主体性"与"文化视角"正是20世纪80年代文论历经蜕变与摸索后，

---

① 吴予敏：《寻求人文价值和科学理性结合的契点》，《文学评论》1988年第1期。

成为未来文论发展的总体方向，这也是本土文论在现实语境和时代情势中自然而然的理论选择。问题的关键是：究竟该如何从"主体"与"文化"相互结合的视野出发，找到既契合中国传统文论观念模式，又体现当代精神与本土特色的文论阐释模型呢？

走向"文化诗学"——作为"诗学话语"与"文化批评"的结合、作为"主体精神"与"历史文化语境"的重建、作为"审美诗学"与"文化研究"的综合——成为了20世纪90年代中后期当代中国文艺理论家的话语选择。这一问题的理论回答，看似水到渠成，却费尽了当代学人的心血，更体现出第一代"文化诗学"理论倡导者的勇气和智慧。尽管殊途同归，在理论层面，其探寻路径大体有三：

一是作为"诗学话语"与"文化批评"的结合，试图建立一种作为"文化批评阐释系统"的"文化诗学"，其实践代表是蒋述卓。这一路径的提出，直接原因主要针对文坛"失语问题"，并认为失语的产生本质不在于西方文论术语的引进与移植，而关键在于引进中的"理论独白"，即缺少"本土文论"的参与，由此"建立一种新的阐释系统就刻不容缓"，而这种新的阐释系统就是"文化诗学"。蒋述卓提出："文化诗学，顾名思义就是从文化角度对文学进行批评。这种文化批评既不同于过去传统的文艺社会学中那种简单的历史批评或意识形态批评，又不简单袭用西方后现代主义文化或西方人所建立的第三世界文化理论的文化批评理论。它应该是一个立足于中国本土文化语境、具有新世纪特征、有一定价值作为基点并且有一定阐释系统的文化批评。"[①]可见，其"文化诗学"的学理特色充分体现在"本土性""价值立场"与"文化批评"三个维度上。

二是作为"主体精神"与"历史文化语境"的重建，尝试建构一种作为"阐释模式"的"中国文化诗学"，其实践代表是李春青。这一路径的提出，直接原因主要针对中国古代诗学及文论研究中存在的"文本中心主义"（或着眼于古代诗学文本而忽视现代学术方法；或囿于诗学文本的话语索隐而忽视其历史文化语境）和"话语转换"（将古代诗学概念贴上现代学术话语的标签）两种方法论迷误，因而主张"建构起一种既能切近对象深层底蕴，又符合现代

---

① 蒋述卓：《走文化诗学之路——关于第三种批评的构想》，《当代人》1995年第4期。

学术规范的新的阐释模式"①，这种阐释模式就是"文化诗学"。李春青认为："主体论的文化诗学"作为一种诗学研究方法论，主要由"主体之维、文化语境、历史语境"三大阐释视角支撑，三者间处于一种循环往复的状态中"不可分割"②，这也充分体现了其"文化诗学"在阐释视野上追求"对话性""互文性"与"语境化"的理论特色。

三是作为"审美诗学"与"文化研究"的综合③，提倡走向一种作为"审美诗学"的"文化诗学"，其实践代表是童庆炳。这一路径的提出，主要针对的现实问题有三：一是长期以来文学理论研究在"内部研究"与"外部研究"之间割裂、游走；④二是20世纪90年代以来的"文化研究"在向日常生活审美化蜕变后可能给文学带来"研究对象的转移"；⑤三是当代的文艺与文化形象逐渐呈现"反诗意、非诗意"的浅薄庸俗化倾向⑥。为此，"文化诗学"的提出目的就是要：从微观的语言细读层面与宏观的文化语境层面对文学进行文学与文化的综合整体研究，并在历史理性与人文精神层面体现文学的现实性关怀，彰显文论研究的诗意维度以及文化价值精神。不难看出，"审美的诗意品格"与"现实的人文关怀"，鲜明地构成了童庆炳"文化诗学"最为重要的理论特色。尽管其"审美诗学"之旨趣在于反抗"文化研究"所带来的学科边界的模糊以及由此带来的"非诗意—非审美"趋向，但基于"审美诗学"基础上倡导的"文化诗学"并非"非此即彼"地排斥"文化研究"，而是在"亦此亦彼"层面上"吸收了'文化研究'"的合理营养⑦，以在广阔的"文化视野"中实现文艺学的创新发展。

以上三种"文化诗学"的出场语境及其建构模式，其形成的时间节点、问题意识、思考路径、理论脉络、学理特色各不相同，但其理论指向和落脚点殊途同归：探寻中国特色文艺理论话语体系建设的逻辑支点与阐释框架。可以

---

① 李春青：《主持人的话》，《文艺争鸣》1996年第4期。
② 李春青：《走向一种主体论的文化诗学》，《文艺争鸣》1996年第4期。
③ 童庆炳先生在与笔者讨论文化诗学问题时，反复提到"走向综合"，试图融合审美诗学与文化研究，并尝试通过"审美文化"这一理论支点，搭建起"文化诗学"的理论模型。
④ 童庆炳：《文化诗学是可能的》，《江海学刊》1999年第5期。
⑤ 童庆炳：《植根于现实土壤的"文化诗学"》，《文学评论》2001年第6期。
⑥ 童庆炳：《"文化诗学"作为文学理论的新构想》，《陕西师范大学学报（哲学社会科学版）》2006年第1期。
⑦ 童庆炳：《植根于现实土壤的"文化诗学"》，《文学评论》2001年第6期。

说，长期以来，文艺学学科建设正是由于找不到"学科支点"才在模糊的游弋定位中"左"顾"右"盼，造成文艺理论发展的迷茫与困惑、危机与焦虑；也正是由于找不到文论建设的"框架模式"才在苏联文论模式与"西化"的摇摆因袭中造成理论发展的无序与断裂、浮游与失语。因此，"文化诗学"作为当代中国文艺学学科发展的理论选择和富于创意的回答，不仅浓缩了20世纪80年代以来文艺理论蜕变思考与观念变迁中的理论精华，还在强烈的现实意识与本土问题中体现了文艺理论研究摆脱焦虑、寻求突围的探寻之路。

四　文化诗学的理论品格及其现实意义

从理论失重的焦虑，到文论观念的变迁，再到"文化诗学"的出场，其赋予的学科重任不言自明。作为新时期文艺学三十年以来探寻发展的缩合与结晶、延伸与超越，当代学人选择走向"文化诗学"，不仅因其回应了中国当代文论所面临的种种问题与挑战，还在于其综合整体性的研究策略更具开放性、包容性，也更加有效地贴近当前中国文论、文学与文化的现实，具有深厚的理论品格及现实意义。

文化诗学的现实品格首先在于其"反思性"与"自我调适性"。自20世纪90年代中后期始，尤其是21世纪以来，受西方思潮的冲击影响，当代文论建设便面临诸种危机，其中最根本的症结有四：一是理论的"泛文化化"；二是理论的"泛他者化"；三是理论的"泛哲学化"；四是理论的"反理论倾向"。[①]正是这四种倾向导致部分学者呼吁的"文学阐释对象的迷失""文学理论问题的迷失"及"文学理论信念与价值立场的迷失"[②]等问题，不仅消解了文学理论的"学科"合法性，更严重制约了文学理论的健康发展。正如李春青所指：文学理论"对象失控"不仅使得文论在茫然无措中"失去依托"进而"找不到自身理论建构的逻辑起点"，甚而真有"文化研究"取代"文学理论"的趋势[③]。正基于此，"文化诗学"的意义首先在于其"反思性"与"自我调适性"——在"学科反思"中直面问题，正视传统文论的不足，改变过去的学科自律性倾

---

① 李圣传：《我们需要怎样的文学、理论与批评？》，《光明日报》2015年10月26日。
② 赖大仁：《文学本质论观念的历史嬗变及其反思》，《文艺理论研究》2017年第1期。
③ 李春青：《文化研究语境中的文学理论建设》，《求是学刊》2004年第6期。

向，并努力更新调整文论研究方法，实现文艺理论的理论转场；在"自我调适"中合理吸收文化研究的学理营养，并在"文化视野"中实现文学与现实文化生活的关联，增强理论接地性及阐释力。通过学科反思与自我调适，文学理论的"文化诗学"走向，既能在"走向综合"中有效突破当下文论发展遇到的种种瓶颈，又能在"文学—文化"互涵互动中更加灵活有效地阐释文论遇到的新问题。

文化诗学的现实品格还在于通过借鉴其他学科的视野、方法、立场等，为文学的批评实践提供了一套更加行之有效的阐释路径，及时拓展了文论研究的"新空间"；与此同时，又在文学理论"文化转向"语境中搭建起一个"诗学"的"立足点"，维护了"文学"的本体性。长期以来，受学科体制的体系性影响，文学理论研究仅仅局限于经典的学科范式内，文论话语稍显封闭，这种模式随着西方文化研究的盛行及其影响被打破，文论界诸多学人纷纷转向文化研究，关注文学作品中的政治、性别、阶级、身体等问题，更甚者有部分学人完全脱离文学，进行与文学作品全然无涉的"政治学研究""社会学研究""伦理学研究"，等等。因此，传统文论话语模式遭遇巨大挑战。尽管我们并不追寻一种被称为"文学理论"的"逻各斯中心主义"的学科范式，但一直以来，仍颇感学界在"理论""文学理论"与"文学研究的理论"间的混淆，并对文学理论作为一种"诗学"方法论缺乏清晰认识，这直接造成文艺学的学科尴尬。解构主义大家乔纳森·卡勒曾指出："理论是由思想和作品汇集而成的一个整体，很难界定它的范围"，而"文学研究的理论并不是对于文学本质的解释，也不是对于研究文学的方法的解释"，其理论可以是"人类学、艺术史、电影研究、性别研究、语言学、哲学、政治理论、心理分析、科学研究、社会和思想史，以及社会学等各方面的著作"①。将文学作品阅读及其实践与这些理论方法相结合，进而将文学研究作为一种复杂的相互关联的文化现象予以透视，无疑具有启发作用。这或许就是"文学的文化研究"，也即是卡勒所指出的"把文学作为某种文化实践加以研究，把文学作品与其他论述联系起来"②。然而，正如徐岱所指出的，"理论"成为"文学理论"必须实行"诗学转换"，这不仅意味着"要从文化的角度看文学"，还必须"将文学真正当作

① [美]乔纳森·卡勒：《文学理论入门》，李平译，译林出版社2008年版，第4页。
② [美]乔纳森·卡勒：《文学理论入门》，李平译，译林出版社2008年版，第50页。

文学而非一般的社会/文化信息载体来对待"①。"文化诗学"相较于过往的文学理论，最突出的特点就在于对文学进行这种文化实践，其理论优长也正是在"文化"与"诗学"形成的张力中：一方面在文学与现实文化系统的重建中，冲破学科限制与研究框架，实现了与"他者"话语的有效关联，为文论研究介入社会文化生活成为可能，增强了文论话语的及物性和接地性，拓展了文论研究的新空间；另一方面则在文学文本基础上，束紧了理论的"泛化"与"失控"，将诸种文化现象予以了"诗学转换"，有效调解了文学理论之所以为"文学理论"的本体性问题。

此外，"文化诗学"的理论品格及现实意义还在于为文学批评找到了一个更加恰切的价值阅读的切入点，有效防范西方后现代主义文论的消极影响及渗透，纠正现实文化的失范，重塑文学的人文关怀以及审美价值精神。当前文化语境中文论所遭遇的种种问题，很大程度上源于西方后现代"解构主义"思潮的消极影响，尤其是其"所谓批判、否定、质疑、颠覆、反抗"及其"解构性"阐释和话语拼凑②，对当代中国文论话语产生了难以估量的影响，诸如：不再将文学理论视为"文学的"理论，而是热衷于对各种新潮文化现象及大众文化进行解释，以验证某种"理论"的有效性；不再关注文学原有的审美旨趣及精神价值，而是立足后现代主义立场进行一种知识性阅读和解构式话语生产，等等。文学理论这一趋势表面上扭转了过去"工具论"文艺观和"自律论"文艺观的封闭状态，给文论研究带来了无限活力。事实上，"语言论转向"之后"文化转向"所造成的"泛文化现象"，却使得文学理论陷入到另一重将文学"审美价值精神"抛诸脑后的尴尬境地。正如朱立元所批判指出的："它对宏大叙事的彻底否定将导致消解文艺学、美学的唯物史观根基；其反本质主义思想被过度解读和利用，容易走入彻底消解本质的陷阱；它对非理性主义的强化，诱发了国内文艺与文论的感官主义消极倾向；它具有反人道主义、人本主义的倾向，不利于文艺创作和理论的发展；它'反对阐释'，意味着从价值中立走向价值虚无。"③因此，在当今文学艺术"边界"不断模糊、文学艺术"光

---

① 徐岱：《作为方法的文化批评》，《文艺研究》2015年第7期。

② [美]詹明信著，张旭东编：《晚期资本主义的文化逻辑》，陈清侨、严锋等译，生活·读书·新知三联书店2013年版，第343、355页。

③ 朱立元：《对西方后现代主义文论消极影响的反思性批判》，《文艺研究》2014年第1期。

晕"不断消逝、文学审美价值精神日渐"虚无"、日常生活审美化"需求"不断扩张的背景下，倡导"文化诗学"，其意义不仅在于重申"文学理论"之所以为文学理论的"理论品格"[①]，还在于对时代变化做出一种积极回应，在"文化"与"诗学"的悖论性张力中确立"文学的审美价值精神"，让文艺理论在"解构"之后的"重构"中重新找回"文学理想的灯火"[②]，重塑文学与文论应有的审美理想、诗学旨趣及精神价值。这也是中国文化诗学有别于西方后现代主义解构哲学思潮背景下的新历史主义文化诗学的最大区别和特色所在。正是在这一层面上说，在当前文学与文论发展不断陷入西方后现代主义之精神困境、文艺理论研究不断陷入理想信念与价值立场之迷失之际，尤为凸显出当代精神与中国特色之"文化诗学"的意义品格及发展空间。

---

① 高建平：《理论的理论品格与接地性》，《文艺争鸣》2012年第1期。
② 童庆炳：《寻找文学理想的灯火》，《文艺报》2010年10月15日。

第一章 新历史主义文化诗学面面观

20世纪70年代末80年代初，正值解构主义潮流由盛而衰之际，鉴于对形式主义、新批评、结构主义割裂文本与历史联系之"文本中心主义"倾向的反拨，加之对解构主义、女权主义、西方马克思主义、后现代主义理论的整合，一批从事"文艺复兴"时期文学研究的学者转而关注形式之外的历史与文学、历史与政治、历史与权力、历史与意识形态等问题，进而形成了一股文学批评上的"新历史主义"（New Historicism），亦称"文化诗学"（Cultural Poetics）潮流。新历史主义之所谓"新"，不仅在于其历史观上对"旧历史主义"的反拨，即不再将历史视为线性的连续的历史发展，不再关注宏大的历史叙事，不再将文学视为历史生活的机械反映，还在于其将历史置于现实与文本的互动关系之中，也即是说，文本不再是变动不居而是开放的话语体系，是历史性的文本，进而在文学与历史、文化语境的互文本关系中探寻文本背后的文化密码及其生产机制。

新历史主义文化诗学主要有英美两个分支：在英国表现为文化唯物主义，其代表是乔纳森·多利莫尔（Jonathan Dollimore）及阿兰·辛菲尔德（Alan Sinfield），其理论形态是文化与政治马克思主义，理论则源于阿尔都塞及雷蒙德·威廉姆斯等西方马克思主义理论家，强调文本的文化社会学分析及其政治意识形态视野；新历史主义文化诗学真正的大本营在美国，其理论代表是斯蒂芬·格林布拉特（Stephen Greenblatt）、路易斯·蒙特洛斯（Louis Montrose）、海登·怀特（Hayden White）等人，他们在反抗旧历史主义、形式主义的路线上，受米歇尔·福柯（Michel Foucault）、克利福德·格尔茨（Clifford Geertz）、让-弗朗索瓦·利奥塔（Jean-Francois Lyotard）、弗雷德里克·詹姆逊（Fredric Jameson）等人的理论影响，开启了一条新的从历史文化、政治宗教、文化霸权、权力意识形态等多元角度综合性分析解读文本的实践路线。因开放性的文本解读策略、鲜明的政治文化批判意向，以及超越形式主义和旧历史主义的新历史观，新历史主义文学批评在20世纪80年代形成了较广泛的世界影响。

第一节　一项批评运动的崛起
——"新历史主义文化诗学"的历史、语境及脉络

　　作为一项批评实践的出现，文化诗学可谓是20世纪七八十年代美国文学批评、文化以及政治的体制特征塑造的产物[1]，有其复杂的历史文化渊源和理论出场的必然性。最早标举"文化诗学"（poetics of culture）这一术语的是新历史主义首席代表，现被称为"文化诗学之父"的哈佛大学终身教授斯蒂芬·格林布拉特。这位"新左派"教授曾对西方马克思主义所持的激进式批评态度充满兴趣，尤其是对格奥尔格·卢卡奇（György Lukács）、安东尼奥·葛兰西（Antonio Gramsci）、沃尔特·本雅明（Walter Benjamin）等人的政治意识形态批评深有认同。然而，在20世纪六七十年代西方特殊文化语境中，尤其是英美分析美学占据主导，解构主义思潮日渐旺盛的学术潮流下，格林布拉特等人却转向到近乎冷门的文艺复兴时期的文学研究中。然而，文艺复兴研究作为"新历史主义植根并赖以发展成长的丰壤沃土"，不仅"为新历史主义在历史与文学之间的文化对话提供了重要的资料来源"[2]，还恰恰成为他们实践"新历史主义文化诗学"批评，借以反抗形式主义、新批评、结构主义及解构主义"形式化"潮流的历史策略。

　　从1972年《文艺复兴人物瓦尔特·罗利爵士及其作用》到1980年《文艺复兴时期的自我塑造：从莫尔到莎士比亚》，新历史主义旗手格林布拉特一直尝

---

[1] 也有学者认为，美国"新历史主义"和英国"文化唯物主义"的出场，原因在于"传统的历史主义学家，在20世纪六七十年代法国、德国文学思潮的冲击下，变得漏洞百出，已无法令人满意，因此激发了新的历史观"。参见廖炳惠：《新历史观与莎士比亚研究》，见张京媛主编：《新历史主义与文学批评》，北京大学出版社1993年版，第257页。
[2] [美]查尔斯·E.布莱斯勒：《文学批评：理论与实践导论》，赵勇等译，中国人民大学出版社2015年版，第227页。

试这种文学实践，并在《文艺复兴时期的自我塑造：从莫尔到莎士比亚》一书中首次提出"文化诗学（poetics of culture）"。格林布拉特之所以选择对文艺复兴时期人物的"自我造型"进行研究，原因在于，他认为历史中的"自我"，或称之为"个人自我性格的塑造"，都有赖于"文化系统"（the cultural system of meaning）的支配，因而是自我与社会文化的合力形成的，正是历史与文化的交流互变，创造了特定时代的个人。据此，格林布拉特认为，文学在此文化系统中通过如下三种功能发挥作用："其一是作为特定作者的具体行为的体现，其二是作为文学自身对于构成行为规范的密码（codes）的表现，其三是作为对这些密码的反省观照。"①

据此，格林布拉特认为，旧历史主义（历史背景的旁观审视）、形式主义（阐释局限于文本）、意识形态批判（完全陷入意识形态上层建筑的危险），均只涉及文学上述功能中的一种，而要发挥所有上述功能，就必须通向另一种综合上述三种功能的文学批评模式：

> 与之相反，我本在本书中企图实践一种更为文化的或人类学的批评——说它是"人类学的"，我们是指类似于吉尔茨，詹姆斯·布恩，玛丽·道格拉斯，让·杜维格瑙，保罗·拉宾诺，维克多·特纳等人的文化阐释研究。……与此类工作有着亲缘关系的文学批评，因而也必须意识到自己作为阐释者的身份，同时有目的地把文学理解为构成某一特定文化的符号系统的一部分；这种批评的正规目标，无论多么难以实现，应当称之为一种文化诗学。这样的研究方法自然是一种平衡术——即矫正我在上一段里简略提及的三种功能性观念，并使之相互均等——因此这种方法必定是掺杂不纯的混合：它的中心考虑是阻止自己永久地封闭话语之间的来往，或者是防止自己断然隔绝艺术作品、作家与读者生活之间的联系。……我们的阐释任务，因而必须更加敏感地去把握上述事实的后果，对文学文本世界中的社会存在以及社会存在之于文学的影响实行双向调查。②

很显然：一方面，格林布拉特反对"一种既无时间、又无氛围的普遍性人类本

---

① Greenblatt Stephen, *Reniassance Self-fashioning: From More to Shakespeare*. Chicago & London: University of Chicago Press，1980.p.4.

② Greenblatt Stephen, *Reniassance Self-fashioning: From More to Shakespeare*. Chicago & London: University of Chicago Press，1980.pp.4-5.

质的反映"，也即是说并不欣赏"旧历史主义"在线性的历史背景中对"客观真理性"的把握，而是试图在历时性与共时性的对话网络中重新理解历史；另一方面，还反对"一种自我关注、独立自治的封闭系统"，也即是说并不欣赏"新批评"只重视文本而忽视文本的历史语境的形式主义老路，试图在"文化系统"中将新批评派"意图谬误""感受谬误"所斩断的作家与读者生活的历史关联重新纳入研究视野之内。

由此，通过对文艺复兴时期莫尔（Moore）、廷德尔（Tyndall）、魏阿特（Wyatt）、斯宾塞（Spenser）、马洛（Marlowe）、莎士比亚（Shakespeare）等六位作家"自我造型"的考察，格林布拉特在文学与历史复杂关系的平台上发现：六位作家及其笔下的人物，其"自我造型"均表现出一种向专制权力或权威的柔顺服从，"权威"与"异己"内化为"顺从"与"破坏"的体验，而任何个性的获得也均是"权威"与"异己"的两方攻击并在颠覆或剥夺中显示出来的迹象[1]。也就是说，"自我"是暂定的、矛盾的，是话语的生成，而"自我造型"的过程，不仅是自我意志的体现，也是社会规约的过程，是自我与社会文化"合力"作用的结果。正是在这种文学、历史、政治、宗教，以及教会、法庭、殖民或军事等权力激荡的"文化系统"中，格林布拉特透过"异端、陌生或可能"的野蛮人、巫婆、通奸淫妇、叛徒等"边缘野史"的发掘，试图释放历史事件中被遮蔽的以及社会控制中被压抑的声音。然而，更根本的是，格林布拉特透过这些个人身世的研究，目的在于如何在莫尔、斯宾塞等"历史人物"的分析与奥赛罗等"文学人物"的分析之间穿移，考察"自我"如何在文化权威的变动中不断变化，进而在"文学和社会文本如何相互作用的模式下"既实现了其文学文本与社会存在的双向调查这一研究模式，又取代了"原先'镜子'和'基础'一类的比喻"[2]。简单来说，或许正如学者王岳川所言："格氏研究文艺复兴自我塑形的真实意图是：打破传统历史——文学二元对立，将文学看做历史的一个组成部分，一种在历史语境中塑造人性最精妙部分

---

[1] Greenblatt Stephen, *Reniassance Self-fashioning: From More to Shakespeare*, Chicago & London: University of Chicago Press, 1980.p.9.

[2] [美]吉恩·霍华德：《文艺复兴研究中的新历史主义》，见中国社会科学院外国文学研究所《世界文论》编辑委员会编：《文艺学与新历史主义》，社会科学文献出版社1993年版，第116页。

的文化力量，一种重新塑造每个自我以至整个人类思想的符号系统。"①

值得追问的是：为什么偏偏"文艺复兴研究"会引起研究者们的注意，并成为"新历史主义"的实践场所，这一前工业社会的"避难所"究竟为何引发后工业时代学者的兴趣？美国学者吉恩认为，这不仅仅是因为文艺复兴研究长期以来被形式主义研究模式所主宰且莎士比亚的剧作至今仍在欧美课堂上被新批评派论证，这种"把文本当做远离历史重要关头和矛盾的虚无缥缈的东西"越来越显示出贫乏与无趣；更重要的是，"介于中世纪和现代之间的过渡性位置"——"文艺复兴研究"可以发现不同认识范式和不同意识形态之间的冲撞，这恰恰能为当下历史生活的断层形成共鸣——"建构过去的认识范式似乎显得过于轻巧，而新的认识范式却尚未确定"②。借文艺复兴研究冲破形式主义的偏执，并尝试建构一种新的更加综合的批评范式，这或许就是"文艺复兴"研究的意图，也是新历史主义之所谓"新"的重要缘由。

然而，事实上，格林布拉特在《文艺复兴时期的自我塑造：从莫尔到莎士比亚》中提出新历史主义"文化诗学"这一术语后，并未马上流行开来，也未引发更大反响。直到1982年，格林布拉特应《文类》（Genre）杂志之约，编选一本研究文艺复兴时期的文学和文化论集并将之称为"新历史主义"（在文章中他同时又一次地使用了"文化诗学"这一词汇，指出"对文类的研究正是文化诗学的任务所在"③），它才作为一种理论宣言式的"标签"，在英语国家中迅速传播开来。

除格林布拉特外，路易斯·蒙特洛斯《表演的目的：莎士比亚人类学反思》《修正幻想：性别和权力在伊丽莎白时期文化中的成形》、伊丽莎白·福克斯-杰诺韦塞《文学批评和新历史主义》、多利莫尔《政治的莎士比亚：文化唯物主义新论》以及海登·怀特《评新历史主义》《作为文学虚构的历史文本》等等，均将新历史主义文化诗学思潮推向前沿。尤其是凯萨琳·伽勒尔创建的理论杂志《表征》，多利莫尔与辛菲尔德合编的《政治的莎士比亚：文化唯物主义新论》（1985）一书以及H.阿兰穆·威瑟主编的《新历史主义》一书（1989），更将新

---

① 王岳川：《后殖民主义与新历史主义文论》，山东教育出版社1999年版，第163页。

② [美]吉恩·霍华德：《文艺复兴研究中的新历史主义》，见中国社会科学院外国文学研究所《世界文论》编辑委员会编：《文艺学与新历史主义》，社会科学文献出版社1993年版，第92页。

③ Greenblatt Stephen, *Introduction:The Forms of Power*, Genre, 1982(7):3-6.

历史主义的影响从英美推向世界。

遗憾的是，由于"新历史主义"缺乏具体的指涉，加上其界定笼统、概念含混，自一开始，其内部学术观点就莫衷一是。正如路易斯·蒙特洛斯所言："各种各样的被视为新历史主义的实践活动，并没有集结成一个系统的、具有权威的解释文艺复兴文本的范型，并且这种范型似乎还不是可能出现和被希望出现的。"①这种内部矛盾分歧的难以调和，使得格林布拉特不得不进一步去思考其理论的合法性。

1986年9月，格林布拉特在西澳大利亚大学（University of West Australia,UWA）作了一次"走向文化诗学"（Towards a Poetics of Culture）的演讲。在这次演讲中格林布拉特对自己一直从事的"新历史主义"研究做出了三个重要声明：

第一，正式将"新历史主义"正名为"文化诗学"②；

第二，将"文化诗学""界定为一种实践——一种实践，而不是一种教义"，他还特别强调"就我而言（应该是知情者之一），它根本不是教义"③；

第三，集中讨论了自己关于"文化诗学"的理论实践问题。

此后，"文化诗学"才真正挣脱了"新历史主义"的束缚，研究者们也更愿意使用这一术语来描述自己所从事的研究工作。有意思的是，尽管格林布拉特及其同行更倾心于"文化诗学"，但对这一流派的批评家来说，却大多仍使用"新历史主义"这一标签来概括他们所从事的学术实践。1989年，H.阿兰穆·威瑟在对这一流派重要理论家的文章编撰成论文集时，就将这一流派定名为"The New Historicism"④（新历史主义）。1994年，H.阿兰穆·威瑟又编了一本这一流派的

① H.Aram Veeser, ed. *The New Historicism*, New York and London:Routledge, 1989. pp.15-31.

② 在西澳大利亚的演讲中，"新历史主义"称为Neohistoricism；之所以作出这一正名，很大的原因正如他开篇所说的，受到学界"对它的攻击"；而"文化诗学"这一理论术语反而得到学界更多同行者的支持，认为它更贴切于他们学说的学术观点和实践。从这次演讲之后，"文化诗学"的理论思潮也迅速在美国、英国、澳大利亚、新西兰等英语国家迅速蔓延开来。

③ [美]斯蒂芬·葛林伯雷：《通向一种文化诗学》，见张京媛主编：《新历史主义与文学批评》，北京大学出版社1993年版，第1页。

④ 国内对"新历史主义"的系统译介始于1993年1月张京媛主编的《新历史主义与文学批评》（北京大学出版社）以及1993年3月中国社会科学院外国文学研究所《世界文论》编辑委员会主编的《文艺学和新历史主义》（社会科学文献出版社）两书，而两书均以H.阿兰穆·威瑟的《新历史主义》论文集为蓝本，见H.Aram Veeser, ed. *The New Historicism*, New York and London:Routledge, 1989。

论文集，名为"新历史主义读本"，但收入其中的论文没有一篇是以"新历史主义"为题①。原因在于新历史主义所关注的文本社会关系网是十分复杂多元的，也使自身陷入了一种自我冲突或理论矛盾之中不可自拔。

正如格林布拉特本人所承认的，新历史主义的"特点之一"就在于"它（也是我自己）与文学理论的关系上的无法定论，从某种意义上说，它是说不清道不明的"②，这种学理上的朦胧、含混与杂糅，尤其是其意识形态批判的政治立场，使其陷入到西方学者的质疑与批判中。诸如《华尔街报》戴维·布鲁克斯对其"左翼阴谋"的批判，爱德华·佩奇特对其"一个幽灵在批评理论界游荡"③的问责，等等。这些质疑可用凯瑟琳·伽勒尔的话予以旁证：

> 关于"新历史主义"的政治涵义，批评家们已作出各种极不相同的解说。但是他们基本上同意，它的政治性是令人厌恶的。一方面，它被指责为一种马克思主义的粗浅版本。另一方面，它又被当作一种殖民主义的形式等同体加以谴责。……那种企图找出新历史主义政治本质的努力，因此可以看成是对上述见解的否认。左倾及右倾批评家似乎都被惹恼了，因为新历史主义拒绝承认文学及其批评外延能够理想地超越于政治之上，也不认为文学及其批评仅仅是可以加以适当解码的政治。④

总体看来，新历史主义文化诗学之所以遭遇诸如此类的批评，可以借用美国学者布莱斯勒所归纳的如下五个方面的症结：第一，由于文化诗学运用历史学的方法和历史素材（artifacts of history），因此难免要从它所批判的体制"内部"展开工作。这种主观性使得该阐释方法面临从根基上破坏自身主张的指控。第二，因为重视那些小的掌故物证，它已被指控为一种蹩脚的历史编撰学。从一条单一的文化线索（小掌故）出发，文化诗学批评家经常演绎出意义相当重大的哲学、历史或政治理论。第三，在看重趣闻逸事、考古物证、历史素材和各

---

① 张进：《新历史主义与历史诗学》，中国社会科学出版社2004年版，第317页。
② [美]斯蒂芬·葛林伯雷：《通向一种文化诗学》，见张京媛主编：《新历史主义与文学批评》，北京大学出版社1993年版，第1—2页。
③ 张中载等编：《二十世纪西方文论选读》，外语教学与研究出版社2002年版，第595页。
④ [美]凯瑟琳·伽勒尔：《马克思主义与新历史主义》，见中国社会科学院外国文学研究所《世界文论》编辑委员会编：《文艺学与新历史主义》，社会科学文献出版社1993年版，第161—162页。

种其他形式的"地方性知识"（local knowledge）的同时，文化诗学拓宽了这些知识领域，声称由此深入进一个特定的文化之中。第四，文化诗学认为在文学和历史话语中充满着不确定性，但同时它对这些话语的影响却保持很强的决定论态度，公开宣称在一种特定文化中所有的话语都关乎权力。第五，有些批评者质疑，文化诗学把所有人工制品——文本、社会风尚等——都看成文学文本，这样就把历史文献和任何其他文化形式都化约为单纯的文学术语。①

新历史主义招致的诸如此类的批评，当然与其多元混合的理论来源相关，尤其是与其马克思主义理论的思想血脉息息相关。虽然在批评声浪中，持相同理论见解的学者们不断撰文予以回应和声援，试图进一步论证与廓清这一批评模式的理论与方法，但由于其根底上反"形式主义"、反"旧历史主义"的后现代理论思维模式，以及其杂糅"孪生性"的理论建构模式，使其丧失了自己独特的理论建构进而同样无法摆脱被历史抛弃的命运。这或许也是新历史主义批评实践在理论庞杂中所隐藏的局限。

1990年，在新历史主义发展势头由盛而衰之时，理查·约翰（Richard Lehan）就明确否定了"新历史主义"的学术创见，认为新历史主义受到结构主义与后现代主义理论的过多影响，过分热衷于对历史的消解和对文本的裁剪，存在"时间空间化""过分意识形态化""割裂历史与语言关系"的理论局限，在玩弄历史的同时失去"历史序列的自然延伸"，也就丧失了其自身的历史意义与学术生命。②美国加州大学伯克利分校英文系教授卡瑞利·波特（Carolyn Porter）更在《新历史主义之后》一文中明确宣称："新历史主义自身的杂糅性将导致它很快走向自己的反面，走向消亡，走向新历史主义之'后'。"③

尽管新历史主义如外界质疑和批判的那样，它的时代已经过去，但格林布拉特与他的同伴们仍然坚持着自己的学说，努力向世人证明新历史主义学说依然"宝刀未老"。2000年，为了抵抗外界的质疑，他与同伴凯瑟琳·伽勒尔

---

① [美]查尔斯·E.布莱斯勒：《文学批评：理论与实践导论》，赵勇等译，中国人民大学出版社2015年版，第230页。

② Richard Lehan, *The Theoretical Limits of the New Historicism*, NLH, 21.3.Spring1990. pp.533-553.

③ Carolyn Porter, *Historicism and Literature: After the New Historicism*, NLH, 21.2, Winter, 1990, pp.253-272. 转引自王岳川：《后殖民主义与新历史主义文论》，山东教育出版社1999年版，第221页。

又出版了新著《实践新历史主义》（*Practicing New Historicism*），书中他们还是强调新历史主义是一种实践，而不是理论，甚至他们还搬来了18世纪德国哲学家赫尔德(Johann G. Herder)的学说作为支撑他们理论的后盾。此后，格林布拉特又相继出版了《炼狱中的哈姆雷特》（普林斯顿大学出版社2001年版）、《俗世威尔——莎士比亚新传》（诺顿出版社2004年版）[①]等专著来坚持自己的学说。然而，这些努力依然无法挽救新历史主义学说"过时"的命运。诸如2000年，戴维·斯科特·卡斯顿(David Scott Kastan)在《理论之后的莎士比亚》(*Shakespeare After Theory*)一书中再次明确宣称："'新历史主义的时代已经过去了'，这一批评是属于上一代的业已消亡了的一段形式主义的插曲，而现在它'既算不上新，也算不上是历史，因此不再有用'，这一批评所惯用的'轶事嫁接法'(anecdotalism)已是'臭名昭著'，他希望看到一种'事实更加充分的历史'，但又不要回到先前那已经被废止的传统历史主义的老路上。"[②]

总之，新历史主义文化诗学的逻辑演进，正如其领袖格林布拉特的学理思考一样，经历了文化诗学（1980年）——新历史主义（1982年）——文化诗学（1986年）——新历史主义（2000年）这样一个反复的"双向振摆"，始终游离于两者之间。更严重的是，格林布拉特及其同伴们不仅理论内部存在分歧，还始终未能提出任何一套行之有效的理论实践框架[③]，而其赖以流行的依赖于开放权力的话语场以及逸闻轶事的小叙事之"新历史观"，在挑战形式主义与旧历史主义久居权威的模式下也同样陷入"权力运作"的模式中而放逐了文学的本体功能。如此诸多学理的内因与外由，它注定只能在短暂的辉煌后在更大的文化巨浪中被文化研究所覆盖。

---

① 此书代表格林布拉特的最新莎学研究成果，该书当年一出版即好评如潮，被《纽约时报》评为年度"十佳图书"，《时代周刊》评为"最佳非小说类图书"；此书中译本由北京大学出版社2007年出版。

② 转引自盛宁：《新历史主义还有冲劲吗？》，《外国文学评论》2001年第4期。

③ 或许正如其主将格林布拉特所言："新历史主义不是一套可重复的方法，也非一种文学批评程序……所以我们真诚地希望，你无法说出它总体上意味着什么；如果你能说出来，我们可能就失败了。"参见[美]查尔斯·E.布莱斯勒：《文学批评：理论与实践导论》，赵勇等译，中国人民大学出版社2015年版，第224页。

第二节 实践"新历史主义"：格林布拉特及其同伴们

自20世纪70年代末80年代初，新历史主义作为一种"主义"或"标签"登上理论舞台后，便招致各方批评。诸如历史观上对其否定历史连续性、历史客观性而主张消解割裂历史深度乃至"反历史"的后现代式的历史观之批判，文本观上对其文学政治叙事及政治关系之权力意识形态范式的批判，叙事模式上对其割裂历史与语言关联并剥离形式与内容、过程与历史的批判，等等，且其理论缺陷如同批评声音一样，也随其影响扩大而不断放大。然而，就在各种批判或诘难声中，以格林布拉特为首的一大批从事文艺复兴研究或持相似理论立场的学者，积极运用新历史主义"文化诗学"观进行文本阐释实践，并在理论声援与阐释实践中共同修复、完善和推动新历史主义文化诗学的理论发展。

一 格林布拉特："权力的即兴运作"

斯蒂芬·格林布拉特在反抗"旧历史主义"与"形式主义"的路径上，尝试践行一种"历史—文化"的转轨，并在"文本内外"以期实现"对文学文本世界中的社会存在以及社会存在之于文学的影响"进行双向调查。可以说，实现这种综合性的文本阐释策略，建构一种有别于过去认识范式的新的批评模式，正是其将透视焦点投射到"文艺复兴时期"莎士比亚戏剧研究的重要目的，也是实现其"新历史观"的重要途径。

如前所述，新历史主义不同于旧历史主义的区别就在于，新历史主义将文学与社会存在，即文学与历史中的材料进行互文阐释，并在各种文化权力意识形态的交汇场中透视文本。格林布拉特的这种实践阐释，生动体现在对莎士比亚戏剧的批评中，并由此提出了许多新的概念和模式。《文艺复兴时期的自我塑造：从莫尔到莎士比亚》第六章"权力的即兴运作"极为明显地体现了格林布拉特的理论预想。通过莎士比亚戏剧《奥赛罗》中奥赛罗与苔丝狄蒙娜的文本分析，格林布拉特指出，人物日常言行的背后总受到某种"权力"的控制支配，人们普遍采用顺从他人话语系统的方式并加以控制进而转化到自己的话语系统中，使之成为自己的话语系统，这就是"即兴运作"。格林布拉特认为，"即兴运作"是指"人们能适应某种不可预见的东西并将那些给定的材料转换成自己的情节的能力"，这也是"文艺复兴时期人们的行为的一种至关重要的方式"[1]。实现"即

---

[1] Greenblatt Stephen, *Reniassance Self-fashioning: From More to Shakespeare*, Chicago & London: University of Chicago Press, 1980.p.227.

兴运作"的步骤包括置换和吸收，即是将"先在的政治、宗教甚至心理结构"加以蓄意把握，并转换到对自己有利并能加以利用的形式中，使之成为自身话语系统的一部分。由此可见格林布拉特新历史主义文化诗学的理论指向。

第一，对权力意识形态的关注。受卢卡奇、阿多诺（Adorno），尤其是阿尔都塞（Althusser）、福柯、雅克·德里达（Jacques Derrida）等人的影响，格林布拉特对文本背后隐藏的政治意识形态关系表现出浓厚的兴趣。在《文艺复兴时期的自我塑造：从莫尔到莎士比亚》中，为发掘文本背后"自我"如何向"权力"顺从承认、"异己形象"如何透过"权威意识"加以辨识，格林布拉特不断返回主体的经验与特殊环境中，不惜通过诸多的日常生活逸闻趣事，呈现权力的颠覆和抑制过程，并借以揭示权力意识形态在自我塑造中的力量。因此，由于文本的、历史的、社会学的和理论的分析都纠缠在一起，格林布拉特的文本阐释便成为一种"实践的政治"①，其指向的也是被意识形态压抑的"异己形象"和被遮蔽的声音。

第二，跨学科整体性视野。格林布拉特十分厌倦形式主义文本分析的做法，受利奥塔、杰姆逊等后结构主义批评家的理论影响，他竭力将文化与社会视野重新带入到文学文本的阅读之中。为跨越文学文本与非文学文本的界限，格林布拉特反复申张其阐释的任务就是要在文本世界中的社会存在以及社会存在之于文学的影响进行双向调查。为此，他一方面将文学视为"文化的符号系统"的一部分并重建文学与历史语境的关联，在自己的莎士比亚剧评中更将文学视为"文化力量交汇线索的透视焦点"，进而借用历史学、人类学、艺术哲学、政治学、宗教学、经济学等多学科视野在文本中不断穿行阐释，最终对文本背后隐含的矛盾、冲突及其权力意识形态症候予以揭示；另一方面，又用"文本的间离性"取代"审美自律性"，打破固定的阐释模式，强调文学文本与社会生活的"商讨""交易"与"流通"，在话语的不断往返、阐释和重建中将文学与文本、文学与历史、文学与权力运作关系联系起来，而文学与历史文本所负载的巨大社会能量也得以流通运转。

第三，将历史视为一种叙事话语。在格林布拉特的新历史主义文化诗学实

---

① [英]乔纳森·多利莫尔：《莎士比亚，文化物质主义和新历史主义》，见中国社会科学院外国文学研究所《世界文论》编辑委员会编：《文艺学与新历史主义》，社会科学文献出版社1993年版，第157页。

践中，"历史"不再是"客观的、透明的、统一的，或容易认识的"①，文学也不再是对外在现实的被动反映；相反，历史作为文化系统的部分，是文学实践进入社会"流通"领域并参与"谈判""交换"的场所，是阐释者通过各种"互文性"方式将文本化痕迹重新聚合起来而形成的构造物。历史与文学作为一种"社会话语"，是各种"信念、行为、习俗相互交锋的战场"，因此，不仅历史是一种文本活动的场所，文本亦是"活动中的文化"②。正是在这种文学与历史的相互建构中，历史显然已经不再是客观真实的"大历史"，而变成一种供文本阐释穿行的作为社会活动场所的"小历史"。在文艺复兴莎士比亚戏剧研究中，通过这种将"大历史"转换为"小历史"③的阐释策略，文学、历史、上层建筑与经济基础得以在"谈判"中"流通"起来：这不仅修复了文学与社会的双向流通，还有利于"再现"被权力意识形态压抑的边缘话语和声音。正是据于此，格林布拉特才反复强调，当代理论的重新定位的方向"不是在阐释之外，而是在谈判和交易的隐秘处"④。

可以说，与形式主义批评以及传统实证式批评截然不同的是，格林布拉特的新历史主义批评通过文学与社会、文学与历史、文学与宗教、文学与政治意识形态、文学与文化霸权等多视野文化系统的整体性考察，不仅实现了文学文本与社会存在之间的双向流通，还得以深入文本细部探听到意识形态话语所压抑的多元化声响。在其批评实践中，对权力意识形态的关注，对后现代历史观的阐发，对边缘性逸闻轶事话语的厚描等，不仅凸显其鲜明的文化政治学批评倾向，还将其理论的杂交性与孪生性充分暴露了出来。

二 蒙特洛斯："文本的历史性"与"历史的文本性"

如果说格林布拉特是新历史主义文化诗学的旗手并为之提供了策略，那么加州大学圣迭亚哥分校文学系主任路易斯·蒙特洛斯教授则进一步将新历史主

---

① [美]吉恩·霍华德：《文艺复兴研究中的新历史主义》，见中国社会科学院外国文学研究所《世界文论》编辑委员会编：《文艺学与新历史主义》，社会科学文献出版社1993年版，第101页。
② [美]查尔斯·E.布莱斯勒：《文学批评：理论与实践导论》，赵勇等译，中国人民大学出版社2015年版，第241页。
③ 王岳川：《后殖民主义与新历史主义文论》，山东教育出版社1999年版，第172页。
④ [美]斯蒂芬·葛林伯雷：《通向一种文化诗学》，见张京媛主编：《新历史主义与文学批评》，北京大学出版社1993年版，第15页。

义理论体系化，并对之做出明晰的理论界定，且更具方法论上的自觉，他们也被美国学者吉恩·霍华德并称为"新历史批评的两位最佳实践者"①。蒙特洛斯同样关注文艺复兴研究，但相较格林布拉特，他更重视"历史主义的方法"，并在批评实践中显示出一种由早期"旧历史主义"过渡到后期"新历史主义"的自我反省过程。

蒙特洛斯自20世纪70年代末起，便相继发表了一系列新历史主义研究的论文和专著，详细分析了新历史主义文化诗学的理论宗旨及其特征，并自觉运用到批评实践中。早期论著包括《颂诗和暗讽：锡德尼和伊丽莎白王宫朝臣的动机》（*Celebration and Insinuation*：*Sir Philip Sidney and the Motives of Elizabethan Courtship*，*1977*），《游戏的目的：关于莎士比亚人类学的思考》（*The Purpose of Playing: Reflections on a Shakespearean Anthropology*，*1980*），《"爱丽莎，牧人的女王"和权力的田园诗》（*"ELIZA, QUEENE OF SHEPHEARDES" AND THE PASTORAL OF POWER*，*1980*），《文艺复兴文化之诗学》（*A Poetics of Renaissance Culture*，*1981*），《"塑造幻想"：伊丽莎白时期文化中的性别与权力形态》（*"Shaping Fantasies": Figurations of Gender and Power in Elizabethan Culture*，*1983*），《关于绅士与牧人：伊丽莎白时期文化中的性别与权力形态》（*Of Gentlemen and Shepherds: The Politics of Elizabethan Pectoral Form*，*1983*）等；后期论著包括《文艺复兴文学研究与历史主体》（*Renaissance Literary Studies and the Subject of History*，*1986*），《表征文艺复兴：文化诗学和政治学》（*Professing the Renaissance: The Poetics and Politics of Culture*，*1986*），《新历史主义一席谈》（*"New Historicisms"*，*1998*），《戏剧的目的：莎士比亚与伊丽莎白时期戏剧的文化政治》（*The Purpose of Playing: Shakespeare and the Cultural Politics of the Elizabethan Theatre*，*1996*），等等。

受文化人类学及社会史学家影响，蒙特洛斯早期非常重视历史主义的观点，强调文学与世界之间的关联，并"选取一种宽松的马克思主义和人类学的视角，将锡德尼、斯宾塞和莎士比亚的文学文本与16世纪末、17世纪初的社会

① [美]吉恩·霍华德：《文艺复兴研究中的新历史主义》，见中国社会科学院外国文学研究所《世界文论》编辑委员会编：《文艺学与新历史主义》，社会科学文献出版社1993年版，第95页。

现象联系起来”①。例如，对锡德尼田园诗的解读、对牧羊人的角色分析，均自觉将作家笔下人物形象的分析与作家同伊丽莎白女王关联起来，并透过文本内外人物之间复杂关系的相互影响，介入到现实生活的情境关系中。蒙特洛斯认为，文学作品，即便如伊丽莎白时期的田园诗歌，也具有一种深远的社会调节意义，能够调节那个时期经济与政治的矛盾关系。在田园诗研究中，蒙特洛斯指出，“伊丽莎白时期的田园诗，主要功能是对社会关系作象征性调节；所谓的社会关系，就内部而言，就是权力关系”，因此，“透过对田园诗主题、观众及牧人女王的研究，旨在揭示田园诗中蕴含的系列动机，并在历史进程中揭示伊丽莎白时期田园牧歌形式繁荣的社会机制”②。

可见，透过文学文本分析，蒙特洛斯一方面将文学文本置于历史背景中考察其意义，另一方面又试图在田园诗等文本分析中考察文学与社会意识形态之间的紧密关联，尤其是重视对文本中权力意识形态问题的揭示。在文学与意识形态流通问题上，蒙特洛斯与格林布拉特的理论立场是极其一致的，但其不同之处在于对“历史观”的把握。与格林布拉特自始至终之后现代主义历史观略有不同，早期蒙特洛斯非常重视文学在历史中的作用且重视在历史进程（历史生成）中把握文学文本，也就是说，注重从历史发展的角度把握文学作品，将文学视为外在世界的反应（历史的反映）。

然而，随着对雷蒙·威廉斯（Raymond Henry Williams）后期著作阅读之影响，蒙特洛斯越来越趋近一种新的历史观之形成，也越来越靠近“新历史主义”，并在批评实践中将之理论化。诸如，在《戏剧的目的：莎士比亚与伊丽莎白时期戏剧的文化政治》一书中，通过伊丽莎白时期主体生存条件与戏剧产生条件之间经济、政治与宗教力量之间复杂关系的探讨，力图在文化转型中揭示戏剧演出在社会宗教政治变革中所起到的作用③，由此揭示文学对于文化价值信仰、社会交流以及政治意识形态产生的重要影响。这表明蒙特洛斯后期思想中，愈来愈重视文学与社会历史之间的相互作用与转化，重视主体对历

---

① [美]吉恩·霍华德：《文艺复兴研究中的新历史主义》，见中国社会科学院外国文学研究所《世界文论》编辑委员会编：《文艺学与新历史主义》，社会科学文献出版社1993年版，第109页。

② Louis Adrian Montrose, "'Eliza, Queen of Shepherds', And the Pastoral of Power" in H. Aram Veeser ed., *The New Historicism*, New York and London: Routledge, 1989. pp.88-89.

③ Louis Adrian Montrose, *The Purpose of Playing: Shakespeare and the Cultural Politics of the Elizabethan Theatre*, Chicago: University of Chicago Press, 1996. p.205.

史的重新阐释。这种在历史与文本之间不断振摆的理论新趋向，就是影响极
大的"文本的历史性"（historicity of texts）与"历史的文本性"（textuality of
histories）：

> 我用文本的历史性指所有的书写形式，包括批评家所研究的文本和我
> 们身处其中探究其实的文本所具有的特定历史含义和社会的、物质性的内
> 容；因此，我也指所有阅读模式中包含的历史、社会和物质内容。历史的
> 文本性首先是指：我们不可能获得一个完整的、真正的过去，不以我们所
> 研究的社会这个文本中含有的踪迹为媒介，我们也不可能获得一个物质存
> 在；而且，哪些踪迹得以保留，不能被视为仅仅是偶然形成，而应被认为
> 至少是部分产生于选择性保存和涂抹这个微妙过程——就像产生传统人文
> 学科课程设置的过程一样。其次，那些在物质及意识形态斗争中获胜的文
> 本踪迹，当其转化成"档案"，成为那些以人文学科为职业的人据此生产
> 自己的描述性和解释学文本的时候，它们自身也会再次受到媒介的影响。①

由此可见，与形式主义及历史主义之"历史观"和"文本观"不同，也与早期
文学对客观历史之反映不同，后期蒙特洛斯将历史视为一种"文化系统"（社
会历史文化相互联系与作用的总和），而文学文本则是这种形式的表现，此谓"历
史的文本性"；同理，文学文本作为特定历史文化的社会产物，必然与其他文
学及非文学相互关联并包含这些历史的社会物质内容，此谓"文本的历史性"。
这样，原本独一无二的"非文本化"形式的历史（history）衍变成为复数的"由
文本再现"的历史（histories）。文学话语与其他话语，文化产品与社会历史之
间作用与反作用的关系对文学生产及其阐释也形成了重要影响，文学同样反过
来影响它们。很明显，蒙特洛斯通过文本与历史互动的批评，形成了一种"新"
的阐释范式。这种新的"历史观转向"，不仅使理论得到新的发展，而且表征
出新的特色。吉恩·霍华德将之归纳为三点：

> 第一，蒙特洛斯日益强调文化生产的相对自主性……如果蒙特洛斯的
> 早期论文强调的是从世界向文学文本的运动，因而无论以怎样曲折的方式

---

① Greenblat & Gunn eds., *Redrawing the Boundaries*, *The Transformation of English and American Literary Studies*, New York: the Modern Language Association of America, 1992. p.410.

也总能暗示出文学作品基本上是一种对于文学以外世界的反应，那么他的后期论著则开始强调文化的相对自主性以及它在社会构成之中的生产作用。这表明他更加注意文学在塑造一种文化关于"真实生活"的话语时，又如何成为多种话语惯例中的一种，起着决定文艺复兴文化中思维和行动可能性的各种条件的作用。第二，蒙特洛斯的论文日益强调历史学家本人在他/她产生的知识中的作用，以及批评的表面上是转达而实际上却是建构的作用。……第三，在这些近著中，蒙特洛斯对能动性和自由度的问题越来越进行理论化的阐述。……总之，从蒙特洛斯的论著中，人们可以看到他的相对非理论化的批评实践，发展成为在方法论上越来越具有自我反省意识的过程，而且，我认为，他越来越离开了一种"旧"历史主义，走上一种应该冠以"新"标签的批评。①

蒙特洛斯后期历史观的转向以及对"文化的自主性"的强调，将新历史主义追求"变动不居"的阐释路线呈现了出来。尤其是"文本的历史性"与"历史的文本性"，更在"文本内外"将历史的流变与权力意识形态关系通过主体、文学、历史语境贯通起来，并提供了一种新的阐释视角。与吉恩·霍华德类似，新历史主义另一位重要代表海登·怀特也认为，蒙特洛斯修改了新历史主义研究的基础和兴趣，这体现在四个方面：

首先，他认为新历史主义研究的，与其说文学与"同时代社会制度以及其它非推论性实践"的联系，倒不如说是与某种有关的"文化系统"的联系。其次，他认为，在文学与"文化系统"的联系中，受到新历史主义者关注的中心问题不是其"历时性"方面，而是其"共时性"的一面。第三，他认定新历史主义者的理论设想是所谓"互文性重心"的"重新确定"。这里，孟酬士含蓄地实现了从与一批"作品"本身联系在一起的"文学"概念，到与一个"本文"系统联系在一起的"文学"概念的转换，而他这个"本文"的说法，又基本上是立足于当代后结构主义者对于文化、话语和语言的讨论。第四，……最初被作为研究文学作品与它们的社会——文化语境之间关系的一种学术兴趣却突然间被孟酬士揭示为对于文学作品、文学作

---

① [美]吉恩·霍华德：《文艺复兴研究中的新历史主义》，见中国社会科学院外国文学研究所《世界文论》编辑委员会编：《文艺学与新历史主义》，社会科学文献出版社1993年版，第114—115页。

品的社会——文化语境以及二者之间的联系和由此造成的对于"历史"本身的一种根本性的理论上的重新阐述。所有这些，又都被视作某种"本文"的类型。①

这里，海登·怀特指出的"历时性"与"共时性"，实则就是蒙特洛斯所主张的，用文化系统中的"共时性"文本，替代过去自主的文学历史的"历时性"文本。正是在文本与历史、历时与共时的相互阐释中，新历史主义文学批评具有了开放性的理论张力。

总体而言，蒙特洛斯作为新历史主义最具代表性的理论实践者，不仅将批评视角由过去的历史考据分析和形式结构把握中跳出来，转向到文学与政治、阶级、宗教、经济、社会制度等复杂问题的相互调节中，由此将原先封闭自律的文本及思想在其他社会话语、社会实践的关联中获得了新的阐释意义，实现了文学与历史的流通、互动与相互作用，还在诸多概念、术语及理论运用中，进一步细化了实践新历史主义的路径方法。

三 海登·怀特："元史学"与"话语转义"

海登·怀特（Hayden White，1928—2018）是美国加州大学圣克鲁兹分校历史系教授，因元史学以及话语转义所建构形成的"历史诗学"成就，使其成为新历史主义又一杰出理论代表。作为一名历史哲学家，海登·怀特与斯蒂芬·格林布拉特、路易斯·蒙特洛斯等人最大的区别在于：他并不关注文艺复兴研究，而是专注于19世纪欧洲意识史；他也不沉溺于文本内外权力意识形态的政治文化批评，而是专注于历史话语的诗性叙事。尽管研究对象、研究旨趣并不相同，但在拆解文学与历史界限、使历史话语与文学话语沟通交流这一路向上，又使得他们同气相求。正因此，当新历史主义文化诗学受到批判与质疑时，尽管海登·怀特并不承认自己是一名新历史主义者，但其对新历史主义的态度明显存在着一个由审视到辩护再到汇合的思想转变过程。在《评新历史主义》一文中，海登·怀特宣称："至少就我对这种理论的理解而言，新历史主义实际上提出了一种'文化诗学'的观点，并进而提出一种'历史诗学'的观点。"②通过将新历史主义文

① [美]海登·怀特：《评新历史主义》，见张京媛主编：《新历史主义与文学批评》，北京大学出版社1993年版，第96页。
② [美]海登·怀特：《评新历史主义》，见张京媛主编：《新历史主义与文学批评》，北京大学出版社1993年版，第106页。

化诗学纳进自己"历史诗学"的理论体系内，这或许已表明，作为"旁观者"立场的海登·怀特与新历史主义之间的暧昧关系。

作为一名历史系教授，海登·怀特最重要的代表作有《历史的重负》（1965）、《元史学：19世纪欧洲的历史想象》（1973）、《话语的比喻：文化批评论集》（1978）、《希腊罗马传统》（1978）、《形式的内容：叙事话语与历史表现》（1987）等等。受20世纪"语言论转向"的深刻影响，包括形式主义、新批评、结构主义等人文学科领域的诸多理论流派的思想家均将视野转向语言问题，而后结构主义者如福柯等人则将焦点投射到对历史与文学的话语分析上。受雅各布森、福柯等人理论影响，海登·怀特也极为关注历史话语与文学话语之间的关系，并着力揭示历史事件背后的诗性模式。这其中，最具代表性的就是基于福柯"知识考古学"基础上对于历史的重新理解，以及基于吉姆巴蒂斯塔·维柯（Giambattista Vico）和罗曼·雅各布森（Roman Jakobson）基础上对历史叙事模式的话语分析。

与其他新历史主义学者不同，怀特更关注意识历史中的"裂隙""非连续性"和"断裂性"，关注历史中被编码的"审美情节"，并试图通过诗学比喻模式分析，发现文本语词之外的事物世界关系，并呈现历史的诗性[①]。为此，海登·怀特不仅着力从语言结构主义立场去拆除历史与文学之间的界限，还在历史编撰学与历史阐释模式基础上提出一套"元史学"理论，引发较大反响。所谓"元史学"（Metahistory），就是追问历史的意识结构、历史表述的可行模式、历史表述的基础等问题。为了达到这一目的，怀特厘清了历史修撰中涉及"（1）编年史；（2）故事；（3）情节编排模式；（4）论证模式；（5）意识形态含义的模式"[②]五个方面的内容。怀特认为，历史无法复原，我们所看到的历史实际也是历史学家按照某种叙事模式编织起来的结果，历史背后实则隐藏着一个深层的诗性叙事，由此，历史文本也是一种文学的虚构。据此，从语言学理论入手，从历史的语言虚构形式把握历史叙事，并对历史事件、情节结构、叙事模式予以深入分析，这就是怀特历史诗学的基本步骤。

怀特运用语言学理论分析历史话语，集中表现在其"话语转义"思想上。

---

① [美]海登·怀特：《解码福柯：地下笔记》，见张京媛主编：《新历史主义与文学批评》，北京大学出版社1993年版，第113、142页。

② [美]海登·怀特：《后现代历史叙事学》，陈永国、张万娟译，中国社会科学出版社2003年版，第2页。

通过对历史故事、情节编撰、比喻类型的洞察，怀特形成了一套自己的系统的理论分析模式[①]：

情节化模式	论证模式	意识形态蕴涵模式	话语转义模式
浪漫式的	形式论的	无政府主义的	隐喻
悲剧式的	机械论的	激进主义的	换喻
喜剧式的	有机论的	保守主义的	提喻
讽刺式的	情境论的	自由主义的	反讽

事实上，在怀特的历史诗学分析中，历史话语的生产以及历史阐释，均依赖于对话语转义的分析。由此，在上述三种模式基础上，还加入了四种转义形式：隐喻（metaphor）、换喻（metonymy）、提喻（synecdoche）、反讽（irony）。由此便与情节安排模式、形式论证模式及意识形态模式共同决定着历史文本的深层结构。

　　第一，情节编织。怀特认为，与科学领域的叙述不同，历史的语言虚构形式与文学存在诸多相似处，尤其是历史叙事，更为"历史"增添了意义。这是因为与历史哲学家强调对历史事件"一个故事模式编织情节"不同，历史著作却"尽力发现所有可能存在的情节结构，使事件系列获有不同的意思"[②]。诸如历史事件"a，b，c，d，e，……，n"，通过对a，b，c，d，e等情节或论据充分予以加工编织，便可使这一事件产生出多种不同的意义。海登·怀特指出：

　　　　如果事件系列只是简单地按照事件发生的顺序来记录，……这只是时间顺序的纯形式。然而这只能是时间顺序的"天真"形式，……这个"天真"形式讽喻式地否认了历史系列具有更大的意义，或者否认了历史系列可以包括想象的情节结构、可以按照故事一样设有开头、中间与结尾。……我认为经典的历史叙事总是充分地对历史系列施加了情节并同其他可能的

①　[美]海登·怀特：《元史学：十九世纪欧洲的历史想象》，陈新译，译林出版社2004年版，第38页。

②　[美]海登·怀特：《作为文学虚构的历史本文》，见张京媛主编：《新历史主义与文学批评》，北京大学出版社1993年版，第171页。

> 情节编织达成妥协。正是这种在两种或多种情节编织之间的辩证张力表明了经典历史学家的自我批判的意识之存在。那么，历史就不仅是关于事件，而且也关于这些事件所体现的关系网。①

可以说，正是在事件的情节编织中，在历史学家对事件进行分析并使用语言形容事件的过程中，不仅历史事件成为了"故事"的审美性环节，历史话语成为了审美性的文学批评，还同样使得历史实现了文本层面上的意义增殖。

第二，话语转义。怀特认为，所有的叙事都是重新描写事件系列，因而是一个"重新编码"的过程。然而，为了使数据产生意义、陌生变为熟悉、神秘的过往变成易于理解的现在，历史叙事就必须借助"比喻模式"进行情节编织，因而每一历史话语都具有意义的比喻层，而其中比喻表达法的四种主要模式就是"隐喻、换喻、提喻、反喻"。因此，每个历史话语均可分解为两个意义层：话语"外表"，即事实所作的阐释；深处"结构意义"，即事实的比喻性语言。通过这一界分，不仅"事实"与"解释"建立起了相互关系，更重要的是，通过"对历史话语中比喻层面的认识使我们获得了观察历史相对性问题的新视野"②。

第三，意识形态蕴涵。在曼海姆《意识形态与乌托邦》对意识形态类型分类基础上，怀特在非政治形态立场上重新提出了"无政府主义、保守主义、激进主义和自由主义"四种基本立场。19世纪西欧历史哲学家归纳出的浪漫、悲剧、喜剧和讽刺四种情节安排模式恰恰与这四种意识形态模式相互关联，也与形式论、机械论、有机论、情境论四种形式论证模式相对应，由此在"历史文本的审美、道德和认识层面"③体现了历史写作的风格特征。据此，怀特对历史演进形式和历史知识进行了分析，认为"历史作品的伦理环节反映在意识形态蕴涵的模式中"，这种模式在深层话语转义与历史阐释中能将"审美感知"（历史事件情节化）与"认知行为"（论证）结合起来，并不可避免地"具有

---

① [美]海登·怀特：《作为文学虚构的历史本文》，见张京媛主编：《新历史主义与文学批评》，北京大学出版社1993年版，第173—174页。

② [美]海登·怀特：《历史主义、历史与修辞想象》，见张京媛主编：《新历史主义与文学批评》，北京大学出版社1993年版，第197页。

③ 刘海平、王守仁主编：《新编美国文学史》第四卷，上海外语教育出版社2002年版，第604页。

特定的意识形态蕴涵"①。

应该说，通过语言理论与历史话语的分析，海登·怀特对历史结构意识的历史诗学分析，不仅揭示了历史文本的阐释功能，说明了历史文本与语言结构模式、历史环境、认知条件之间的相互制约关系，还洞察到历史话语叙述背后不可避免具有的意识形态蕴涵。与此同时，通过历史情节编织以及历史话语阐释模式的转义分析，怀特既将历史视为文本的虚构与想象，又将历史与文学、审美—认知—道德连接起来，进而为其"历史诗学"打造起了系统的理论体系，同时也推动了新历史主义文化诗学的发展。

四 多利莫尔与辛菲尔德：文艺复兴研究中的另一种新历史主义

新历史主义文化诗学主要有英美两个分支：在美国表现为新历史主义，在英国则表现为"文化唯物主义"（cultural materialism）这一理论形态，其主要实践代表有乔纳森·多利莫尔和阿兰·辛菲尔德。乔纳森·多利莫尔是英国当代著名的文学批评家、思想史家、社会学家、文化理论家、新左派理论代表，也是"文化唯物主义"最重要的开创者和积极实践者。多利莫尔对英国文艺复兴时期的文学与戏剧有深入研究，代表性著作有《政治的莎士比亚：文化唯物主义新论》（合编，1985）、《激进的悲剧》（1984）、《性异议》（1991）、《性、文学与审查》（2001）等，被视为新历史主义文化诗学在英国的主要代表。阿兰·辛菲尔德则是多利莫尔在苏塞克斯大学英文系的同事，对文艺复兴时期莎士比亚研究有浓厚兴趣，在性别研究、文化研究等领域同样卓有建树，他们不仅合编了《政治的莎士比亚》一书，还共同创建了"性异议研究中心"，其代表著作有《政治的莎士比亚：文化唯物主义新论》（合编，1985）、《战后英国的文学、政治与文化》（1989）、《故障路线：文化唯物主义与异议阅读的政治》（1992）等，在莎士比亚研究、性别研究等领域反响较大。值得重点说明的是，由这两位学者合编的《政治的莎士比亚：文化唯物主义新论》（1985）一书，不仅被视为一项具有开拓性的理论工作，更对新历史主义运动（文化唯物主义）在英国的传播、影响和发展起到巨大推动作用。

英国文化唯物主义崛起于20世纪80年代初，以文艺复兴研究尤其是莎士比

① [美]海登·怀特：《元史学：十九世纪欧洲的历史想象》，陈新译，译林出版社2004年版，第34、37页。

43

亚研究为聚焦点，随后逐渐过渡到对后殖民、性别及同性恋等问题的探讨上。然而，作为新历史主义文化诗学在英国的另一种存在形态，其理论源头可上溯到英国左翼马克思主义理论批评家雷蒙·威廉斯，正如其英国主将多利莫尔所言："'文化唯物主义'一词是从雷蒙·威廉斯最近的用语中转借来的，它的应用来自英国战后时期一个折衷主义的工作团体，它的特点大体上可以说是进行文化分析……而且更概括地说，它汇集了文化研究中历史、社会和英语的研究，女权运动中的某些重大发展以及欧洲大陆上马克思主义、结构主义和后结构主义的理论，特别是阿尔都塞、马切雷、葛兰西和福柯的理论。"[①]可见，文化唯物主义主张从多个角度分析文学，重视文化与历史、政治、权力、意识形态之间的总体性研究。这也可以看出英国文化唯物主义与美国新历史主义不仅有相似的研究对象和聚焦点，还有着极为相似的理论背景和学理资源，由此形成了两者之间的孪生关系。

在多利莫尔和辛菲尔德看来，文化唯物主义批评由于文本的、历史的、社会学的和理论的分析相互纠缠，于是产生了"实践的政治"，因而文化唯物主义也是历史语境、理论方法、政治义务以及文本分析四要素的综合。以多利莫尔、辛菲尔德为代表的文化唯物主义，其思想指向主要体现在如下几个方面。

一是历史的文本化。与美国新历史主义一样，英国文化唯物主义批评同样反对"旧历史主义"在文学历史观上客观反映的"单一性"解释，又反对"唯心主义文艺批评"在人的意愿、精神意识等"人性"方面对历史无关宏旨的约束，取而代之的是强调文学文本同圈地运动、国家权力、意识形态的激进反倾向、巫术、妇女状况、阶级冲突等相互联系起来[②]，并主张"从后结构主义的观点出发，把文学和历史解作建构的文本性（constructed texuality）"[③]，由此将文

---

① [英]乔纳森·多利莫尔：《莎士比亚，文化物质主义和新历史主义》，见中国社会科学院外国文学研究所《世界文论》编辑委员会编：《文艺学与新历史主义》，社会科学文献出版社1993年版，第141页。

② [英]乔纳森·多利莫尔：《莎士比亚，文化物质主义和新历史主义》，见中国社会科学院外国文学研究所《世界文论》编辑委员会编：《文艺学与新历史主义》，社会科学文献出版社1993年版，第141页。

③ [美]霍华德·菲尔皮林：《"文化诗学"与"文化唯物主义"：文艺复兴研究中的两种新历史主义》，见詹姆逊等著：《2000年新译西方文论选》，黄必康等译，漓江出版社2000年版，第200页。

学、历史与文化做出一种"互文性"的阐释。

二是意识形态的物质主义批评。文化唯物主义批评延续了其思想导师雷蒙·威廉斯的政治批评实践，反对文学和艺术同其他社会实践的隔离，注重文学的社会效果，强调对文学所处的意识形态秩序进行研究，以"探索意义与合法之间的种种文化联系"①。文化唯物主义批评家认为，文学本文都与各种"被边缘化、被从属化的文化"紧密相关，因而其意识形态意义绝不容忽视："对于文化唯物主义批评，有一种理解特别有用，它追溯到意义与合法化的文化联系之中，探究社会观念、社会实践以及社会结构是怎样使占主导地位的社会秩序或社会现状合法化，即主导因素和从属因素的现存关系问题。"②具体而言，这种意识形态的关注体现在"对普遍利益的强调；社会是事物'自然'秩序的'反映'；历史作为一种'合法性的'进程，导致现存社会并为之提供合法依据；对不同意见和他者的丑化"③几个方面，这不仅恰恰是莎士比亚时代的主要特征，还贯彻了"文学就是一种社会实践"这一宗旨。

三是关注权力的巩固、颠覆和遏制。文化唯物主义批评内部也存在着不同的侧重，尤其是在历史文化进程和文学的再现上体现出三种倾向④：第一种立场是强调权力巩固过程（认为现存秩序是出于自然、出于神赋的秩序，从而强化某个阶级和性别的利益）；第二种立场是强调权力巩固过程的反面颠覆（对权威声音的有意义的抵制）；第三种立场是强调对颠覆力量的遏制与包容（居于统治地位的秩序不仅仅遏制这种表面的颠覆，还为了自身的目的而产生它）。可以说，文化唯物主义批评在对文艺复兴的研究中，极为热

① [英]乔纳森·多利莫尔：《莎士比亚，文化物质主义和新历史主义》，见中国社会科学院外国文学研究所《世界文论》编辑委员会编：《文艺学与新历史主义》，社会科学文献出版社1993年版，第148页。

② [美]霍华德·菲尔皮林：《"文化诗学"与"文化唯物主义"：文艺复兴研究中的两种新历史主义》，见詹姆逊等著：《2000年新译西方文论选》，黄必康等译，漓江出版社2000年版，第235页。

③ [美]霍华德·菲尔皮林：《"文化诗学"与"文化唯物主义"：文艺复兴研究中的两种新历史主义》，见詹姆逊等著：《2000年新译西方文论选》，黄必康等译，漓江出版社2000年版，第236页。

④ [英]乔纳森·多利莫尔：《莎士比亚，文化物质主义和新历史主义》，见中国社会科学院外国文学研究所《世界文论》编辑委员会编：《文艺学与新历史主义》，社会科学文献出版社1993年版，第153—155页。

衷从上述三种权力秩序关系出发进行文本研讨，旨在追寻文本背后"历史时刻的种种矛盾"，并在对权力、殖民、妇女等问题上"把受压抑的声音和主宰的声音联合起来当作历史的冲突，当作他们的阶级斗争的持续不断的关系"①。

当然，尽管英国文化唯物主义与美国新历史主义在文艺复兴研究上具有诸多的共同之处，也已充分凸显两者之间的理论孪生关系，但当进一步具体到处理文艺复兴文本而产生的实际问题时，比如对历史文化进程中文学再现的权力问题等，便显示出两者之间的深刻差异。

首先，虽然文化诗学提倡批评的僭越，但相较而言，美国新历史主义阐释实践更加"少具完整或清晰的原则"，更将历史"事件"作为可建构的文本而陷入了"相对主义"；当格林布拉特等人将诸如歌舞剧、田园诗等传统文学研究均纳入政治讽喻的"权力话语"中，并提出一系列诸如"再生产""流通""谈判""社会能源"等经济金融概念时，其对历史"深层结构"的辨认不仅导向一种新的"本质主义"，还用一种"经验主义"的历史文化模式取代了"文本"中心主义模式②，并在根底上体现出一种"历史主义者"的怀旧。与美国新历史主义文化诗学更重视分析文化中的语言叙述或表征（representation）且理论来源混杂不同，英国文化唯物主义则牢牢利用西方马克思主义理论传统，强调文化中的政治作用和社会阶级关系的阐释力量，在文学"介入"上体现了极为清晰的左翼西方马克思主义批判倾向，并异常斩绝地实践着一种真正的政治文化批评。

其次，美国新历史主义文化诗学表面上不再是"历史主义"，在方法论的深处却是"结构主义语言学和结构主义诗学"，因而不仅历史事件可以加以"审美性"分析和话语编码进而予以再现，其文化也可以像语言学一样进行系统的历时性和共时性分析。与之不同，英国文化唯物主义对"重建历史"不感兴趣，其旨在通过对历史文本的阅读发现其"社会凝聚力"，尤其是后工业时

---

① [英]乔纳森·多利莫尔：《莎士比亚，文化物质主义和新历史主义》，见中国社会科学院外国文学研究所《世界文论》编辑委员会编：《文艺学与新历史主义》，社会科学文献出版社1993年版，第159页。

② 参见[美]霍华德·菲尔皮林：《"文化诗学"与"文化唯物主义"：文艺复兴研究中的两种新历史主义》，见詹姆逊等著：《2000年新译西方文论选》，黄必康等译，漓江出版社2000年版，第205—208页。

代英国所陷入的危机，急需后结构主义马克思学者予以重新思考。因此，通过对过去文本的阅读批评，从中提出"历史的合理性和政治能动性"①便成为其内隐的动机。

再次，具体到文艺复兴研究某些细微问题的处理中，两者之间的差异或许还体现在对权力结构分析的"颠覆—遏制"论辩立场上。格林布拉特《看不见的子弹：文艺复兴时代的权利及其颠覆》中，透过文本分析，其关注的是历史进程中居于统治地位的秩序如何对颠覆活动的压力予以遏制。与之途径不同，在卡洛·金兹伯格《奶酪与蛆虫：一个16世纪磨坊主的宇宙观》一书中，关注的却是农民文化所散发的十足颠覆方式。正如辛菲尔德在对权力意识形态的分析时所指出的："如果我们的意识受制于与维护社会秩序的权力结构相联系的语言，我们又怎能进行抵抗呢？更不必说付诸实践。"②由此可见，在权力结构模式分析上，美国新历史主义更关注权力的遏制，而英国文化唯物主义则重视权力的颠覆，这也从另一层面清晰印证了文化唯物主义的左翼激进态度。

总体来说，作为"文化诗学"在英国的一个理论分支，以多利莫尔、辛菲尔德为代表的英国文化唯物主义，在文艺复兴研究以及对文学与政治、性别、种族、阶级、宗教等问题的研究上，尤其是在雷蒙·威廉斯理论路线上对文学艺术与其他社会实践之间的文化整体性透视，使之与美国新历史主义文化诗学遥相辉映、密不可分，加之两者在福柯、阿尔都塞等后结构主义理论资源的相似性话语影响下，更具有了理论共通之处。与此同时，由于美国新历史主义批评与英国文化唯物主义批评处于不同的文化制度与立场上，加之依赖不同的知识传统、追求不同的理论方法、指向不同的研究趣味，因而两者在理论形态、对象目标上又呈现出一定的差异性。然而，正如美国新历史主义文化诗学流派内部同样存在争执一样，英国文化唯物主义作为文艺复兴研究中的另一种"新历史主义"，不仅开辟出一条新的文学批评路径，还恰恰在异质文化语境中修补、完善并拓展了新历史主义文化诗学的内涵与外延。

---

① [美]霍华德·菲尔皮林：《"文化诗学"与"文化唯物主义"：文艺复兴研究中的两种新历史主义》，见詹姆逊等著：《2000年新译西方文论选》，黄必康等译，漓江出版社2000年版，第223页。

② Alan Sinfield, *Faultlines: Cultural Materialism and the Politics of Dissident Reading*, Berkeley: University of California Press, 1992. p.35.

第三节　思想来源：新历史主义文化诗学的方法论

严格意义上说，无论是美国新历史主义，还是英国文化唯物主义，都还只能称为一种"实践，而非教义"，也就是说，还只是一种"批评实践"的统称，而难以称之为像"新批评"一样的理论流派，原因就在于它们没有形成一套系统的具有普适性的理论原则。然而，作为一种"批评实践"而非"理论教义"，美国新历史主义和英国文化唯物主义之所以能汇合形成一股"文化诗学"的历史潮流，很大原因就在于米歇尔·福柯的权力话语与知识考古学、路易·阿尔都塞的意识形态国家机器、克利福德·格尔茨的文化人类学"厚描"、米哈伊尔·巴赫金的复调式"对话"与"狂欢化"、安东尼奥·葛兰西的文化霸权以及雷蒙·威廉斯的文化理论等诸多思想资源，不仅给它们提供了相似的思想理论框架，还成为它们立论展开的话语基础，由此形成了两者间极其相似的研究对象和操作方法。

相较象征主义、表现主义、直觉主义、精神分析等"作者中心"文论范式，与俄苏形式主义、英美新批评、结构主义等"文本中心"文论范式，以及读者接受理论等"读者中心"文论范式，后起的新历史主义文化诗学凭借其"跨学科"兼收并蓄的思想来源、贯通"文本内外"的实践策略、权力意识形态"介入"的现实关怀，使其具有了当代西方批评理论的反思性、创造性和超越性，以及不可避免的混杂性。

一　米歇尔·福柯：权力话语与知识考古学

新历史主义之所谓"新"，在于它同后结构主义批评、解构主义批评之间暧昧不明的关系，具体言之则在于它打破了客观、统一、连续的"旧历史观"而代之为非连续、断裂、编织的"文本构造物"这一"新历史观"。为此，对"旧历史主义"本原性模式的替代，重新找寻一个"崭新和独创的历史编撰学的模式"并在这种叙事模式中找出结构的置换，以便对"产生任何完全共时模式的可能性的条件进行叙事重构"[①]，是新历史主义批评获得逻辑支撑的重要环节。这种对新式"反本原模式"的探寻，便溯源到20世纪法国哲学家米歇尔·福柯（Michel Foucault, 1926—1984）的"知识考古学"（Archaeology of Knowledge）之中。

---

① [美]弗雷德里克·詹姆森：《马克思主义与历史主义》，见张京媛主编：《新历史主义与文学批评》，北京大学出版社1993年版，第25—26页。

与历史学层面的"考古学"概念不同，福柯借用此概念意在发掘一个特定时期的知识类型，发掘"话语实践的类型和规则"以及话语背后所"服从于某些规律的实践"，进而"对某一话语——对象作出系统描述"①。福柯认为，传统的历史和思想史主题是线性和连续的，而自己的研究就试图"在历史领域解脱人类学的束缚""摆脱那些以各自的方式变换连续性主题的概念游戏"②。因为传统的知识型和认知方式人为地横亘着种种"分界线"，阻碍人们接受"范围广大的话语类型之间的差异"以及"体裁形式之间的差异"③，福柯思考的入手处便是"话语的规律"，并集中探讨话语的"不连续性、断裂、界限、极限、序列、转换"，以此在话语形成的分析中思考"陈述"，这是由于陈述"既存在于这种不连续性中，这种不连续性把它们从所有的形式中释放出来"④。很明显，福柯引入"考古学"意在对传统历史和思想史进行反驳，并在历史意识的裂隙性、非连续性、断裂性中关注差异性而非类同，并透过话语规律实践和陈述揭示出话语背后被压抑、被边缘、被隐藏、被忽视的现象。福柯指出：

> 话语的每个阶段都向作为事件的它的断裂敞开着；事件存在于断续之间；存在于转瞬即逝的偏离之中，这断续和偏离使话语被继续、被知道、被遗忘、被改造、被抹除为它最细小的痕迹，并从每双眼睛前移开埋入微尘的书籍之中。不必将话语追根穷底地回溯到它起源的原始在场；而必须在它的直接性游戏中观照它。……目的是要把握那些陈述，那些作为事件的并具有如此独特的特殊性的陈述，是以何种方式与在性质上非话语的其他实践——也许是技术的、实践的、经济的、社会的、政治的，等等此类的实践——相联结。⑤

---

① [法]米歇尔·福柯：《知识考古学》，谢强、马月译，生活·读书·新知三联书店2007年版，第152—154页。
② [法]米歇尔·福柯：《知识考古学》，谢强、马月译，生活·读书·新知三联书店2007年版，第16、20页。
③ [法]米歇尔·福柯：《论科学的考古学》，见汪民安编：《什么是批判》（福柯文选Ⅱ），北京大学出版社2015年版，第43页。
④ [法]米歇尔·福柯：《知识考古学》，谢强、马月译，生活·读书·新知三联书店2007年版，第84页。
⑤ [法]米歇尔·福柯：《论科学的考古学》，见汪民安编：《什么是批判》（福柯文选Ⅱ），北京大学出版社2015年版，第48、52页。

福柯基于话语规律和陈述的分析，旨在非连续性、差异性、偶然性中"描述"话语的意义，这显然与传统历史和思想史截然不同，更为考察文学与历史开辟了新的途径。这种对"历史"的解构与消名，对历史文化系统中"共时性"的探察，对历史事件编撰学的分析，无疑为格林布拉特、蒙特洛斯、海登·怀特等"新历史主义"主将提供了最为直接的方法论。

除"知识考古学"对"历史"的重新定义外，新历史主义批评家们还在福柯著作中汲取了"权力话语"的思想资源。文化诗学者们在文艺复兴研究中对文本内部权力意识形态痴迷般的关注，很大程度上讲，便是作为"福柯主义者"对福柯"话语权力"思想的拥抱。

福柯在《规训与惩罚》《性史》等系列著作中均对话语权力的控制过程有着深入探讨，并将个体、话语、事件、组织置于权力的关系网中进行立体考察，不仅揭示了权力的话语生产机制，还深刻阐明了权力的永恒运作关系。在《规训与惩罚》中，透过监狱的全景敞视，福柯认为这种连续的等级体制的统一运作构成了"规训机制"的一种"微缩模式"，这其中："秩序借助一种无所不在、无所不知的权力，确定了每个人的位置、肉体、病情、死亡和幸福。那种权力有规律地、连续地自我分权，以致能够最终决定一个人，决定什么是他的特点、什么属于他，什么发生在他身上。"①这种权力秩序关系网中对个体特点、自我意识，即"自我"与专制权力或权威关系服从的考察，非常容易联想到格林布拉特在《文艺复兴时期的自我塑造：从莫尔到莎士比亚》一书中对作家及其笔下人物性格关系的透视。这种对权力运作关系的探察，在福柯《性史》这部多卷本著作中有着同样清晰的讨论。该书从人性深处最敏感也最关切的话题入手，通过性的欲望、快感等问题的分析，指出了"权力在性展布中的创造性作用"进而反拨了"性遭受压抑"的错觉，并从中探讨了权力与话语、知识之间的关系，进而在"权力—认知—快感系统"②中揭示"权力的运作"何以导致权力变更的知识转型。正是这些无所不在的"权力"以及"权力的诸形式"，不仅为包括新历史主义学者在内的批评家们阅读文本提供了方法论策略，还为他们深入文艺复兴研究并控诉小说与剧院何以成为"权力遏制的同

---

① [法]米歇尔·福柯：《规训与惩罚》（修订译本），刘北成、杨远婴译，生活·读书·新知三联书店2012年版，第221页。

② [法]米歇尔·福柯：《性史》（第一、二卷），张廷琛等译，上海科学技术文献出版社1989年版，第9、12页。

谋"予以了系谱学上的支撑。

福柯对新历史主义批评实践形成的巨大影响，就连斯蒂芬·格林布拉特和海登·怀特等人也屡次提及，由此可见文化诗学理论主张与福柯思想之间的源流关系。理查德·特迪曼认为"新历史主义者们已用权力关系代替了'思想'（ideas），并以此作为历史分析的基本单位"①。英国著名的后结构主义学者、德勒兹研究专家克莱尔·科勒布鲁克在《新文学历史：新历史主义与当代批评》一书中也指出"格林布拉特1980年出版的《文艺复兴时期的自我塑造：从莫尔到莎士比亚》是对福柯《规训与惩罚》和《性史》的深度借鉴"，而格林布拉特遵循《规训与惩罚》中"自我通过实践监控"对文艺复兴作品的分析表明"他似乎更是一位福柯主义者"②。

或许，弗兰克·林特利查（Fyank Lentrichia）对新历史主义的评论，既能直截了当地指出该流派的内在理论品格，又能为它与福柯之间的理论师承关系作一个极好的总结："葛林伯雷或多或少告诉我们他们需要阅读马克思。新历史主义者不仅重新阅读了马克思；他们甚至拥抱了米歇尔·福柯（在理论上此人对他们影响更深），这种（我认为是无批判的）接受的结果在新历史主义那里可以在使用'权力'这个充满含义的术语的所有地方看到踪迹。新历史主义奇怪的理论本体是由其导演在马克思和福柯之间，并以福柯为支配一方的不大适合的结合所构成的。"③

二 克利福德·格尔茨：文化实践与"厚描"

在批评方法上，新历史主义文化诗学还大量借用了文化人类学的理论资源。这其中，便充分吸取了美国普林斯顿大学高等研究院著名文化人类学家、符号人类学和解释人类学倡导者克利福德·格尔茨（Clifford Geertz，1926—2006）的思想理论方法。正如格林布拉特在《文艺复兴时期的自我塑造：从莫尔到莎士比亚》一书中开宗明义所指明的："我在本书中企图实践一种更为文化（cultural）或人类学的批评（anthropological criticism）——

---

① [美]理查德·特迪曼：《所在见教，有无种类？》，见张京媛主编：《新历史主义与文学批评》，北京大学出版社1993年版，第223页。

② Claire Colebrook, *New Literary Histories:New Historicism and Contemporary Criticism*, Manchester University Press, 1997.pp.59-60.

③ [美]弗兰克·林特利查：《福柯的遗产：一种新历史主义？》，见张京媛主编：《新历史主义与文学批评》，北京大学出版社1993年版，第149页。

说它是'人类学的'，我们是指类似于格尔茨、詹姆逊·布恩、玛丽·道格拉斯、让·杜维格瑙、保罗·拉宾诺、维克多·特纳等人的文化阐释研究（interpretive studies of culture）。"①格林布拉特论著中反复引用并多次提及的格尔茨，是一位极具原创力的文化人类学家，在其《文化的解释》《爪哇的宗教》及《地方性知识》等一系列代表性著作中，他从文化与宗教、文化与意识形态等角度，通过"巴厘岛斗鸡"等一个个生动具体文本的聚焦阐释，将文学、历史、民俗、宗教信仰等关联并置于文化符号系统中，深刻揭示出文本背后所隐含的无限丰富的蕴涵。这种文学、文化与社会的相互渗透，历史文本化的隐喻及聚焦，符号意义的阐释及"厚描"，等等，诸多方法策略均对新历史主义文学批评实践产生了重要影响。

格尔茨认为，文化"就是这样一些由人自己编织的意义之网，因此，对文化的分析不是一种寻求规律的试验科学，而是一种探求意义的解释科学"②。也就是说，他追求的是一种文化的解释学。据此，格尔茨将文化看成"行为的文献"，它不是"一种引致社会事件、行为、制度或过程的力量（power）"而是"在其中社会事件、行为、制度或过程得到可被人理解的——也就是说，深的——描述"③，正是在这种解释中，作为"构造之物"的文化经由"社会性行为"得以捏造成形、连贯一体。那么，究竟该如何理解这种作为社会性的"人造物"——文化呢？格尔茨提出，关键是要通过"民族志"的方法并通过详尽的"厚描"，将文化实践中很多看似微不足道的细节描绘出来，并揭示其内在的力量，最终达成对文化的解释。在文化人类学理论中，所谓"厚描"，又称"浓厚的描述"（thick description）或译为"深描"，具体指涉一种文化实践，究其本质上就是"理解他人的理解"，阐释他人的阐释和言说他人的言说的再阐释活动，这种再阐释是在"文化系统"中以"异文化"眼光，去体察"文本化"（textualized）的。因此，格尔茨"民族志"的厚描法便有着独特的意涵：

> 民族志描述有三个特点：它是解释的；它所解释的是社会性会话流（the flow of social discourse）；所涉及的解释在于将这种会话"所说过的"从

① [美]斯蒂芬·格林布拉特：《〈文艺复兴自我造型〉导论》，见中国社会科学院外国文学研究所《世界文论》编辑委员会编：《文艺学与新历史主义》，社会科学文献出版社1993年版，第79页。

② [美]克利福德·格尔茨：《文化的解释》，韩莉译，译林出版社2008年版，第5页。

③ [美]克利福德·格尔茨：《文化的解释》，韩莉译，译林出版社2008年版，第16页。

即将逝去的时间中解救出来，并以可供阅读的术语固定下来。……此外，这类描述还有第四个特点，至少，我是这么做的：它是微观的。①

格尔茨这一"民族志"的"厚描性"解释，不仅指明了文化阐释学的鲜明学理特色，还将其文化的阐释策略清晰总结出来。它至少传递出如下几层含义：

第一，文化交汇与透视焦点。文化分析是一项解释工作，旨在对文本意义的推测，并评估这些推测进而得出解释性结论。因此，这种"民族志"的"厚描"，更多地要进行"有焦点的聚焦"（focused gathering），通过对系列事件的解释最终超越对其形式的关注而进入更为广阔的社会学、心理学、经济学的关注领域，并在这些互动构成的复杂张力场域中将日常易于"掩盖起来"②的内容予以解读和揭示。由此，追寻文化意义的阐释，绝非仅仅局限于文本之内，而是在文本与文本之外的各种社会文化形式的网络关系及其互动过程中生成。

第二，文化文本与社会话语流。文化作为"造物"，是通过社会性行为才连贯一体的，因而是一种"社会性话语流"。正因为解释的对象是一种"话语流"，"厚描"的目的就在于通过循环往复的描述去"追溯社会性对话曲线，把它固定在一种可供考察的形式里"③进而在文化文本的意义追寻中去"详尽探求文化、人格及社会体系之间相互渗透的方式"④。

第三，文化修复与话语重建。通过"民族志"的方法，不仅可以"把社会性对话从一件只存在于它发生的那个时刻、转瞬即逝的事件转变为一部存在于刻画它的可供反复查阅的记载"⑤，更能通过即将逝去的社会文化生活踪迹的恢复与重建，触摸到对象的真实，实现文化符号学方法的要旨，即："接近我们的对象生活在其中的概念世界，从而使我们能够与他们（在某种扩展的意义上）交谈"⑥。

第四，深入细节与微观描述。尽管说"民族志"的描述是诸如杂乱无章的言谈和逸闻轶事这样一些"微观的"材料，但这种"局部的、微观的研究"必

① [美]克利福德·格尔茨：《文化的解释》，韩莉译，译林出版社2008年版，第23—24页。
② [美]克利福德·格尔茨：《文化的解释》，韩莉译，译林出版社2008年版，第458—459页。
③ [美]克利福德·格尔茨：《文化的解释》，韩莉译，译林出版社2008年版，第21页。
④ [美]克利福德·格尔茨：《文化的解释》，韩莉译，译林出版社2008年版，第222页。
⑤ [美]克利福德·格尔茨：《文化的解释》，韩莉译，译林出版社2008年版，第21—22页。
⑥ [美]克利福德·格尔茨：《文化的解释》，韩莉译，译林出版社2008年版，第28页。

须依赖于"更大的事物的关联"这一基本前提，做到"以小见大"，实现"从局部真理向普遍图景发展"的微观模式。只有这样"深入细节"，才能去"紧紧把握住各种文化以及每种文化中不同的个人的基本特征"①。

然而，所有上述关于透视焦点、社会话语流、文化修复与重建等的相关"厚描"与"解释"，微观的、具体的，抑或其他，其目的：一方面在于对逝去的社会性话语流进行编排和组织，重新构造起经验过的世界坐标；另一方面则在于通过这些微观话语、事件的文化符号学解释，将人类生活中被掩盖的、忽视的意义表达出来。

以格尔茨为代表的文化人类学所从事的上述工作，同样在新历史主义批评实践中得以彰显。首先，"文化诗学"与"文化阐释学"在文学与文化互涵互动这一阐释的方法论上同气相求，尤其是为了达到对文化的解释及其意义的追寻而提倡的对研究对象循环往复性的"厚描"，更与新历史主义强调"跨学科""互文性"的旨趣同声相应。在此基础上，文化人类学家认为文化是"由人自己编织的意义之网"，而文化解释首先就要将事件置于可理解的有意义的文化系统中，这或许就如海登·怀特所言："文学以及社会制度与实践只能被视为这些'文化系统'的表达或表现。"②其次，新历史主义者热衷于对逸闻轶事的关注，对边缘化、被压抑的声音进行揭示，与文化人类学家对微观的细节的处理如出一辙。当然，无论是文化人类学学者，还是新历史主义学者，这种"微观的"故事和标记或"零散插曲、逸闻轶事"的选择，不仅经过认真的观察思考，发现其具有"共鸣性与中心性"，还最能体现文化力量交汇线索的"透视焦点"③。再次，文化人类学将文化理解为"造物"，并将人的精神特征、世界观的变化、社会的变迁视为文化的不断作用的结果，进而指出是"文化功能"产生了"它的社会和心理功能"，也就是说个体的生活、行为、心理，是由"宗教（或艺术，或科学，或意识形态）在其中起到决定性作用"④，

① [美]克利福德·格尔茨：《文化的解释》，韩莉译，译林出版社2008年版，第24—25、58页。
② [美]海登·怀特：《评新历史主义》，见张京媛主编：《新历史主义与文学批评》，北京大学出版社1993年版，第102页。
③ [美]斯蒂芬·格林布拉特：《〈文艺复兴自我造型〉导论》，见中国社会科学院外国文学研究所《世界文论》编辑委员会编：《文艺学与新历史主义》，社会科学文献出版社1993年版，第81页。
④ [美]克利福德·格尔茨：《文化的解释》，韩莉译，译林出版社2008年版，第133页。

毋庸置疑的是，这一思想启发了格林布拉特对文艺复兴时期作家及其人物性格特征的分析。此外，文化人类学将文化视为一种"社会话语流"，进而主张在文本内外进行不断"厚描"以揭示文本、社会与文化之间的相互渗透，这与新历史主义经常标举的不同话语领域之间的"流通""振摆""谈判"显然有着某种不言自明的逻辑瓜葛。当然，需要特别指明的是，由于新历史主义思想来源的理论驳杂，因而也有着与文化人类学研究旨趣上的根本差别，这其中对于"历史观"的不同理解或许便是两者最大的分歧：与新历史主义追求历史的断裂性、非连续性、解构性，且无意追寻"历史文化的真实"而着力探寻权力意识形态的运作关系截然不同，文化人类学家则通过"民族志"的"厚描"旨在"以不同的途径、从不同的方面，力求去枝打叶，复原文化概念的本来面目"[①]。

总体而言，新历史主义学者们异常青睐文化人类学的"厚描法"，并在文艺复兴时期的文本分析中予以实践，通过对作家及其笔下人物逸闻轶事的焦点透视和细节分析，新历史主义学者也在文化系统中将人物"自我造型"与文化系统的"摄控机制"进行了类似处理，并恰如其分地将文学文本中的世界与文本之外的社会存在如何互动、文学与社会特征在文化中如何形成、个人气质在文化环境和权力结构中如何形塑，进行了深入解释和批评。正如张京媛在编选《新历史主义与文学批评》时所指出的，"'文化诗学'指向人类学，是新历史主义的许多论断的依附之处"[②]，也道出了两者在文化实践研究模式中的承继关系。

三　米哈伊尔·巴赫金："对话"与"狂欢化"

苏联著名文艺理论家、结构主义符号学代表人物米哈伊尔·巴赫金（Mikhail Bakhtin，1895—1975）同样对新历史主义文化诗学形成了直接而重要的影响，尤其是其开创的"复调""对话""狂欢化"等一系列理论话语，更被斯蒂芬·格林布拉特、海登·怀特、乔纳森·多利莫尔等文化诗学主将在批评实践中吸纳。

巴赫金是一位极具传奇色彩的理论家，生前穷困潦倒、命途坎坷，学术亦是籍籍无名。然而，随着20世纪中后期西方学术思想的"文化转向"，尤其

---

① [美]克利福德·格尔茨：《文化的解释》，韩莉译，译林出版社2008年版，第4页。
② 张京媛主编：《新历史主义与文学批评·前言》，北京大学出版社1993年版，第1页。

是人文精神领域陷入消名、无序、解构的秩序中，巴赫金著作所开创的多元对话、互动开放的整体性文化观，瞬间被西方学者所发现和认同，并由此对人文学科各领域不同派别产生深刻影响。

巴赫金关于"复调""对话"及"狂欢化"等理论命题，是基于对陀思妥耶夫斯基小说文本细读基础上提出的。巴赫金认为，欧洲的小说体裁类型主要是"独白小说，单调小说"（即：小说人物受作者支配，被独白式理解的客体世界，与单一的、统一的作者意识相一致），传统的艺术家也将意识多样性塞进"体系—独白"性质的框架，这样一种故事的叙事逻辑直至陀思妥耶夫斯基的小说才被真正打破，因为"他创造了一种全新的艺术思维形式"——"复调思维"（即：各种独立的不相混合的声音与意识之多样性、各种有充分价值的声音之间的复调），这也是陀思妥耶夫斯基小说的基本特征。巴赫金认为，复调思维不仅打碎了小说的独白平面、召唤着直接的回答，更让小说中的人物客体与"创造者站在一起，不与他妥协，甚至反抗他"[①]，这便为故事创造者与小说人物、小说中人物之间、小说与外部世界的对话，尤其是"作品中各种力量和声音——社会的、政治的、意识形态的——之间的争论"[②]成为可能。巴赫金指出，这种"多范畴""多声部"现象恰恰形成了"对话关系"：

> 复调小说整个就是对话的。小说结构上所有成分之间都存在着对话关系，即它们以对位法的方式相互对立。因为，对话关系，——这是比结构对话中的对答之间的关系更为广泛的现象，这是几乎包罗万象的一种现象，它渗透在所有人类言辞中，渗透在人类生活的全部关系与表现中，总而言之，渗透一切有意义的和有涵义的东西。[③]

很显然，基于对话方式上的"复调"，意味着拒绝"独白"，而小说体裁上的这种复调思维，又是建立在"狂欢化"这一情节结构基础上。巴赫金认为，小说体裁存在着"史诗、演说和狂欢化"三种根源，正是在"狂欢化路线"上，

[①] [苏]米哈伊尔·巴赫金：《陀思妥耶夫斯基诗学问题》，刘虎译，中央编译出版社2010年版，第3页。

[②] [苏]米哈伊尔·巴赫金：《陀思妥耶夫斯基诗学问题》，刘虎译，中央编译出版社2010年版，第44页。

[③] [苏]米哈伊尔·巴赫金：《陀思妥耶夫斯基诗学问题》，刘虎译，中央编译出版社2010年版，第50页。

才发展出"严肃—笑谑"里"苏格拉底对话"和"梅尼普斯讽刺"之后的陀思妥耶夫斯基小说变体。巴赫金通过对陀思妥耶夫斯基《堂吉诃德》的评价以及文艺复兴时期民间文化的分析认为，文学狂欢化与狂欢节本身相关，狂欢节改变了等级制度以及与之相联系的一切形式的恐惧、崇拜、虔诚、礼仪等，并通过这些仪式移位于文学进而"赋予相应情节和境遇以象征的深刻性和双重性、或交替所具有的愉快的相对性及狂欢式的轻松迅速"①。这种"狂欢化"的笑谑与讥讽、加冕与废黜、交替与乔装，不仅指向世界秩序的交替、权力的反抗，更折射出一种生活的处世态度②。

当然，正如巴赫金所言，陀思妥耶夫斯基基于"对话关系"上创造的复调小说，有其形成的文化土壤③。同样，巴赫金基于陀思妥耶夫斯基小说基础上提出的这一系列理论话语也有其深刻的社会历史文化语境：一方面，俄国历史诗学传统以及文坛现状，给巴赫金提供了理论启示。被称为俄国"比较文艺学之父"的维谢洛夫斯基，通过对俄国和西欧以实证主义为基础的神话学派、历史文化派，尤其是对斯拉夫各族的民间文学的深入研究所建立起的"历史诗学"理论体系与诗学范畴，便对巴赫金诗学观念产生了直接影响。巴赫金曾评价说，"维谢洛夫斯基的长处就在于发现了文艺学与文化史的联系，揭示了艺术形式、艺术语言的'符号学涵义'"。④此外，俄苏文坛的现状与社会历史现实，尤其是庸俗社会学和形式主义诗学，是巴赫金尝试沟通历史、文学与文化的出发点。另一方面，试图采取了一种"对话"的姿态，以调和形式主义批评与马克思主义批评两股力量。在《语言艺术创作中的内容、材料和形式问题》及《文艺学中的形式主义方法》等著作中，巴赫金对形式主义者对文本内部语言特征的关注表示认可，并批评马克思主义批评家不应该"从背后打击形式主

---

① [苏]米哈伊尔·巴赫金：《陀思妥耶夫斯基诗学问题》，刘虎译，中央编译出版社2010年版，第145页。

② 巴赫金认为，文艺复兴正好代表着"狂欢生活的顶峰"，以后就出现了空白。

③ 正如巴赫金所分析指出的："陀思妥耶夫斯基时代的客观复杂性、矛盾性与多声部，平民知识分子与社会流浪者的处境，无论是生活经历还是内心都深切关注多范畴的客观生活，最后，在互动与共存中看待世界的才能，——这一切造就了陀思妥耶夫斯基复调小说得以成长的土壤。"见[苏]米哈伊尔·巴赫金：《陀思妥耶夫斯基诗学问题》，刘虎译，中央编译出版社2010年版第37页。

④ [俄]维谢洛夫斯基：《历史诗学》，刘宁译，百花文艺出版社2003年版，第12页。

义"①，但又辩证指出了形式主义的弊病，认为"他们把特点、独特性设想为对一切别的事物的保守的和敌视的力量"，"不能把独特性与社会历史生活的具体统一体中的生动的相互影响结合起来"②，并指出了"不能把诗学同社会历史的分析割裂开来，但又不可将诗学溶化在这样的分析之中"③。

可以说，通过如上研究，巴赫金诗学不仅具有了鲜明的理论特色，更在方法论上成为新历史主义文化诗学的理论先导。这种话语影响尤其体现在如下三个方面：

首先，"杂语"和"狂欢化"。巴赫金的狂欢化诗学打破了官方文化与滑稽文化之间的对立，尤其是在小说"狂欢化路线"上为底层文化、边缘文化、非官方声音的开掘提供了理论支撑。法国结构主义学家托多罗夫便认为"巴赫金的研究正好填补了一项空白"，因为他揭示了"异端的民众传统广泛地受到歧视"的原因④。同样，为了"把文本的统一表面扯开一个裂隙、让人们听见其中多元化的社会声音"⑤，新历史主义批评家便充分吸收了巴赫金"狂欢化"的诗学营养，并在文艺复兴小说研究中透过对作家及其笔下人物边缘琐事等"非官方"声音的勘察，呈现出个体对权威意识的反抗与颠覆。例如，格林布拉特便运用巴赫金"狂欢化"思想对文艺复兴时期作家拉伯雷进行了分析，并指出拉伯雷的力量"来自一种对于一个文学、社会以及宗教世界中所发生的事情的感受，这一世界正在强化对于秩序、纪律以及礼仪的执著信仰"⑥。通过这些被压抑的、边缘化话语的打捞，新历史主义学者也在文本批评的"多声部"现象中将历史的"非连续性"、文本的"众声喧哗"，以及隐含的权力意识形态呈现出来。

---

① [苏]巴赫金：《文艺学中的形式主义方法》，李辉凡、张捷译，漓江出版社1989年版，第234页。

② [苏]巴赫金：《文艺学中的形式主义方法》，李辉凡、张捷译，漓江出版社1989年版，第48页。

③ [苏]M.巴赫金：《陀思妥耶夫斯基诗学问题》，白春仁、顾亚铃译，生活·读书·新知三联书店1988年版，第70页。

④ [法]托多罗夫：《巴赫金、对话理论及其他》，蒋子华、张萍译，百花文艺出版社2001年版，第281—282页。

⑤ [美]吉恩·霍华德：《文艺复兴研究中的新历史主义》，见中国社会科学院外国文学研究所《世界文论》编辑委员会编：《文艺学与新历史主义》，社会科学文献出版社1993年版，第107页。

⑥ [美]布鲁克·托马斯：《新历史主义与其他过时话题》，见张京媛主编：《新历史主义与文学批评》，北京大学出版社1993年版，第86页。

其次，"对话关系"。巴赫金发现陀思妥耶夫斯基能在任何地方、在任何自觉有意识的人类生活中听到对话关系，简言之，"生活中的一切都是对话"。因此，为了防止话语的独白和人物意识的奴役，发现思想与声音的"多声部"，巴赫金提倡自我的"外位性"研究："理解者针对他想创造性地加以理解的东西而保持外位性，时间上、空间上、文化上的外位性，对理解来说是件了不起的事。"①这种"外位性"思想实则就是希望在"他者"视域内反观自我的缺陷，在"对话"中实现互动。这在新历史主义批评实践中更是随处可见，格林布拉特曾声称："我曾梦想与死者说话，至今我也不放弃这个梦想。然而，人们错误地以为我将听到他者的单一声音。如果我想听到一种的话，我就不得不听到死者的多种声音。如果我听到他者的声音，我就不得不听到我自己的声音，死者的言说就像我自己的言说一样，不是一种私有财产。"②这种历史纵深处对细节的打捞，文学与历史的对话、文本内外的交流与对话，均渗透着巴赫金诗学思想的影响。格林布拉特还曾不止一次提到其文本实践的目的就是要"去死者那里召唤"以实现"与死者对话"，在《什么是文学史？》这篇未刊稿中就认为，"文学的现代对应概念应当是作为书面话语之总和的文化诗学，我们通过这些话语理解世界、影响世界，尤其重要的是，我们通过这些话语把想象和现实区别开来"，为此，文学史不仅"必须是跨学科的"而且"必须是跨文化的"，只有"通过将它与其他文化相比较才能得到理解"，因而，文学史始终是"文学的可能性的历史"，文化的进步以及文学的精神也要积极"从死者那里获得魅力"，因为"文学强有力的功能性恰恰在于它携带着那些现在仅仅是鬼魂的人的踪迹，因为它有一种似乎'为了我们'而被书写的非自然力，就像圣·保罗所指出的，因为它总是在生与死之间高视阔步。'你是个学者——对他说话，霍拉旭'"③。显然，这种主张积极面对"死者"、从死者踪迹中寻觅文本意义之"对话性"策略，也承续了巴赫金"拒绝独白、提倡对话"的思想。

① [苏]巴赫金：《答〈新世界〉编辑部问》，载《新世界》杂志1970年第11期。
② Stephen Greenblatt, *Shakespearean Negotiations*, University of California Press, 1998. P.20.
③ [美]斯蒂芬·格林布拉特：《什么是文学史？》，孟登迎译，见郭宏安等主编：《国际理论空间》第一辑，清华大学出版社2003年版，第160、162、169页。

再次，"时空体"交流与"双向调查"。巴赫金在《小说的时间形式和时空体形式——历史诗学概述》一文中提出了"时空体"概念："在文学中的艺术时空里，空间和时间标志融合在一个被认识了的具体的整体中。时间在这里浓缩、凝聚，变成艺术上可见的东西；可见则趋向紧张，被卷入时间、情节、历史的运动之中。时间的标志要展现在空间里，而空间则要通过时间来理解和衡量。这种不同系列的交叉和不同标志的融合，正是艺术时空体的特征所在。"①巴赫金认为，这种时空体作为"整部小说中具体描绘的中心、具体体现的中心"具有重要的体裁意义，因为"时空体"不仅参与文学艺术形象的建构，还与其他"时空体"渗透、共处、交错、接续，形成"对话性"，由此将"作品外在的物质表现、作品篇章、作品所描绘的世界、创造作品的作者、读者听众"②不可分割地统一起来。正缘于此，文学与外部世界才在历史时空中永远处于新陈代谢中："作品及其中描绘出来的世界，进入到现实世界中并丰富这个现实世界；现实世界也进入作品及其描绘出的世界。"③很显然，这种"时空体"形式更加强调多元、杂语，与传统线性历史主义"世界图景"之客观背景反映截然不同。受此影响，蒙特洛斯关于"历时性"与"共时性"的统一、"文本的历史性"与"历史的文本性"，以及格林布拉特提倡的其阐释任务就是要对文学文本与社会存在之于文学的影响实行"双向调查"等，均在反对"客观历史"的反映、"单一性"形式主义路径，强调历史的建构、文学文本与历史文化系统之关联，这些观念均可谓一脉相承。

此外，与"独白小说"不同，巴赫金认为，"复调小说"易于呈现官方文化与非官方文化的多样性及其冲突，尤其是将"永远新鲜的非官方语言和非官方思想（节日的形式、亲昵的话语、亵渎行为）联系在一起"④，这对"多声部"语言背后所展现的意识形态权力关系，尤其是通过"狂欢式"底层文化达到的对主流意识形态的颠覆，无疑给新历史主义探讨文艺复兴时期权力意识形

---

① [苏]巴赫金：《小说理论》，见钱中文主编：《巴赫金全集》第三卷，河北教育出版社 1998年版，第274—275页。
② [苏]巴赫金：《小说理论》，见钱中文主编：《巴赫金全集》第三卷，河北教育出版社 1998年版，第457页。
③ [苏]巴赫金：《小说理论》，见钱中文主编：《巴赫金全集》第三卷，河北教育出版社 1998年版，第456页。
④ [苏]巴赫金：《小说理论》，见钱中文主编：《巴赫金全集》第三卷，河北教育出版社 1998年版，第523页。

态的"反抗、颠覆与遏制"提供了理论视角。

总体而言，巴赫金倡导的那种"杂语""对话""复调""狂欢化"之整体性诗学观，不仅在20世纪40年代西方"语言论转向"背景下便自觉完成了其"文化诗学"的理论建构①，还成为20世纪六七十年代西方文论"文化转向"语境下新历史主义批评实践参照借鉴的理论先导，更被女权主义、后殖民主义以及文化研究等诸多流派所广泛采用。尽管巴赫金的"文化诗学"思想因历史原因一度被埋没，但其理论"被发现"后，尤其是其民间文化和"狂欢化"理论中所展现的解构、颠覆与革新精神极其契合当代西方哲学思潮的指向，由此产生了广泛的世界性影响。与此同时，作为西方新历史主义文化诗学方法的重要源泉——巴赫金的文化诗学思想同样对中国文化诗学的理论与实践，产生了极其重要的影响。

四　西方马克思主义理论传统

之所以将西方马克思主义理论传统置于最后，原因不仅仅在于西方马克思主义理论谱系实在过于庞杂而难以把握，更为确切的原因恰恰在于作为"马克思主义的粗浅版本"②的新历史主义文化诗学，与西方马克思主义理论传统关系尤为密切。毫不夸张地说，从西方马克思主义理论起源之卢卡奇，到主张"文化霸权"的葛兰西，再到强调"整合与颠覆"的阿多诺；从阿诺德"文化与无政府主义"、利维斯"少数人的文化"直至雷蒙·威廉斯"文化政治批评"为代表的英国马克思主义传统，到丹尼·贝尔"意识形态终结"、米尔斯"权力精英论"直至被称为"新左派之父"的旅美法国学者马尔库塞（Herbert Marcuse）"意识形态批判"为代表的美国马克思主义传统；再加之以法国后结构主义哲学理论家阿尔都塞"意识形态国家机器"和利奥塔"后现代状况"为代表的"再马克思主义化"，等等——一个庞大的西方马克思主义理论谱系不仅构成了美国新历史主义与英国文化唯物主义的知识理论背景，还对新历史主义文化诗学的话语建构与批评实践产生了直接而重要的理论影响。主要体现在以下三个方面：

第一，关于权力意识形态的批判及其解决方案。意识形态批判可谓西方

---

① 参见程正民：《巴赫金的文化诗学》，北京师范大学出版社2001年版，第9页。

② [美]凯瑟琳·伽勒尔：《马克思主义与新历史主义》，见中国社会科学院外国文学研究所《世界文论》编辑委员会编：《文艺学与新历史主义》，社会科学文献出版社1993年版，第161页。

马克思主义的重要理论指向，尤其是对"文化霸权"以及资产阶级文化模式的揭露，更是西方左翼批判理论的知识传统。继卢卡奇发出无产阶级"革命主体论"以对抗康德式形式主义哲学后，意大利共产党领袖葛兰西也提出要通过"谈判"获取"文化领导权"，阿多诺更通过"文化工业"批判试图揭示商品结构背后隐喻的文化逻辑，继而推进政治文化批判。尤其是阿多诺通过文艺学美学、政治经济学、语言学、心理学等方法的阐释，极大拓展了马克思主义的意识形态批判。同样，阿诺德、利维斯、雷蒙·威廉斯以及丹尼·贝尔等理论家，同样强调在文化与文化分析中揭露资产阶级文化的意识形态矛盾。这些思想集中到英美20世纪六七十年代文化秩序断裂之政治文化语境下，在马克思主义信仰与解构主义批评流行的学术语境中，便催生出了关注社会冲突场所、权力意志、政治表征等"文学与意识形态之间的对立矛盾关系被还原为特定历史环境中的一种有关主体构成的权力与社会功能型模式"①之新历史主义。以格林布拉特为例，他对20世纪60年代风靡一时的"新左派"（New Left）运动抱有强烈好感，由于这一原因还曾受到学生的当堂指责，"在令人难堪之中他只好改授'文化诗学'课"，这一冷门的研究转向反倒成了日后热门的政治文化批评。②新历史主义批评家凯瑟琳·伽勒尔同样直言不讳地指出："对于新历史主义者来说，上述年代促使他们的作品萌芽生长并在80年代接连出现。从许多方面看，他们的研究都保留着新左派的观念，譬如他们有关社会冲突的起源、性质和场所，以及有关表征问题的看法。……众多的新历史主义研究可说是具有突出的连续性，即继承了新左派的一些文化观念。"③也就是说，新历史主义文化诗学之诞生，不仅仅与"新左派"思想文化观念一脉相传，还充分展露出政治观念、颠覆性文化实践以及文学与意识形态关系上的耦合性。

第二，关于否定性与边缘性及其"表征"逻辑。西方马克思主义，尤其是法兰克福学派重要理论代表阿多诺充分利用了马克思的辩证法并对认识论予以了改造，强调历史运动的"否定性"以破除"哲学同一性"，尤其是不

---

① [美]凯瑟琳·伽勒尔：《马克思主义与新历史主义》，见中国社会科学院外国文学研究所《世界文论》编辑委员会编：《文艺学与新历史主义》，社会科学文献出版社1993年版，第171页。
② 王岳川：《后殖民主义与新历史主义文论》，山东教育出版社1999年版，第160页。
③ [美]凯瑟琳·伽勒尔：《马克思主义与新历史主义》，见中国社会科学院外国文学研究所《世界文论》编辑委员会编：《文艺学与新历史主义》，社会科学文献出版社1993年版，第170页。

再将历史视为"一条定向延续的直线"，而将其视为人类实践与矛盾运动的历史动力。随后，英国"新左派"马克思主义理论家又从罗兰·巴特、福柯等思想家关于语言、文化、权力话语的分析入手，考察文化背后的意义生产，重视知识文化与话语权力之间的紧密联系，尤其是考察特定话语如何与权力及知识相联结，如何规范行为，产生和构造各种主体和认同。这可以视为新历史主义有关受压抑的社会矛盾"表征"①（representation）的重要思想来源。在一切倾向否定、边缘、无序、消名，且"表征逻辑"近乎崩溃的背景下，新历史主义群体通过追问文学与文化深处的话语实践，尤其是意识形态、权力及其运作方式：一方面摆脱过去自我连贯性或文本的历时性进而在"形式"与"历史"的关联中对"形式主义"路线予以反驳进而获得理论张力；另一方面也在"颠覆性""否定性""边缘性"（非中心化）之"非同一性主体"（nonidentity）路线上实施一种"表征领域非特权化"②的策略，以强调现代主体性。

第三，文学与意识形态关系阐释模式以及"政治历史批评体系"的建立。以格林布拉特为代表的新历史主义文化诗学批评实践中，法国结构主义马克思理论家阿尔都塞的影响同样十分突出。阿尔都塞认为，马克思的思想发展存在"青年阶段""断裂阶段""成长阶段"及"成熟阶段"四个思想历程，并呈现出告别"意识形态领域"转向"科学问题"（即科学社会主义或历史科学）的视域转换。据此，阿尔都塞提出要"重构马克思主义"（"再马克思化"，Re Marxification），即批判机械唯物论、改造经济基础与上层建筑的二元关系以进行科学重构，其路径之一就是以"多元决定论"取代"经济基础—上层建筑"二分法，要重视政治、经济、宗教及意识形态等多元矛盾之间的关系③，也就是要从无穷的"力的平行四边形"④及其合力出发把握这种作用。通过阅读《资本论》，阿尔都塞认为，马克思《资本论》正是这种"资本主义生产世界

---

① 新历史主义主编有理论刊物《表征》杂志，斯蒂芬·格林布拉特、凯瑟琳·伽勒尔均是该杂志重要编辑。

② [美]凯瑟琳·伽勒尔：《马克思主义与新历史主义》，见中国社会科学院外国文学研究所《世界文论》编辑委员会编：《文艺学与新历史主义》，社会科学文献出版社1993年版，第171—172页。

③ [法]路易·阿尔都塞：《保卫马克思》，顾良译，商务印书馆2010年版，第94—95页。

④ [法]路易·阿尔都塞：《保卫马克思》，顾良译，商务印书馆2010年版，第111页。

中产生社会作用的机制理论"①，其展示的是一种社会构成，是现存的现实社会产生社会作用的机制，亦是对资产阶级社会内部生产关系与政治意识形态关系的"症候式"阅读。在其对意识形态与国家机器的剖析中，阿尔都塞更对"再生产"及"意识形态"进行了论述，认为只有"从再生产出发去思考上层建筑的存在和性质的本质特征"才能揭示社会结构的"空间隐喻"②，而作为一种现实隐喻，需要关注意识形态与权力关系的社会线索，进而在对文学、艺术、家庭等远离政治的社会机构中呈现其意识形态色彩。依据阿尔都塞的理论思想，新历史主义文化诗学也极力在"形式主义"文论路径上重建文学与意识形态关系的阐释模式，考察文本背后隐喻的权力意识形态的"服从、颠覆、遏制"关系。当然，与马克思主义"左派"政治批评不同，尽管新历史主义文学批评在文学与历史的共时性研究中关注社会结构中隐喻的权力意识形态关系，却"并不存在任何种类的政治动机"，而是要求建立一种学术程序上的"政治—历史—批评体系"③。

除上述思想来源外，新历史主义文化诗学批评实践还与伽达默尔、利科等人的阐释学理论以及詹姆逊政治诗学思想在方法上密切相关。从新历史主义各种论著与文集来看，维克多·特纳、罗曼·雅各布森、弗莱、马克斯·韦伯、雅克·德里达等人同样也被多次提及，亦足见其思想上的理论瓜葛。事实上，作为形式主义、新批评、结构主义等"形式主义"理论之后的文论趋向，新历史主义文化诗学仍然是作为后现代主义哲学思潮出现的，其指向仍是反抗西方20世纪以来的语言逻各斯中心主义。因此，"语言论转向"背景下崛起的后结构主义思潮，均可视为新历史主义批评实践出场的理论背景④，因而也对之产生

---

① [法]路易·阿尔都塞、艾蒂安·巴里巴尔：《读〈资本论〉》，李其庆、冯文光译，中央编译出版社2008年版，第54页。

② [法]路易·阿尔都塞：《意识形态和意识形态国家机器（研究笔记）》，见陈越编：《哲学与政治：阿尔都塞读本》，吉林人民出版社2003年版，第329页。

③ [美]凯瑟琳·伽勒尔：《马克思主义与新历史主义》，见中国社会科学院外国文学研究所《世界文论》编辑委员会编：《文艺学与新历史主义》，社会科学文献出版社1993年版，第175—176页。

④ 美国学者布鲁克·托马斯明确指出："新历史主义采用了后结构主义论"（[美]布鲁克·托马斯：《新历史主义与其他过时话题》，见张京媛主编：《新历史主义与文学批评》，北京大学出版社1993年版，第69页）。格林布拉特更是毫无讳言地指出自己的理论学说"是受雅克·德里达著的影响"（[美]斯蒂芬·葛林伯雷：《通向一种文化诗学》，见张京媛主编：《新历史主义与文学批评》，北京大学出版社1993年版，第10页）。

了直接的思想冲击。

最后，或许，朱迪思·劳德·牛顿的这段话正好能对"新历史主义文化诗学"在思想来源上的来龙去脉做出一个最为全面的理论总结：

> "新历史主义"出自新左派，出自文化唯物论，出自1968年的危机，出自后现代主义者对这场危机的回答，出自作为这个回答的一部分的后结构主义；当然，主要还是出自米歇尔·福柯的历史编撰学。"新历史主义"也被认为是对结构主义的形式主义和后结构主义的对抗，回答了美国的文化和教育体制对历史的概念的迅速遗忘。最后，"新历史主义"来自于部分文学批评家的恐惧，因为他们在其文化中正越来越被排斥到边缘位置。①

---

① [美]朱迪思·劳德·牛顿：《历史一如既往？女性主义和新历史主义》，见张京媛主编：《新历史主义与文学批评》，北京大学出版社1993年版，第202页。

第二章　"文化诗学"在中国与中国文化诗学

　　"文化诗学"是西方新历史主义的理论标签，有其独特的学理内涵和实践指向。然而，在当代中国文化与文论语境中，随着西方文论的译介潮流，"新历史主义文化诗学"也于20世纪80年代末90年代初大量引进介绍到国内，并被学界所接受，进而渗透到当代文论话语体系建设中。加之西方文化诗学在思维模式与思想观念上与中国传统诗学文论契合相通，由此在感应后的一拍即合中迅速落地生根实现"本土化"，并在此过程中不断"内化"生长到民族文论话语体系结构中，进而逐渐形成了"中国文化诗学"话语体系。当然，尽管中西文化诗学在思维模式、研究方法上具有相通契合处，但在历史背景、思想来源、理论旨趣、文化视野、哲学基础以及历史观、语境观等诸多层面上也存在较大差别，由此也彰显出两者之间的学理差异。

第一节　"新历史主义文化诗学"在中国

　　"新历史主义文化诗学"最先发难于西方，但随着20世纪80年代后期西方文论思潮的大量涌入，"新历史主义"也被适时地译介，由此进入中国学界视野，并日渐被文论界重视进而引发广泛反响。从学界发展历程看，西方"新历史主义文化诗学"在中国主要历经三个阶段，从最初之文献译介与传播，到学界的接受与评述，再到理论消化后的拓展与深化。这也是学界正式提出建构"中国文化诗学"之理论前奏。

一　译介与传播

国内较早对新历史主义文论思潮进行译介的是学者施咸荣，在其1987年发表的《当代美国文学发展的几个新趋势》一文中提道："最新的文艺理论之一是所谓新历史主义或文化唯物主义，它用唯物主义的历史观探索文化，很值得注意。"①然而，真正对"新历史主义"做出较为详细介绍的则是中国社会科学院外国文学研究所王逢振先生②，他利用1986年9月至1987年6月在美国访学研究之便，走访了杰姆逊、海登·怀特、希利斯·米勒等西方当代最著名的文论家和批评家，进而在其1988年出版的《今日西方文学批评理论——十四位著名批评家访谈录》一书中透过简·汤姆金斯、海登·怀特等西方理论家之口，对"新历史主义"进行了诸多论述和介绍，并将之纳入西方后现代主义文论研究范围③。

自1989年起，"新历史主义"作为一股域外文论新潮，真正开始潜入中国，并在学界零星传播开来，由此日渐展开其神秘面纱。1989年北京大学英语系韩加明在《新历史主义批评的兴起》一文中对"新历史主义"思潮进行了集中论述④，南京大学中文系外国文学教研室杨正润也在《文学研究的重新历史化——从新历史主义看当代西方文艺学的重大变革》一文中，从西方20世纪70年代以来文论研究的历史化转向出发，透过格林布拉特代表性著作《莎士比亚式的协商》对新历史主义文论思潮的理论特点、批评实践进行了批评和反思⑤。

进入20世纪90年代，对新历史主义的译介渐趋增多。1990年，李洋、耿俊义在《新历史主义探讨》一文中对作为西方哲学流派的"新历史主义"作出描绘，并认为新历史主义学派"形成于60年代末和70年代初，是历史主义学派的继续和发展"，而"1969年在美国伊利诺斯州厄巴拉召开的科学哲学讨论会是新历史主义形成的起点"，原因在于"在这次学术讨论会上，以库恩和费耶

---

① 施咸荣：《当代美国文学发展的几个新趋势》，《美国研究》1987年第1期。
② 在中国社会科学院文学所理论室组织的一次内部讲座中，笔者在与王逢振先生交流时，谈及"新历史主义"，他也谈到其介绍初衷在于20世纪80年代中后期新历史主义文学批评在美国引起的巨大反响。
③ 王逢振：《今日西方文学批评理论——十四位著名批评家访谈录》，漓江出版社1988年版，第17—18页。
④ 韩加明：《"新历史主义"批评的兴起》，《青年思想家》1989年第1期。
⑤ 杨正润：《文学研究的重新历史化——从新历史主义看当代西方文艺学的重大变革》（上）（下），《文艺报》1989年3月4日、3月11日。

阿本德为代表的历史主义学派受到许多人的批判，而美国科学哲学家夏佩尔提出的'信息域'理论得到许多哲学家的赞许。这样，使原先一些赞同库恩观点的科学哲学家开始转向批判库恩和费耶阿本德，从而逐渐形成了新历史主义学派①。尽管这篇文章提出的观点并未得到后来学者的认可，却较早就新历史主义流派进行了探讨。紧随其后，1991年，留学美国哈佛大学的赵一凡在《读书》上以"哈佛读书札记"形式发表《什么是新历史主义》一文，对20世纪80年代末美国文学与文化最新动向的"新历史主义"进行了翔实评述，既对斯蒂芬·格林布拉特、路易斯·蒙特洛斯、凯瑟琳·伽勒尔等流派代表的理论进行了评点，又对新历史主义与"历史主义危机""福柯知识考古学"及"西马理论"三大谱系进行了概括，并据此对其批评实践的特色和问题进行论述②，可谓是对新历史主义最为权威且全面的理论梳理。同年，《外国文学评论》等刊物还对"新历史主义"文论思潮进行了"动态"介绍③，促进了这一流派在学界的影响。1992年，北京大学李淑言也在《什么是新历史主义》一文中对该思潮的历史背景、理论依据进行了翔实介绍，并对福柯权力话语理论进行了分析④。此外，张京媛的《新历史主义批评》⑤及毛崇杰、钱竞的《论新历史主义——西方80年代崛起的一种新马克思主义美学与批评》⑥两篇文章也对该思潮进行了全面系统的介绍，加深了学界对该文论思想的了解。

以上这些零星文章，尽管数量相对较少，却极大地刺激了学界对"新历史主义"这一西方文论新潮的最初兴趣⑦，也为学界接受并传播这一思潮奠定了理论基础。

二 接受与评述

学界对"新历史主义"的译介在1993年达到高峰，其标志性事件在于两套

① 李洋、耿俊义：《新历史主义探讨》，《河北师范大学学报》1990年第1期。
② 赵一凡：《什么是新历史主义》，《读书》1991年第1期。
③ 参见晓风、晓燕：《新历史主义批评对解构主义的超越》，《外国文学评论》1991年第2期；章：《什么是新历史主义》，《西北师大学报（社会科学版）》1991年第4期。
④ 李淑言：《什么是新历史主义》，《当代电影》1992年第4期。
⑤ 张京媛：《新历史主义批评》，《外国文学》1992年第1期。
⑥ 毛崇杰、钱竞：《论新历史主义——西方80年代崛起的一种新马克思主义美学与批评》，《学术月刊》1992年第11期。
⑦ 2012年6月，在北京师范大学文艺学研究中心举办的一次讲座上，台湾师范大学简瑛瑛教授介绍，她曾于20世纪90年代初受邀到北京大学讲学，北京大学主动要求她介绍西方最新"新历史主义"动向，讲座现场座无虚席、人山人海。

"新历史主义文集"的相继出版：一是北京大学英语系张京媛主编的《新历史主义与文学批评》由北京大学出版社出版，这套文集收入了斯蒂芬·格林布拉特、海登·怀特、弗雷德里克·杰姆逊等多篇"新历史主义"的代表性论文，还在开篇写有介绍性导言以及文集后附有批评文章，真正为学界全面深入了解新历史主义文论打开了一扇普及性的窗口；二是中国社会科学院外国文学研究所《世界文论》编辑委员会主编的《文艺学和新历史主义》文集，该文集在介绍国外最新理论动态的同时，也在"文艺学新论"中译介了5篇代表性的"新历史主义"文章，同样为国内学者了解和研究新历史主义提供了最为珍贵的文献材料。此外，周宪也对英国文论批评家K.M.牛顿撰写的《西方文论的新倾向——新历史主义》进行了译介，并在《文艺研究》和《文艺理论研究》上相继刊载。

随着对"新历史主义"文献的大量译介，学界学者对其理论特征、研究方法日渐知晓，并逐渐展开了对该思潮的接受与评述。

同年，徐贲、王一川、盛宁率先对新历史主义展开了系统评述。徐贲在《新历史主义批评和文艺复兴文学研究》一文中对新历史主义批评之"新"以及与马克思主义批评、福柯批评、女权主义之间的关系进行了阐发，并对文艺复兴相关研究及其"政治反抗倾向的文化批评"策略进行了评述[①]。王一川在《后结构历史主义诗学——新历史主义和文化唯物主义述评》一文中则从"理论碎片的拼贴""权力结构""文本的政治性""文本工程、移置和挑战性"几方面对该思潮进行了翔实论述并将其归入"后结构历史主义"之中，文章认为新历史主义和文化唯物主义"都是在'语言乌托邦'解构氛围中产生的，深受后结构主义的熏染。福柯、阿尔都塞、德里达、巴赫金等在此都是以后结构主义者的面目出现"，而其"标举文本的历史性和政治性，宣告了单纯语言中心论模式的破灭，并表达出重新理性化的呼声"，只不过并非真正抛弃"语言中心主义"而是走向一种"新的综合"[②]。盛宁在《历史·文本·意识形态——新历史主义的文化批评和文学批评刍议》一文中则从传统历史观的颠覆，文学话语方式对历史话语的制约和渗透，以及文学中所表现的历史现实与意识形态的互相塑造等三方面对新历史主义批评进行了

① 徐贲：《新历史主义批评和文艺复兴文学研究》，《文艺研究》1993年第3期。
② 王一川：《后结构历史主义诗学——新历史主义和文化唯物主义述评》，《外国文学评论》1993年第3期。

整体把握，并认为新历史主义批评并不能实现历史现实的回归，而只能提供对历史的一种阐释。①

　　自1994年始，随着中国学界对新历史主义文论思潮的熟识，也由此前的译介、传播全面转向评述与研究中。杨正润《文学的"颠覆"和"抑制"——新历史主义的文学功能论和意识形态论述评》②、韩加明《新历史主义批评的发展及启示》③、张宽《后现代的小时尚——关于"新历史主义"的笔记》④、陆扬《关于新历史主义批评》⑤、陈晓兰《女权主义和"新历史主义"》⑥、叶舒宪《弗莱和新历史主义及文化研究》⑦、王岳川《新历史主义的文化诗学》⑧、王莹《詹姆逊新历史主义与文学批评》⑨等相继对新历史主义思潮展开了全面系统的研究，不仅视野逐渐扩大，其研究也不断走向深入。

　　在新历史主义思潮大量译介之时，除了相关论文对之评述外，部分研究论著也开始对之予以关注，并展开相关研究。例如，盛宁1994年出版的《20世纪美国文论》一书中便对新历史主义文学与文化批评进行了阐发，其1995年于中国台北出版的《新历史主义》以及1997年出版的《人文困惑与反思——西方后现代主义思潮批判》两本专著，更对这一思潮有着深入系统的研究。王岳川1999年主编的"20世纪西方文论研究丛书"中也推出了《后殖民主义与新历史主义文论》，该书也对新历史主义思潮中最具代表性的理论家进行了详细评述，不仅总结出该流派之理论特点、思想来源，还对该思潮的来龙去脉有着系统深入的把握，对学界形成了较大影响。

　　值得格外关注的是，也就是从1994年起，受西方"新历史主义"文论思潮的渗透影响，部分从事现当代文学研究的学者开始有意识借鉴这一思维模式，从新时期本土文学创作出发，寻觅打捞中国当代小说中体现的"新历史主义"

① 盛宁：《历史·文本·意识形态——新历史主义的文化批评和文学批评刍议》，《北京大学学报（哲学社会科学版）》1993年第5期。

② 杨正润：《文学的"颠覆"和"抑制"——新历史主义的文学功能论和意识形态论述评》，《外国文学评论》1994年第3期。

③ 韩加明：《新历史主义批评的发展及启示》，《青年思想家》1994年第5、6期。

④ 张宽：《后现代的小时尚——关于"新历史主义"的笔记》，《读书》1994年第9期。

⑤ 陆扬：《关于新历史主义批评》，《外国文学研究》1994年第3期。

⑥ 陈晓兰：《女权主义和"新历史主义"》，《国外社会科学》1994年第12期。

⑦ 叶舒宪：《弗莱和新历史主义及文化研究》，《中外文化与文论》1996年第1期。

⑧ 王岳川：《新历史主义的文化诗学》，《北京大学学报（哲学社会科学版）》1997年第3期。

⑨ 王莹：《詹姆逊新历史主义与文学批评》，《大连大学学报》1999年第3期。

意识。吴声雷在《论新历史主义小说》一文中较早在小说形势分析中对当代中国文学创作中的新历史主义小说进行了评论，并将其划分为三个阶段与层次：一是以苏童、叶兆言为代表的 "以反拨伪浪漫与理性追求为契机，回归地域风味的民俗，追求历史中市民层次的俗文化文人意境"；二是以格非、刘震云、杨争光为代表的 "拆解意义、实验场地"；三是以吕新与须兰为代表的 "重视精神远超过历史本身"。①吴戈在《新历史主义的崛起与承诺》一文中也较早地从本土文学创作出发，指出："新历史主义文学是与整个新文学相联系的，它是新文学发展的必然结果。如果说，它酝酿于整个新时期文学，那么真正意义上的新历史主义文学则萌芽肇始于1985、1986年之后，它与寻根、先锋文学相伴随，然后又经过新写实的过滤，终于在90年代冲出了历史的地表，成为蔚为壮观的洪流。"②韩毓海透过20世纪80年代中后期思想界转型语境下文学与电影的文本分析，也对新潮批评提出了反思进而提出自莫言引发的当代中国小说的叙述革命，正在导向一种 "新历史主义"③。

总体来看，这一时期有关 "新历史主义" 的理论评述及创作批评，更多地仍是在西方文论思潮影响下进行的评述或批评。然而，在中国学界不断追踪西方新历史主义文论发展的同时，对于深受西方文论影响且文学创作同样受到西方形式技巧影响的当代中国，新历史主义无疑具有巨大的潜力和发展前景。从译介、传播、接受中也可以隐约感受到，这一西方思潮在中国的影响正在持续扩散，并逐渐向新历史主义 "本土化" 发展中变迁、转移。

三 拓展与深化

进入21世纪以来，新历史主义思潮在中国更获得蓬勃发展，既有对西方新历史主义思潮的整体评述，也有对新历史主义思潮代表性理论家的个案研究，更有运用新历史主义视野方法对中外小说的实践分析，研究角度更加多元，整体呈现出不断拓展与深化的态势。

第一，论文数量不断增多。据 "中国知网" 不完全统计，自2000年到2017年，围绕 "新历史主义"，各期刊杂志每年发表的相关论文均有数十篇之多，尤其是硕士学位论文，每年均有十多篇，而其中博士学位论文也有6篇

---

① 吴声雷：《论新历史主义小说》，《小说评论》1994年第4期。
② 吴戈：《新历史主义的崛起与承诺》，《当代作家评论》1994年第6期。
③ 韩毓海：《"和平年代"——走向一种"新历史主义"？》，《当代作家评论》1994年第5期。

（见图2-1）。由此可见，该文论思潮对中国文学研究的影响是十分广泛的。

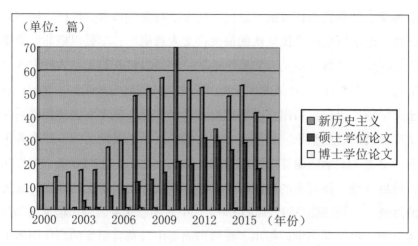

图 2-1 "中国知网"统计论文数量

图 2-2 以"新历史主义"为索引的关键词分析及高频词汇分布图

第二，研究视域不断拓展。既有对西方新历史主义理论思潮的研究，也有对本土新历史主义小说的探究（石恢：《"新历史小说"与"新历史主义小说"》，《小说评论》2000年第2期）；既有对西方新历史主义方法研究莎士比亚戏剧的评论（谈瀛洲：《新历史主义莎评之新》，《中国比较文学》2000年第4期），更有借鉴新历史主义视角对中国文学与电影的批评（黄洁：《〈家园〉：一部具有新历史主义倾向的小说》，《当代文坛》2001年第2期）；等等。

第三，作为方法的实践阐释。随着学界对新历史主义思潮的理解，将之视为一种文学实践的批评方法并运用到文学批评实践中，是这一思潮获得不断普及与认同的重要原因。仅从博士学位论文看，厦门大学陈世丹博士学位论文《库尔特·冯内古特对现实世界与小说世界的解构与重构及其新历史主义倾向》（2002）、谷红丽博士学位论文《新历史主义和文化唯物主义批评视角下诺曼·梅勒的作品研究》（2003）以及复旦大学郭涛论文《表演、冲突与埃及叙述：新历史主义视角下的希罗多德》（2014）则是借助这一方法论进行个案研究的典型代表。与之着眼点不同，中国人民大学张进博士学位论文《新历史主义与历史诗学》（2002）以及山东大学杨杰博士学位论文《海登·怀特的历史书写理论与文学观念》（2006）和傅洁琳博士学位论文《格林布拉特新历史主义与文化诗学研究》（2008）则集中对西方新历史主义文化诗学进行了理论探讨，尤其是对代表性人物的重要观点、思想来源、方法特征等进行了深入洞察。

总之，从"新历史主义"的译介传播，到研究述评，再到理论发展，这一西方文论思潮在中国发展历经三十多年，其理论观点、思维方法、话语资源，不仅在接受与发展中极大拓展了国内文论研究的视野，更对中国当代文论话语转型及其研究产生了极为重要的影响。

第二节　"文化诗学"的挪用与"本土化"转化

与当代西方思想界、哲学界、文论界遭遇思维方式上的"统一性危机"类似，20世纪80年代末至90年代初中期，中国文艺与文论界同样处于一个文论话语"断裂"与"转型"的关键时期，并与当代中国思想、文化、政治、文学及文论休戚相关。

20世纪80年代初以来，国内文学理论界先后经历了四次较大的转折：

一是发生于20世纪80年代初的关于"形象思维"的讨论并最终引发了关于"文学审美特性"的探讨，其起因就是对"文艺是阶级斗争的工具"等口号的不满与反思，而审美理论的介入不仅希冀厘清文学自身的特征，同时也是反思文学作为"他律"的政治束缚。

二是发生于20世纪80年代中期的关于"文学主体性"问题的讨论并最终引发了文艺学界"心理美学"的研究转向。"文学主体性"的提出最直接的原因就是对长期以来文学反映论的历史反思，为突破文学层面上的哲学认识论的局限，于是学者们开始深入到文学内部，借助于心理美学视角寻求文学的美学解释。

三是发生于20世纪80年代末至90年代初的"语言论转向"并引发了"文体诗学"的研究。"语言论转向"既是受到西方科学主义文论的波及影响而产生的结果，同时也是中国特殊语境中学者在现实境遇中的选择。文学文体问题是一个既关乎内容又关乎形式的问题，无论是政治的现实还是艺术的现实都与文体密切相关，这是文体诗学得以深入探讨的重要原因。

四是发生于20世纪90年代初中期的关于"人文关怀"的呼吁以及新的社会形式下文学理论界关于"文化研究"的兴盛。尤其是文化研究，不仅给文学理论带来学科身份、学科边界与言说立场上的巨大挑战，也在"反本质主义"路径上为文学研究提供了一种广阔的文化视野。

以上四次理论转折，基本折射出新时期至20世纪90年代初中期文学理论的发展走向。然而，纵观整个文学理论的发展进程便容易发现：中国文学理论的逻辑演进确乎是在"外部研究"与"内部研究"之间不停振荡，几乎整个20世纪80年代文学理论均走向了"内部研究"，其目的也相当明确，就是要通往"文学自律"的审美批评，让文学成为"文学"；而20世纪90年代之后的文学理论在"语言论转向"之后又开始发生"文化转向"，极为关注文本外的"外部研究"，消费语境下文化研究的冲击显然是其"向外转"的主因。

诚然，文学理论关注的不仅是俄苏形式主义、英美新批评、法国结构主义等"形式主义"的语言论分析模式。作为文本语言形式之外的作家、世界与读者同样极为重要。显然，"文化研究"打开的外部视野恰好冲破了"内部研究"的局限，为文论研究走向"文本之外"的更大的世界，进而贯通"文本内外"获得了巨大的拓展空间。正是如此，文化研究所开辟的"文化视野"进入了文学理论家的学术思考之中。由此，作为西方话语的"感应"和"挪用"——主张贯通文本内外的"新历史主义文化诗学"批评方法便逐渐镶嵌"内化"到当代中国文论话语建构中，由此艰难地实现了文化诗学的落地生根及"本土化"。然而，从话语嫁接到"本土化"的实现却并非历史偶然，亦非因袭照搬，而是有着话语结构上的深刻"对接"机制。

一 西方"新历史主义文化诗学"的外部冲击

无需回避，文化诗学的"本土化"，首先从西方新历史主义文论话语的学习中起步。从20世纪80年代后期起，西方新历史主义理论被陆续介绍到中国。尤其是1993年，张京媛主编的《新历史主义与文学批评》及中国社会科学院外国文学研究所《世界文论》编辑委员会主编的《文艺学和新历史主义》两本论文集的出版，更为中国学界打开了西方"文化诗学"的窗口。新历史主义文化诗学通过"历史的文本性"与"文本的历史性"占据着当代文化的制高点，尤其是其界定的文学与历史、权力、文化霸权、意识形态之间的关联，凭借着高姿态的意识形态批判以及"历史—文化"的视角瞬间在中国学界赢得了大量的读者。加上新历史主义文化诗学主张的历史与文本在文化语境之间的互动思维具有很强的阐释力，不仅在中国文论语境中同样适用，更与中国古代的"文史哲不分家""知人论世""因内符外""六经皆史""文史互动"等思想资源，尤其是与近现代以来由鲁迅、王瑶、闻一多、李长之、钱锺书等人开创的文学批评实践模式具有相通之处。因此，受新历史主义之风的启发，部分学者率先自觉地有意识地借鉴新历史主义文化诗学的方法，展开中国文化诗学的探索与建构。

二 中国传统诗文观念的模式延续

当西方新历史主义文化诗学进入当代中国文论话语体系后，便开始植根"生长"到当代中国现实文学、文化与文论话语中。之所以文化诗学"中国化"后，能够迅速发生转化，并在"内化"生长中与当代中国文论话语建构无缝对接，还在于这一思维模式的确与中国传统诗文观念契合相通。

应该承认，"文化诗学"的思想资源在中国传统诗学文论观念中是极其丰富的，也一直是古代文人思考文学的模式之一，尽管没有给予明确的"赋名"。孟子的"知人论世"观、刘勰的"质文代变"说、韩愈的"不平则鸣"说、章学诚的"六经皆史"说，直至近现代鲁迅论"魏晋风度及文章与药及酒之关系"、闻一多的诗经研究方法、李长之论"司马迁的人格与风格"及钱锺书在《管锥编》中所呈现的"打通"方法等等，均可谓中国文化诗学的早期源头与自觉实践，也是中国文化诗学建构的方法基础和话语源泉。

与西方新历史主义文化诗学的话语引进不同，早在"新历史主义"译介传入之前，国内从事古代文学与文论研究的部分学者，便已开始在古代诗学文论研究中自觉践行这一方法论，只不过并未标举"文化诗学"这一术语而已。早在1990年，上海师范大学中文系曹旭便在《流水与情思的系谱》一文中，从诗人情感出发有效揭示了情思与流水在诗学中的系谱关系及其对民族诗学性格的关联，并指出："中国文化诗学曾以黄河和长江为母河向外辐射，以致形成南北两大系统和两种类型。"[①]由此更可见，中国传统诗文观念中实则鲜活地流淌着关于"文化诗学"的历史文化基因。

三 "失语"与"文化研究"的内部影响

20世纪90年代初的中国文学理论界，从精神分析到酒神精神、从现象学到接受美学、从符号学到解构主义，各种各样的新名词、新理论雨后春笋般地涌现出来，给文艺理论界带来巨大的冲击。西方文论的如潮涌入，在丰富学界理论的同时带来了各种各样的问题。曹顺庆指出："当我们透过当代文学理论繁荣的外表，深入考查一番，仔仔细细地清理一下自己的家当时，情形却并不令人太乐观"[②]，"我们患上了严重的失语症"[③]。文艺理论界表现出的这种理论上既"丰富"又"贫乏"的二律背反态势，诱发了文学理论界关于"失语症"的激烈争论，并由此直接启发了学者蒋述卓关于"走文化诗学之路"的理论设想。他在《走文化诗学之路——关于第三种批评的构想》一文中直指文坛"失语症""绝不仅仅是一个语言的问题、方法的问题，而是一个思想与价值的丧失问题"[④]，因而提倡建立一种"文化诗学"的新的阐释系统。

此外，20世纪90年代初中期正是市场化、世俗化及大众文化兴起的时候，这一世俗潮流反映到文艺界则集中表现为诸如"痞子文化"、文人商业化以及学者主张的"日常生活审美化"上。由此，"文化研究""人文精神大讨论"成为了20世纪90年代中国文学理论界的另一个热点话题。尤其是文化研究的兴盛，使得文学逐渐边缘化，部分学者一味的转向外部批评，研究与文学无关的文化社会学的"日常生活审美化"，这不但离开了文学的家园而且大有与文学理论脱钩的危险。正是在"文化研究热""人文精神大讨论"以及"日常生活审美化"的激发下，引发了学界学人的思考：如何固守文学诗意的土壤，防止审美泛化带来的文学理论学科性危机？同时，又如何吸收"文化研究"的先进成果以拓展文学研究的空间，有效化解文学理论在新的时代形式下日益窄化的

---

① 曹旭：《流水与情思的系谱》，《名作欣赏》1990年第6期。
② 曹顺庆：《中国文学理论的断裂与延续》，《当代文坛》1988年第6期。
③ 曹顺庆：《21世纪中国文化发展战略与重建中国文论话语》，《东方丛刊》1995年第3辑。
④ 蒋述卓主编：《文化诗学：理论与实践》，人民文学出版社2005年版，第99页。

困境？因此，一种主张"诗学"与"文化"互涵互构的综合性理论构想——提倡内部文本细读与外部文化观照走向综合整体性研究的"文化诗学"，便在酝酿之中而急待破土而出。

总之，"文化诗学"本是西学术语，最先由美国新历史主义首倡者格林布拉特提出，尔后在各种复杂的历史文化语境中被"嫁接"到中国。然而，话语的"挪借"并非简单"照搬"，而是在"嫁接"后的发展中不断被"内化"与"同构"，继而在中西文论的碰撞与融合中赋予了深厚的"本土化"内涵。因此，作为一次西学话语跨时空理论旅行后的横向"挪用"，文化诗学的"中国化"：一方面找到了中西文论融通对话的新视点；另一方面通过"文化诗学"的阐释方法较好地发现了激活传统文论、开辟当代文论新格局的新的阐释学路径，带有十分明显的学理策略性。可以说，"文化诗学"从感应嫁接，再到"本土化"转化，既有西方理论的刺激与借鉴，也有传统诗学模式的自觉继承与发展——正是在西学与中学的碰撞、交汇与对话中，这种贯通内外、综合性极强的阐释方法才被社会文化与文论深处转型期困境的当代中国文论所接受和容纳。

第三节　"中国文化诗学"的建构与发展

随着"文化诗学"话语的不断内化、重组与"本土化"批评、转化，"中国文化诗学"的提出便水到渠成。然而，这一过程从命名前的朦胧构想，到"文化诗学"的正式确立，再到理论与实践的大爆发、大繁荣，却历经了一个极为漫长的求索衍变历程。

一　20世纪80年代末至90年代初：胎动与萌芽

正当新历史主义文化诗学研究在西方掀起热潮的同时，国内学者也开始了对文化诗学的思考。尽管在此期间没有明确的理论主张和实践方法，但无论在理论还是实践中，都能透射出学人们对于"文化诗学"最初的朦胧构想。

在理论建构上，刘庆璋于20世纪80年代初在哈佛大学访学期间就着眼于"文学文化论"的研究，受当时美国新历史主义文化诗学的思想影响，她开始着力从文学自身特性出发，构思从文化各个扇面的辨证互动中建构起蕴含中国学人特色的诗学文论话语体系。然而，相对于西方的研究热潮，中国文化诗学尚处于萌芽阶段，此时更多的是停留于译介上。

在实践运用上，受钱锺书等现代学人倡导的中国传统诗学文论研究模式的影响，加之20世纪80年代"文化热"的学术潮流，从"文化视野"进行文学的综合整体性研究成为部分学者的自觉追求，这其实与"文化诗学"实践模式内在暗合。例如，林继中于20世纪80年代中期提出关于"文化建构文学史"的构想，便极富创见性地注意到文化视角对文学史研究的意义，并于90年代初期出版了专著《文化建构文学史纲（中唐—北宋）》。蒋述卓1986年发表的《把古代文论放到中国文化背景中去考察研究》一文，也为从文化视角考察文论研究提出了新的策略。彭兆荣1991年发表的《贵州文学分析的"文化诗学"视角》一文开"文化诗学"研究的先河，文中虽然没有对"文化诗学"进行明确的界定，但已经反映出这一时期学者们开始注意到文学分析与"文化诗学"研究方法的结合。此外，在古代文学与文论研究领域中，还有很多学者已自觉运用这一思维模式进行实践研究，只不过并未标举这一术语而已。

总体而言，20世纪80年代末至90年代初，"文化诗学"在西方正值繁盛期，在中国尚属萌芽。在此期间，虽然没有"文化诗学"术语的明确阐释和界定，但中国学者已经对文化诗学有了朦胧的构想。无论在理论建构，还是实践运用中，都已经注意到文学分析与文化视野的结合，并萌发出对"文化诗学"的兴趣和理论自觉。尤其是伴随西方"文化诗学"的不断译介，这一理论命题已呈现出百端待发的态势，也势必在下一时期内爆发。

二　20世纪90年代中后期：兴起与爆发

相比西方新历史主义文化诗学研究热潮的衰退，中国学界对文化诗学的研究却越来越关注。尤其是20世纪90年代中后期，短短5年间可谓是理论与实践批评的大发展。可以说，"文化诗学"业已成为一个新兴而时髦的"热点"名词而在文艺理论界大放异彩。

在理论建构方面，自1995年第4期《当代人》发表蒋述卓的《走文化诗学之路——关于第三种批评的构想》一文起，之后又陆续刊出祁述裕的《市场经济中的文化诗学：话语的转换与命名的意义》（1995），李春青的《中国文化诗学论纲——对古代文论研究方法的一种构想》、《走向一种主体论的文化诗学》（1996），童庆炳的《文化诗学是可能的》、《中西比较文论视野中的文化诗学》、《文化诗学的学术空间》（1999）等一系列理论文章。可以说，至20世纪90年代末期，学界对"文化诗学"的研究，在理论架构上已逐渐明晰。

在实践运用上，从林继中1995年发表的《杜诗学——民族的文化诗学》一文起，之后李春青的《在人格与诗境相通处——论中国古代诗学的文化心理基础》（1996）、陈旭光的《文化的转型与主体的移置——"后朦胧诗"的文化诗学阐释》（1996）、秦风的《栗原小荻：走向文化诗学——影视剧诗〈血虹〉架构分析》、陶水平的《中国古代文化诗学研究的重要收获——读李春青〈乌托邦与诗〉》（1997）等一系列论文，均从宏阔的文化视野与微观的文本细读出发，对"文化诗学"方法进行了生动诠释和运用，也为"文化诗学"在文学研究中的批评实践，开创了最初的范式。

纵观20世纪90年代，中国文化诗学研究何以会在西方衰落之时兴起，又何以偏偏会在后期爆发呢？其原因并非偶然，而是文学发展的趋势所然。首先，受风靡全球的"文化研究热"影响，加上经济发展带来的各种社会问题，由此引起了众多学者关于文艺学学科独立属性、研究对象泛化、学科边界模糊等颇多争论，这些问题也使得部分学者越来越强调"文学的审美性前提"及"现实人文关怀"等，并由此提出要"走向文化诗学"。其次，部分学者针对近些年来文学研究在微观与宏观转向上（"向内转"与"向外转"）的摇摆提出走向"文化诗学"，旨在重新拓宽文学研究的学术空间，强化文学研究中的文化观念和人文内涵，以校正科学主义和唯理主义的偏狭。再次，受西方话语的启发，加之中国传统文学批评中的思维模式与"文化诗学"不谋而合，促使部分学人在"中西互释"基点上，主张将其嫁接在中国传统的文化与诗学上，进而在"双向建构"与"激活传统"中建立新的优化的主体。此外，早在20世纪80年代初中期，新历史主义尚未传入我国时，寻根文学、反思文学、新写实文学等文学思潮中也萌发新历史主义的内涵特征，作品中已经流露出叙事结构上的"新历史"倾向等等，诸多因素在内因与外由上造成了20世纪90年代"文化诗学"在国内的大爆发。可以说，"文化诗学"在我国的崛起正如部分学者所言，是"外生继起"和"内生原发"的合力作用下产生的。

总之，"文化诗学"在20世纪90年代的中国尚处于起步期，尽管其研究仍处在初级阶段，但无论是理论研讨还是实践批评，均已如雨后春笋般不断涌现。这既为文艺理论研究打开了一扇新的窗口，更为新世纪文化诗学的繁荣准备了理论条件。

三 新世纪之后：多元群体性发展

步入新世纪之后，国内学界对"文化诗学"的研究给予了更高的关注，研究队伍也不断扩大。从2000年11月由闽南师范大学文化诗学研究所主持召开的"全国第一次文化诗学学术研讨会"至2011年10月由北京师范大学文艺学研究中心和闽南师范大学文化诗学研究所联合主办的"文化诗学漳州论坛"，短短十余年间，"文化诗学"便已成为文艺理论最具特色、最为醒目的一门"显学"，更呈现出一种多极共生、众声合唱的喜人景象。

回望进入21世纪以后"文化诗学"发展的近20年历程，尽管存在种种问题，却呈现出几个极为鲜明的特点：一是理论队伍日益庞大，研究论文数量不断增加，这足以说明"文化诗学"在当下文论研究中所扮演的重要角色；二是呈现出鲜明的"地域化""群体化""流派化"特征，这一方面说明这一研究仍处在探索阶段且尚不成熟，另一方面则表明这一研究领域仍有着旺盛的生命力；三是由理论探讨逐步转向到具体批评实践中，并在具体史案、文案、学案、概念史、关键词研究等"历史语境化"操作中发生转型，体现了极为鲜明的从"哲学"回到"历史"的文论研究趋向。

研究论文的数量增长，也从侧面反映出这一研究群体的受关注度以及其研究队伍的不断壮大。纵观当下学术界，若从地域分布看，中国文化诗学在"谱系化"的实践研究中，逐渐形成了以童庆炳和李春青为代表的北京师范大学文艺学研究中心学者群、以蒋述卓和李凤亮为代表的暨南大学学者群及以刘庆璋和林继中为代表的闽南师范大学文化诗学研究所学者群。当然，学界还有其他诸多学者长期从事文化诗学研究，却并不能像以上三个群落一样，在"团队攻关"中形成一种集中化的整体性研究力量。这三个"群体性"研究团队具体情况如下：

一是以童庆炳、李春青为代表的北京师范大学文艺学研究中心学者群。他们偏重一种较为传统的诗学观念，同时重视对古文论现代意义的阐释，被认为是"植根于现实土壤的文化诗学"。童庆炳主张"三个维度、三种品格、一种追求"，即：重视文本语言的细读，关注文本的审美属性，深入文本揭示其历史文化内涵；以跨学科的视野关注文本的诗学属性及当下的现实问题，力求弘扬现实人文精神。李春青则主张在文本、历史与文化语境中穿梭游走，进而建立一种"主体论的文化诗学"阐释体系。程正民、赵勇、陈太胜、姚爱斌、顾祖钊、黄卓越、陶水平、郭宝亮、李茂民、田忠辉、郭世轩、肖明华等学者均属于这一学术群落或其学术支脉。此外，这一学术群落还主编有"文化与诗学"系列丛书，发表了"文化诗学"相关的大量学术论著，还创办《文化与诗学》学术辑刊，在学术界影响较大，几乎引领"文化诗学"在国内的发展。究其内部学术观点而言，在理论与实践上也呈现出不同的理论特色和学理路径。

二是以蒋述卓、李凤亮为代表的暨南大学学者群。他们认为文化诗学是西方哲学化批评与中国诗化批评的结合，主张实证性探讨与文学审美描述的统一结合，要求文学批评具有现代意义上的文化关怀与人文关怀，同时使批评具有现代思维，形成一种沟通古今，既接通传统又适应当下、既富理性观照又重体验感悟的批评方式，创造具有现代意识、更富开放性的批评思维。在《走文化诗学之路——关于第三种批评的构想》一文中蒋述卓还指出："文化诗学的价值基点是文化关怀和人文关怀，文化诗学的立足点是文化，但不能将其等同于文化研究，文化诗学要求文学的文化批评必须保持审美性"。①欧阳文风、王进、赵静蓉、蒋艳萍、周兴杰等学者均属于这一学术群落。这一学者群非常重视"文化诗学"自觉的理论建构和批评实践，并出版了《文化诗学：理论与实践》《批评的文化之路》等多部专著，还发表了大量"文化诗学"的相关论文，引起了学界的关注。

三是以刘庆璋、林继中为代表的闽南师范大学文化诗学研究所学者群。他们以一种"辩证互动的文化诗学思维特色"，强调文化诗学是西方话语引进后的本土激活，是中西话语的双向会通与相互阐发，主张中西文论话语在"双向建构"中建立自己新的优化的主体，进而"激活传统"。诸如，刘庆璋文化诗学作为"文学新论"的主张，倾心于理论建构；林继中则以古代诗学和文论为对象，偏重于批评实践，旨在通过对异质文化的吸纳来激发传统文化与诗学的通变，进而在"双向建构"中"激活传统"。祖国颂、沈金耀、陈煜斓、李晓宁、雷亚平、孙媛、吕贤平、张文涛等学者均属于这一学术群落。这一学者群很早便在国内开展"文化诗学"研究工作，不仅于世纪之交主持召开了"全国第一次文化诗学研讨会"，成为新世纪文化诗学研究在国内崛起的一个标志性事件，还出版了《走向文化诗学》《文化诗学的理论与实践研究》等论文集及多部专著，还发表了系列论文。近年来，还主持出版"文化诗学"研究系列专著，业已成为国内文化诗学研究的学术重镇，得到学界广泛关注。

纵观上述三个群落学者观点，认真分析比较会发现，无论在理论主张还是实践操作上，不同学者之间学术观点，乃至同一学术群落内部学者之间的观

---

① 蒋述卓主编：《文化诗学：理论与实践》，人民文学出版社2005年版，第11页。

点，也是有同有异。

首先，表现在文化诗学的催生语境上。童庆炳在《文化诗学是可能的》《植根于现实土壤的"文化诗学"》等文中多次指出，经济发展带来的现实生活问题、对人文精神的呼喊以及文学审美性的关注等等，是提出"文化诗学"的初衷所在。李春青在《走向一种主体论的文化诗学》中则认为"文化诗学"是一种新的阐释方法，其提出的用意在于反拨中国古代诗学研究中存在的"文本中心主义"与"话语转换"存在的不足。蒋述卓在《走文化诗学之路——关于第三种批评的构想》中却是对文论界"失语症"问题的思考开始，认为文论界"失语症"的产生原因是文化机制与批评系统的不成熟，因而构想建立一种新的阐释系统，这种新的阐释系统就是"文化诗学"。刘庆璋认为"文化诗学"是基于中西方文论融合与对象基础上建构起来的。林继中则认为"文化诗学"是西方话语引进后的本土再实践，是异质文化精华部分的嫁接，进而在双向建构中建立新的优化了的主体，最终长入全人类共同的文化诗学。

其次，表现在研究方法的学理探索上。以童庆炳、刘庆璋、蒋述卓等为代表的学者，他们均主张在文化与历史语境中对文本意义的追问，并在宏观的文化视野与微观的文本细读结合中，将"内部研究"与"外部研究"统一起来。此外，在本土性价值立场的基础上，还强调文化诗学的"审美性"，倡导现实人文关怀，批判社会文化中庸俗恶劣的反诗意、反文化的东西，并试图通过开辟"文化诗学"视野，找到文艺理论发展的新支点、新方向，进而建构起一门文学新论来。

再次，在实践中寻求中国古代诗学与文论的新释激活上。林继中积极倡导文化诗学方法对古代传统诗学命题阐释的方法论意义，"双向建构"是其研究的方法论内核，其要点有三，即"内外""中西"和"古今"，就是要阐释文本与外部世界的互动关系，要寻找中西文化间的契合点与生长点，还要文史互动、古今互动，使文学文本具有历史与当代的双重意义。[①]李春青认为文化诗学是一种阐释方法，其方法有三："其一，对知识与意义的双重关注——研究立场的反思；其二，在文本与历史之间穿梭——研究方法的反思；其三，在中西汇流中审视——视点的反思"[②]，而"主体之维""文化语境"和"历史语境"

---

① 林继中：《文化诗学刍议》，《文史哲》2001年第3期。
② 李春青：《诗与意识形态：西周至两汉诗歌功能的演变与中国诗学观念的生成》，北京大学出版社2005年版，第1页。

三维组合①也构成了其文化诗学实践的基本特色。

第四，在语境观上，主张"重建历史文化语境"。童庆炳指出："'文本是历史的，历史又是文本的'，因此文化语境的研究，不仅包含把一部作品放回到产生它的历史文化语境中加以把握，揭示其历史文化内涵和产生它的历史文化背景的研究，同时也包含把这部作品当作'历史文本'，置于当下的现实文化语境中加以考察和阐释，不断地揭示其新的生命魅力和现实意义。"②李春青也认为"文化诗学的入手处就是重建历史文化语境，只有重建历史语境才能完成从文本的意义世界到文化语境，再从文化语境反过来看文本意义世界这一循环阅读的过程，完成文本意义世界的增殖"③。

第五，在研究对象上，坚持诗意与审美维度，强调"审美文化"属性。童庆炳指出："文化诗学的旨趣首先在它是诗学的，也即它是审美的，是主张诗情画意的，不是反诗意，非诗意的，它的对象仍然是文学艺术作品，不是什么'日常生活的审美化'，不是'街心花园'，不是'模特走步'。"④祖国颂则认为文化诗学要"更加关注那些在现实中被否定的或被忽略的文化现象以及有意无意不去正视的文化现象"，并指出"文学审美和日常生活审美，是现实中人们两种通行并用的审美方式，它们可以发生在相同的审美对象身上。也就是说，对现实中的任何一种审美文化现象，都可以进行文学性的审美，也可以进行日常生活的审美。文学审美不仅可以发生在文学（纯文学）中，也可以发生在俗文学甚至泛文学中"⑤。

由上可见，上述三个研究群落，在理论思想与实践观念上，无论是群体之间，还是群落内部，均存在较大的分歧，诸如童庆炳"审美诗学"基础上之"文化诗学"与李春青后现代主义基础上之"文化诗学"的分歧，刘庆璋基于西方诗学理论基础上之"文化诗学理论"与林继中基于古代诗学文论传统激活基础上之"文化诗学实践"的分殊，等等，不一而足。因此，为进一步呈现"文化诗学"内部之差异，也为更好地考察学界其他代表性学者的文化诗学研究路向，特从研究模式与路

---

① 李春青：《中国文化诗学论纲——对古代文论研究方法的一种构想》，《社会科学辑刊》1996年第6期。

② 童庆炳：《再谈文化诗学》，《学术研究》2004年第3期。

③ 李春青：《诗与意识形态：西周至两汉诗歌功能的演变与中国诗学观念的生成》，北京大学出版社2005年版，第1页。

④ 童庆炳：《文化诗学：宏观视野与微观视野的结合》，《甘肃社会科学》2008年第6期。

⑤ 祖国颂：《文化诗学的实践维度与学理空间》，《漳州师范学院学报（哲学社会科学版）》2004年第2期。

径出发，将新世纪以来文化诗学研究群体重新抽绎出如下五种不同的"本土化"述学模式：

1. "古代文论的现代转换"模式

童庆炳、顾祖钊等学者是这一模式的实践代表。童先生与顾先生均是中国文化诗学的倡导者与建构者，在理论原则及话语形态上通过大量的著述为中国文化诗学的发展奠定了最初的模型。但两位学者在内部主张上有着微妙的差异，如童先生更侧重理论的实践性，主张在具体的文学与历史、文化的实践研究中建立中国文化诗学的话语体系，而顾先生更侧重的是系统理论形态的话语阐释，试图通过中西方理论资源的逻辑梳理在话语形态上建构起系统的理论体系。总体而言，童先生与顾先生仍是强调植根传统的中国文化诗学，并借此完成古代文论的现代转换。他们认为要建设具有中国特色的当代形态的文学理论，就要走整合的路，既要"中西对话"也要"古今对话"，通过走一条融合创新的"文化诗学"之路，完成古代文论的现代转换，建构植根于民族传统的理论话语体系。童庆炳指出：

> 我们基本上还没有建立起属于中国的具有当代形态的文学理论。我们只顾搬用或只顾批判，建设则"缺席"，中国具有世界"第一多"的文学理论家却没有自己一套"话语"，这不能不使我们陷入可悲的尴尬局面。①

顾祖钊也指出：

> 古代文论现代转换作为一种学术思潮，作为中西文艺理论融合理想的一种现代自觉，是谁也反对不了的，它也像新理性主义的出现一样，是中国文论步入中西融合新阶段的征兆……中国文化诗学的提出，为未来的文学理论提供了恰当的模式和范型，使我们仿佛看到了远在地平线上升起的一轮朝阳。②

可以说，"古代文论现代转换"的理论出发点就是希望植根于传统诗学，主张在民族文论的现代钩沉中，建构起具有中国特色的文论话语体系，而"中国文

---

① 童庆炳：《中国古代文论的现代意义》，北京师范大学出版社2001年版，第95、327页。

② 顾祖钊：《论中国文论的三部曲——兼及中国文化诗学的建构》，《陕西师范大学学报（哲学社会科学版）》2012年第1期。

化诗学"便是这一话语体系构建的模式范型。

2. "中西比较诗学"模式

刘庆璋、程正民、张进等学者可视为这一模式的实践代表。这一模式非常重视西方理论对于本土诗学建构的意义，对西方自形式主义以来的各种理论话语，尤其是巴赫金诗学和美国新历史主义有深入系统的研究。面对时代转型与现实文论需求，受西方理论的影响，他们在本土文论基础上，通过整合外来话语试图建构中国文化诗学。

刘庆璋早年从事"比较诗学"研究，之后又于20世纪80年代初期开始"文学文化论"的构想，在两次访学美国受到西方话语的启发后，更由"文学文化论"过渡到"文化诗学"，并希望通过融贯整合中西文化成果"进行一次理论探索与创造"①，借此建构中国学人特色的文化诗学。程正民是俄罗斯文论研究专家，他结合俄罗斯文论的历史和现状，对俄罗斯诗学进行了详细系统的介绍，出版了《巴赫金文化诗学》等专著，在国内产生重要影响。张进则通过对西方新历史主义文化诗学的详细阐释和深入研究，对"新历史主义"及"文化诗学"在学理上进行了系统的比较分析，并将此方法运用于当代中国文学的实践研究之中，取得了一系列重要成果。

可以说，"西方文论的文化批评"的理论出发点仍是试图在西方诗学话语的爬梳清理中为建构中国特色文化诗学话语提供借鉴和参考。因此，其理论话语的来源也是多元的，既植根民族传统，也不排斥西方话语。

3. "古代文论的激活与意义阐释"模式

林继中、李春青是这一模式的实践代表。他们通过纵深于历史文化语境之中，借助"跨学科""对话性""互文性"等视野，对古代诗学与文论进行了重新审视，以期在历史、文本与文化语境间穿行，对古代诗学与文论进行现代视野的新阐释，进而达到激活传统以及更新文论研究方法之旨趣。

林继中作为古典文学专家，从1995年发表的《杜诗学——民族的文化诗学》到《文化诗学刍议》《在双向建构中激活传统——从文化诗学说开去》等一系列论文中，集中阐释了"双向建构""文化自觉"等思想对于文学研究的方法论意义。李春青长期从事"中国文化与诗学"的教学科研工作，出版和发

---

① 刘庆璋：《文化诗学学理特色初探——兼及我国第一次文化诗学学术研讨会》，《文史哲》2001年第3期。

表了大量的文化诗学专著和论文，其"文化诗学"观可概括为以"对话"作为研究立场、以"跨学科、互文性"作为研究视角、以"重建历史语境"作为基本方法、以"建构意义"作为基本目标①。从《乌托邦与诗——中国古代士人文化与文学价值观》（北京师范大学出版社1995年版）到《宋学与宋代文学观念》（北京师范大学出版社2001年版）再到《诗与意识形态：西周至两汉诗歌功能的演变与中国诗学观念的生成》（北京大学出版社2005年版）三本专著可谓是实践"中国文化诗学"的"三部曲"，基本形成并建构起了一套"中国文化诗学"的纲要体系。

总体而言，林继中与李春青在中国文化诗学探索的路径上颇为相似，都将"文化诗学"界定为一种文学阐释学的实践方法，达到对古代诗学与文论的新诠释。"古代文论意义阐释"因其研究对象的古典性，其鲜明的"本土化"特色不言而喻，他们却绝非排外，林继中主张中国文化诗学的西方"嫁接"，李春青提倡西方文化诗学的"中国化"。正是发现了中西学思维方法的通约性，才均主张让西方文化诗学与中国固有的研究思维相结合，再回归历史文化语境，重释古代诗学观念，进而在"本土性"的结合中实现"中国文化诗学"之建构。

4. "新历史主义理论阐释"模式

张京媛、王岳川是这一模式的实践代表。他们均以跨异质文化的视角，对西方新历史主义的产生语境、理论来源、学科性质及研究方法等进行深刻细致的梳理或评述，翻译了《新历史主义与文学批评》、主编了《后殖民主义与新历史主义文论》、出版了《新历史主义与历史诗学》等多部专著，还发表了大量探讨新历史主义文化诗学的研究论文。王逢振、赵一凡、盛宁、王进、傅洁琳、生安锋等学者大体属于这一学术群落。这一学者群体一方面较早地在文学翻译上为新历史主义文化诗学在国内的传播起到关键作用，另一方面则在对西方新历史主义文化诗学的系统研究上为国内了解"他者性"的文化诗学提供了理论窗口。

5. "文学研究的文化批评"模式

蒋述卓、陶东风可谓是这一模式的实践代表。这一模式均主张对文学文

---

① 参见李春青于2011年11月24日在北京师范大学"中国语言文学前沿问题研究"博士生系列讲座上的演讲，主题为"中国文化诗学"。

化现象进行关注，在开放包容的文论视野下对各种文艺文化现象作出回应，显示出强烈的现实关怀及批评意识。近些年来，蒋述卓还从"文化诗学"转向到"城市文学""文化人类学""文化生态学"的研究，其提倡和理解的"文化诗学"，对象不仅包含纯文学，还延伸至手机短信、生态、城市文明等当下的日常生活审美化之中。陶东风可谓是国内"文化研究"的理论旗帜，他积极转向当下文化批评与文化现象的关注，尤其对"微文化""微现象"等大众文化研究的用力，可谓构成了"文化诗学"的另一重要分支。陶东风虽从未标举过"文化诗学"思想旗帜，其文艺思想却暗含其中。尽管陶东风曾极力主张"日常生活审美化"，并以此为基点上升到对文艺学学科现状及其发展前景的反思上，并将研究视野深入到广告、时尚、酒吧、博客、网络等大众日常生活的"微文化"领域中，令人耳目一新。他认为"审美化的意义在于打破艺术（审美）与日常生活的界限，日常生活审美化的学术关注并不意味着对它价值上的认可"，因而"大可不必把它排斥在美学文艺学研究的大门之外"①。黄卓越、陶水平、赵勇、王德胜、李凤亮、欧阳文风、周志强等学者大体也属于这一群落。尽管"文化研究"与"文化诗学"似乎分庭抗礼，理论内涵差异巨大，但从某些层面上看，其实两者存在着一定的亲缘关系，因而仍可视为文化诗学的一种述学模式。当然，这一模式在理论的逻辑起点上，其"诗学"内涵显然独具匠心，与其他"文化诗学"践行模式的落脚点是文学文本不同，"文化批评模式"其"诗学"的诗意内涵在"文学性"层面，内涵更加包容，其研究对象也不囿于传统的文学文本，因而也具有更加强大的阐释效力。

正是以上学术群体及其述学模式为代表的研究合力，使得"文化诗学"研究在"本土性"的谱系化建构中构建起了"中国文化诗学"的雏形。深入细察可发现，如上五种"本土化"述学模式，又可以进一步聚焦并总结为三种范式：一是在"植根传统"中完成古代文论的现代转化、激活传统；二是在"借镜西方"的话语模式中省思中国问题；三是在"中西模式互构"的比较融通中实现中西文论的融合、对话与创新。然而，作为一种文学阐释学方法，无论其"本土性"建构模式是"植根传统""借镜西方"还是"中西模式互构"，它始终围绕着中国现实的文学艺术问题，指向中国独特的文学现象，具有强大的

---

① 陶东风：《日常生活的审美化与文艺社会学的重建》，《文艺研究》2004年第1期。

阐释功能。作为文学研究新的范式路径，文化诗学的话语建构也充分彰显着世纪之交后中国文论研究新的理论诉求。当然，文化诗学倡导一种辩证互动的整体性研究范式，主张历史、文本与文化的开放性阅读，这种思维模式恰恰在中国传统模式中有着深厚的根基。正是这种契合与互通之处，使得文化诗学"本土化"后得以迅速落地生根、形成规模，并在反思、批评与改造中不断推进"中国文化诗学"理论建构。

第四节　中西文化诗学的关联与差异

中西文化诗学的关联，关键体现在方法论上的相通与契合。中西"文化诗学"均强调不同学科话语间互涵互构的关系，主张历史文化语境的重建，在跨学科、对话性与"互文性"视野中打开历史文本的重重枷锁，揭示其中的多层涵义。这种反抗"形式主义"语言论模式，向"历史—文化"模式转轨之方法，主要体现在如下几个方面：

第一，跨学科整体性研究。无论是斯蒂芬·格林布拉特，还是路易斯·蒙特洛斯，新历史主义极为重视不同学科话语之间的"流通"，在反抗形式主义"审美自律"路线上打破学科之间的壁垒。英国文化唯物主义更在文化与政治意识形态路线上实现了一种"政治文化批评"模式。尤其是以格林布拉特为代表的美国新历史主义文化诗学，大胆跨越文学、历史、人类学、艺术学、政治学、经济学等学科界限，广纳女权主义、解构主义、福柯权力话语理论以及拉康新弗洛伊德主义等谱系的理论资源，使其研究的视野极具开放性。中国文化诗学同样秉持一种综合的眼光，强调整体性的研究、跨学科的"打通"、异质文论话语的互涵互构，力求在文化系统中进行跨学科知识话语的多维诠释。林继中指出"整体性研究是文化诗学生命之所在"[①]；刘庆璋认为，文化诗学的新意主要表现在"以文学与整个文化系统的互动、互融关系为中轴"，"对文学独特规律的认识，就可能更为全面，就可能进入一个更深的层次"[②]；蒋述卓认为"只有在语言、神话、宗教、科学、历史、哲学等诸多学科的文化视野中考察文学，才能打破文学的自闭症，打破文学研究上的单向思维和平面思维，才

---

① 林继中：《文化诗学刍议》，《文史哲》2001年第3期。
② 刘庆璋：《文化诗学的诗学新意》，《文艺理论研究》2000年第2期。

能使文学在更广阔的维度被多重解读，生成无穷的魅力"，"综合研究的最终目的必将通往文化诗学"①。李春青也认为文化诗学研究的基本策略就在于"文本、体验、文化语境之间穿行"②，寻求文本间的"互文性"联系，强调不同学科间的广泛关联。

第二，在"文本内外"流通、往来与振摆。新历史主义主将格林布拉特反复提到，其目标就是要对文学文本之社会存在以及文本之外的社会存在实现"双向调查"。而反抗俄苏形式主义、新批评、结构主义之"形式主义"路径，吸纳福柯、德里达、巴赫金等后现代主义文论话语，并整合西方马克思主义批判理论传统，目的也是在文本、文化与政治之间实现一种综合性整体调查。同样，与以往"工具论""经济决定论"以及"审美诗学""心理诗学""文体诗学""文化研究"等不同的是，中国文化诗学也强调要在"文本内外"往来，在"历史—文本—文化语境"之间游走，主张从"文化系统"中考察文学。

第三，"互文性"视野。新历史主义文化诗学极为重视批评的"互文性"视野，新历史主义批评家多次提出"互文性"研究的意义，并在格林布拉特、蒙特洛斯、海登·怀特等人的批评实践中得到彰显。格林布拉特等人对文艺复兴时期莎士比亚的文本解读，就是一种"互文性"阅读，借助文本内外意识形态化的社会政治性解读，其揭示的是社会现存状况的复杂权力关系，具有很强的意识形态属性。同样，中国文化诗学研究在文化与文本、文化与社会、文化与修辞、文化与价值等诸多层面间的广泛关联，同样提倡"互文性"视野。李春青反复指出"互文性"视野对于揭开文本背后隐含的文化密码具有重要作用。

此外，中西文化诗学都有一种积极参与社会历史进程并试图指引、干预社会建设的责任意识。新历史主义文化诗学对文艺复兴时期英国文学的批评实践，在看待资本主义原始积累和殖民扩张时期社会的权力与上层建筑、意识形态等问题基础上其目的是在对历史进行反思和重建，进而思考现实生活中的政治立场，在社会政治的批判中达到其干预社会进程的目的。而我国的文化诗学

---

① 蒋述卓、蒋艳萍：《论王元化"综合研究法"的文化诗学意义》，《湖南师范大学社会科学学报》2003年第6期。

② 李春青：《论文化诗学的研究路向——从古今〈诗经〉研究中的某些问题说开去》，《河北学刊》2004年第3期。

通过诗意审美和现实关怀的提倡，主张人文关怀、重建新理性精神，也是针对当下消费主义浪潮冲击下出现的各种现实问题，其目的仍是在人文关怀的宣扬下重建社会的美好和谐。

当然，除思维方法上的相通与契合外，中西文化诗学存在着更多的不同，尤其是理论背景、思想来源、哲学基础、理论旨归等等，均存在着根本的差异。

关于中国文化诗学的最初构想，除李春青主张的"一种新的阐释方法"外，童庆炳先生则更多从现实文论处境出发寻找根由。童先生认为，由于经济的飞速发展，商业浪潮导致严重的拜金主义、拜物主义，各种负面的社会文化现象屡见不鲜，在这种情况下，为了应对和思考现实中的种种问题，对"人文关怀"的呼喊成为文艺理论界的主题。加之传统文论的内部研究与外部研究已失效，而文学与文化的交叉研究成为一种可能。因此，在童庆炳先生看来，从文化的视角来关注现实品格和弘扬人文精神，正是中国文化诗学出场的现实根由。

从中西文化诗学命题的提出看，无论是西方新历史主义文化诗学，还是中国文化诗学，都是一个漫长的探索过程，有着极为复杂的历史语境、哲学背景及文化氛围。尤其是西方新历史主义文化诗学，更与西方当代思想危机及其阐释模式的断裂息息相关，而中国文化诗学同样与当代文论话语危机及其思维模式的变革相关。

除理论出场的历史语境存在差异外，中西文化诗学在其理论构成上也有着截然不同的旨趣。为了进行对照，用表标举如下[①]：

表2-1　中西文化诗学对照简表

	中国文化诗学	西方文化诗学
哲学基础	新理性主义，以辩证唯物主义和历史唯物主义为基础，采用古代哲学智慧，努力将人类一切优秀成果综合为一的体系方法	后现代主义、结构主义；人类进行的一切学术活动，不过是"话语的游戏"
目的论	以现代性为价值出发点，属于现代性文化模式（新理性精神的需求）	以后现代思潮为理论基础，最终归属上服务于后现代文化模式

---

① 参见顾祖钊2009年5月在闽南师范大学文学院研究生课堂上关于"文化诗学"的系列讲座。

续表

	中国文化诗学	西方文化诗学
文化视野	针对审美文化而言，强调文化与诗意的一体性，以对话性和鉴赏性为基础	取法于文化人类学，把整个文化当作研究对象，而不仅仅局限于文学
文化结构	整体的有机的文化观念，强调文化的历史继承性和延续性	解构整体性、统一性，否定共时性与历时性的存在，漠视精神文化的连续性
历史观	历史唯物主义，尊重历史，重建历史语境	末世学派的历史观（后结构主义），消除历史，去除记忆
语境观	将历史文化语境视为核心，重视历史语境的还原，追求历史理性和诗学价值	语境的虚构本质，视为一种游戏策略
表述的立场与方法	立足于诗学的审美文化研究，坚守文学理论的学科品格	失去诗学品格，成为一种以文学作品为例证的文化研究
政治归属与学者身份	站在进步的人文主义和历史唯物主义立场上，为了人类解放的大目标而进行的严肃认真的学术研究	对商品学术语的套用，对西方后工业社会和商品社会的崇拜

对比表中我们不难发现，中西文化诗学不论是在哲学观点上，还是在目的论上；也不论是在历史观上，还是在语境观等内容上，都存在较大的分歧。正如蒋述卓指出的，"西方新历史主义是对20世纪二三十年代新批评的一种反拨，将过分注重文学内部的文本批评的趋势作了大的扭转，更多地强调对作者与社会文化、政治境遇以及意识形态方面的关系研究，以及对作品如何被社会所接受并且参与政治与社会运动过程的研究"，而中国文化诗学则不能视为"一种文学的外在批评"，[①]而要重视其"审美性"，这也是中西文化诗学区别的另一个重要标志。

此外，中国文化诗学由于中国传统诗学模式与当下文化现实的会通，使其在话语融合与重构中也显示出与西方新历史主义文化诗学不同的特色。这尤为表现在三方面：首先，尽管中西方文化诗学均重视文化与文学的整体性系统，强调文本与社会的跨学科的广泛关联，但中国文化诗学通过历史文化语境的重建、透过文本语言的细读，旨在揭示文本中蕴含的诗意内涵及其诗学精神品格，具有积极的人文意识和现实关怀。西方新历史主义文化诗学通过文本与历史的溯源，旨在挖掘文本中蕴含的复杂政治权力运作关系，达到意识形态的文化批评目的。其次，中国文化诗学在跨学科间的视野中，强调文化视野与审美

① 蒋述卓：《走文化诗学之路——关于第三种批评的构想》，《当代人》1995年第4期。

诗学的双重组合，而新历史主义文化诗学则强调"文化的政治学属性"，文学成为"论证意识形态、社会心理、权力斗争、民族传统、文化差异的标本"①。再次，中国文化诗学强调"历史优先原则"，注重宏观文化视野与微观文本细读的双向贯通，并追求一种人文理性和价值关怀，而西方新历史主义文化诗学则强调"历史意识形态性"，通过文化的整合与颠覆，最终达到消解主流意识形态的目的。

当然，无论是西方新历史主义文化诗学，还是中国文化诗学，都倡导一种批评方法，视其为一种文学实践。尤其是中国文化诗学，它并非无根浮萍，空谈玄理，而需要立足于传统诗学的根基之上阐幽抉微，一边钩沉传统、汲取资源，一边关注现实、有效介入。文化诗学的魅力就在于其阐释空间的开放性及实践的有效性。中国文化诗学的"本土性建构"关键也在于传统诗学模式的钩沉激活以及对现实问题的有效解答，只有紧扣诗学文本，加上审美与文化的维度，在"语境化"的自觉实践中，理论方能在文学与历史文化的互动与互构中求得创新与发展。

综上而言，在"文化诗学"话语挪借后的反思、批评与改造进程中，文化诗学的"本土化"与"中国文化诗学"的建构尽管受到西方新历史主义文化诗学的话语启发，但归根结底仍是历史语境中对传统诗学模式的钩沉与激活，是现实语境中文坛现状的精神呼吁以及文论失语、理论窄化的现实吁求，具有本土原发性和内在生成性：其理论背景源于文学理论文化视野的开辟，其理论内核则植根于中国古代文论话语的激活与重释，其理论生成源于当代文论观念不断变迁游移后的困境与焦虑。尽管中国文化诗学的体系方法仍需深化，但从当代文论的逻辑发展来看，它的确为文学理论研究的空间拓展和思维更新起到了方法论层面的显著成效。中国文化诗学主张文学研究的文化视野、提倡审美文化，关注社会现实的当代品格、倡导人文关怀，主张在古今中西的双向互补中沟通对话。在此，三个向度上不仅在"入乎其内"与"出乎其外"的双向拓展中更新了理论思维，还表征着极为鲜明的时代理论特色。与此同时，作为当代文艺理论的困境突围，"文化诗学"的中国发展与演进，在辩证唯物主义的历史文化意识和人文理性关怀中，不仅与西方新历史主义文化诗学的解构思想及其策略存在差异，还在本土性与现实性层面彰显了当代精神与中国特色。

---

① 王岳川：《新历史主义的文化诗学》，《北京大学学报(哲学社会科学版)》1997年第3期。

第三章　模式谱系与当代会通

毋庸置疑，"文化诗学"（Cultural Poetics）首先是作为一种西方新历史主义（New Historicism）思潮的译介而被中国学界认识并接受。但是，为什么"文化诗学"在西方语境中仅在"短瞬的辉煌"过后便销声匿迹，被"文化研究"(Cultural Studies)所吞没，反而在中国语境中却取得长足的发展呢？究其缘由，一是由于中国文化诗学积极吸纳了"文化研究"中的有益成分，在"诗学"的前提下综合了一种"文化视野"，从而在"文化"与"诗学"的辩证互动中达成了一种有效的动态平衡，既维护了文学理论的学科合法性，同时也及时地拓展了自身的学理边界，从而卓有成效地解决了当代中国文艺语境中新艺术形态下传统理论话语无力涵盖与无法言说的现实尴尬，因而极具本土阐释效力；二是由于"文化诗学"在思维观念上与中国古代诗学模式在研究方法上的确存在许多的相通契合之处，这也是西方文化诗学在理论旅行中之所以能成功着陆实现"中国化"，并在引进后的反思、批评与改造中与传统诗学内化同构进而实现"本土化"建构的根本原因。可以说，正是传统诗学模式的观念契合与当代文论的现实需求，为"中国文化诗学"提供了向前发展的源源动力。

第一节　文化与诗学的古代模式

"文化诗学"作为一种新的批评方法和阐释实践，强调文化视野的观照，主张跨学科的融通，倡导文本内与文本外的互动，这种思维模式在中国文论、文学与文化史中则是极为普遍的观念行为。换句话说，在中国古代诗学文论中，实则蕴含着丰富的与"文化诗学"观念模式相通与契合的话语资源，可供"中国文化诗学"建构所用。

在中国漫长的文学史和文论史中，虽未出现现代意义上的"文化诗学"这一理论术语，但是在批评方法、思维方式上，却有着民族文论一脉相传的内在肌理品格。在很长的一段历史时期内，传统文学批评一直主张"文史哲不分家"，要"知人论世""以意逆志"，强调文学批评的整体性视野；主张"理、事、情"三元统一，强调文本与世界的关联；"境界说"更是给我们提供了一个化合中西、勾连古今的文化与诗学的经典范本。这其中，尤其是孟子最富创造性的批评理论"知人论世"说，更具代表性。"知人论世"，就是要深入了解诗人的生平思想、道德遭遇，了解诗人所生活的时代状况，这里孟子就已经注意到了作品（诗、文、辞）—作者（"知其人"）—时代（"论其世"）这样一个综合整体性的循环系统。[1]李春青认为文化诗学的基本阐释策略就是"在文本、体验、文化语境之间穿行"[2]，这与孟子提出的"以意逆志"和"知人论世"是内在一致的。可以说，由孟子开其端，经刘勰、叶燮的传承发展，到王国维的集大成，中国古代的文化诗学观念为当代中国文化诗学建构提供了极为丰富的话语资源。

一 "以意逆志"与"知人论世"文学批评观

作为西周礼仪形式的遗留或变体，春秋以来，赋诗、引诗之风盛行朝野，赋诗者在外交、政治等场合以及著书立说时，为了自我认同的需求，往往借取诗中的部分章句来表述自己的意见。尤其是"诗歌所独有的含蓄、委婉的特性"以及"诗歌原有的庄严性、高贵性"使得赋诗成为"表达友好""表达请求或建议""表达讽刺、警告或批评"的有效手段，乃至贵族们通常也借助"引诗"来表达某种价值观念[3]。然而，无论是"赋诗"还是"引诗"，由于对某种特定意识形态观念的影射，以及作为表达思想的一种方式，通常都是依据"断章取义"的原则进行。孟子也常常采用这种方法表达思想。

截取诗句表达思想和意见本无可厚非，但孟子的得意门生咸丘蒙却运用这一方法去解读《诗·小雅·北山》，造成理解的失当。正是在这一点，孟子提

---

[1] 童庆炳：《中国古代文论的现代意义》，北京师范大学出版社2001年版，第95页。

[2] 李春青：《诗与意识形态：西周至两汉诗歌功能的演变与中国诗学观念的生成》，北京大学出版社2005年版，第15页。

[3] 李春青：《论先秦"赋诗"、"引诗"的文化意蕴》，《齐鲁学刊》2003年第6期。

出要全面确切地理解诗的内容，必须要善于"以意逆志"。《孟子·万章》上篇有云：

> 咸丘蒙曰："舜之不臣尧，则吾既得闻命矣。《诗》云，'普天之下，莫非王土；率土之滨，莫非王臣。'而舜既为天子矣，敢问瞽瞍之非臣，如何？"曰："是诗也，非是之谓也；劳于王事而不得养父母也。曰，'此莫非王事，我独贤劳也。'故说诗者，不以文害辞，不以辞害志。以意逆志，是为得之。如以辞而已矣，《云汉》之诗曰，'周馀黎民，靡有孑遗。'信斯言也，是周无遗民也。"①

孟子学生咸丘蒙认为，舜的父亲瞽瞍在舜为天子时不算他的臣民，这不是和《诗经》中的"率土之滨，莫非王臣"相矛盾了吗？孟子认为，咸丘蒙的问题就在于只从个别字句出发而没有读懂原诗，造成对诗歌本意理解的失误。就像《诗·大雅·云汉》"周馀黎民，靡有孑遗"，其真实意思是要表达旱情的严重，而非真的"周无遗民"。因此，为了防止这种对诗歌断章取义式的机械理解和误读，就不能拘泥于个别词和句的表面意义，而应该深入文本和历史语境中，根据全篇去分析作品的内容，真正探求体会创作者的意图。"以意逆志"，正是要求对诗意的准确理解，去推求作品原意。

通过与学生咸丘蒙的对话，孟子批评了他对诗的片面理解，指出读诗不能"以文害辞""以辞害志"，不能因个别字句影响对诗的理解和把握，而应当"以意逆志"，要以自己对诗意的准确理解去接近和推求诗的原意。那么，究竟怎样才能做到"以意逆志"呢？据此，孟子又提出了"知人论世"，要求深入了解诗人的生平、思想及其时代状况。《孟子·万章》下篇有云：

> 孟子谓万章曰："一乡之善士，斯友一乡之善士；一国之善士，斯友一国之善士；天下之善士，斯友天下之善士。以友天下之善士为未足，又尚论古之人。颂其诗，读其书，不知其人，可乎？是以论其世也。是尚友也。"②

孟子认为要"以意逆志"必须要能"知人论世"，也即是说，要准确理解作品，需要结合诗人的生平思想、道德遭遇，还必须了解诗人所生活的时代背景和文

---

① 〔战国〕孟子：《孟子》，杨伯峻、杨逢彬注译，岳麓书社2000年版，第161页。
② 〔战国〕孟子：《孟子》，杨伯峻、杨逢彬注译，岳麓书社2000年版，第187页。

化状况，这就提出了一个"历史文化语境"的问题。在此，孟子实则已经清晰地意识到作品（诗、文、辞）—作者（"知其人"）—时代（"论其世"）这样一个整体的循环系统[①]，重视三要素间息息相关的作用。既要求读者解读作品时不仅要了解作者其人，还要联系历史文化语境，努力消除同作品之间的距离，只有这样才能正确阐释出作品的意义。

历史语境化的阅读，要求读者解诗时不能以诗的字词去揣测诗的本意，因为作品产生的历史环境与解诗时的历史时间明显存在年代的差距，其中的"隔"必然使诗的原意在后代读者的解诗过程中被违背。要打破这种"隔"，尽量拉近读者与诗产生的年代距离，逼近作品的原意，就需要读者去"逆"，而"逆"的目的是要指向文本作者的原意，在"逆"的过程中一方面逼近文本真义，另一方面在阐释过程中实现文本意义的增殖。这种"意义增殖"，正是将文本从"自律性"的文学场域拉向了"他律的"更大的文化场域过程中，由此在"文本—语境"中衍生出更加丰富的文化意义来。很显然，孟子在此提供了一个"文学阐释、文学研究的基本范式"，并由此形成了"中国古代文学研究的一种源远流长的传统"[②]。

孟子"知人论世"模式要求论及作品与作家与世界之关系，实际上就是要求读者不仅要关注文本内的细读，还要去关注文本外的世界，关注文本周围的社会存在。孟子批评他的学生咸丘蒙，就是批评他只按诗的字面意思去机械片面理解诗意，忽视具体的历史文化背景和文本的整体意蕴，才最终造成对诗意的曲解。孟子的"以意逆志"和"知人论世"文学批评观念，其意义和贡献是深远的，也引发了后人的巨大关注，对中国传统文学批评观念产生了深刻影响。最具代表性的如清人吴淇，便针对孟子的"知人论世"观指出：

> 世字见于文有二义：从言之，曰世运，积时而成古；横言之，曰世界，积人而成天下。故天下者，我之世，其世者，古人之天下也。我与古人不相及者，积时便然；然有相及者，古人之诗书在焉。古人有诗书，是古人悬以其人待知于我；我有诵读，是我遥以其知逆于古人。是不得徒诵其诗，当尚论其人。然论其人，必先论其世者，何也？使生乎天下者，或无多人，或多人而皆为善士，固无有同异也，偏党何由而生；亦无爱憎也，谗讥何

---

① 童庆炳：《中国古代文论的现代意义》，北京师范大学出版社2001年，第95页。
② 郭英德：《论"知人论世"古典范式的现代转型》，《中国文化研究》1998年第3期。

由而起。无奈天下之共我而生者，林林尔，总总尔，攻取不得不繁，于是党同伐异，相倾相轧，遂成一牢不可破之局。君子生当此世，欲争之而不得，欲不争而又不获已，不能直达其性，则虑不得不深，心不得不危，故人必与世相关也。然未可以我之世例之，盖古人自有古人之世也。"不殄厥愠"，文王之世也；"愠于群小"，孔子之世也；苟不论其世为何世，安知其人为何如人乎？余之论选诗，义取诸此，其六朝诗人列传，仿知人而作，六朝诗人纪年，又因论世而起云。①

在此，吴淇针对孟子"知人论世"批评观，也认为要将"诵其诗""读其书""知其人""论其世"相互结合起来，也就是要在历史文化语境中将作品、作家与时代联系起来进行整体性考察。

孟子的"以意逆志"和"知人论世"批评观，作为中国古代早期最具代表性的具有明晰思想观念的批评模式，在当下文论语境中更散发其光芒。20世纪欧美著名理论家艾布拉姆斯通过对浪漫主义文论及其批评传统提出了著名的"文学四要素论"，认为艺术家、作品、世界与欣赏者均处于同一个艺术坐标系中，在以"艺术品—阐释的对象"为中心的阐释模式中，各要素之间是"多样化中的统一"②。这与孟子"知人论世"在文学阐释的路径上显然是相通的。20世纪西方文论受"语言论转向"的哲学影响，纷纷转向对语言的关注，进而形成了形式主义、新批评和结构主义等"语言论模式"的文论倾向。与此同时，在"读者转向"的路径上，又形成了读者反映批评、接受美学等"读者模式"的文论倾向。随后，受"文化转向"的影响，尤其是以英国伯明翰学派为代表的文化研究以及法兰克福学派对"文化工业"批判的影响，加之西方左翼"文化马克思主义"批评的兴起，西方文论又转向到对后结构主义、解构主义、新历史主义、后殖民主义、文化研究等"文化模式"的文论发展中。这其中，美国新历史主义文化诗学，受西方左翼传统的影响，也在反抗"语言论模式"中试图将"文本内"与"文本外"连接起来，实现文本内外的"双向流通"，达成由"文本"向"历史—文化"的转轨。受西方文论模式的影响，自

① 〔清〕吴淇：《六朝选诗定论缘起》，见郭绍虞主编：《中国历代文论选》，上海古籍出版社2001年版，第37页。
② [美]M.H.艾布拉姆斯：《镜与灯：浪漫主义文论及批评传统》，郦稚牛等译，北京大学出版社2015年版，第5—6页。

新时期以来，当代中国文论也基本走过了上述文论模式路径，并在20世纪90年代中后期文化研究兴起时，试图实现"自律"与"他律"的"文本内外"的贯通。很显然，无论是20世纪以来的西方文论发展趋势，还是当代中国文论发展走向，都与孟子提出的"知人论世"观念有着相互贯通的内在实质。

中国文化诗学倡导者李春青认为，中国文化诗学的基本阐释策略就是"在文本、体验、文化语境之间穿行"[①]。这就涉及文本、读者、作家与世界，也即是"文学场"与"文化场"的"场域性"叠加以及以文本对象为轴心的"互文本"关系，正是在这种文化观照与文本体验的文化之维、历史之维、主体之维中，才能激发传统诗学的现代意涵。这种文化诗学的阐释方法显然延续了孟子"知人论世"的批评策略——所谓"知人"（了解作者生平、思想、道德遭遇）、"论世"（了解作者所处的文化语境、历史背景、时代状况），而"逆"的关键就是在于读者在"知人""论世"的基础上的心理体验——跳出文本世界而进入到言说者所处的文化语境中去，以文本为中介，使古人的思想情感和智慧进入我们的心灵世界，进而对这个世界背后隐含的文化逻辑进行深入地探索，进而深入、全面地体会、理解对象。

综上而言，作为中国最早的较为明晰的文论观念——孟子的"以意逆志"和"知人论世"思维模式与当代中国文化诗学相通契合，孟子的文学批评观念也构成了中国文化诗学的早期源头和本土性话语资源，具有重要的借鉴意义。

二 "乐以观世"文学批评观

荀子是一位极为重视人的"文化存在"并以此进行思考的哲学家，他不仅从"群""伪""性""礼仪""法度""道"等范畴阐释出发，对"人的文化特质、文化与自然、文化与历史、文化与政治"等问题进行了深入思考并建立起了"文化哲学的框架"[②]，更在"音乐（文艺）—人心—治道"[③]模式上将文艺与社会、文艺与政治等复杂关系进行了整体性考察，深刻体现了其文学批评的整体性文化视野。

先秦时期，诗乐紧密结合，文学思想也与整个学术思想混沌融合。荀子关于文学批评的见解就熔铸于关于音乐的论述中。《荀子·乐论》开篇有云：

---

① 李春青：《诗与意识形态：西周至两汉诗歌功能的演变与中国诗学观念的生成》，北京大学出版社2005年版，第15页。

② 宋志明：《荀子的文化哲学》，《东岳论丛》1992年第2期。

③ 张少康：《中国文学理论批评史》（上），北京大学出版社2005年版，第46页。

夫乐者，乐也，人情之所必不免也，故人不能无乐。乐则必发于声音，形于动静，而人之道，声音动静，性术之变尽是矣。故人不能不乐，乐则不能无形，形而不为道，则不能无乱。先王恶其乱也，故制《雅》、《颂》之声以道之，使其声足以乐而不流，使其文足以辨而不諰，使其曲直、繁省、廉肉、节奏足以感动人之善心，使夫邪污之气无由得接焉。是先王立乐之方也，而墨子非之，奈何！ ①

在此，荀子将音乐视为"人情之所必不免也"的情感需要，而人的"性术之变"即内在思想情感变化又可通过音乐表现出来，突出强调了音乐之于人的情感、欲望等社会调节作用。据此，荀子既反驳了墨子"非乐"的思想，又凸显其"乐教"的主张。正是在音乐可以感化人心、影响社会文化风尚层面上，荀子提出了通过音乐净化人心，进而达到社会治理的目的，并进一步与"礼"结合，形成了其追求"乐之以中和"的"以道制欲"的礼乐文化观。

墨子曰："乐者，圣王之所非也，而儒者为之，过也。"君子以为不然。乐者，圣王之所乐也，而可以善民心，其感人深，其移风易俗。故先王导之以礼乐而民和睦。②

——《荀子·乐论》

古者圣王以人之性恶，以为偏险而不正，悖乱而不治，是以为之起礼义，制法度，以矫饰人之情性而正之，以扰化人之情性而导之也。始皆出于治，合于道者也。……故圣人化性而起伪，伪起而生礼义，礼义生而制法度。然则礼义法度者，是圣人之所生也。③

——《荀子·性恶》

礼起于何也？曰：人生而有欲，欲而不得，则不能无求；求而无度量分界，则不能不争；争则乱，乱则穷。先王恶其乱也，故制礼义以分之，以养人之欲、

---

① 〔清〕王先谦撰：《荀子集解》（下），沈啸寰、王星贤点校，中华书局1988年版，第379页。

② 〔清〕王先谦撰：《荀子集解》（下），沈啸寰、王星贤点校，中华书局1988年版，第381页。

③ 〔清〕王先谦撰：《荀子集解》（下），沈啸寰、王星贤点校，中华书局1988年版，第435、438页。

给人之求，使欲必不穷于物，物必不屈于欲，两者相持而长，是礼之所起也。①

——《荀子·礼论》

通过音乐实现"移风易俗"，并与"礼义"结合，进而达成不同等级之间的和谐融洽关系。当然，在荀子看来，这种"礼义"的道德规范存在一个过程，所谓"化性而起伪，伪起而生礼义"，即是说尽管礼义由圣人制定，但并非其本性，而是通过约束本性而达成性情之外的法度。这既反映了荀子"人性恶"的思想，还凸显了其历史文化的发展观。而这种历史文化观始终又是与政治交融在一起，并在诗、乐、礼的统一中凸显了其文学批评思想。

荀子认为，乐之"奇邪雅正"与时代风俗和社会风尚相关，"正声感人""乐以观世"即是充分强调雅正之乐的教化作用，重视乐的社会功能。荀子的这种"乐教"思想，在对儒家思想充分继承与发展的基础上②对后代文学观也产生了巨大影响。此外，在《荀子·乐论》基础上，《礼记·乐记》还进一步发展形成了"诗乐舞"一体以及"物感说"等文学批评整体观③，强调文艺、音乐与社会、政治之间的复杂关系。《诗大序》则在诗教与政教基础上对诗歌之政治社会功能进行了深入系统的阐发，不仅就诗的思想内容与艺术风貌进行了论说，还凸显了诗与社会、政治现实之间的紧密关联。

应该说，荀子在诗乐礼的文学批评路径上，不仅就其性伪、礼义、法度等初步建立起了文化哲学的框架并对后世产生了重要影响，还在意识形态与文化领域中就诗乐之社会政治功能予以了集体阐明，体现了先秦时期传统儒家诗学与文化的政治批评特质。

三 "发愤著书"说及其文学批评传统

"发愤著书"由西汉文学史家司马迁提出，在《史记·太史公自序》中有言："《诗》三百篇，大抵圣贤发愤之所为作也。"④司马迁认为，《周易》《春秋》《离骚》《国语》《孙子兵法》等著者都是在惨遭厄运的境况下才发

---

① 〔清〕王先谦撰：《荀子集解》（下），沈啸寰、王星贤点校，中华书局1988年版，第346页。

② 孔子所谓"兴于诗，立于礼，成于乐"，这种诗乐礼之间的关系，显然对荀子礼乐观的形成和发展，对其文艺与政治之间的密切关联产生了积极影响。

③ 如："诗，言其志也；歌，咏其声也；舞，动其容也。三者本于心，然后乐器从之"；"凡音之起，由人心生也。人心之动，物使之然也。感于物而动，故形于声；声相应，故生变；变成方，谓之音"。

④ 〔西汉〕司马迁：《史记·太史公自序》，见《史记》，中华书局1982年版，第3300页。

愤著书立说的。这一思想不仅揭示了作家著书立说的心理动因，更成为中国古代诗学观念的重要文化心理，并有着极为漫长的形成与发展历程。

众所周知，司马迁这一思想生发自对屈原及其作品的评价之上，《史记·屈原列传》中说："屈平正道直行，竭忠尽智以事其君，谗人间之，可谓穷矣。信而见疑，忠而被谤，能无怨乎？屈平之作《离骚》，盖自怨生也。《国风》好色而不淫，《小雅》怨诽而不乱。若《离骚》者，可谓兼之矣……以刺世事……故死而不容。"①而在此之前，淮南王刘安也对屈原和《离骚》作出评价，认为"《国风》好色而不淫，《小雅》怨诽而不乱。若《离骚》者，可谓兼之"②。不难看出，淮南王对《离骚》的评价充分凸显了"怨"的思想，可谓是对《诗经》"怨刺"观念的继承，反映了文学之政治讽谏意义。而司马迁则在刘安评价《离骚》"怨刺"基础上，更进一步地在"以刺世事"上突出"怨"，强调"信而见疑，忠而被谤"之怨。故此，司马迁提出：

> 盖西伯拘而演《周易》；仲尼厄而作《春秋》；屈原放逐，乃赋《离骚》；左丘失明，厥有《国语》；孙子膑脚，《兵法》修列；不韦迁蜀，世传《吕览》；韩非囚秦，《说难》、《孤愤》；《诗》三百篇，大底圣贤发愤之所为作也。此人皆意有所郁结，不得通其道也，故述往事，思来者。③

信而被疑，忠而被谤，"怨愤"不得其通而"发愤"著书，以述其事、以立其言、以申其志，正所谓"凡百三十篇。亦欲以究天人之际，通古今之变，成一家之言"④。不难见出，司马迁的"发愤著书"说在淮南王"怨愤"说基础上，充分发扬了传统思想中"诗可以怨"的传统，在诗学观念中既"实录"以述往事，又"发愤"以抒情，表现了文本内外极为丰富的主体情思及鲜明的批判精神。

值得说明的是，在《史记》撰写中，司马迁"发愤著书"之思想，既对屈原等历史人物，尤其是其作品蕴含的象征寄托意义予以了阐发，提出"离骚

① 〔西汉〕司马迁：《史记·屈原贾生列传》，见《史记》，中华书局1982年版，第2482页。
② 〔东汉〕班固：《离骚赞序》，见〔宋〕洪兴祖：《楚辞补注》，中华书局1983年版，第51页。
③ 〔西汉〕司马迁：《报任少卿书》，见〔清〕吴楚材、吴调侯选注：《古文观止》，上海古籍出版社2016年版，第212页。
④ 〔西汉〕司马迁：《报任少卿书》，见〔清〕吴楚材、吴调侯选注：《古文观止》，上海古籍出版社2016年版，第213页。

者，犹离忧也"等观点，将《离骚》文本内部潜藏的政治意义予以阐明，还充分发扬"实录精神"，以合史实。班固在《汉书·司马迁传赞》中针对《史记》的批评精神有曰："然自刘向、扬雄博极群书，皆称迁有良史之材，服其善序事理，辨而不华，质而不俚，其文直，其事核，不虚美，不隐恶，故谓之实录。"①应该说，司马迁之"发愤著书"与"实录精神"是相互联系的：一方面，其意之郁结与怨愤，试图借助"述往事，思来者"之著作为寄托，实现自己"立言"的理想；另一方面，力图客观叙述历史，真实反映现实，并在实录中暗含对历史人物的评价。

很显然，司马迁"发愤著书"说具有浓郁的历史意识，强调文学批评的史实基础，在"实录"中对历史人物予以褒贬剖析。尤其是司马迁惨遭不幸、历经坎坷后发愤著书的决心与志向，对后代产生重要影响。韩愈在《送孟东野序》中提出："大凡物不得其平则鸣。草木之无声，风挠之鸣；水之无声，风荡之鸣。其跃也，或激之；其趋也，或梗之；其沸也，或炙之。金石之无声，或击之鸣。人之于言也亦然，有不得已者而后言。"②韩愈"不平则鸣"说强调诗人作家在内心郁结而"不平""不得已"时，会用著书来表达情志或实现理想，并且不平之"鸣"更易动人③，这与司马迁的"发愤著书"说乃是一脉相承的。同样，欧阳修在《梅圣俞诗集序》中亦有曰："予闻世谓诗人少达而多穷，夫岂然哉！盖世所传诗者，多出于古穷人之辞也……盖愈穷则愈工。然则非诗之能穷人，殆穷者而后工也。"④欧阳修"诗穷而后工"说以梅尧臣为例，认为文人之穷困不得志往往造就诗文上的成就，同样强调作家生活困境及其遭遇对于创作的重要作用。

由上看来，司马迁之"发愤著书"说、韩愈之"不平则鸣"说及欧阳修之"诗穷而后工"说，作为中国古代诗学中的重要命题，在文人生活遭遇厄运或困境进而在诗文上取得突出成就这一层面上可谓一脉相承。而这一观念，实则

---

① 〔东汉〕班固：《汉书·司马迁传赞》，见《汉书》，凤凰出版社2011年版，第235页。
② 〔唐〕韩愈：《送孟东野序》，见屈守元、常思春主编：《韩愈全集校注》，四川大学出版社1996年版，第1464页。
③ 韩愈在《荆潭唱和诗序》中有进一步阐发，提出："夫和平之音淡薄，而愁思之声要妙；欢愉之辞难工，而穷苦之言易好也。是故文章之作，恒发于羁旅草野。至若王公贵人，气满志得，非性能而好之，则不暇以为。"
④ 〔北宋〕欧阳修：《梅圣俞诗集序》，见宋心昌：《欧阳修诗文选译》，上海古籍出版社2016年版，第140页。

也构成了中国古代诗学思想中一条十分重要的逻辑线索：《诗经》中诸如"心之忧矣，我歌且谣"等抒写怨愤、愤怒基调的歌辞便有很多，《论语》亦有"诗可以怨"之表达愤意的语辞，屈原在《九章·惜诵》中更喊出"惜诵以致愍兮，发愤以抒情"之主张；尔后，司马迁、刘勰、钟嵘、韩愈、欧阳修等人均有论述，揭示了苦痛、坎坷、不幸、逆境人生对于文学创作之动力和影响；明清时期，在小说创作及其评点中，"发愤著书"说同样得到延续，李贽在《忠义水浒传序》中亦有言："太史公曰：'《说难》《孤愤》，贤圣发愤之所作也。'由此观之，古之贤圣，不愤则不作矣。不愤而作，譬如不寒而颤，不病而呻吟也，虽作何观乎？《水浒传》者，发愤之所作也。盖自宋室不竞，冠屦倒施，大贤处下，不肖处上。驯致夷狄处上，中原处下，一时君相犹然处堂燕鹊，纳币称臣，甘心屈膝于犬羊已矣。施、罗二公身在元，心在宋；虽生元日，实愤宋事。"[1] 这一"愤"，不仅将文学之思想内涵由个人"缺失性"情感体验延伸至社会政治层面，还对中国古代文化与诗学中"发愤著书"这一重要命题予以了补充和发展。

无论司马迁之谓"怨愤"、韩愈之谓"不平"、欧阳修之谓"穷"、李贽之谓"愤"，都指向坎坷的生活遭遇、痛苦的人生体验以及对社会现实的不满。在童庆炳先生看来，这种痛苦、焦虑的情感体验并非"丰富性体验"而是"缺失性体验"，而恰恰是这种"缺失性体验"和情感使诗人作家积蓄了最为深刻、饱满、独特的情感，获得了一种"创作的发动力"，并深刻塑造了诗人的个性和独特的思维感受方式，进而在文学创作和批评中"定向化"地表现出来[2]。这种诗学观念在中国古代诗学中十分常见，并在文学作品的情感结构中影射出来。清末小说家刘鹗《老残游记》"自序"颇有总结意味，其云：

> 《离骚》为屈大夫之哭泣，《庄子》为蒙叟之哭泣，《史记》为太史公之哭泣，《草堂诗集》为杜工部之哭泣；李后主以词哭，八大山人以画哭；王实甫寄哭泣于《西厢》，曹雪芹寄哭泣于《红楼梦》。王之言曰："别恨离愁，满肺腑难陶泄。除纸笔代喉舌，我千种相思向谁说？"曹之言曰："满纸荒唐言，一把辛酸泪；都云作者痴，谁解其中意？"名其茶曰"千芳一窟"、

---

① 〔明〕李贽：《忠义水浒传序》，见《李贽文选译》，陈蔚松、顾志华译注，巴蜀书社1994年版，第124页。
② 童庆炳：《中国古代心理诗学与美学》，中华书局2013年版，第37页。

名其酒曰"万艳同杯"者，千芳一哭、万艳同悲也。

　　吾人生今之时，有身世之感情，有家国之感情，有社会之感情，有种教之感情，其感情愈深者，其哭泣愈痛。此鸿都百炼生所以有《老残游记》之作也。棋局已残，吾人将老，欲不哭泣也得乎？吾知海内千芳，人间万艳，必有与吾同哭同悲者焉！①

怨愤、郁结、不平、穷困、痛楚、焦虑、愤懑，既可视为文人作家个体性人格缺失的情感体验，更是诗人作家或人或己之苦难性遭遇的哭泣与抒写，是"愤"的表达：既是现实生活遭际中对个体情感忧思与不幸之怨愤，亦是对社会现实及政治的愤懑、不满与谴责。

可以说，纵观中国古代诗学与批评，由"怨"而"愤"而"言"，古代文人在逆境、坎坷与不幸中俨然走出了一条"发愤著书"说的路径，并构成了古代诗学中一条异常清晰的"愤"史。这不仅揭示了中国古代诗学文论与批评的创造规律，还在时代状况、生活遭遇、创作体验等文本、历史、文化多元层面理解、阐发与捕捉诸种诗学内涵提供了理论触点。也正基于此，钱锺书在《管锥编》中也认为古代诸多诗文"莫不滥觞于司马迁'《诗》三百篇大抵发愤所作'一语"②，由此可见"发愤著书"说这一思想的重要影响和意义。

四　"入乎其内，出乎其外"及其文学批评观

王国维在《人间词话》中有云："诗人对宇宙人生，须入乎其内，又须出乎其外。入乎其内，故能写之；出乎其外，故能观之。入乎其内，故有生气；出乎其外，固有高致。"③这一思想在中国古代诗学文论中以诸多不同理论形式或观念形式呈现出来，并对建构中国文化诗学具有极为重要的理论意义。

中国文化诗学主张"文化—诗学"的互涵互动，其内外贯通的方法策略是不言自明的，既要"入乎其内"又要"出乎其外"。正如童庆炳先生所言："'文化诗学'是要求把对文学文本的阐释与文化意义的揭示联系起来，把文学研究的'内部研究'与'外部研究'贯通起来。"④应该说，在宏观历史与微观语境的双向拓展的思维理念上，文化诗学变革了长期以来文学理论研究中

---

① 〔清〕刘鹗：《老残游记·自序》，文清校点，天津古籍出版社2005年版，第216页。
② 钱锺书：《管锥编》，中华书局1979年版，第936—937页。
③ 王国维：《人间词话》，云南人民出版社2011年版，第119页。
④ 童庆炳：《"文化诗学"作为文学理论的新构想》，《陕西师范大学学报（哲学社会科学版）》2006年第1期。

思维模式上内外割裂的学理不足，尤其是在文化进行"诗学"转换与诗学赋予"文化"视野上，为打通"文化"与"诗学"之阻隔开辟了理论视野，提供了可行路径。而在中国古代的诗学传统中，强调"因内符外""情以物动、物以情观""即景会心"等"心物"融合互动思想，均可谓是"入乎其内，出乎其外"的思维模式，亦能为中国文化诗学建构提供可资借鉴的理论资源。

刘勰在《文心雕龙·体性》篇中就创作主体个性、外在时代风尚及文体选择，以及文体风格形成的各种要素进行了探索，深刻阐明了创作个性、创作风格与时代之间的复杂关联。《体性》篇有云：

> 夫情动而言形，理发而文见；盖沿隐以至显，因内而符外者也。然才有庸俊，气有刚柔，学有浅深，习有雅郑；并情性所铄，陶染所凝，是以笔区云谲，文苑波诡者矣。故辞理庸俊，莫能翻其才；风趣刚柔，宁或改其气；事义浅深，未闻乖其学；体式雅郑，鲜有反其习：各师成心，其异如面。

"因内而符外""各师成心，其异如面"均是强调个性与风格的关系，并将文章的语体和风格与创作主体的才气学习相关联，指出了才华性格、文辞风格与时代风尚之间的联系。在《明诗》篇中，亦有云："人禀七情，应物斯感；感物吟志，莫非自然。"在此，刘勰的"感物吟志"也注意到了诗歌创作中的四要素，即"感"（主体心理活动）、"物"（客体对象）、"吟"（内心情志）、"志"（作品实体），并揭示了四要素作为一个整体之间的内在联系。刘勰所说的"感"是主体创作的心理活动，是诗学生成的中介环节，对内是诗人情感的激发和对客体对象"物"的投射，对外是诗学生成的"志"，若用图示表示，便是：

情 ⟹ 物 ⟸⟹ 感 ⟸⟹ 志
（主体情志）（客体对象）（主体心理活动）（作品实体）

在情、物、志之间，"感物"是中介环节。诗人正是内心情感受物象启发而发，生成"志"，这是诗歌创作的内在规律。在《文心雕龙·物色》篇，刘勰云：

> 是以诗人感物，联类不穷，流连万象之际，沉吟视听之区。写气图貌，既随物以宛转；属采附声，亦与心而徘徊……目既往还，心亦吐纳。春日迟迟，

秋风飒飒；情往似赠，兴来如答。

这里刘勰阐释的仍然是主客体间心物交融的关系。王元化认为"'随物宛转'就是顺物推移而不以主观妄见去随意篡改自然"，而"'与心徘徊'却是以心为主，用心去驾驭物。换言之，亦即以作为主体的作家思想活动为主，而用主体去锻炼，去改造，去征服作为客体的自然对象"①。这种思维模式就是要将心与物之间主客体异质同构的关系作为一个整体。其《神思》篇还指出：

> 文之思也，其神远矣。故寂然凝虑，思接千载；悄焉动容，视通万里。吟咏之间，吐纳珠玉之声；眉睫之前，卷舒风云之色：其思理之致乎！故思理为妙，神与物游。

艺术想象的穷形变换，作家精神与对象物的自由交融，主体对象化，对象主体化，艺术创造在主客体间的双向互动中达到物我合一的最高境界。这对后代意境理论的发生发展产生了深远的影响。晚唐文论家司空图有云：

> 今王生者，寓居其间，浸渍益久，五言所得，长于思与境偕，乃诗家之所尚者。（《与王驾评诗书》）

> 华之人以充饥而遽辍者，知其咸酸之外，醇美者有所乏耳……噫！近而不浮，远而不尽，然后可以言韵外之致耳。（《与李生论诗书》）

> 戴容州云："诗家之景，如蓝田日暖，良玉生烟，可望而不可置于眉睫之前也。"象外之象，景外之景，岂容易可谈哉？（《与极浦书》）

刘勰的"神与物游"与司空图的"思与境偕"有着内在的关联，都是指文学创作活动中创作主体的"情"与创作客体的"物"两者间的融合统一。林继中认为，"境是情感结构对外在刺激作出的反应，由此形成选择"，"是以心境'照'实景的结果"，林先生用图示表示为："目击其物→心境生→以境照之→景与意惬"，传统诗学中"境"的提出"标示了人们开始关注心与外部世界的整体性的感应关系"②。这里的"物"也不仅仅是外界具体可感的事物，更是一种内化在主体心灵的一种意象。诗人追求的是"象外之象，景外之景"的韵在言外的醇美之

---

① 王元化：《文心雕龙讲疏》，上海古籍出版社1992年版，第91页。

② 林继中：《激活传统——寻求中国古代文论的生长点》，上海古籍出版社2007年版，第141页。

味。所谓"象外之象，景外之景"，一言以蔽之，就是追求诗的整体之美。即：要求读者既要重视诗的韵内美（重视文本的实在对象，细品诗歌文字语言及其声韵意义），还要关注诗的韵外美（重视文本的审美对象，涵咏诗歌文字之外的意蕴）。只有透过字词，既深入其内，又出乎其外，方能达到诗歌的醇美韵味。

在此，司空图所云"象外之象"作为诗歌整体美学的追求，已经成熟地阐释出了诗歌意象与心与物的双向流通，关注到了作者、读者共构的时空，文本内与文本外的广泛关联。林继中在《"象外之象"的现代阐释》一文中有着极为深刻地描绘[①]：

图3-1　诗歌意象与心与物的双重联系图

图示表明诗歌创作活动中的诗人主体与客体事物是心物交融的，读者与物化的作品之间也是联类无穷，思绪万分。这种主客体间心与物的融会交流是中国传统诗学审美方式的基本范式，影响着一系列的文学思想及其创作。

明清之际著名思想家王夫之在《夕堂永日绪论内编》中亦有言："'僧敲月下门'，只是妄想揣摩，如说他人梦，纵令形容酷似，何尝毫发关心？知然者，以其沉吟'推''敲'二字，就他作想也。若即景会心，则或推或敲，必居其一，因景因情，自然灵妙，何劳拟议哉？"[②]在此，王夫之"即景会心"便深刻凸显了诗歌创作中的情景关系——"即景"指直观景物，即诗人对事物外在形态的观照，"会心"指心领神会，即诗人对事物的内在意蕴的深层领悟；而"即景会心"就是在直观景物的一瞬间，客观之景与主观之情、形态与意味、感性与理性等因素实现浑然统一。当然，王夫之谓之"景"，既指自然景物之"景"，又指社会现实生活之"景"，因而是"景之景""事之景""情

① 林继中：《激活传统——寻求中国古代文论的生长点》，上海古籍出版社2007年版，第93页。
② 王夫之：《夕堂永日绪论内编》，见《姜斋诗话笺注》，人民文学出版社1981年版，第52页。

之景""人之景"的统一，其"情景交融"也是"诗人的主观情思和外界客观景物的和谐统一"，是"文学创作中作家的思想感情和现实生活的和谐统一"①。王夫之在《古诗评选》中对谢灵运《登上戍石鼓山诗》亦有评语曰：

> 言情则于往来动止缥缈有无之中，得灵䰟而执之有象；取景则于击目经心丝分缕合之际，貌固有而言之不欺。而且情不虚情，情皆可景；景非滞景，景总含情。神理流于两间，天地供其一目，大无外而细无垠，落笔之先，匠意之始，有不知者存焉。②

情因景而生，景以情而发。外在客观事物只有触动了作为主体的人的感情，情与景才得以在主客观的蓦然契合中达到内在的融合统一。而审美活动也正是要在这种外在的"物理世界"的审美体验中建构形成一个情景交融的意象世界，并在情景与意象的交融互渗中体验审美的快感。朱光潜正是从这个角度来运用西方现代心理学美学理论对古典诗学进行美学阐释，且将"美"理解为情景与意象的契合。在《诗论》中谈"诗的境界"时，朱先生分析说："要产生诗的境界，'见'所须具的第二个条件是所见意象必恰能表现一种情趣，'见'为'见者'的主动，不纯粹是被动的接收。所见对象本为生糙凌乱的材料，经'见'才具有它的特殊形象，所以'见'都含有创造性。……凝神观照之际，心中只有一个完整的孤立的意象，无比较，无分析，无旁涉，结果常致物我由两忘而同一，我的情趣与物的意态遂往复交流，不知不觉之中人情与物理互相渗透。"③在朱先生看来，这种情趣与意象之间的契合很大程度就是由"移情作用"（empathy，以人情衡物理）和"内模仿作用"（inner imitation，以物理移人情）所决定，移情作用正是极端的凝神注视的结果。应该说，朱先生运用西方心理学美学的知识去分析解释这种美感现象，是非常精彩的。审美活动正是在情与景、物与我的交汇融通中进行，它的对象不只是"物"，也不仅是"心"，而是情趣观照之"意象"。而只有在情趣与意象的契合状态之中移情作用才会发生，审美活动才能进行。

根据中国传统"天人合一"的诗学思想，主客统一是建立在人与世界的融

---

① 张少康：《中国文学理论批评史》（下），北京大学出版社2005年版，第246页。
② 〔明〕王夫之：《古诗评选·卷五谢灵运〈登上戍石鼓山诗〉评语》，见王夫之评选：《古诗评选》，张国星校点，文化艺术出版社1999年版，第217页。
③ 朱光潜：《诗论》，见《朱光潜美学文集》第二卷，上海文艺出版社1982年版，第53页。

合基础之上的，人与物的关系并非二元对立式的"对象性"的关系，而是一种"共处与互动"的整体性关系①。同样，在审美活动中，人与对象事物同样处于一种"互动"关系中，无主体的"景"或无客体的"情"都不能构成审美活动。正如王夫之所言："情景名为二，而实不可离。神于诗者，妙合无垠。巧者则有情中景，景中情"②，"夫景以情合，情以景生，初不相离，唯意所适。截为两橛，则情不足兴，而景非其景"③。又言"一情一景，法也""景中生情，情中含景，故曰，景者情之景，情者景之情也"。这些强调"情景会心""情景交融"等思想命题，不仅反映了王夫之强调艺术创作与主体实践经验相结合的美学观，还呼应了中国传统诗学中"入乎其内"与"出乎其外"的诗学观。

尔后，王国维更在此路径上进行了批评实践，并在其划时代的理论巨作《人间词话》中提出了"境界说"：

> 境，非独谓景物也。喜怒哀乐，亦人心中之一境界。故能写真景物、真感情者，谓之有境界。否则谓之无境界。……
>
> 严沧浪《诗话》谓："盛唐诸公，唯在兴趣。羚羊挂角，无迹可求。故其妙处，透澈玲珑，不可凑拍。如空中之音、相中之色、水中之影、镜中之象，言有尽而意无穷。"余谓北宋以前之词，亦复如是。然沧浪所谓"兴趣"，阮亭所谓"神韵"，犹不过道其面目；不若鄙人拈出"境界"二字为探其本也。……
>
> 古今词人格调之高，无如白石。惜不于意境上用力，故觉无言外之味，弦外之响，终不能与于第一流之作者也。……
>
> 尼采谓："一切文学，余爱以血书者。"后主之词，真所谓以血书者也。……
> 诗人对宇宙人生，须入乎其内，又须出乎其外。入乎其内，故能写之。出乎其外，故能观之。入乎其内，故有生气。出乎其外，故有高致。美成能入而不能出。白石以降，于此二事皆未梦见。④

---

① 张世英：《哲学导论》，北京大学出版社2008年版，第4页。
② 〔明〕王夫之：《夕堂永日绪论内编》，见《姜斋诗话笺注》，人民文学出版社1981年版，第72页。
③ 〔明〕王夫之：《夕堂永日绪论内编》，见《姜斋诗话笺注》，人民文学出版社1981年版，第76页。
④ 王国维：《王国维文学论著三种》，商务印书馆2001年版，第31—43页。

这里王国维充分意识到了"境界"的真正审美内涵。在此，王国维词话中至少表达如下五种思想：

第一，诗歌创作所有的意趣和理趣都应该传达生命的活力，表达人的现实生活状态，用主体性灵的真实感受来描摹生命的律动；第二，王国维追求的最高境界是由客观实景和真情实感所共同营造出来的诗意化空间；第三，王国维既不同意"兴趣说""偏重在感受作用本身之感发活动"，也不同意"神韵说""偏重在所引发之感受在作品中具体之呈现"，而应该"能感之能写之"①，强调主体要有真切的感受②；第四，王国维开始自觉地接受并运用西方理论来阐释中国传统诗学（如：尼采与李后主的比较），并在中西互为参照系的比较中进行实践；第五，王国维充分注意到文本内外的广泛联系，明确指出既要"入乎其内"又要"出乎其外"，不仅考虑到自然事物的客观形式，还考虑到了文学创作作为一种学术活动的独特艺术形式。这些思想对现代以来的文论与诗学观念产生了重要影响，也成为当代中国文化诗学建构的一个重要方法论。

可以说，中国传统诗学中关于"意境论""神韵论""格调论""性灵论""情景论"等等，其思维模式在情感结构上都在"心（在我者）⇔ 物（在物者）"关系层面均体现了这种"双向建构"的关系。当然，在传统诗学中，主体的情感还受到文化整合的影响，外部世界和经济基础通过文化心理作用于作者的情感和读者的期待视野，两者交汇于文本而共构成作品，最终形成以"形式"为嬗变的文学史运动。在这一过程中，文化是中介，也是关键。文本作为一种特殊的文化存在形式，记录着作家主体在特定的历史区间内的所想、所感，它与读者、世界是共存于一个历时性的"文化场域"之中，它们之间是一种互涵互构、双向交流的关系。同一意象在不同文本间的意象叠加，其特定

---

① 叶嘉莹：《王国维及其文学批评》，河北教育出版社2000年版，第163、247—248页。

② 学者罗钢通过考证指出："王国维的'境界说'不是如许多学者所言，是从'兴趣说''神韵说'一线下来的，而是以叔本华为代表的西方近代美学的嫡系后裔"，并指出"尽管王国维在字面上袭取了中国古代诗学中津津乐道的'言外之味''弦外之响'等作为批评标准，但却赋予了它们一种完全不同的理解"，"他提出的'境界'其理论实质也是对以叔本华'直观说'为核心的若干理论的移植"；因此，罗钢得出结论说"王国维在'境界'与'兴趣''神韵'之间规定的'本''末'关系，从根本上说，就是以西方诗学观念为'本'，而以中国古代诗学观念为'末'。"罗钢的观点暂且不论，但有一点可以肯定，王国维的"境界说"始终把人的真情实感作为文学艺术的本质内涵，作家应该通过创作，在文本中疏导自己的情感，抒发自己的所观、所想、所悟。

意象涵义的变换又编织成了姿态万千、丰富多彩的意象流变，成为文学史中独具特色的一道迷人的风景线。林继中先生曾用图示表示如下①：

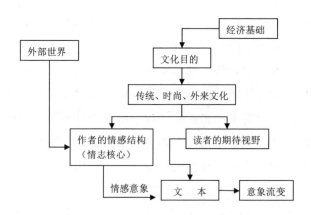

从图示中我们可以清晰直观地感受到传统诗学在宏大历史文化语境下，作者、读者与文本之间的广泛联系。内心情志作为文学艺术活动的中介，在共构的"文化场"之中，文学文本与外部世界、文学文本与读者、作者与世界、作者与文本、作者与读者共构成为一个息息相关的"文学—文化"的统一的有机整体。

"心（在我者）⇔物（在物者）"是融会贯通的，是主客体之间"双向建构"的动态过程。为了更加清晰直观地进一步理解这一中国传统诗学中常见的主客体模式，非常有必要提到瑞士著名哲学家皮亚杰。可以说"双向建构"学说正是其"发生认识论"哲学思想的核心。为了更清晰地理解这一理论，不妨借助图示来加以深入阐释：

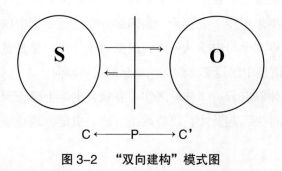

图3-2 "双向建构"模式图

---

① 林继中：《蔓状生长的文学史》，《文学评论》2004年第3期。

图中"S"表示主体，"O"表示客体，"→"表示主客体之间的相互作用，"｜"表示相互作用（活动）的接触区域。"P"表示主客体相互作用是在最远离主体中心且最远离客体中心的边缘交叉区域进行的。"P→C"表示内化建构过程或内部协调过程，"P→C'"表示外化建构过程或外部协调过程，"C←P→C'"表示内化建构与外化建构的双向发展，主客体之间的相互作用。皮亚杰根据儿童实验证明，初生婴儿处于"非二元状态"，没有主体和客体概念的意识，"而随着主体活动的发展，主客体开始分化，即原来互不相关的、孤立存在的主客体不分的中介物动作结构，沿着内外两个不同的方向，相关而又分别地联合成为主体动作结构与客体（包括主体）变化结构（这种客体变化是与主体活动有关的变化）。皮亚杰把动作分化的内向发展称为内化建构而把外向发展称为外化建构，两者合称双重建构"①。

这种"双向建构"模式恰好体现了中国传统诗学的生命精神，并在文本与外部世界的互动层面上体现了中国文化与诗学的自觉追求。它不仅昭示着文本与世界、文本与作者、作者与世界之间循环互动关系，还昭示着异质文化间的沟通对话和多元互补。显然，中国传统诗学中"心（在我者）⇔ 物（在物者）"的"双向建构"模式，尤其是其"入乎其内"与"出乎其外"的方法论理念，对于中国文化诗学建构无论在思维模式还是在方法实践上都是相通的，这一视野对于建构"中国文化诗学"同样具有重要的启发意义和借鉴价值。

五 "六经皆史"及"文史互动"文学批评观

自古以来，文学与史学便密不可分，所谓"文史之学""文史哲不分家"即是此理。当下跨学科打通人文社会科学研究背景下，就文学理论研究而言，在"泛文化化""泛哲学化""泛政治化"语境中，从哲学走向历史，强调文论研究的历史维度及史学意识，似乎更有其现实意义和历史价值。众所周知，中国传统学术分类采用经、史、子、集四部分类，正由于中国传统学术文化这一混融特点，使得文学与史学从一体到演变乃至分化，总是息息相关。因而，"文史互动"可谓是中国传统诗学文论观念的重要面向。

西汉大儒董仲舒有云："仲尼之作《春秋》也，上探正天端王公之位，万民之所欲；下明得失，起贤才，以侍后圣。故引史记，理往事，正是非，见王

---

① 雷永生等著：《皮亚杰发生认识论述评》，人民出版社1987年版，第126—127页。

公。"①可见，《春秋》是作为"史"被认知的。隋代王通亦有言："昔圣人述史三焉：其述《书》也，帝王之制备矣，故索然而皆获；其述《诗》也，兴衰之由显，故究焉而皆得；其述《春秋》也，邪正之迹明，故考焉而皆当。此三者，同出于史而不可杂也。故圣人分焉。"②由此，亦可见出，《尚书》《春秋》《诗经》皆为"史"。

及至明代，王阳明曰："以事言谓之史，以道言谓之经。事即道，道即事。《春秋》亦经，五经亦史。《易》是包牺氏之史，《书》是尧、舜以下之史，《礼》《乐》是三代史。其事同，其道同，安有所谓异？"③文学家、史学家王世贞曰："天地间无非史而已。三皇之世，若泯若没；五帝之世，若存若忘。噫！史其可以已耶？六经，史之言理者也。"④比王世贞稍晚，李贽则明确提出"六经皆史"，在《经史相为表里》一文中曰：

> 经史一物也。史而不经，则为秽史，何以垂戒鉴乎？经而不史，则为说白话矣，何以彰事实乎？故《春秋》一经，春秋一时之史也。《诗经》《书经》，二帝三王以来之史也。而《易经》则又示人以经之所自出，史之所从来，为道屡迁，变易匪常，不可以一定执也，故谓六经皆史可也。⑤

在李贽看来，"史"需要"经"的支撑，而"经"需要"史"的表现，相互彰显，究其实质上，经与史实则性质是一样的。真正将"六经皆史"这一命题理论系统化，则是清人章学诚，在《文史通义·易教上》曰：

> 六经皆史也。古人不著书，古人未尝离事而言理，六经皆先王之政典也。……若夫六经，皆先王得位行道，经纬宇宙之迹，而非托于空言。故以夫子之圣，犹且述而不作。⑥

① 〔西汉〕董仲舒：《春秋繁露·俞序》，见〔清〕苏舆：《春秋繁露义证》，钟哲点校，中华书局1992年版，第158—159页。
② 〔隋〕王通：《中说·王道篇》，见《中国古代文化全阅读》第一辑，时代文艺出版社2008年版，第2页。
③ 〔明〕王阳明：《传习录》，见章培恒等主编：《王阳明诗文选译（珍藏版）》，凤凰出版社2017年版，第8页。
④ 〔明〕王世贞：《艺苑卮言》，凤凰出版社2009年版，第13页。
⑤ 〔明〕李贽：《经史相为表里》，见《李贽文集·焚书·卷五》，北京燕山出版社1998年版，第258页。
⑥ 〔清〕章学诚著，叶瑛校注：《文史通义校注》，中华书局1985年版，第2—3页。

章学诚作为史学家与文学家，他极为重视文学与历史的互构关系，主张将儒家经典拉回到与历史并重的地位上，祛除宋儒空谈性命、义理的弊病，从历史的角度给以经典的本来面貌。《文史通义·原道中》也指出：

> 《易》曰："形而上者谓之道，形而下者谓之器。"道不离器，犹影不离形。后世服夫子之教者自六经，以谓六经载道之书也，而不知六经皆器也。……故表章先王政教，与夫官司典守以示人，而不自著为说，以致离器言道也。①

六经本是政教典章之书，是历史事实的真实记录，它并非空洞的理论教条，如果剥离历史的文化印记，摒弃史料之本，只从义理上加以发挥与空谈，这是"离器言道"之弊。章学诚"六经皆史"说无疑具有集大成式的重要理论创见，尤其是在反对空谈心性的宋学以及脱离经世务实的汉学等文化语境中，具有重要的批判性意义，更对近代学术产生极为深远的影响。

"六经皆史"相关论述，实则都基于历史、事实为根基之学，正所谓"经以穷理，史以征事"，只有置于具体的"历史文化语境"中体察，方能对历史事件、人物活动、思想感情作出理解，真正做到以史为鉴。"六经皆史"说既对学科分化后，文学与历史之间的互动互构关系提供了理据，又为借文释史、借史释文之"文史互动"指明了方向，尤其是对当下多元文化媒介语境中"历史还原"之文论建构具有深刻的启发意义。"六经皆史"说促进并推动了"史学"的发展，将"史学"的独立价值凸显出来，尤其是为学术研究的"史学"转向打下了坚实基础，对防范"离事说理"之空疏学说与学风尤具针对性。章学诚后，龚自珍《古史钩沉论》、谭嗣同《〈史例〉自叙》、章太炎《国故论衡·原经》及至梁启超、胡适等近现代学人，对此均有论述，尤其是在鸦片战争后西学东渐冲击下，一切著作都是史料，史学之价值尤为凸显，而文学研究自觉从历史与史学中借鉴养料，也渐次成为一种方法论之自觉。

可以说，"六经皆史"作为中国学术发展的另一条极为重要的历史线索，无论是理学、阳明心学还是汉学之发展，也无论是宗教哲学解经学、政治社会解经学，还是语言历史解经学，均把"经"还原为"史"，主张"经即其史"，虽然这种思想倾向有"泛历史化"之嫌疑，却为应对近代以来学科分化后西学之冲击提供了一条史学的出路，更为当代语境中"泛哲学化"之"离器

---

① 〔清〕章学诚著，叶瑛校注：《文史通义校注》，中华书局1985年版，第132页。

言道"之弊，再次赋予了新的价值意涵。

当然，在漫长的中国传统诗学文论话语中，除"知人论世""乐以观世""发愤著书""入乎其内，出乎其外"及"六经皆史""文史互动"等诗学话语模式外，还有诸多其他诗学文论模式与当代中国文化诗学所倡导的方法观念相通契合。因此，"文化诗学"作为一种实践方法，它应该有意识地融会中国古代诗学文论的话语资源，只有建立在民族文化精神根基上，才能在自我建构中与世界文论话语进行有效的沟通对话。

第二节 文化与诗学的现代模式

从现代文论的历时性发展来看，主张文学、历史与文化语境之间相互关联，从多学科、多视野整体性观照文学的思维模式，也有着极为明晰的发展历程，并形成了诸多有价值的诗学观念和研究方法，同样为"中国文化诗学"的建构提供话语综鉴。

一 鲁迅论"魏晋风度及文章与药及酒之关系"

在近现代文论传统中，与文化诗学思想契合相通的模式观念首推鲁迅的著名演说《魏晋风度及文章与药及酒之关系》。该文中，鲁迅开门见山就指出要想研究一时代的文学，就应知道作者的环境、经历和著作。在讲到何晏时，鲁迅先从药谈起：

> "五石散"是一种毒药，是何晏吃开头的。汉时，大家还不敢吃，何晏或者将药方略加改变，便吃开头了。五石散的基本，大概是五样药：石钟乳，石硫黄，白石英，紫石英，赤石脂；另外怕还配点别样的药。但现在也不必细细研究它，我想各位都是不想吃它的。……从书上看起来，这种药是很好的，人吃了能转弱为强。因此之故，何晏有钱，他吃起来了；大家也跟着吃。那时五石散的流毒就同清末的鸦片的流毒差不多，看吃药与否以分阔气与否的。现在由隋巢元方做的《诸病源候论》的里面可以看到一些。据此书，可知吃这药是非常麻烦的，穷人不能吃，假使吃了之后，一不小心，就会毒死。先吃下去的时候，倒不怎样的，后来药的效验既显，名曰"散发"。倘若没有"散发"，就有弊而无利。因此吃了之后不能休息，非走路不可，因走路才能"散发"，所以走路名曰"行散"。比方我们看六朝人的诗，有云："至

城东行散"，就是此意。后来做诗的人不知其故，以为"行散"即步行之意，所以不服药也以"行散"二字入诗，这是很笑话的。①

可见，若脱离具体的历史文化语境，离开文本的生成背景，只从字面意思去解读，就只能望文生义，背离文本的原意了。这里鲁迅强调的实则仍然是孟子提及的，要"知人论世"，要联系文本内外的社会存在，回归历史文化语境，将文学场与文化场相互参照。既要"知其人"（生活的习惯、性格、爱好等），还需"论其世"（生活的特殊历史情境），这样才能在修复重构的历史文化语境中让人与世与文有机地融合成为一个整体，追寻文本的原始真意及其时代风貌。

值得说明的是，鲁迅这种文学批评模式很容易让人联想到社会学批评，诸如法国批评家斯达尔夫人《从社会制度与文学的关系论文学》中关于"宗教、风俗和法律对文学的影响以及文学对宗教、风尚和法律的影响"②，以及泰纳在《艺术哲学》中阐发的关于"种族、环境、时代"三要素的论述，等等。然而，与社会学批评强调对"环境""道德""结构"等因素的阐明不同，鲁迅的批评模式更加凸显历史语境在文本分析和理解中的重要意义，这种"历史语境化"的文本分析策略与社会学的背景分析无论是理论指向、策略目的，均是不同的。

可以说，鲁迅在谈"药"论"酒"及"文章"关系上，也接洽并延续了古人的诗学批评思想，其宏阔的眼光与视野，委实为文学研究开辟了一条新的中国现代文化与诗学的路径。

二　闻一多与"诗经学"研究

在传统的诗学研究模式中，"自律"（重视心灵史的内部形式）与"他律"（注重外部条件）往往相互交错，互相更迭。尤其是在文学作品的解读中，要么陷入新批评式的形式主义的结构模式中难以自拔，要么徘徊在文化研究外部远离诗学的本体。如何才能既进入文本内部，又进入历史文化语境中呢？以胡适、郭沫若、闻一多等人为代表的文化人类学研究，同样给予了非常重要的方法启示。

---

① 鲁迅：《魏晋风度及文章与药及酒之关系——九月间在广州夏期学术演讲会讲》，见《鲁迅全集》第三卷，人民文学出版社1981年版，第506—507页。
② [法]斯达尔夫人：《论文学》，徐继曾译，人民文学出版社1986年版，第12页。

20世纪初期，西方人类学的引入对中国产生了巨大的社会影响，尤其是学术研究发生了很大的改观。学者们开始突破乾嘉考据学派的条条框框，有意识地自觉吸收西方外来文化，进行学理研究。尤其是胡适、郭沫若、闻一多等学者，通过自觉吸收西方人类学的理论精华，在整合中西后形成新的理论体系，并自发地运用于中国古典文学的研究。在人类学的基础上既超越了西方人类学，同时还奠定了"文革"之后从文化视野对于古代文学的研究。通过自觉运用文化人类学、语言学、考据学、训诂学、生物遗传学等多种跨学科方法研究和解说古典文学，这一"文化批评模式"实质上已经彰显出中国文化诗学的雏形。

新文化运动倡导者胡适在《谈谈诗经》中指出：

> 《诗经》不是一部经典，从前的人把这部《诗经》都看得非常神圣，说它是一部经典，我们现在要打破这个观念；假如这个观念不能打破,《诗经》简直可以不研究了。因为《诗经》并不是一部圣经，确实是一部古代歌谣的总集，可以做社会史的材料，可以做政治史的材料，可以做文化史的材料。万不可说它是一部神圣经典。①

胡适认为《诗经》研究要突破传统的经学模式，而应运用新的方法去关注其作为一部诗歌总集的价值。他主张的研究方法主要从训诂和题解两方面入手去分析《诗经》的文字词意，跨学科观照全诗，对其重新进行解读。胡适提倡《诗经》应作为一部诗歌总集去观照、去重新释义，之后，郭沫若、俞平伯、鲁迅等一大批五四时期著名学者均"致力于《诗经》新解，用五四时代的新眼光，重新解释诗篇的题旨和诗义"。②

鲁迅在《诗经》研究上要求对内容一分为二的分析，他认为《诗经》是经过统治阶级编造后的一部诗歌总集，具有双重性，而《诗经》作为一部伟大的文学作品，就因为他有文采。鲁迅非常注重从诗的艺术性，从诗内在的语言、形象、乐感去品评《诗经》的。郭沫若则用辩证唯物的马克思主义观点对《诗经》进行了中肯的研究。他认为研究古代社会的史料要用历史唯物主义的观点去批判地继承利用，要从不同的角度借助不同的文本去"分析批判殷周的社会

---

① 顾颉刚编著：《古史辨·三》，上海古籍出版社1982年版，第577页。
② 夏传才：《二十世纪诗经学》，学苑出版社2005年版，第98页。

结构和意识形态的发展变化"。①在其《中国古代社会研究》一书中，郭沫若就是以《诗经》作为史料，用唯物史观的新视角去解读社会历史发展的变化，对诗经学产生了重大影响。学者赵沛霖评价认为："《中国古代社会研究》第一次充分地展示了《诗经》所反映的时代历史和社会生活是那样的广阔、那样的丰富、那样的深入和具体：从生产方式到产业的发展、从社会制度到阶级关系的变化、从和平生活到残酷的战争、从政治斗争到家庭纠纷，诗人的触角广泛地深入到现实生活的方方面面；就所涉及的社会成员看，可以说是社会各阶级和阶层，从至尊的天子、公卿大夫和士，直至普通庶民，诸如广大的农夫、征人、士卒和仆役；就抒发的感情看，从庄严神圣的宗教情怀到世俗的喜怒哀乐，抒发的范围遍及人们内心世界的每一个角落。《诗经》真的是对它的时代作了全景式的真实而具体的反映。"②

可以说，五四新文化运动在以胡适、鲁迅、郭沫若等一批学者为旗手对《诗经》的研究下，不仅从观念上突破了《诗经》的经学圣典意识，将《诗经》从经学带入了文学的研究领域，并且还将研究的眼光投向了《诗经》时代的社会存在，将"诗三百"真正还原给了它所隶属的时代和社会生活，试图在综合研究的视野下重新凸显《诗经》的巨大价值。

在《诗经》新解之风下，以顾颉刚为首的"古史辨派"也在疑古辨伪中开始了对《诗经》的研究。他们除了将科学的方法和现代意识引入对《诗经》的研究外，更为重要的是在研究方法上的新尝试。这主要体现在两个方面：一方面"古史辨派"学者主张从训诂、词义的考辨上出发，推翻前人的附会，给诗经一种全新的见解。在《诗三百篇言字解》、《谈谈诗经》（胡适）、《谈〈谈谈诗经〉》（周作人）、《从诗经中整理出歌谣的意见》（顾颉刚）等文中③，均可见出前辈学者们在精密研究中对《诗经》研究的科学把握。另一方面，同鲁迅一样，古史辨派学者也重视从文学审美性的角度出发去解读《诗经》。

顾颉刚在《古史辨·三》自序中就提到过：

---

① 夏传才：《诗经研究史概要》，清华大学出版社2007年版，第195页。
② 赵沛霖：《现代学术文化思潮与诗经研究：二十世纪诗经研究史》，学苑出版社2006年版，第97—98页。
③ 顾颉刚编著：《古史辨·三》，上海古籍出版社1982年版，第576—592页。

《诗三百篇》，齐、鲁、韩、毛四家把它讲得完全失去了原样：本是民间的抒情诗成了这篇美后妃，那篇刺某王，甚至城隅幽会的淫诗也说成了女史彤管的大法。①

再看胡适所云：

这一部《诗经》已经被前人闹得乌烟瘴气，莫名其妙了。诗是人的性情的自然表现，心有所感，要怎样写就怎样写，所谓"诗言志"是。《诗经·国风》多是男女感情的描写，一般经学家多把这种普遍真挚的作品勉强拿来安到什么文王、武王的历史上去；一部活泼泼的文学因为他们这种牵强的解释，便把它的真意完全失掉，这是很痛惜的！②

可见，从文学作品本身审美角度出发，追求诗意的旨趣，体验作品中先民的真实性情，已是"古史辨派"学者们自觉研究的取向。他们突破了传统"经夫妇、成孝敬、厚人伦、美教化、移风俗"的经学模式，而将《诗经》当作一部歌谣总集，带入了文学审美研究的殿堂，真正将"文学的还给了文学"。

20世纪三四十年代，闻一多以其卓越的见解和超前的学术敏悟，将文化人类学的方法全面地引入了《诗经》学研究，并在主张"带读者到《诗经》的时代"和"用《诗经》时代的眼光读《诗经》"的号召下，将《诗经》研究推上了一个新的层次。

闻一多对《诗经》的研究主要体现在三个方面。其一就是要求读透诗的每一个字意。在《匡斋尺牍》中，闻一多指出：

一首诗全篇都明白，只剩一个字，仅仅一个字没有看懂，也许那一个字就是篇中最要紧的字，诗的好坏，关键全在它。所以，每读一首诗，必须把那里每个字的意义都追问透彻，不许存下丝毫的疑惑——这态度在原则上总是不错的。③

为了实现这一原则，闻一多广泛采用训诂学、音韵学、古文字学、考古学、社会学、生物学、民俗学等学科知识进行了全面综合的解读。例如在

① 顾颉刚编著：《古史辨·三》，上海古籍出版社1982年版，第8页。
② 顾颉刚编著：《古史辨·三》，上海古籍出版社1982年版，第584页。
③ 闻一多：《闻一多全集·神话编·诗经编上》，湖北人民出版社1993年版，第202页。

《芣苢》中对"薄言"的释义。旧释中均未有确切的解读，闻氏认为"薄"通"迫"，"薄"本是动词，而"薄言"连用便成了副词，"薄言"意为"赶忙的"或"快快的"，表明一种迫切的情调。经闻氏一讲，诗的语义便全然贯通。除读懂诗的字意外，闻一多主张重建诗意的环境，即要求"带读者到《诗经》的时代"去解读《诗经》。闻一多认为："你该记得《诗经》的作者是生在起码二千五百年前。用我自己的眼光，我们自己的心理去读《诗经》，行吗？"①

为了缩短这种历史的差距，逼近历史的原貌，闻一多提出了带读者回到《诗经》年代语境中去的方法。在《楚辞校补·引言》中，他提出了三项工作，即"说明背景、诠释词义、校正文字"。在《芣苢》的解读中，闻氏先从植物学、音韵学的观点出发考证出先民时代"芣苢"与"胚胎"间的联系，再从生物学角度释义出芣苢在古代是女子宜子、孕育生命的本能体现。在文化历史语境的回流与重建中揭示远古妇女急切求子的心理。在《说鱼》一文中，闻一多详尽地阐释了隐语在《诗经》中的艺术手法。他认为"'鱼'是来代替'配偶'或'情侣'的隐语"，"打鱼、钓鱼等行为是求偶的隐语"，"烹鱼或吃鱼喻合欢或结配"。②这种释义让《诗经》的意义更加鲜活、更加具有了原始文化的生活气息。而假如读者用脱离《诗经》时代的眼光去理解，则显然难以达到这一层面而远离了《诗经》原始的诗意旨趣了。

闻一多非常强调对文学作品诗意的追寻，反对将作品政治化、功利化，在《匡斋尺牍》中他就提道：

> 汉人功利观念太深，把《三百篇》做了政治课本；宋人稍好点，又拉着道学不放手——一股头巾气；清人较为客观，但训诂学不是诗；近人囊中满是科学方法，真厉害。无奈历史——唯物史观的与非唯物史观的，离诗还是很远。明明一部歌谣集，为什么没人认真地把它当文艺看呢！③

这里闻一多强调的正是试图让《诗经》回归其诗学本位，在历史文化语境的重建中恢复诗歌的原始意蕴。闻一多在《诗经》《楚辞》等古籍的研究整理过程中，一扫历代诸儒的思想迷雾，戳穿圣人的点化，在正本清源中尝试恢

---

① 闻一多：《闻一多全集·神话编·诗经编上》，湖北人民出版社1993年版，第200页。
② 闻一多：《闻一多全集·神话编·诗经编上》，湖北人民出版社1993年版，第233—234页。
③ 闻一多：《闻一多全集·神话编·诗经编上》，湖北人民出版社1993年版，第214页。

复古典原貌。闻一多对《诗经》的文化人类学研究，不仅仅给我们提供了一系列崭新的以训诂学、音韵学为根基，综合运用西方新学和跨学科比较研究的思维方法，更为我们开辟了一条文化阐释与艺术审美相结合的研究路向。赵沛霖认为："对于《诗经》研究来说，文化人类学不单单是一种方法，更是一种观念——综合式的研究观念；一种目光——世界性的文化目光；一种态度——开放式的思想态度。所以，文化人类学引入《诗经》研究以后，必然引起一系列认识和方法的变化，对它的发展产生深刻的影响。"①林继中评价道："闻一多未曾明诏大号要建构什么新理论，但他的实践却证明他是建构'中国文学诗学'的先驱者。文化诗学指向文化人类学，跨学科综合研究是其一脉相承的品格。"②的确，闻一多运用文化人类学的方法采用跨学科分析题旨、训诂释义字义，自觉追求诗意，就已经在自觉实践并建构中国文化诗学了。李咏吟在《诗学解释学》中也指出："文化诗学作为一种诗学的'解释学取向'，它的创意在于：把'文化与文学'密切联系在一起，通过文学去考察一个时代的文化风貌与文化精神，同时又通过文化去探究一个时代的文学精神内在生成过程，这是一种互动性文化与文学解释方式，它可以使文化阐释与文学解释具有一种诗意文化氛围，保证思想的灵性与自由启示。"③

文化批评模式的引入，大大拓宽了"诗经学"研究的空间和视野，从过去文学研究被封闭在文本内、局限在文学自身的牢笼里解放了出来，而从多视角、多层面地展开。可以说，以闻一多为代表的"诗经学"研究路径，即是沿着"文学—历史—文化"这一思维观念，通过"以诗为诗"的模式，将"诗中的历史"与"历史中的诗"，在文化整体格局中加以观照。这种文化与诗学的交融，理性与感性、思与诗的结合，不仅凸显出了一个学者对于历史、现实与文化的整体关怀，还在开放性的文化历史语境中激活了古典诗学的命题。显而易见，这种研究路径虽未标举"文化诗学"这一理论旗帜，但在实践模式上与"中国文化诗学"的建构模式有异曲同工之妙。

---

① 赵沛霖：《现代学术文化思潮与诗经研究：二十世纪诗经研究史》，学苑出版社2006年版，第223—224页。
② 林继中：《在双向建构中激活传统——从文化诗学说开去》，《文艺理论研究》2009年第4期。
③ 李咏吟：《诗学解释学》，上海人民出版社2003年版，第231页。

三　钱锺书与跨学科"打通"思维模式

钱锺书是现代中国学贯中西古今的大学者，在"东海西海，心理攸同；南学北学，道术未裂"①的学术体认与文化态度中，通过文本细读、连类引证、个案比较、循环阐释等方法，为中西对话、古今对话之双向互动阐发开辟了一条新的阐释学路径，更为现代中国文论话语重建确立了一个可资借鉴的样板。"钱学"研究专家陈子谦曾指出："他引进了西方阐释学的方法，与佛教和中国哲学相结合，并运用清代学者常用的'训诂、词章、义理'相互融贯的方法"，"沟通了人文学科的各个领域，并且地无分南北，学无分中西，古今中外，各宗各派，他都能做到'泯町畦(打破疆域)'，'通骑驿(互相沟通)'"②。可以说，钱锺书由《谈艺录》《管锥编》《七缀集》等为代表的著作不仅以全新的学术视野对中国古典诗艺著作和诗人作家进行了评说，还突破了学科、语言、地域、时间之界限和壁垒，展示了一个圆融统贯、庞大渊深的理论体系。尤为难得的是，钱锺书不仅学术贡献不朽，出版了诸多重要学术著作，还透过打通、参互和比较等方法，为现代中国学术创立起了一种连接传统与现代、古与今、中与西的独特治学路径。

在《谈艺录》《管锥编》等诸多重要学术著作中，钱锺书始终坚持打破学术壁垒的工作，所谓中西打通、南北打通、各学科打通、各派打通，便形成了钱先生学术研究上"打通"的思维模式。他常以"吾辈穷气尽力，欲使小说、诗歌、戏剧，与哲学、历史、社会学等为一家"为旨趣，力图在学术研究中相互经纬。《谈艺录》便是中国第一部广采西方文艺新潮来诊断评论中国古典诗艺的学术著作。诸如"诗分唐宋"一节，不仅对初、盛、中、晚诗歌之分期乃"体裁论"（体格性分之殊）而非"世变论"（朝代之别）进行了分疏厘定，还征引德国美学家席勒"诗不外两宗：古之诗真朴出自然，今之诗刻露见心思：一称其德，一称其巧"予以旁证，认为诗分"唐宋"，并指出："自宋以来，历元、明、清，才人辈出，而所作不能出唐宋之范围，皆可分唐宋之畛域。唐以前之汉、魏、六朝，虽浑而未划，蕴而不发……自宋以后之诗，不过花开花谢，谢而复开。"③通过中西诗艺之间的互参与比较，钱锺书对古典诗歌进行了古今、中外的双向互动阐释。

---

① 钱锺书：《谈艺录·序》，生活·读书·新知三联书店2001年版，第1页。
② 陈子谦：《论钱钟书》，广西师范大学出版社2005年版，第280页。
③ 钱锺书：《谈艺录》，生活·读书·新知三联书店2001年版，第4—5页。

值得注意的还在于，钱锺书对各种文学现象及诗作的互证与阐发，往往又是在"文化系统"中推进的，也就是将文学、哲学、宗教、语言、历史、艺术等各学科话语均纳入同一文学场域内予以审视和阐释，真正有效突破了中西、古今、学科之间的话语壁垒，实现了中西知识话语之间的汇合与"打通"。诸如在对"王静安诗"的阐释中，钱锺书不仅历数中国古今诸多诗人的相关语录，还征引了西方诸如笛卡尔、黑格尔、叔本华等诸多哲学家的思想，并在中西文化语境内予以比较、参证和互释，可谓新见迭出。在《管锥编》中，钱锺书也说："'善于自见'己之长，因而'暗于自见'己之短，犹悟与障、见与蔽，相反相成；《荀》曰'周道'，《经》曰'圆觉'，与《典论》之标'备善'，比物此志，皆以戒拘守一隅、一偏、一边、一体之弊。歌德称谈艺者之见，曰'能入，能遍，能透(die Einsicht，Umsichtund Durchsicht)'；遍则不偏，透则无障，入而能出，庶几免乎见之为蔽矣。"①这或许便是学界认为钱锺书对中国典籍"通观"和西方文化"周览"之原因，也正是这种对中西学的通观与周览使其学术研究真正做到了化合中西和古今。

除了对中西学不同学科话语的"互参互证"以及整体性"文化系统"的比较观照外，钱锺书还并不拘泥于对某一范畴或概念或命题的"比较研究"，而是广泛运用影响研究、平行研究和跨学科、跨领域的研究对古今中外文艺予以深入探寻，在"对照、分析和综合"中"揭示其间相同、相异或共生相成之性质"，并"将不同文化、不同话语、不同学科融为一体、相互贯通，以至能解构一切文化典籍、理论体系返回到现象本身"②，从而建构起了一个全新的人文知识话语空间及学术理论话语体系。这种学术话语体系，又是与其一以贯之的"打通"思维模式一脉相承。

可以说，以钱锺书为代表的现代中国学人，不仅在中西学融会贯通的基础上为学术作出突出贡献，更以一种文化批判的精神观照中国与世界，并确立起了现代中国新的学术规范、新的思维模式和新的研究路径。这种强调整体性"文化系统"中的参互与比较的"打通"式学术研究路径，便可谓是现代中国的文化诗学研究模式。

---

① 钱锺书：《管锥编》（第一册），中华书局1979年版，第1052页。
② 一彤：《钱钟书的治学方法：打通、参互与比较》，见中国社会科学院科研局编：《中国社会科学院学术大师治学录》，中国社会科学出版社1999年版，第775页。

第三节　文化与诗学的现实源泉

　　"十七年"文论美学基本处于"知识话语"与"意识形态话语"的双向振摆之间，通过"十七年"文论与美学思想的诸种讨论，人们的知识积累和学术意识得到提升。新时期的新气候为学术发展带来了新的面貌。这种"新声"，不仅表现在文学创作领域诸如"伤痕文学""反思文学""改革文学""先锋文学"和"寻根文学"等各种风格形式之文学潮流的此起与彼伏，还表现在"形象思维论""审美反映论""主体论""语言论"等不同倾向之理论潮流的发展浪潮中。然而，20世纪80年代文论与美学的喧嚣与发展，到了90年代，尤其是市场经济形式下消费主义的兴起，便由之发生改变。

一　日常生活审美化与文艺学的学科反思

　　20世纪80年代末至90年代初中期，消费之风日渐风靡，文学创作与大众日常文化、日常生活的联系变得更加紧密。文学创作的由雅入俗，尤其是消费主义时代带来的大众文化现象的兴起，使得传统的以精英文学为研究对象的文学理论开始很难适应。大众文化现象的方兴未艾，电子传播媒介的日渐普及，审美现象的泛化，机械复制时代的来临，给以传统经典文学文本的审美解读为前提的文学理论提出了新的挑战。"审美主义"文学情怀难以附加？文学艺术与各种文化现象的紧密交融，商品化的危机使文学的审美创造性面临流失，文学艺术的审美泛化使学科边界日渐模糊。"纯文学"是否存在？大众文化融合下的俗文学活动是否要重新纳入文学研究的视野？诸多的新问题摆在了人们面前，且急需学人们作出回应。

　　这其中，陶东风率先掀起学界波澜。在《日常生活审美化与新文化媒介人的兴起》《日常生活的审美化与文艺社会学的重建》《日常生活的审美化与文艺学的学科反思》等一系列文章中，他较早提出"日常生活审美化"，认为："审美从传统的理论思辨和纯文艺领域急剧扩展到社会生活的各个方面，而我们在80年代坚持的审美自律论，特别是作为一种研究方法，已经不能对我们今天生活中的转变作出有力的阐释，它对当今的审美现象产生了表征的困难。美学研究超越学科边界、扩展研究对象已经成为迫切的议题。"[①]而研究对象应拓

---

① 陶东风：《日常生活的审美化与文化研究的兴起——兼论文艺学的学科反思》，《浙江社会科学》2002年第1期。

展到哪些领域呢？陶东风继续谈道："当代的消费社会及其文化与艺术活动的新变化、生活的审美化与审美的生活化等已经迫切地要求我们修正、扩展关于'审美''文学''艺术'的观念，大胆地把街心花园、城市广场、购物中心、商品交易会、美容美发中心、健身中心、流行歌曲、广告、时装等新兴的场所与现象（它们常常是日常生活与审美活动交叉的地方）吸纳到自己的研究中（至于它们是否属于文学艺术则大可不必急于下结论，许多在当时不被视作'文学'的文本在日后获得认可的事例比比皆是）。"[1]继倡导"走向第三种批评"后，蒋述卓也提倡文学研究的"日常生活审美化"，呼应文化研究带来的文论挑战。在《消费时代文艺学的自身调整与建构》一文中，他首先对此现象进行了描述，"在当今消费社会中，文学艺术常常被其他的文化现象如广告传媒、时装表演、商品包装、各种节庆等所借用，并覆盖到大众的日常生活之中。这种借用造成了许多亚文学艺术现象，从而形成审美的泛化或称日常生活审美化的态势"，对于文学艺术的这种走向，蒋述卓认为"不是什么坏事，对文学艺术的发展来说，反而会起到一种形式上的拓展与推进"。[2]他认为，美属于大众，而在日常生活审美的熏染中就可提升大众的素质。而对于文学最重要的诗意，他认为只要"能给大众带来美的享受"，诗意可以理解得泛化一些。提倡日常生活审美化研究的学者人数众多，他们大都从消费时代文学艺术与大众化文化相结合的基点出发，认为文学艺术的审美对象逐渐泛化，不仅题材向大众日常生活、日常文化靠拢，甚至文学的语言、表达形式、文学的样式也日趋大众化，而文学研究自然也应随之拓展。因此，文学研究应该以一种积极开放的文化姿态挪界，在文化视野中拓展文艺学研究的范围和边界。

当然，针对文艺学研究的"边界"问题，尤其是"日常生活审美化"的观点，钱中文、童庆炳等老一代文艺理论家是持保守意见的。童庆炳认为："在文化研究向所谓的日常生活审美化蜕变之后，这种批评不但不是去制约消费主义，反而是为消费主义推波助澜，越来越成为了一种无诗意的和反诗意的社会学的批评，像这样发展下去，文化研究必然就不仅要与文学、艺术脱钩，要与文学艺术理论脱钩，而且成为新的资本阶级制造舆论，成为新的资本阶级的附庸。"[3]

---

① 陶东风：《日常生活的审美化与文艺学的学科反思》，《天津社会科学》2004年第4期。
② 蒋述卓：《消费时代文艺学的自身调整与建构》，《学术研究》2006年第3期。
③ 童庆炳：《"文化诗学"作为文学理论的新构想》，《陕西师范大学学报（哲学社会科学版）》2006年第1期。

以上两种观点的截然对立，成为世纪之交文艺理论界的焦点。前者提倡"日常生活审美化"，因为他们认为：时代社会在发展，产业结构在调整，尤其是传媒影像产业的兴起，消费主义意识形态的盛行，使人们的需求发生改变，审美的娱乐休闲越来越成为生活的必需，文学艺术也同样与非实用的审美因素紧密相连；各种高雅的文学艺术也人为地世俗化、平面化、大众化，改装成为大众喜闻乐见的大众消费品；高雅艺术与庸俗的大众消费在文化产业中融为一体；这种大众化审美的转移，使得传统的文学研究样式已经难以适应且很难作出合理的解释；因此，拓展研究对象，将各种日常的大众文化现象也纳入文学研究的课堂，即"日常生活审美化研究"成为紧迫之势。后者则反对"日常生活审美化研究"，因为在他们看来：不应把文化批评与文学批评等同起来，"试图用文化批评取得文学批评，一味喊文学批评的'文化转向'是不可取的"①，据此，提倡"日常生活审美"不仅会助长消费之风的盛行，而且文学研究的对象仍然是文学艺术作品，是以审美为前提的；文学的诗情画意是文学的内核特性，而日常生活的审美则不仅无诗意、反诗意，还会导致与文学艺术理论的脱钩。

可以说，"日常生活审美化"的讨论，仍留有诸多空白点，还需学界进一步反思与探讨。然而，这种论争，也给学术界敲响了一次警钟：文学的内核正在发生动摇，文学研究的对象正在悄然变化，而文化现象尤其是大众文化研究已经给当代文艺理论的学科发展带来了前所未有的挑战，这种挑战究竟是机遇还是危机呢？

消费主义之风一方面使得"个人化"的写作异常活跃，各种放逐自我、放逐理性的私密小说成为读者繁忙工作之余缓解身心疲惫的快餐消费品；另一方面大众文化现象带来的审美泛化使传统文学艺术的"诗意"表达的审美理想化为虚幻，传统文学领域对真、对美、对善的理性追求，对崇高、对真理、对科学的把握，对文学作品含蓄、诗意、启迪的要求均在"非理性的狂欢化"中解构得支离破碎，文本成为爱欲的宣泄，成为个体反抗世俗的挣扎，甚至成为某些作家哗众取宠以牟取高额稿费的操盘手。与此同时，文化现象的泛滥使得文学研究走出了"纯文学"的审美范畴，走向了对大众喜闻乐见的日常生活现象的审美，如广告、服装、照片、模特、雕塑、洗衣机、街心花园、广场舞等

---

① 童庆炳：《文艺学边界三题》，《文学评论》2004年第6期。

等。这种倾向对于拓展文学的研究领域无疑是有益的，然而，正如童庆炳所言，它可能助长社会的消费主义之风，使"拜金主义""拜物主义"更加猖獗。面对市场经济带来的种种负面影响，作家学者们开始了冷静反思。其实，这也可以视为20世纪90年代初中期学界关于"人文精神""新理性精神"广泛研讨的延伸与深入。

二 重建"新理性精神"与走向"文化诗学"

早在1993年，《上海文学》第6期便率先发表了王晓明等人的《旷野上的废墟——文学和人文精神的危机》一文，由此拉开了"人文精神"讨论的序幕。文中提道：当下文学面临的危机其实是"公众文化素养的下降"，是"整整几代人精神素质的持续恶化"，暴露的是"中国人人文精神的危机"。张宏就从文学创作的现实情况出发分析了这种人文危机的缘由，他指出：

> 按照我的理解，这种危机在作家创作方面有两种表现，一是媚俗，一是自娱。其实这两种方式倒是中国传统文学观念的延续。自古以来，文章乃"经国之大业，不朽之盛事"……可如今，文学的这一功能逐渐被其它传播媒介所取代，人民自己独立发言的能力也逐渐发达，文学"载道"的事务就又濒于歇业了。在这种情况下，文学的功能只好转移到"缘情"上来，而这不过是自娱的一种漂亮的说法罢了。总之，文学没有自己的信仰，便不得不依附于外在的权威。一旦外在的权威瓦解了，便只有靠取悦于公众来糊口，这便是媚俗的方式。要不然就只好自娱自乐了。这就好比找不到用武之地的拳师，或者去走江湖，靠卖狗皮膏药度日；不然就得回家去，自己打拳健身。①

在商品经济大潮的冲击下，文学朝着"玩文学""游戏化""调侃化"的自娱性发展，正如"先锋文学"创作中时空碎片似的瓦解、历史寓言似的偶然，表现的正是作家在"乌托邦诗性"似的现实理想荒废后的一种焦虑和忧伤。这也是人文危机的先兆。崔宜明也指出：

> 我们所感受到的人文精神的危机有两重。首先，我们正处在一个堪与先秦时代比肩的价值观念大转换的时代。举凡五千年以来的信仰、信念和信条无一不受到怀疑、嘲弄，却又缺乏真正建设性的批判。不仅文学，整

---

① 王晓明等：《旷野上的废墟——文学和人文精神的危机》，《上海文学》1993年第6期。

个人文精神的领域都呈现出一派衰势。在商品经济大潮的冲击下，穷怕了的中国人纷纷扑向金钱，不少文化人则方寸大乱，一日三惊，再也没了敬业的心气，自尊的人格。更内在的危机还在于，如果真的有了钱就天圆地方，自足自在，那当然可以不要精神生活，人文精神的危机不过是那批文化人的生存危机而已。但是，一个有五千年历史的民族真的可以不要诸如信仰、信念、世界意义、人生价值这些精神追求就能生存下去，乃至富强起来吗？[1]

可见，学界学人们普遍认为在物欲横流的社会中知识分子必须要坚守自己的情操，不能沉迷于社会的现状中，而要有强烈的忧患感，要有民族信仰、价值支撑，要在"人文关怀"的倡导下坚守文学启蒙的立场，挽回文学向世俗化滑落的颓势。

然而，学界也有不同的声音，学者陶东风在人文精神与世俗化的分庭对抗面前，选择了他所谓的"第三种立场"，即要在人文精神与世俗精神、价值理性与工具理性之间表示中立，走中间道，从而促使它们互识互补。陶东风用"第三种立场"兼容了人文精神与世俗精神，他认为"人文精神"是"公德"层面，"世俗精神"是"私德"层面，公德是社会公民需要普遍遵守的基本法则，而终极性的大多数活动仍是属于私人领域的范畴，两者之间应该互不干涉。陶东风追求的是"既高扬人的社会性与人文精神，也承认人的世俗性与自然性，是一种将人的自然性与社会性统一起来的人性观"[2]。

今天看来，无论是"人文精神"，还是"第三种立场"的提倡，均是学界学人对世俗社会表现出的一种忧患意识，在消费主义盛行的物欲横流的社会中，他们期望通过文学艺术这方净土，重塑文学的启蒙性，给人一种积极向上的价值导向，弘扬人性，追求崇高，摒弃世俗的平庸与堕落，在反文化、反艺术的氛围中重建文学艺术的价值与理想。在1995年国际比较文学学会第14届第三次理事会上，学者钱中文在《文化转型期文学艺术价值、精神的重建：新理性主义》一文中便指出：

　　20世纪由于物的极大丰富，使人普遍地追求物，成为物欲之躯，不少人因此道德沦丧，人品堕落，成为精神上极端丑陋的人、平庸的人。20世

---

① 王晓明等：《旷野上的废墟——文学和人文精神的危机》，《上海文学》1993年第6期。
② 陶东风、金元浦：《人文精神与世俗化——关于90年代文化讨论的对话》，《社会科学战线》1996年第2期。

纪科技霸权主义的建立，使不少人失去理智的澄明，成为不能正视自己的渺小的人。……文学艺术意义、价值的消解，与当今人的生存质量相联系。今天在生存、文学艺术价值的贬抑中，一些人文知识分子正在寻找一个新的立足点，重新解释与阐释生存、传统和文化、艺术意义的立足点，新的人文精神的立足点，这就是当今文化中的一种策略——新理性精神。①

从上述学者们的争鸣中，我们可以归纳总结出文学艺术界急需做出的一种选择：如何在物欲横流、艺术价值消解、审美流失的社会现实中重拾艺术的精神？钱中文的回答是"走新理性精神之路"，即"要在大视野的历史唯物主义的观照下，弘扬新的人文精神，来充实人的精神"，要"具有强烈的理想品格"，"面对人的意义、价值的贬抑，文学艺术应该高扬新的人文精神，同时也应制止自身意义、价值的堕落"。②这一主张同样得到童庆炳、王元骧、杨守森等一大批学者的广泛共鸣。童庆炳在《新理性精神与文化诗学》一文中明确指出："伴随着市场经济的推行，出现了一些严重的社会文化问题，总起来看是一个人文精神即理性精神丧失的问题，就是由于旧理性走向自我否定造成的……中国当代文学现状要求重建理性精神，走向文化诗学。"③

不难看出，"文化诗学"的出场，很大程度上讲，是作为"诗学"审美的提倡，其旨趣就是防止"泛文化研究"造成的审美流失，防止大众文化研究热潮造成的文学学科研究对象的模糊。其"文化"与"诗学"的互动与互构，便在"诗意性"前提下包裹着20世纪90年代以来当代文坛与文论研讨中的"新理性精神"的思想内涵。这恰恰也是当下社会现实、文学现状，尤其是泛政治化、泛文化化、泛哲学化文论浪潮中所急需的一副化"危"为"机"的理论屏保。

可以说，重建"新理性精神"与走向"文化诗学"，乃是当代学者们针对当代中国社会现状、经济现状、思想现状、政治现状、文化现状以及文艺现状、文坛现状、文论现状，所发出的合乎中国当代现实国情的殷切理论召唤，有着极为深切的现实思想源头。

---

① 乐黛云、张辉主编：《文化传递与文学形象》，北京大学出版社1999年版，第74页。
② 乐黛云、张辉主编：《文化传递与文学形象》，北京大学出版社1999年版，第75—76页。
③ 童庆炳：《新理性精神与文化诗学》，《东南学术》2002年第2期。

第四节 当代小说中的文化诗学

作为一种文学理论思潮，文化诗学在我国当代文学创作实践中同样可以究其源、探其本。它与整个当代文学是紧密相融的，它随伤痕文学、反思文学、寻根文学一起萌芽于20世纪80年代初中期，并以先锋文学、新写实文学的样式成为20世纪90年代文坛一股扑鼻而来的历史新风。它是中国作家结合中国的历史、文化和当下现实不断自我反思、自我调整、自我超越的实践累积而成的，有着民族自身独有的历史文化成因。

一 小说创作中的"新历史"趋向

1977年，刘心武短篇小说《班主任》在《人民文学》发表，紧接着《文汇报》又发表了卢新华的短篇小说《伤痕》。自此，一股涌起的"伤痕文学"力源拉开了当代文学创作的序幕。张洁（《从森林里来的孩子》）、王蒙（《最宝贵的》）、陈国凯（《我该怎么办》）、韩少功（《月兰》）等一批作家开始将创作的视野投向社会与人生的描写，对"五四"文学传统的追寻与复归打破了"文艺的种种清规戒律"。如果说"伤痕文学"更多的是关注现实，提倡人道主义的话，那么紧随其后兴盛文坛的"反思文学"思潮则从政治、社会、文化层面还原了"历史"荒谬的本质，透过文学文本寄托了作家对历史权力与政治的深邃而清醒的思索。古华《芙蓉镇》、路遥《人生》、韩少功《西望茅草屋》、张贤亮《灵与肉》、梁晓声的"知青三部曲"等一系列作品，不仅流露出作家主体对传统的反思与批判，还处处透射着强烈的历史意识和哲学意识。更值得关注的是，形成于20世纪80年代中期的"寻根文学"更是超越了社会政治层面，突入历史的最深处，对中国民间生存和民族性格进行了赤裸裸地解剖，同时透露出对文化人类学的关注与思考。汪曾祺《受戒》、韩少功《爸爸爸》、阿城《棋王》、张承志《黑骏马》、王安忆《小鲍庄》、邓友梅《那五》、冯骥才《神鞭》等等，作品通过对现实与历史的观照来反思传统文化，重塑民族的灵魂。

从20世纪70年代末的"伤痕文学"到"反思文学"再到20世纪80年代中期的"寻根文学"，一股发自本土的原始创作力量破土而出，新历史主义的民族大旗逐渐清晰。作家们通过创作实践，一方面对传统文学进行批判与超越，以"文化"为介质，从原有的政治、经济、道德与法的范畴，从过去"假、大、空"的过分依附政治的弊端，过渡到对自然、历史、文化与人的关注；另一方面通过文本话语对历史与现实的描写给予更多的人文关怀和人性人情的开掘。

在商业语境的促发下，20世纪80年代中后期和90年代崛起的先锋派文学和新写实文学更是以鲜明的新历史主义姿态冲出了历史的地表。马原、苏童、余华、格非、叶兆言、池莉、张炜、陈忠实等一大批当代极其高产的作家均将创作的视野投向了历史的叙述，并在历史与现实的关注中竭力捕捉日常的生活事件或生活之外的各种轶闻怪谈。然而，他们主张颠覆传统的真实观，放弃对历史真实和历史本质的追寻，放弃对真实的反映，叙述游戏化、结构破碎、人物符号化，作品要表现的是现实生活中的原生状态，提倡感情的"零度介入"，具有鲜明的当代意识。

从"伤痕文学"发出的痛喊，到轰轰烈烈的"寻根"大潮，再到"先锋文学"的当代意识及"新写实"的历史人文关怀，"中国当代文学的创作思潮悄悄地改变了运行的轨道，人们由热衷于主流历史的宏伟叙事而转向民间史、家族史、野史、稗史的碎片式的叙事；由揭示历史规律的功利性书写转向对某些偶然性、寓言性历史认知的叙述；由善于历时性历史进程的完整把握转向人性、文化等元素来完成对历史的共时性写作"①。这种共同的创作取向汇聚而成了我国新时期文学界的"新历史"主义思潮。

事实上，当代涌现的具有新历史主义倾向的作品同西方的新历史主义批评理论是各有渊源的。致力于研究新历史主义的学者张进便指出："这种创作趋势和批评取向与约略同时进入我国的国外新历史主义批评理论联袂而行，同气相求，相互彰显和阐发。"②理论是在实践中反复归纳和不断累积而成的，新历史主义思潮文学就是作家们在创作实践中，在对传统文学、历史与文化观念的总结和对现实的关注下双向会通的结果。其理论的苗头是文学自身发展在新与旧的"变异与保守两种因子""层累"叠加而成的③，是文学发展与社会特定现实的内在逻辑使然，可谓之"螺旋式"的理论上升。有学者指出，"中国当代的文学史是一个文学不断自动化——陌生化——自动化的历程，不管外在的政治环境如何，作家们心无旁骛地沿着自己既定的思想逻辑前行，他们先是解脱了工具论的束缚，继而又实现了人的解放，最终在文学革新的道路上不断前

---

① 刘东方：《新历史主义文学思潮的"流"与"源"》，《文艺争鸣》2008年第10期。

② 张进：《新历史主义文艺思潮的悖论性处境》，《兰州大学学报（社会科学版）》2001年第4期。

③ 林继中：《文化建构文学史纲（魏晋—北宋）》，北京大学出版社2005年版，第11—12页。

行，给读者一次又一次的惊喜"①。

从当代文学创作实践的发展脉络我们已经可以感受到，小说中的"新历史"趋向与整个新文学是紧密相融的，它随伤痕文学、反思文学、寻根文学一起萌芽于20世纪80年代初中期，并以先锋文学、新写实文学的样式成为20世纪90年代文坛一股扑面而来的历史新风。

二　诗史融合：文化记忆与重建理想

在我国新历史主义题材的创作中，"文本"与"历史"构成了作品极为重要的两极。然而，作品中所传达的对历史的理解，其维度却更多地指向对人性、人情，以及对民族传统文化和命运的关注与思考。

刘震云的《温故一九四二》便是一部经典的具有鲜明新历史主义特征的作品。小说采用回顾的方式对逝去的历史进行了"还原"，将过去发生的历史事件纳入文本之内，通过作者的精心"编撰"，在文本中编织重构了一段共时性的历史。小说在叙述过程中，不断引用报刊信件资料，文本中仅仅引述的历史新闻报道就达十多次，在历史与文本的反复转换与流通中，将大灾荒与当权政府之间的关系不断插入和引述，无形中又构成了另外一个独特的文学文本，这个文本内的小文本正是由一件件历史事件中剥离出来的"小历史"编织而成的，并最终在文本中组合成了另一部记录灾荒经过的历史文本。文学与历史之间的各种复杂关系也在文本之中通过文本与历史的不断转化而鲜明地展示出来。

20世纪80年代前期，新历史主义的创作倾向便已开始在作品中体现。作品在文本与历史的互动中，通过对传统民族文化的反思来关注当下的现实生存主体，关注人性、人情的发掘。刚刚经历了一场劫难的人民，情感开始有所觉醒，作家开始通过反思"历史"呼唤人的尊严与价值。作家戴厚英在《人啊，人！》的题记中称，"每个人的头脑里都贮藏着一部历史，以各自的方式活动着"②；在创作后记中又写道："于是，我开始思索。一面包扎身上滴血的伤口，一面剖析自己的灵魂。一页一页地翻阅自己写下的历史，一个一个地检点自己踩下的脚印……我走出角色，发现了自己。原来，我是一个有血有肉，有爱有憎，有七情六欲和思维能力的人。我要该有自己的人的价值，而不应该被

---

① 李扬：《中国当代文学思潮史》，上海社会科学出版社2005年版，第182页。

② 戴厚英：《人啊，人！》，人民文学出版社2007年版，第1页。

贬抑为或自甘堕落为'驯服的工具',一个大写的文字迅速地推移到我的眼前:'人'!一支久已被唾弃、被遗忘的歌曲冲出了我的喉咙:人性、人情、人道主义!"①

当代德国著名的哲学人类学家米切尔·兰德曼曾说过人是历史的存在,人是文化的存在。人类学家卡西尔在《人论》中也反复指出过人性的圆周上是由语言、神话、宗教、艺术、科学、历史等文化扇面构成的。20世纪80年代中后期,作家通过文本来诉说历史,在一件件编织的纯粹离奇的历史事件的戏说中,试图挖掘出尘封于历史中的沉渣,在历史文化的沉重反思中来剖析现实。《爸爸爸》《小鲍庄》等小说就是通过文本与历史的渗透,流露出对民族文化走向衰落的历史命运的思考,在反思传统文化中观照着现实和历史,探寻着民族文化重建的可能性。

20世纪80年代中后期的小说,不仅在题材上呈现出空前鲜明的地域特点(如:韩少功"湘楚文化"系列、贾平凹"商洛文化"系列、张承志"回族文化"系列、冯骥才"葛川江"系列),而且同样试图超越社会政治层面,突入历史深处而对中国的民间生存和民族性格进行文化学和人类学的思考。莫言的《红高粱家族》是一部有别传统文学视野的家族史诗般叙事的新历史主义形态作品。小说描写的主题背景是抗日救国,但更吸引人的是文本中建构的历史纵深处的人性美丑和家族传奇。小说通过"我爷爷"以及"我奶奶"两位主人公的塑造,传递着民族生存的意识和原始生命力的张扬,"揭示的是一个民族的过去,以及这种过去与现在、与将来的某种有机的精神联系"②。"红高粱"既是文章的标题,还是文章回归历史语境的背景地,更是一个民族敢爱敢恨的精神之魂。有学者认为莫言是"'用一颗悲怆的心灵'去揭开我们民族文化心理的世界,去寻觅我们民族'迷失的温暖的精神家园'的。莫言以一种奇异的然而是新鲜的艺术感觉重新认识我们民族的生命和文化心理"③。《红高粱》从一则传统而又简单的抗日战争题材出发,文本却将读者慢慢带入一个更为复杂而又广阔辽远的家族世界。通过神秘有趣的家族史的慢慢铺展,将一部饱含民族

① 戴厚英:《人啊,人!·后记》,安徽文艺出版社1999年版,第333页。
② 朱栋霖等主编:《中国现代文学史(1917~1997)》(下册),高等教育出版社1999年版,第131页。
③ 颜敏、王嘉良:《中国现当代文学作品选读(修订版)》(下册),上海教育出版社2009年版,第131—132页。

原生态生命意识的历史，在象征中华民族精神内核的"红高粱"之炽热背景下精彩上演。这是一部战争史，更是一部充满原始生命张力的家族史，蕴含着深厚的文化复归意识和对民族传统文化的感召和文化记忆。

当然，当代新历史主义文学作品中的"历史"显然已非真实发生的历史，而是饱含深刻的当代情绪。正如李晓宁指出的，"新历史小说的叙述向人们撩开被一元化权威历史话语帷幕所遮掩的另一幅或多幅历史场景，对过往历史母题进行大胆反思和解构，从而进入历史写作，复现'我心中的历史'，以此形成一种表达世界的基本方式"[①]。究其原因，学者李扬指出："改革的步履维艰，现实的难以撼动，使人们意识到仅通过外部结构、意识形态话语是难以实现我们的理想的，根深蒂固的民族文化传统最终制约着现实的发展。在这种情况下，历史与现实的双重纠葛使作家的反思目光穿越了政治层面，而向文化层面挺进。"[②]

时代环境的变革使作家主体的创作倾向发生了位移，创作题材开始转向对"历史"的勾勒，如"村落史""家族史""心灵史"等，试图在对传统历史母体的解构中复现"心中的历史"，在文本中达到重新自觉的认识和克服。我们可以进一步追问，为何处于社会和文学转型时期的当代，作家目光会投向民族传统对历史、对家族、对乡土的复原与回归呢？其原因是复杂的，却有着本土根源。

文化的兴衰，思想观念的转变，对文学艺术的影响是至关重要的。中国正处于改革开放时期，尤其是经历"文革"这一特殊时期后，政治环境的宽松与自由，文艺土壤的好转与优化，作家反而蓦然发现"脚底下"的空白，现实的种种与作家心中的理想差距甚远，现实与理想的冲突驱使着他们开始转向了对传统的反思与关注，希冀以此来对照现实。因此，对历史、文化的关注，实际上是极富现实针对性的，与其与现实针锋相对不如退回民族的传统，在传统的文化记忆中对民族当下的颓败现实做出回应，甚至开出"药方"，提供解决现实问题的办法。这种希冀通过对作品来反映现实又发现现实的难以进入而不得不转向对传统历史、文化的观照来对比现实的做法，其实正如之后学术界提出的"失语症"一样，也可谓是文坛创作失语的另一种

---

① 李晓宁：《历史母题的解构与重述》，《中华学术论坛》2004年第14期。
② 李扬：《中国当代文学思潮史》，上海社会科学出版社2005年版，第154—155页。

形式的表征。

无疑，"文坛创作失语"而转向对民族传统诸如"家族史"的历史文化关注，中国传统形态的以儒学为本的文化根基是其渊源。儒家所倡导的"修身、齐家、治国、平天下"的思想依然深固。"家"是心灵的港湾、是诗意的居所，"家国"一体则是我们民族的文化心理传统。当作家对所处的现实环境或生存状态痛心疾首时，他们就会自然而然地转向传统的书写，在通过"历史"的记忆中反思当下，借以重建理想。

因此，当代创作中的"新历史主义"思潮不是凭空涌现的，它是特定时期、特定环境和文化背景等诸多因素的合力诱发下而爆发的，它萌芽于"伤痕文学""反思文学"之中，并在"寻根文学"之后探头露脑。新历史主义文本通过诗史的融合，在文本与历史的循环结构中，寄托的是当代作家主体的一种民族文化责任，竭力在文本中通过对民族历史文化的勾勒，在反思之中更好地认清当下现实，重建文化理想，寻觅遗失的文化记忆。

三　民俗野史的开掘：历史与人文的心灵感召

当代中国新历史主义思潮下的文学作品，尤其是寻根文学及20世纪90年代后的作品，也都热切地关注乡村野史、逸闻轶事、民风遗俗，在历史与文本的穿梭中演绎着文学与社会、宗教、经济、历史之间的广泛联系。然而，当代中国新历史主义题材作品中，尽管也有权力话语、权力争斗的意识形态体现，但要表现的却是人性的善恶美丑，尤其是通过乡村野史、逸闻趣事的描写，关注的是民族文化传统中原始生命的气质，或是富有生命激情的宣扬，或是对人性扭曲的思考，作家主体流露的更多是对当下民族文化的一种忧患意识。

当代作家郑万隆极具代表性地指出："在这个世界中，我企图表现一种生与死、人性和非人性、欲望与机会、爱与性、痛苦和期待以及一种来自自然的神秘力量。更重要的是我企图利用神话、传说、梦幻以及风俗为小说的架构，建立一种自己的理想观念、价值观念、伦理道德观念和文化观念；并在描述人类行为和人类历史时，在我的小说中体现出一种普遍的关于人的本质的观念。"[①]

此外，大量作家将研究视角伸入神话、传说、梦幻以及风俗野史的历史

---

① 郑万隆：《我的根》，《上海文学》1985年第5期。

深处，企图在文本中建构自己的文学理想、道德情怀以及文化观念。作家冯骥才创作的《神鞭》《三寸金莲》，在极其荒诞离奇的喜剧形式下将笔触切入历史、社会人生、文化心理等诸多层面，在"正统与传统""文化的自我约束力"的责问声中推动着民族的自我觉醒。贾平凹的"商州系列"小说在民风乡俗的叙说中有着独特的对于时代理性的思考。《鸡窝洼人家》《腊月·正月》《商州》等作品，文本要表达的正是在经济发展冲击下，人们道德观念的改变，是保守封闭与改革发展的冲突，是新旧价值观念的萌动与毁灭。莫言《丰乳肥臀》、张炜《古船》《家族》、杨少衡《金瓦砾》等大量作品，也均在民间意识的"野史""稗史""秘史""心灵史""传说""梦幻""寓言"等元素的追溯叙说下，通过文本的编织，在偶然性与必然性、不可重复的历史玩味中表现着当代与历史、现实与传统、逝去与未来之间的矛盾背反。这种内在的矛盾根源所体现的实践意义，便如有的学者所言，是"对整个人文环境的改造和自我觉醒、自我拯救"[1]。

　　《白鹿原》作为"一个民族的秘史"是新时期又一部典型的新历史主义巨著。文本通过民俗野史的展示，将家族史的神秘一面在历史的天空下重现。特定历史状态下白、鹿两姓家族的兴衰以及家族人物命运的曲折离奇，凸显出历史发展的丰富性与复杂性，又写出了历史的神秘性和荒诞性。"多数新历史主义小说都避开对重大历史事件的全面书写，更无意于通过重大历史事件的逻辑排列来印证历史发展的某些已成定论的必然性，而是通过一种'人同此心，心同此理'的人性标准选择材料，通过对历史偶然事件的选择和渲染，来叙说自己对历史发展的内心感受——偶然无定。"[2]在《白鹿原》中，文本故事人物命运的大起大落、逆向互动则将必然历史发展的偶然性发挥得淋漓尽致。如白家长子白孝文，从小乖巧懂事，家教良好，突然变成一个偷女人、吸鸦片的倾家荡产的流浪汉，叛逆要饭过后，又摇身一变成为人民政府的县长；长工鹿三的儿子黑娃从农民运动的先锋到土匪，从率部起义到意外被处死，等等。新历史主义突破传统历史观的实证素描，而从单数的历史中剥离剪辑出一段段复数的历史，在文本中"编织情节"，用特殊的情

---

[1] 朱栋霖等主编：《中国现代文学史（1917~1997）》（下册），高等教育出版社1999年版，第121页。

[2] 张进：《新历史主义文艺思潮的悖论性处境》，《兰州大学学报（社会科学版）》2001年第4期。

节结构加工、组合、编码成一部新的历史。《白鹿原》正是将历史记载的"白鹿鳌子"的寓言传说构筑成了一段鲜为人知的家族传奇。在《寻找属于自己的句子：〈白鹿原〉创作手记》中陈忠实说"我在蓝田、长安和咸宁县志上都查到了这个原和那个神奇的关于'白鹿'的传说"，而当问及人物有无生活原型时，他坦言"当然全是编出来的，关键是一位老人所说的简单不过一百字的介绍，给我正在构思中的族长注入了骨髓"①。

　　新历史主义小说是一个开放的文本，在与历史的对话中，文本连接着历史、文化、民俗、宗教、政治、心理等诸多领域，在文本与历史的交织中，通过小写的复数历史的书写来颠覆和拆解着大历史。对国家命运、民族前途、现实关怀的"家—国—天下"式的民族传统主题的思考，仍然是新历史主义思潮之所以在当代作品中涌起的内因和关注的兴奋点。

　　文化诗学作为一种思维方法和阐释模式，有着源远流长的思想理论发展史，尤其是在中国传统诗学文论话语模式中，在中国古代经、史、子、集文献中，蕴涵着极为丰富的理论源泉，值得不断开拓。随着鸦片战争以来"西学东渐"的冲击，在西学理论的影响下，近现代以来一大批游学欧美和日本的知识分子，又在古典、西方与现代学术之间游走，进而在异质文化语境与诗学的比较互动中，开辟出新的文化与诗学的研究路径。受当代历史文化语境的刺激，加之西方哲学思潮自觉不自觉地渗透影响，当代小说创作中也无意识地显现出新历史主义的理论倾向。

　　可以说，无论是古代文化诗学思维模式，还是近现代文化诗学研究路径，乃至当代小说中的理论化倾向，都是建构当代中国文化诗学的重要依据和理论资源。尤其是中国传统文化诗学模式中"文史互动"之理路，更是当下中国特色文论话语体系建设摆脱哲学概念化、历史虚无化、理论虚设化的关键，也是中国文化诗学建构的价值意义所在。我们非常有必要重提"望今制奇、参古定法"的传统思想，《文心雕龙·通变》有云："文律运周，日新其业。变则其久，通则不乏。趋时必果，乘机无怯。望今制奇，参古定

---

① 陈忠实：《寻找属于自己的句子：〈白鹿原〉创作手记》，上海文艺出版社2009年版，第185—190页。

法。"①只有将传统模式与当下文论话语不断转化、相互会通、相互阐发，通过传统文论资源的整理与重构，加上西方学术理论视野，统一纳入当下文论的整体建设中，才能既适应时代的学术要求，又能激发诗学话语的理论活力。文化诗学"中国化"建构的本土之路，就在于传统文论话语模式、西方理论思想资源与当代文论话语及现实生活的比较、互训与融通之中，在古今、中西话语的借鉴、反思与批判、改造中。究其根本，只有在古今、中西文论话语的契合相通处阐幽发微，才能真正在民族文学与文论的文化母体中培育出中国特色的文化诗学话语来。

---

① 〔南朝梁〕刘勰著，范文澜注：《文心雕龙注》（下），人民文学出版社2010年版，第521页。

第四章　理论建构与方法实践

在文化诗学"本土化"与"中国文化诗学"建构进程中，部分学人或是借鉴西方，或是植根传统，或是面向现实，在理论建构与方法实践中形成了自己的研究特色，并在系列著作中日趋形成了较为系统且明晰的可资借鉴的研究模式。及时回到当代中国文化诗学发生现场，对相关研究成果予以回顾、审视和总结，无疑对中国文化诗学的本土建构及其理论的持续健康发展大有裨益。

第一节　中国文化诗学研究概观

尽管受到欧风美雨的影响，但当代中国文化诗学仍是新时期三十年以来文艺理论发展的延伸、浓缩与超越，具有独特的现实指向及其理论内涵。作为一种理论、方法或谓之阐释实践，"文化诗学"也已被越来越多的学人认同与接纳，并自觉运用到理论与实践中，由此成为当前文艺学学科发展的一大潮流，并日渐形成一套初具规模的理论、概念与范畴。

自20世纪80年代末90年代初文论话语转型开始，童庆炳、蒋述卓、刘庆璋、李春青、林继中、顾祖钊、陶水平等一大批学人纷纷转向倡导"文化诗学"，这一思潮由此在中国落地生根，并在文论界迅速传播开来，更于世纪之交成为文艺理论的显学，至今仍扮演着极为重要的学科角色。截至目前，"文化诗学"从西方话语的挪用转化到落地发芽，在理论旅行中已走过三十年历程，基本实现文化诗学"本土化"到"中国文化诗学"的建构历程。从近三十年研究发展看，无论是理论思考，还是批评实践，均取得累累硕果，有力推进了文艺学学科的繁荣和发展。学界在文化诗学研究上旨趣多元、研究路径各不相同，仅就当前中西方文化诗学研究趋向看，其路向大体有下：

第一，对西方新历史主义文化诗学的译介、评述与反思。张京媛《新历史主义与文学批评》与王逢振《文艺学与新历史主义》较早在文献翻译基础上系统地将新历史主义文化诗学传入中国；赵一凡《什么是新历史主义》（《读书》1991年第1期）、王一川《后结构历史主义诗学——新历史主义和文化唯物主义述评》《外国文学评论》1993年第3期）和王岳川《新历史主义的文化诗学》[《北京大学学报（哲学社会科学版）》1997年第3期]则较早就新历史主义文化诗学的缘起及其理论特征进行了评述；徐贲、周宪、陆扬、张进等学者则在西方新历史主义理论思潮来龙去脉的基础上进行了理论反思。以上研究，不仅在各个层面促动着"文化诗学"在国内的落地生根，还激发了学界对文化诗学的关注热情。

第二，文论话语转型与文化诗学的"本土化"构想。自20世纪90年代初中期始，随着"失语症"及"文化研究"的内部影响，加之西方新历史主义文化诗学思潮的外部诱发，蒋述卓、李春青、童庆炳、刘庆璋等学人相继举起了"文化诗学"的理论旗帜，并从学理层面对之展开了系统研究。蒋述卓《走文化诗学之路——关于第三种批评的构想》（《当代人》1995年第4期）、李春青《走向一种主体论的文化诗学》（《文艺争鸣》1996年第4期）、童庆炳《文化诗学是可能的》（《江海学刊》1999年第5期）以及刘庆璋《文化诗学的诗学新意》（《文艺理论研究》2000年第2期）等学人及其文章，先后对"文化诗学"的理论可行性进行了严肃思考，并相继提出了"走向文化诗学"的理论构想，不仅引发了文艺学界的理论轰动，还引发了文艺学学科范式与研究方法的讨论。

第三，广泛运用"文化诗学"阐释方法进行理论与实践。随着"文化诗学"的巨大理论影响，越来越多学人自觉运用这一方法在基础理论、古代文论，甚而在现当代文学、比较文学、古代文学等各个分支学科中予以研究实践。这其中，最具代表性的是李春青，自1996年萌发并倡导建立"中国文化诗学"阐释方法始，他相继发表了《中国文化诗学论纲——对古代文论研究方法的一种构想》（《社会科学辑刊》1996年第6期）、《论文化诗学与审美诗学的差异与关联》[《北京师范大学学报（社会科学版）》2016年第5期]等一系列论文，并先后出版了《乌托邦与诗——中国古代士人文化与文学价值观》《诗与意识形态：西周至两汉诗歌功能的演变与中国古代诗学的生成》《趣味的历史：从两周贵族到汉魏文人》等多本专著，不仅为文化诗学的"本土化"纵深发展提供了传统诗学的理论支撑，更为中国文化诗学的理论实践提供了最具借鉴的操作模式。除李春青外，程正民、顾祖钊、党圣元、高小康、黄卓越、韩经太、刘绍谨、陶水平、赵勇、陈太胜、郭宝亮、祖国颂、候敏、沈金耀等一大批学人，均在各自领域默默实践这一方法，并取得了丰硕成果。

此外，因理论与实践的多重影响，"文化诗学"不仅构成了文学理论的重要课题，还成为文艺学领域博士与硕士论文的重要选题。据不完全统计，自2000年始，已出现由朱栋霖、谭好哲、张玉能、陶水平等指导的11篇博士论文，以及蒋述卓、林继中、刘锋杰、胡晓明、马潜龙、陶水平、沈金耀等指导的数十篇硕士论文，这些学位论文既有对中西文化诗学来龙去脉的理论研讨，也有对格林布拉特、米兰·昆德拉、庄子、林语堂乃至《诗经》文本和电影服饰的实践研究，有力地从理论与实践双重层面深化了"文化诗学"在中国的发展。

在上述研究路向中，有部分学者深入到中西文论发展脉络中，或是截取人物个案进行实践阐发，或是予以中西会通比较进行理论建构，出版了一系列具有广泛影响的专著，为"中国文化诗学"话语建构起到重要推动作用。在当代中国文化诗学谱系中，尤其集中体现在北京师范大学文艺学研究中心学者群、暨南大学文艺学学科学者群以及闽南师范大学文化诗学研究所学者群三大具有学派性质的学者群落中。

一是教育部人文社科重点研究基地北京师范大学文艺学研究中心学者群的理论与实践。由于童庆炳以及李春青的引领、带动与辐射，这一学术群遍布于国内诸多高校中，因而影响力巨大，且创办有《文化与诗学》学术辑刊，每年出版两期，至今已出版26辑。

程正民不仅与童庆炳鼎力合作，为北京师范大学文艺学研究中心的辉煌作出巨大贡献，更在俄苏文论研究、文艺心理学研究以及巴赫金研究领域引领国内研究方向。从早期文艺心理学研究，到巴赫金文化诗学研究，再到晚近以来对20世纪俄罗斯诗学的系统整理与研究，程正民始终默默耕耘、孜孜以求，正如王一川所言："不跟风、不赶时髦，注重长期积累后的厚积薄发，集中彰显出他的独一无二的学术个性。"①受北京师范大学文艺学学科发展的影响，程正民也对"文化诗学"予以了思考，这集中体现在《创作心理与文化诗学》（2001）以及《巴赫金的文化诗学》（2001）两书中。尤其是《巴赫金的文化诗学》一书，不仅对巴赫金研究在国内的普及以及深化起到巨大推动作用②，更是将巴赫金的"文化诗学"思想从其社会学诗学、体裁诗学、历史诗学、理论诗学中着力标举出来③，既为巴赫金在20世纪文化研究中的独树一帜性给予了明确和总结，更为中国"文化诗学"在世纪之交的发展提供了理论建构的参照路径。程正民研究指出，巴赫金的文化诗学除了倡导一种多元互动和整体性的文化观外，其学术风范和思维模式也对当代文论建设有着重要的借鉴意义，这尤其体现在"学术精神与人文精神的高度结合""源于理论和实践相结合的原创精神"以及"在对话中建立开放的诗学的恢宏气度"三个方面④。总体说来，程正民通过立足俄苏文论，尤其是巴赫金的文化诗学，为"中国文化诗学"的理论发展提供了理论建构路径。近几年来，有感于当前"文化诗学"研究方向的困境和出路，程正民在扎根俄苏诗学的基础上，对文化诗学的理论空间及其发展方向予以了思考。在他看来，文艺学研究的途径与方法是多元的，文艺学研究也应该采用各种方法并从多个角度进行科学有效的研究，但总体上看，"以审美为中心"，并从历史语境、文本语境、文化语境等多个层面切入关注文学与社会及文化的互动关系，坚守"科学研究"与"学术情怀"，关注文论研究的"民族文化精神"仍是最基本和最核心的要义所在⑤。由上可见，程正民对于"文化诗学"的理论构想及实践指向，尽管立足点不同，研究路径不同，但其逻辑旨趣和思维内核仍是契合一致。

在"文化诗学"理论建构领域中，顾祖钊是除童庆炳、刘庆璋外，另一位极具代表性的理论家，他长期躬耕于此，对中国文化诗学的理论建构和方法实

① 王一川：《寓大义高境于平淡中——关于程正民先生的几件事》，《人民政协报》2017年12月18日。
② 参见钱中文：《巴赫金研究的新成果——读程正民的〈巴赫金的文化诗学〉》，《中华读书报》2002年7月17日。
③ 程正民：《巴赫金的文化诗学》，北京师范大学出版社2001年版，第20页。
④ 程正民：《巴赫金的文化诗学》，北京师范大学出版社2001年版，第26—27页。
⑤ 相关论述参见程正民先生于2014年11月在北京师范大学"南北学案研究高峰论坛"上的主题发言、2016年10月在福建连城"文化诗学与童庆炳学术思想研讨会"上的主题发言，以及2017年北京师范大学文艺学研究中心"中国文化诗学研究的来路与去向"座谈会上的发言。

践发挥了重要推动作用。与童庆炳一样，顾祖钊后期文艺思想也紧紧围绕"文化诗学"展开，并先后发表了《中西文化诗学之不同》（《燕赵学术》2009年第2期）、《文化诗学倡导中的三个问题》（《燕赵学术》2010年第1期）、《文化诗学三题》（《文艺理论研究》2011年第3期）、《实例说明文化诗学是可能的和必要的》（《中国中外文艺理论研究》2011年卷）、《文化诗学是可能的和必要的》（《文艺争鸣》2011年第13期）、《论中国文化诗学的理论创新性》（《文艺理论研究》2013年第3期）、《文学理论的未来与中国文化诗学》（《社会科学辑刊》2013年第4期）以及《再论中国文化诗学的理论创新性》（《社会科学辑刊》2014年第4期）等系列文章，为文化诗学在国内的发展与深化起到重要的奠基性作用。

顾祖钊认为，文论建设关键要走中国特色的当代文论的创新之路，究其关键就在于"民族主体意识的醒觉"，但我们过去的文论则深陷于西方后现代主义的文论话语模式中无法自拔，为此，"民族性"与"中国特色"才是未来文论建构的方向，也是中国当代文论发展的"新活法"，而这种"活法"就是"中国文化诗学"①。作为一种"新的理论模式"，中国文化诗学是一种"新的理论形态"，它承续了"五四以来和新时期以来中国理论家提出的理论主张"，体现了"以现代性为目的的新人文精神价值观、新理性主义的方法论和具有人类眼光的新民族主义与主体意识"，还充分发挥了"华夏文化和理论智慧的巨大整合作用，吸收了西方现代、后现代以及非理性哲学的某些合理因素，极自然地改造和坚守了马克思主义科学进步的世界观和文化观，马克思的'世界文学'观念以及他的正确历史观，形成了崭新的'中国特色'"，因此"中国文化诗学"并非闭门造车而是"与国际学术思潮也是同步的，并且也是体现了民族文化身份、他者理论、对话理论的学术创新运动"②。那么，相较于过去的文论模式，"中国文化诗学"之理论创新，在于何处呢？顾祖钊认为，"由文化和审美文化视角带来的变化与创新"以及"由文化身份与他者理论带来的变革"③，使得中国文化诗学突破了过去的学科框架和视野域限，还超越了西方思潮话语的消极影响，真正在"自主创新"层面上实现了多学科的综合性研究，并回应了世界文论发展的整体发展格局。

---

① 顾祖钊：《中国文论家：该换一种"活法"了》，《文艺争鸣》2013年第1期。
② 顾祖钊：《中国文论家：该换一种"活法"了》，《文艺争鸣》2013年第1期。
③ 顾祖钊：《论中国文化诗学的理论创新性》，《文艺理论研究》2013年第3期。

顾祖钊认为，作为一种新的理论形态，中国文化诗学不仅是可能的，还是必要的，究其原因则集中体现在三个方面：一是"文化诗学突出了文学的文化属性，使文学理论真正切入了本体"；二是"中国文化诗学进一步强调了文学的审美文化属性，使文学理论能超越片面的所谓'内部研究'和'外部研究'，而成为一种更全面、更合理的理论"；三是"文化诗学以对历史文化语境的关注取代了传统的对时代精神和时代背景关注，使作品内容和形式的发生，都有了可靠的依据，能提供一种更富学理的、更为有机的解释"[1]。此外，文学批评的"文化视角"、文学作品"症候解读"的操作路径以及强调和尊重文学的"审美文化性质"，均是"文化诗学"最基本的理论内核，"文化诗学"由此不仅可能，还极为必要、急需提倡。那么，"文化诗学"的未来出路何在？又如何参与未来文学理论的建设呢？顾祖钊指出，将西方传统文论与西方现代、后现代以及非理性哲学的某些合理因素整合起来，通过与中国古代文论资源的对话与沟通，并与马克思主义文论以及五四运动以来和新时期以来中国理论家提出的重要理论主张相互贯通[2]，是建构中国文化诗学，也是文学理论未来形态的必由之路。为进一步系统落实上述关于"中国文化诗学"的理论构想，顾祖钊在早期关于《艺术至境论》（百花文艺出版社1992年）以及《华夏原始文化与三元文学观念》（北京大学出版社2005年版）等论著基础上，又出版了《中国文化诗学的建构》（安徽大学出版社2016年版）一书。该书作为顾祖钊长期以来关于"文化诗学"理论构想的系统总结和具体实践，不仅充分反映了他对文化诗学的系统性理论思考，还是"中国文化诗学"研究近年来在国内发展的重要成果和生动反映。正如该书推介所言："它反思了中国学术的百年来路，选择了中西融合之路；它对20世纪西方理论主潮进行了批判，汲取了其中的合理成分；它采用中国道家哲学智慧，为中国文化诗学建构了新理性主义的哲学基础；它阐释的文化视角、文化身份、审美文化、审美重塑、历史文化语境、文化焦虑、生命形式、诗意逻辑等一系列范畴，将全面刷新现有文艺理论形态；它充分显示了中国文论对于西方的他者文化的特征，冲破了欧洲中心论和逻辑中心论的樊篱。"[3]由此，在中西比较、古今融通的路径上，该书可谓为"中国文化诗学"建构起了一套翔实丰富的知识理论体系。

---

[1] 顾祖钊：《文化诗学是可能的和必要的》，《文艺争鸣》2011年第13期。
[2] 顾祖钊：《文学理论的未来与中国文化诗学》，《社会科学辑刊》2013年第4期。
[3] 顾祖钊：《中国文化诗学的建构》，安徽大学出版社2016年版。

作为国内文学理论与文化研究的重要学者，赵勇也不时对"文化诗学"进行思考和反思，这集中反映在两篇评述童庆炳"文化诗学"思想的文章中。颇有意味的是，这两篇文章恰恰发表在2004年"文化诗学"思潮正值鼎盛之际以及2017年"文化诗学"发展不温不火或谓之发展遇到瓶颈之时。由此，这两篇文章以"童庆炳的'文化诗学'构想"为线索，恰好能从某一层面看出"文化诗学"在国内发展三十年来其缘起、经过和当下所遭遇的困境、问题，以及未来可行的发展出路。2004年，在文化研究开始兴起、文艺理论初遇挑战的背景下，赵勇在文章中指出，"'现实性品格'与'审美性品格'是'文化诗学'这架战车上的两个轮子"，尤其是后者，作为"一次合情合理的选择"以及"童庆炳长期的关注点和兴奋点"，既"保证了'文化诗学'的诗意空间，保证了文学理论的学科品格"，也充分"保证了文学理论与文学话语圈的直接联系"，从而使得文学理论既能"向现实发言"，又"具有了学理内涵和艺术张力"①。如果说，这篇文章是在"文化研究"日益兴起时借文化诗学"审美性品格"来维护并保证文化冲击下"文学理论学科品格"的话，那么到了2017年，当"文化研究"业已成为文论研究重要组成部分时，如何面对文化诗学之"审美性品格"，如何处理文化研究与文艺理论之间的关系，便也成为审视与反思"文化诗学"的透视点。对此，赵勇指出，童庆炳的"文化诗学"构想中，"审美中心论"难以将"关怀现实"与"介入现实"真正落到实处，而这恰恰为拓展"文化诗学"提供了方向，即"把'审美中心论'的单维结构变为'审美/非审美'的矛盾组合（二律背反）"进而在"纯文学与大众文化的'结合部'，在文学研究与文化研究之间"实现"文化诗学"的更新与发展②。因童庆炳对于"审美诗学"的情怀，其"文化诗学"基点也建立在"审美"的地基上，但正如李春青所质疑，"审美诗学"是前现代特征，"文化诗学"是后现代理论特征，两者存在根本差异，无法关联。③因此，"审美/非审美"矛盾

① 赵勇：《"文化诗学"的两个轮子——论童庆炳的"文化诗学"构想》，《江西社会科学》2004年第6期。
② 赵勇：《从"审美中心论"到"审美/非审美"矛盾论——童庆炳文化诗学话语的反思与拓展》，《北京师范大学学报（社会科学版）》2017年第6期。
③ 李春青：《论文化诗学与审美诗学的差异与关联》，《北京师范大学学报（社会科学版）》2016年第5期。

律的提出，既使得童庆炳的"文化诗学"构想具有了融通处，更在"文学/文化"结合部这一思维路径上使得当代中国文化诗学研究重新具有了广阔的拓展空间。

在童庆炳开辟的文化诗学研究路向上，陈太胜和姚爱斌两位学者也有深入思考。作为现代诗学研究专家，陈太胜在"文化诗学"之新历史观及其文本阐释的理论假设基础上提出"走向文化诗学的中国现代诗学"这一理论设想，并认为"文化诗学"之综合性研究模式为中国现代诗学研究提供了一种新的可能，它使"文学研究走出自身的樊篱，既注意学科建设、学术规范，又走向一种具有社会批判精神和人文关怀的文学研究，有利于把文学这种社会意识的语言形式和社会存在的特殊方式的复杂性重新揭示出来"①。姚爱斌则通过对本土语境中文化诗学研究的不同理论取向进行了理论总结，并将之归为"移植西方"和"植根现实"两种述学路径，前者"以美国新历史主义文化诗学为宗"以求"洋为中用"，后者"植根于中国社会现实和文学理论发展"以求"中西文学研究和文化研究的整合与会通"②。

此外，作为北京师范大学文艺学研究中心培养和成长起来的学者，陶水平、吴子林、郭宝亮、李茂民、田忠辉、肖明华等一大批学者也对"文化诗学"有过深入探索。陶水平不仅撰写了《文化视野·学科间性·知识批判——当代美国文化诗学简论》《"文学的历史性"与"历史的文本性"的双向阐释——试论格林布拉特文化诗学研究的理论与实践》等文章，通过深入西方新历史主义文化诗学内部以管窥其思想理论内核，又适时返回到当代中国文学理论发生的现场，通过对"童庆炳与当代中国文化诗学研究"的反思和观照，对中国文化诗学的理论与实践提供了诸如实现"审美诗学与文化研究双重整合"等诸多新的思考③，这种思想大体也在肖明华的相关文章中得到体现④。作为当代文学研究专家，郭宝亮也充分运用"文化诗学"方法对当

---

① 陈太胜：《走向文化诗学的中国现代诗学》，《文学评论》2001年第6期。
② 姚爱斌：《移植西方与植根现实——20世纪90年代以来文化诗学研究的两种理论取向》，《黑龙江社会科学》2008年第4期。
③ 陶水平：《审美诗学与文化研究的双重整合——童庆炳与当代中国文化诗学研究》，《创作评谭》2005年第10期。
④ 肖明华：《文化诗学：如何"审美"怎样"大众"？——20世纪90年代以来当代文学理论转型问题再讨论》，《学术交流》2016年第4期。

代小说文本进行了深入实践分析，并在王蒙小说研究中得到体现，诸如对王蒙文化心态及其传统认同、叙述矛盾、小说语言，尤其是对诸如"反思疑问句""亚对话""后讲述"等探究，既有微观的文本内部细读，又有宏观的文化语境透视，正如童庆炳所评价："先从形式分析进入到文化结构方式的分析，真正打通了形式与内容、内部研究与外部研究的界限，实现了方法论的突破"，很好地实践了"文化诗学"的理论构想①。与郭宝亮偏重实践不同，田忠辉和李茂民则倾向理论分析，尤其是对文化诗学相关理论进行了诸多反思，田忠辉在《文学理论反思与文化诗学走向——兼评曾庆元对李春青之争鸣》《文化诗学的三个问题》系列文章中便对文化诗学研究之方法论意义及其现实理论意义进行了探讨②，李茂民在《文化诗学：文学理论的根本变革》《文化诗学的历史脉络与理论走向》系列文章中则从文艺学学科面临的整体性危机出发对文化诗学之批评实践进行了探索，并认为文化诗学研究之关键在于"使文本研究的知识生产融入当代社会生活的意义建构中"③。

当前，北京师范大学文艺学学者群诸多学人，仍沿着以童庆炳、李春青为代表的"文化诗学"研究开辟之模式路径，在文学基础理论、古代文论、西方文论等各个领域展开理论与实践的探索，并在方法论上日渐变得多元与开放。

二是暨南大学文艺学国家重点学科团队学者群的理论与实践。这一群落以蒋述卓为代表，出版了《文化诗学：理论与实践》等多部在学界具有广泛影响的论文集，并在学界形成广泛影响。

在这一学术群落中，除蒋述卓外，李凤亮、欧阳文风、赵静蓉、蒋艳萍、王进、周兴杰等一批学人也延续这一路径，展开了相关研究，并取得了诸多富有成效的研究成果。在对巴赫金对话精神充分理解和研讨的基础上，李凤亮便借用相关思想对米兰·昆德拉的小说进行了集中研讨，尤其是对昆德拉小说诗学的理论形态（小说理论）、实践形态（小说创作）与批评形态（小说评论）进行了对位分析和综合阐释，进而对其小说诗学的主要内容、层次结构、审美特征、文化精神及其对未来小说创作的启示进行了深入研

---

① 童庆炳：《王蒙小说文体研究·序》，见郭宝亮：《王蒙小说文体研究》，北京大学出版社2006年版。

② 田忠辉：《文化诗学的三个问题》，《文艺争鸣》2004年第6期。

③ 李茂民：《文化诗学的历史脉络与理论走向》，《山东社会科学》2012年第10期。

讨①，尤其是对米兰·昆德拉小说中文体复调与变奏、小说史论乃至透过"昆德拉现象"审视移民作家身份，清晰体现了蒋述卓倡导的"综合整体性研究"的文化诗学实践路径。欧阳文风也以宗白华、闻一多为人物个案进行了实践探索，不仅对闻一多古典文学批评之文化阐释与史家意识及其人格思想进行了探索，还对宗白华现代形态的文化诗学进行了美学考察②，同样显示出较为明晰的文化诗学实践分析路向。与对具体作家作品的实践分析略有不同，赵静蓉则通过对"老照片""怀旧""文化记忆"等现代性问题在"文化诗学"视域内展开探讨，在她看来，对"怀旧""记忆"等话题从"文化诗学"视角予以重观，不仅能使得"虚构"和"想象"重新获得历史与文化语境的支撑，使历史成为审美的历史，也使消费怀旧成为日常生活审美化的一个重要组成部分，更使得美学研究不再拘囿于以美为中心的单向度研究，而拓展为对历史、对社会的审美之维③，这也恰恰是文化诗学方法论之意义所在。王进是暨南大学学者群中对"文化诗学"有着长期关注、追踪和研究的学者，他不仅先后发表了一系列相关论文，既涉及西方新历史主义和文化唯物主义，又指向当下中国文化诗学问题，内容辐射理论观念的建构、方法论的拓展、实践策略的运用，诸如"重写文学史""历史记忆""非物质文化观念"等等，均采用文化诗学方法有过理论探索。王进还先后出版有《新历史主义文化诗学：格林布拉特批评理论研究》以及《文化诗学的理论空间》等著作，对西方以格林布拉特为代表的新历史主义文化诗学和中国文化诗学均有较为深入的比较与思考。

总体而言，暨南大学文艺学学者群充分延续并贯彻了蒋述卓关于"第三种批评"的理论构想，在一种"批评的文化"与"文化的批评"中力图重建文学与文化生活的整体关联，进而在理论对话与跨学科路径上真正实现文学的"综合整体性研究"。值得说明的是，这一研究群体在"文化的批评"中并不排斥文学之外的文化研究。据此，他们也将研究视野广泛延伸到对文化记忆、非物

---

① 李凤亮：《诗·思·史：冲突与融合——米兰·昆德拉小说诗学引论》，商务印书馆2006年版。
② 欧阳文风：《现代形态的文化诗学——论宗白华的美学思想》，《文艺理论研究》2002年第2期。
③ 赵静蓉：《通向一种文化诗学——对怀旧之审美品质的再思考》，《文艺研究》2009年第5期。

质文化遗产、海外华人文学与文化、当代主流价值文化，乃至文化产业的研究中，真正落实并体现了一种"批评的开放"与"开放的批评"，因而也在文化关怀与现实关注中为"文化诗学"研究注入了理论活力。

三是闽南师范大学文化诗学研究所学者群的理论与实践。作为较早在学界倡导并实践"文化诗学"研究的理论群体，除刘庆璋、林继中外，该群落还汇集了张桂兴、祖国颂、沈金耀、陈煜斓、李晓宁、雷亚平、吕贤平、孙媛以及张文涛等一大批学者，并在集体攻关中先后出版了"走向文化诗学""文化诗学研究丛书"等系列著作，在学界形成一定的影响。

作为叙事学领域研究专家，祖国颂非常强调文学文本的细读分析，在叙事学研究基础之上，他又适时转入"文化诗学"理论探索，因而其研究也体现出极为鲜明的"文学文本细读"与"文化语境分析"相互结合的研究特色。早在2004年，在叙事研究基础上，祖国颂便提出"走向文化叙事学"[①]的理论构想。随后，其研究也在推进中大体分为两个部分：一是对文化诗学的理论构想，先后发表了《文化诗学的整体观》《文化诗学的"语境化"及其实践方法》和《论文化诗学的审美研究》等系列论文，对文化诗学的历史语境观、审美范式、审美形态及审美对象等基础性"元理论"问题进行了系统探讨，显示出极为强烈的理论建构的话语诉求[②]；二是文化诗学的实践操作，并先后运用上述方法在《霍小玉传》《反复》《套中人》《莺莺传》《李娃传》等文本阐释分析中予以实践落实。可以说，既在理论探求中建构文化诗学的学理空间，又在文本分析中实践文化诗学的策略方法，进而在"双向建构"中搭建起文化诗学理论与实践的学理大厦，是祖国颂近些年学术研究的聚焦点和兴奋点，也是其新近出版的《文化诗学：理论建构与实践策略》的知识图谱[③]。如果说祖国颂侧重在"诗学"层面用力，那么沈金耀则倾向在"文化"上实现拓展，并先后在"源始诗意""文化创意""文化意义"等诸多理论术语的思考和多层面分析中力图诠释文化诗学之"文化"之道。沈金耀认为，文化诗学以"文化"本身作为立论依据，是文化诗学的主要特征，正是在"文化"层面上，才使得人与诗、文学与现实、各种文化形式之间实现了"相互建构"。也正是基于这一学理层面，文化诗学才显现出传统诗学中"兴于诗"等传统观念，打通

① 祖国颂：《走向文化叙事学》，《文艺报》2004年10月28日。
② 祖国颂：《文化诗学的整体观》，《福州大学学报（哲学社会科学版）》2014年第3期。
③ 祖国颂：《文化诗学：理论建构与实践策略》，中国社会科学出版社2016年版。

了文学文本与现实人生之间的互通途径，极具"文化创意"①。这种创意不仅继承传统、指向现实，更面向未来，因而不仅是文化诗学的最终目的，还是文化诗学的神韵所在②。以上诸种关于文化诗学的理论思考，也集中体现在其所著的《文化诗学之文本解读》一书中（中国社会科学出版社2016年版）。与上述学者大体相似，雷亚平对"文学经典"的长期批评与实践，张文涛从中西哲学视域对"文化诗学"权力观等范畴的审视与批判，等等，均在理论与实践双重路径上延续了该群落对文化诗学的认知和理解。

总体而言，由刘庆璋、林继中等人发起，由张桂兴、祖国颂、沈金耀等人继承，由雷亚平、吕贤平、张文涛等人接续的闽南师范大学文化诗学研究所学者群，已历时三代，时间久、持续长、影响大。究其研究理念，或许刘庆璋标举的"拿来美国学人的旗帜，建立中国特色的文化诗学"是其理论初衷，而林继中标举的"一曰'内外'、二曰'中西'、三曰'古今'"之"双向建构"模式则是其实践方法，这些学术理念也成为该群落文化诗学研究学者的共识，显示出自身极为鲜明的学术特色和理论追求。

四是学界其他学者的理论与实践。除了上述具有"群落性"特色的学者群外，学界还有其他诸多学人对新历史主义文化诗学有着持续研究或关注，最具代表性的是王岳川、张进、傅洁琳、生安锋等学者。

继张京媛、王逢振对西方"新历史主义"进行系统译介传入中国后，王岳川《后殖民主义与新历史主义文论》较早对新历史主义进行了系统研究，为学界进一步了解、传播和研究文化诗学起到积极影响。随后，张进博士学位论文《新历史主义与历史诗学》以及傅洁琳博士学位论文《格林布拉特新历史主义与文化诗学研究》也对西方新历史主义文化诗学进行了系统开掘和研讨，为相关研究在国内发展起到推进作用。近年来，清华大学生安锋也开始对格林布拉特及其新历史主义文化诗学进行译介和整理研究，并翻译出版了马克·罗伯逊著的《斯蒂芬·格林布拉特》（天津人民出版社2018年版）一书，为文化诗学在中国的发展注入了新的动能。

在当代中国文化诗学理论与实践取得诸多成果的同时，无需回避，从20世纪80年代末90年代初的"译介引入"，到20世纪90年代中后期的"本土化"迅

---

① 沈金耀、林继中：《文化诗学的文化创意》，《文艺理论研究》2012年第3期。
② 沈金耀：《文化诗学的文化意义》，《文化与诗学》2016年第2期。

猛发展，到世纪之交"学理化"建构的理论热潮，再到近些年来的不温不火，"文化诗学"在当下文论发展中，大有退潮之势。原因或许在于：尽管"文化诗学"取得了巨大成就并有力推动了中国文艺学学科的繁荣发展，在学理上却仍存在着较大缺陷并有诸多亟须解决的关键问题，这也是制约"文化诗学"进一步发展的瓶颈所在。究其症结，大体表现如下：

一是缺乏对西方"新历史主义文化诗学"理论源流的系统梳理与考辨。西方文化诗学不仅有美国新历史主义与英国文化唯物主义两个分支、理论形态各异，更有其产生的后现代文化语境，且深受西方马克思主义、文化唯物主义、文化人类学、后结构主义，尤其是福柯话语理论、德里达的解构思潮以及巴赫金"狂欢化"诗学等理论谱系的影响。从当前研究看，对西方文化诗学理论思潮之源头的梳理和考辨，仍十分不够。

二是缺乏对"中国文化诗学"本土理论话语资源的整理及研究。文化诗学之所以实现"本土化"，必然有其契合贯通之因素，而其相通契合点就在于中国传统文史哲的思维模式。事实上，无论是传统诗学的"知人论世""以意逆志"，还是近现代以来由郭绍虞、罗根泽、闻一多、罗宗强等前辈开辟的中国文学批评方法，均与"文化诗学"实践方法暗合一致，这恰恰就是"中国文化诗学"的可能性与源头所在。对中国文化诗学研究范式的归纳、整理及其研究，却并没有引起当下文艺学界的重视。

三是缺乏对西方文化诗学话语模式的突破以及本土性话语的建构。从文化诗学"本土化"到"中国文化诗学建构"，由于传统文论资源参与不足，尤其是在批评实践中，仍拘泥于西方话语的模式域限，导致文论话语建构与西方文化诗学纠缠不明，进而使得"中国文化诗学"难以获得持续深入的理论发展。

基于上述症结，"文化诗学"要想获得进一步纵深发展并有效承载起当代中国文艺学学科未来的发展方向：一方面，必须在西方新历史主义文化诗学话语模式基础上，进一步挖掘、整理与激活中国传统文论话语模式与理论资源，并在具体实践与对话中加以整合与重构；另一方面，则必须不断回到文化诗学"本土化"进程中，适时对现有研究成果和路径进行总结，以提供反思与借鉴之经验。为此，笔者接下来拟从理论与实践出发，对文化诗学领域中具有代表性的相关学者思想进行总结，为有效推进中国文化诗学建构并实现理论持续发展提供经验与借鉴。

第二节　作为文学理论的新构想
——童庆炳与文化诗学理论建构

作为我国文艺学学科的开拓者与领军人，童庆炳先生自始至终躬耕于文学理论的园地中，弘文励教、锐意进取、开拓创新，直至生命的最后一刻。从20世纪80年代"审美诗学"的创构、"心理诗学"的推进，到20世纪90年代"文体诗学"的开辟、"比较诗学"的拓展，再到世纪之交以来"文化诗学"的理论与实践，童先生始终身体力行、率先垂范，几乎策动并引领了新时期至今各个时期和不同阶段文学理论的学术潮流，对我国文学艺术的发展产生了深远影响。

一　早期"文化诗学"思想的来龙去脉

从"审美特征论"的构想起，"审美性"便成了童庆炳思考文学艺术的理论基点和特色，并由此催生出了一系列的学术命题，构筑起了宏大的"诗学"体系。从"审美诗学"到"文化诗学"，在"审美维度"的串联下，童庆炳文艺思想不仅前后交织、肌理相通，还显示出特定历史语境下的"现实性"情怀，具有鲜明的时代特色，而且从一定程度上还彰显着新时期以来人文知识分子的学术旨趣和精神追求。

1. "审美观"的引入与"审美诗学"的建构

进入新时期后，随着社会的转型和思想解放，清理僵化的文论模式便成了建设新形态文艺学需要解决的首要问题。当时文学理论的权威教程无论是以群主编的《文学的基本原理》（1979）还是蔡仪主编的《文学概论》（1979）都毫无二致地将文学的基本特征看成是"用形象反映社会生活"[①]，"以具体、生动感人的形象的形式反映客观世界"[②]。当时学界围绕"形象思维"展开了讨论，力图摆脱这种哲学化的思维模式，还原文学自身的理论特性。正是在这种情况下，以童庆炳为代表的一批学人开始了对文艺学的思考与建设。

这一时期中，童庆炳发表了受到当时文论界广泛重视的《关于文学特征问题的思考》一文，率先质疑了这种流行观点。该文紧扣以群、蔡仪等人关于"文学用形象反映生活"的理论命题，并追根溯源地发现"形象特征"论源自

---

① 蔡仪主编：《文学概论》，人民文学出版社1979年版，第18页。
② 以群主编：《文学的基本原理》（修订本），上海文艺出版社1983年版，第35页。

俄国19世纪文学批评家别林斯基，而别林斯基的思想又是黑格尔"理念论"在文学问题上的翻版。童先生意识到这样一个"黑格尔式"的文学特征论对中国文学理论造成的不良影响，因此他在文章中提出了用"审美特征论"取代"形象特征论"的观点，指出："文学的具体的对象、内容跟其他科学的具体的对象、内容有很大不同，文学所反映的生活是整体的、美的、个性化的生活。这就是文学的内容的基本特征。"①在童先生看来，文学与科学的区别主要不在"形象思维"与"抽象思维"的哲理分歧，而关键在于"美的、个性化"的"艺术感染力"，在于文学反映的生活"是否跟美发生联系"，因为"文学，是美的领域。文学的对象和内容必须具有审美价值，或是在描写之后具有审美价值"②。这样，在文学本质特征的问题上，童庆炳就打破了传统主流的"反映论"的本质观，重新赋予了文学"审美"的肌理意涵。该文作为新时期最早反驳"形象特征论"并提出"审美特征论"的文章被选入了《中国新文艺大系（1976—1982）·理论一集》。

在提出"审美特征论"后，童先生又在理论体系上对之加以了进一步的学理细深，并运用于"文学与审美""文学典型""审美场""艺术真实"等问题的思考中。在《文学与审美——关于文学本质问题的一点浅见》（1983）一文中，他通过对"认识论本质"与"审美论本质"的区分，进一步强调"只有在文学理论的各个问题上（首先是文学的本质问题上）深深地引进'审美'的观念，我们的文学理论（首先是文学本质问题）才可能打开新的局面"③，因为在他看来，"文学就是对现实生活审美价值属性的审美把握的结果"，"文学区别于非文学的关键，就是他的审美特质"④。沿着这一"审美特征"的逻辑脉络，童庆炳对"文学典型"也进行了重新思考。在《特征原则与作家的发现》（1984）一文中，他首先质疑了传统的强调"综合、缀合、集中、拼凑"等创造典型的方式，并指出塑造"典型化"的模式不在于"个性与共性的统一"

---

① 童庆炳：《关于文学特征问题的思考》，《北京师范大学学报（社会科学版）》，1981年第6期。

② 童庆炳：《关于文学特征问题的思考》，《北京师范大学学报（社会科学版）》，1981年第6期。

③ 童庆炳著，赵勇编：《在历史与人文之间徘徊——童庆炳文学专题论集》，北京师范大学出版社2007年版，第19页。

④ 童庆炳著，赵勇编：《在历史与人文之间徘徊——童庆炳文学专题论集》，北京师范大学出版社2007年版，第31—32页。

上，而关键在于作家抓住了"特征"，即善于在"生活凝聚点的加强、扩大和生发的过程"中捕获和抓取"富有特征的东西，并加以特征化"①。童先生关于典型问题的"特征说"，由于它深入到文学审美特性的层次上，因而具有了理论的再创性。同样紧扣"审美特质"，童先生通过吸纳格式塔心理学的观点，在《文学的格式塔质和审美本质》（1988）一文中又从心理学的视角运用"整体大于部分之和"的格式塔原理考察了审美在文学作品中的表现形态，提出了"气韵"作为文学的本体，反映了文学的本质。为充分贯彻"审美特征论"的思想，童先生还进一步将这种观点吸纳到教材的编写中，1984年由红旗出版社出版的著作《文学概论》（上、下册）突破了过去文学史关于"形象反映社会生活"的本质概括，第一次创造性地将"审美反映"作为文学的基本概念写进了教材②，该书因"审美"思想贯彻始终而面貌一新，还直接影响着后期文学理论的发展走向。

可以说，在文论转型的关键时期，"审美特征论"都是童先生理论的关注点和兴奋点，将"审美"的思维贯彻于各种理论探索及教材的编撰中，这也使得他成为了"审美"战线上的一面旗帜。1992年，由童庆炳主编的《文学理论教程》又在"审美特征论"的基础上进一步拓深为"审美意识形态论"，并在随后发表的一系列论文中③对之进行了详细的阐发，进一步丰富拓展了"审美诗学"的意涵。作为"一个时代学人"的"集体理论创新"④，除童庆炳外，钱中文、王元骧、冯宪光、张玉能等一大批学人在"审美特征论"和"审美意识形态论"的体系化建构中都作出了极大的贡献，发表了一系列论著。

当然，学界自20世纪90年代后期起，对该学说的质疑与批评也日渐增多。批评主要来自两个方面：一是持"文化批评"的学者，他们认为我国文学理论的危机在于坚持"审美自律性"，而要走出这种"本质主义"的封闭体

---

① 童庆炳著，赵勇编：《在历史与人文之间徘徊——童庆炳文学专题论集》，北京师范大学出版社2007年版，第60页。

② 吴子林：《"中国审美学派"论纲》，《中国社会科学院研究生院学报》2009年第5期。

③ 童庆炳关于"审美意识形态论"的论述可见于《审美意识形态论作为文艺学的第一原理》（《学术研究》2000年第1期）、《"审美意识形态"论的再认识》（《文艺研究》2000年第2期）以及《怎样理解文学是"审美意识形态"？——〈文学理论教程〉编著手札》（《中国大学教学》2004年第1期）等文章中。

④ 童庆炳：《新时期文学审美特征论及其意义》，《文学评论》2006年第1期。

系，关键就要转向对"日常生活的审美化"的研究，重划文艺理论的疆界；[①]
二是坚持马克思主义思想原则为指导的学者，反对以"审美意识形态"来界定
文学的性质，认为"审美意识形态"从语法上看强调前者而非后者，因此有
"审美同滤化"的"去政治化"的危险[②]。客观地说，学界的各种批评自有其
合理性，对于理论自身的更新发展也大有裨益。但需指明的是，童先生的"审
美诗学"绝非"纯审美"更非"本质主义"的"审美同质化过滤"[③]，他仍辩
证地看到文学的广延性，指出了"理论版图十分辽阔，涵盖着心理、社会、政
治、道德、宗教、民俗、游戏等等属性"[④]，极力将文学置于文化场域中进行
考察，注重文学、历史与文化的互动互构关系。为此，童庆炳还提出过"文学
50元"的理论构想。

纵观童庆炳对"审美诗学"的思考历程，从"审美特征论"到"审美意识
形态论"，虽然理论因时代的局限存有不足，但这恰恰表明这一思想仍然具有
进一步更新发展的旺盛生命力。单就历史贡献而言，童庆炳通过对中外前辈学
人学术思想的吸收与融合，创造性地将"审美观"引入文学，则立竿见影式的
给文艺理论带来了全新的局面，不仅颠覆了"文学反映生活"的权威论点，而
且由"审美特质"入手，将文学理论延伸到文学的内容与形式、文体、审美心
理以及当代文化诗学的研究上，为后期学术空间的延伸与拓展奠定了坚实的理
论基点。

---

① 这种争论也有学者看成是"童陶"之争，主要是陶东风发表了一系列关于"文艺学学科反
  思"的文章，指出文艺学界长期存在着"普遍主义和本质主义"的倾向，过于强调"艺
  术自律性"而与"社会现实及公共领域"日益分离，进而导致文艺学学科日益萎缩。因
  此他主张"日常生活的审美化"，提倡文学理论的"重建"与"越界"。代表性论争文
  章可参阅陶东风：《大学文艺学的学科反思》，《文学评论》2001年第5期；《日常生活
  的审美化与文化研究的兴起——兼论文艺学的学科反思》，《浙江社会科学》2002年第1
  期；《移动的边界与文学理论的开放性》，《文学评论》2004年第6期。童庆炳：《"日
  常生活中审美化"与文艺学的"越界"》，《人文杂志》2004年第5期；《文艺学边界三
  题》，《文学评论》2004年第5期。
② 这种反对意见主要以董学文为代表，其观点可见于《"审美意识形态"能成立吗？》，
  《高校理论战线》2005年第10期；《关于文学本质与意识形态的关系——兼评"审美意识
  形态"说》，《苏州大学学报》2006年第1期；《文学"审美意识形态论"献疑》，《文
  艺理论与批评》2006年第1期；《文学理论研究"西马化"模式的反思》，《天津社会科
  学》2011年第3期。
③ 董学文：《文学理论研究"西马化"模式的反思》，《天津社会科学》2011年第3期。
④ 童庆炳：《文学审美特征论》，华中师范大学出版社2000年版，第29页。

2."主体性"的探索与"心理诗学"的推进

到20世纪80年代中期，文艺学"拨乱反正"的任务基本完成后，文学的"自我表现"问题浮出了水面，特别是刘再复发表的《论文学的主体性》更是作为"反叛者"的姿态将"文学主体性"进一步提了出来。这一问题的提出，充分暴露了文论界过去忽视作家"主体性"因素的诸种弊端。为了能在文艺学范围内对之进行更深入的探索，童庆炳在"审美诗学"的基础上，又开始转向对文艺心理美学的研究。

在研究中，童庆炳极为重视文学活动的心理阐释，在《艺术创作与审美心理》一书中，他就力图通过审美知觉、审美情感、审美想象等范畴的研究揭示艺术创作心理机制的复杂性和辩证矛盾性，这种思路紧承"文学的审美特性"而展开。这些对于文学创作、接受等动态过程的微观考察，也大大支持与深化了他先前对于文学审美本质一类宏观问题的认识与探究①。

"格式塔质"是童庆炳心理美学研究中的一个核心概念，来源于奥地利格式塔心理学家哀伦费斯，此学派主张从整体的观点来看待事物，认为整体大于部分之和。受此启发，童先生大胆借用心理学上的这一概念来解释审美与文学的关系。他认为"审美"就是文学结构诸因素所形成的一种新质，是决定文学整体性的东西，在文学结构中起着整合完形的作用。而审美在文学作品中的形态就表现在"气韵生动"这一古典艺术概念上，它是作为事物生命之源的"元气""生气"，以及艺术家对这种"元气""生气"的感应、评价，是主客观的统一，它在文学作品中是作为"格式塔"而存在的②。"格式塔"在文学实践中强调的"整体性"关系论就是童庆炳极为注重的"亦此亦彼"的思维方式。他指出："我一直认为文艺学采用的思维方式应该是一种亦此亦彼的思维方式"，"不要认为只有哪一点是绝对正确的，哪一点是绝对错误的，实际上不是这样，一个正确的命题如果发展到极端，它就变成谬误；反过来，一个可能有毛病的问题，经过我们的完善，它就可能变成一种带有真理性的东西。"③童先生的"心理美学"研究正是要力图揭示这种辩证矛盾性，"将矛盾本身作为研究的对象加以集中的关注，并且将之提升为原理"④。

---

① 吴子林：《童庆炳评传》，黄山书社2016年版，第98页。
② 童庆炳：《文学的格式塔质和审美本质》，《批评家》1988年第1期。
③ 童庆炳、刘洪涛：《关于文学理论、文艺学学科的若干思考》，《文艺理论研究》2002年第4期。
④ 陶东风：《将矛盾提升为原理——谈童庆炳的心理美学研究》，《文艺争鸣》1998年第1期。

在童先生的研究成果中，最为精彩的理论实践之一便是对李贽"童心说"的重新激活。"童心说"的理论基础是人的自然本性论，即谓之"最初一念之本心"，可是"心之初"的"绝假纯真"在经历成长中的"闻见"和"道理"后如何能重返"童心"呢？这个问题李贽没有解决。童庆炳在阅读人本主义心理学家马斯洛的著作时发现了"第二次天真"，而这恰恰解决了李贽的问题。马斯洛认为，在创造（包括文艺创造）的那一刻，出现了二级过程和原初过程的综合，二级过程处理的是意识到的现实世界的问题，而原初过程则处理无意识、潜意识问题。也就是说，在创造的时刻不是单纯的二级过程，也有原初过程的参与；不仅有理性，也有非理性；不仅有成人的成熟，也有儿童的天真。而正是这"第二次天真"或曰"童心"使作为成人的作家诗人"既是非常成熟的，同时又是非常孩子气的"，所以作家真正的创作总有一种"健康的倒退"（复归），从二级过程退回原初过程，从意识退回到无意识，从现实原则退回到快乐原则，正是这种"倒退"消除了二级过程与原初过程的悖论，从而进入了创造的境界①。童庆炳在中西学术互补对话的基础上，将李贽的"童心说"与马斯洛的"第二次天真"说作了一次跨文化的对话，深入揭示了李贽"童心说"的现代意义，赋予了这一陈旧命题新的内涵。

应该说，在以上"心理诗学"的研究中，童先生的研究对象并不新鲜，仍是对审美范畴、艺术情感、艺术想象、童年经验等传统范畴的探索，但他却能在前人的基础上运用辩证融通的思维方法，通过将矛盾提升为原理，开辟出一条新的阐释路径，使得研究结论独具匠心。

3. "语言论"的转向与"文体诗学"的开辟

自20世纪80年代后期起，学术风向的转变使得"新启蒙主义"②开始回落，西方"语言论转向"及其科学主义文论话语开始"乘虚而入"。意识流、叙事学以及叙事形式上的颠倒、弧线结构等开始给中国文学添加新的亮点。在历史背景的限制与创作实践的需求下，童庆炳又将研究的视野转到与"文学语言"

---

① 童庆炳：《中国古代文论的现代意义》，北京师范大学出版社2001年版，第281—282页。
② 人们常常将"新时期"与"五四传统"连接起来考察，认为在"反封建"的启蒙性意义上两者具有历史性的承继关系，尤其是在对"文革"路线的反思中更加强了这种极左的"封建法西斯专政"与"封建"之间的暧昧关联，因此"五四"的文化启蒙意义也往往看成是20世纪80年代中期的"历史反思运动"和"文化热"发生的内在动因，从这一层面出发，学界便将新时期看成另一场"新启蒙运动"。可参阅贺桂梅：《"新启蒙"知识档案：80年代中国文化研究》，北京大学出版社2010年版。

密切相关的"文体学"上。

"文体学"研究在当时文艺界几乎是一块处女地。对于"文体"，过去的研究者们常将之理解为"文类"或"文学体裁"，但通过对中西文体理论的梳理分析后，童庆炳却将文体看成是一个"系统"，认为它由"体裁—语体—风格"三个相互关联的层面构成。他指出："完整的文体应是体裁、语体和风格三者的有机统一"，"体裁是文体最外在的呈现形态，语体是文体的核心呈现形态，风格则是文体的最高呈现状态。三者既有区别，又密切相关。"[1]与童庆炳"文体三层面"说类似的是，徐复观也曾提出过"文体三次元"说，他也将"文体"视作一个系统。但与徐复观不同的是，童庆炳认为文体的形成还受到时代、民族、阶级、文学传统等客观因素和作家的先天素质、人格素质、审美素质等主观因素的影响与制约；"文体"作为一定话语秩序所形成的文本体式，折射出了作家、批评家独特的精神结构、体验方式、思维方式和社会历史、文化精神等等。此外，童庆炳还从西方现代文体学中成功引入了"语体"范畴，不仅丰富了"文体"的系统观念，而且使"文体"成了一个动态的自由创造[2]。童庆炳提出的"文体三层面"说，不仅耳目一新，还极大地拓深了文艺学的研究领域。

在文学作品的内容与形式关系上，过去的各种论述要么主张"美在内容""美在形式"，要么主张"美在内容形式的统一"，童庆炳对这种哲学直线式的套用深感不满，由此提出了"美在于内容与形式的交涉部"与"文学内容与形式相互征服"的新观点。他认为，过去学者对文学与内容两者关系的分析局限在二项对立模式中，要么是将艺术形式置于无足轻重仅仅用来呈现内容的因素，将美理解为"客观现实的彻底的美"（车尔尼雪夫斯基《艺术与现实的审美关系》），要么把作品的内容与形式人为地剥离开来，把形式看成独立自主的可以与特定内容无关的东西，将文学作品看成"是纯形式，它不是物，不是材料，而是材料之比"（什克洛夫斯基《罗扎诺夫》），要么则将内容与形式看成是有机的统一，认为"没有无形式的内容，一如没有无形式的质料"（黑格尔《小逻辑》），而这些观点均有局限。因为"作品的内容与形式的美学关系，不是一般的决定与被决定的关系，而是彼此相互征服的关系。艺术美

---

① 童庆炳：《文体与文体的创造》，云南人民出版社1994年版，第182页。
② 童庆炳、刘洪涛：《关于文学理论、文艺学学科的若干思考》，《文艺理论研究》2002年第4期。

正是在这种独特的相互征服中显露出来。"①童先生提出的"美在于内容与形式的交涉部"的思想，在辩证矛盾的运动中摆脱了过去本质主义的二元对立思维模式，在令人信服的论说中建立了新的理论命题。与此同时，为了更好地阐释文学内容与形式的辩证矛盾关系，童先生又在内容与形式之间找到了一个中介概念——"题材"。他认为文学作为内容是无法意释的，但题材可以。从形式方面说，"一定的形式以一定的题材为对象"，但是形式却又非"消极地配合、补充内容"，而恰恰相反地是"形式与题材对立、冲突，最终形式征服（也可以说是克服）题材的结果"②。因此，题材与形式是相互征服的关系，一方面题材吁求形式，征服形式，另一方面又是形式改造题材、征服题材。在形式与题材的对立、冲突中最终达到内容与形式的和谐统一。

在对恩格斯晚年书信以及普列汉诺夫对"社会心理"的研究基础上，童庆炳还对"艺术文体"中介进行了重新探索，并提出了"文学活动的'二中介'"说。在史料阅读中，他注意到在马克思、恩格斯那里，"艺术生产"是社会经济状况和意识形态的中间环节，而"人和人的心理是中间环节的关键"，是沟通"经济状况与文学艺术之间的中介"③。普列汉诺夫后来正是从恩格斯的"中间环节"理论起步，提出了社会结构的"五项因素公式"，并在经济基础与上层建筑及其意识形态之间加入"社会中的人的心理"作为中间环节。但童庆炳对此并不满意，他认为"社会心理中介"只是一般的中介，如果只强调这一中介，就只注意了文学活动的他律，而"文学艺术的自律性决定了社会心理这个一般中介必须通过艺术文体这个特殊的中介，才能使文学艺术活动得以全部实现"④。"文学活动'二中介'"说的提出不仅对恩格斯和普列汉诺夫的理论作了重要补充，也提示了文学活动区别于其他意识形态的自身特殊性。

在文体学研究中，除童庆炳自撰的《文体与文体的创造》是国内文学理论界第一本从完整意义上来讨论文学文体的专著外，由他主编的"文体学丛书"也得到了季羡林先生的极高评价，认为"'文体学丛书'是一套质量高、选题

① 童庆炳：《论美在于内容与形式的交涉部》，《文艺理论研究》1990年第6期。
② 童庆炳：《论文艺作品内容与形式的辩证矛盾》，《文艺理论研究》1991年第2期。
③ 童庆炳著，赵勇编：《在历史与人文之间徘徊——童庆炳文学专题论集》，北京师范大学出版社2007年版，第167页。
④ 童庆炳著，赵勇编：《在历史与人文之间徘徊——童庆炳文学专题论集》，北京师范大学出版社2007年版，第186页。

新、创见多、富有开拓性、前沿性的好书。……这套丛书的出现对文艺学的学科建设具有填补空白的意义"①。应该说，以童庆炳为代表的研究者对"文体诗学"的开辟，使得这一研究进入到文艺理论的前沿，"不仅符合国际学术发展的整体趋向，也代表着中国学者在这一领域的一种独特思考和贡献"②。

4."对话"的途径与"比较诗学"的拓展

在童庆炳的学术活动中，中国古代诗学始终是最为用力的一个领域。早在1989—1991年间，他就先后为《文史知识》撰写了"心理美学散步"和"古代心理诗学"两组专栏文章，后来结集为《中国古代心理诗学与美学》出版。这两组文章在古代文艺心理学与现代文艺心理学的比较互渗中，卓有成效地开掘出了传统创作心理的现代意义和美学内涵。1991年，由黄药眠、童庆炳主编的《中西比较诗学体系》更是从中西诗学的"背景比较""范畴比较""影响研究"三个方面不但对中西方的民族精神、文化背景、哲学背景进行了精深的比较分析，而且还在诗学历史发展的逻辑脉络中对中西诗学中的若干核心范畴进行了平行研究，辨析了中西诗学理论形态的差异③。该书作为中国第一本比较诗学和第一本完整的既有平行比较又有影响研究的专著，在海峡两岸暨香港地区均受到广泛好评，对学界影响极大。

除对古代心理美学、中西文论观念进行"现代性"阐释外，童庆炳还极为重视"古代文论的现代转化"工作，先后出版了《中国古代文论的现代意义》（2001）和《现代学术视野中的中华古代文论》（2002）两本专著。在《中国古代文论的现代意义》一书中，童先生从"中国古代文论的文化性格""古代文论十大家读解""中国古代文论与当代"三部分依次对中国古代儒、道、释文论异同及其文化蕴涵，中国古代文论的基本范畴及其民族个性以及从孔子到王国维等十位重要文论家进行了细读阐发，由此奠定了"中西对话、古今对话"的再释性原则。该书基于中华民族文化深层特征的基础上，在深入浅出的论说中重新确立了与西方文论存在根本差异的以"气、神、韵、境、味"为主的中国文论的基本范畴。同时，童先生又将大部分精力投身于《文心雕龙》的研究中，潜心建构"《文心雕龙》三十说"，力图在古典命题的再释与创新中

① 童庆炳：《文体与文体的创造》，云南人民出版社1994年版，第1页。
② 罗钢：《"内容与形式的相互征服"——谈童庆炳的文体学研究》，《文艺争鸣》1998年第1期。
③ 黄药眠、童庆炳：《中西比较诗学体系》（上），人民文学出版社1991年版，第1页。

完成对古代诗学的现代激活。

童庆炳通过对古代文论现代意义的阐释，在古今中西文论形态的比较探索中也渐趋形成了中国文论建设的基本策略——历史优先原则、"互为主体"的对话原则、逻辑自洽原则。童先生认为，文论是历史的产物，单纯的注释和考证以及纯粹的逻辑判断与推演已很难解决问题，因此获取文论真义的方法关键就要进入历史文化语境"要在历史文化的联系中、在历史文化的规律中去理解文论家、文论命题、文论范畴等等"①。此外还要坚持"互为主体"的对话原则，因为中西方文论各为主体，互为参照，因此"要建设具有中国特色的当代形态的文学理论，就要走整合的路""要整合古今中外，就要从'古今对话'和'中西对话'开始"②。为让"对话"有目的地发生，实现文论的现代转化，还需坚持"逻辑自洽原则"，也即是说，我们所论及的问题"无论是以西释中，还是以中证西，或中西互证互释，都必须'自圆其说'"，以实现古今学理的相互融通。

正如陈良运所说，童庆炳在对古今中西的比较基础上，找到了一把打开古代文论的"钥匙"，那就是"将现代心理科学知识引进了古代文论研究领域，从人的心理层次观照、诠释某些观念范畴的生成、扩散、延伸与发展"③，从而得以前往古人心灵深处阐幽发微，赋予古典命题以新的意涵。总体而言，童庆炳的"古代文论的现代转化"研究，极大地拓展了中国的"比较诗学"，并在中西理论的互释对话中，践行了一种"中西互证、古今沟通"的阐释方法。

5. "现实性"的呼吁与"文化诗学"的构想

从20世纪90年代后期起，针对社会经济发展的现状以及文艺理论的现实需求，童庆炳又转向了对"文化诗学"的构思。其初衷有二：一是由于现实的召唤，即经济高速发展后作为人文知识分子出于社会的责任，在各种社会问题前需要呼吁一种"人文精神"，以确立文学的意义和人的精神价值；二是由于西方理论的大量涌入，文学逐渐边缘化，而部分学者又开始大力倡行"日常生活

---

① 童庆炳：《获取真义与焕发新义——略谈中华古文论研究的方法论问题》，见童庆炳主编、北京师范大学文艺学研究中心编：《文化与诗学》（2009年第1辑·总第八辑），北京大学出版社2009年版，第7页。

② 童庆炳：《中国古代文论的现代意义》，北京师范大学出版社2001年版，第328页。

③ 陈良运：《找到古代文论现代阐释的一把钥匙——从童庆炳〈中国古代文论的现代意义〉说》，《东疆学刊》2002年第3期。

的审美化"，转向文化研究，走上了一条与文学理论渐行渐远之路。正是基于现实与理论的双重呼吁，童庆炳提出了走向"文化诗学"的理论新构想①。

显而易见，作为一种文学新论的提倡，"文化诗学"在历史出场的语境上其鲜明的学理策略性②是不言自明的，主要体现在如下三方面：第一，文化诗学既驻守了"诗学"的审美性前提，又开辟了一种"文化"的视野，从而在"诗学"与"文化"的辩证互动中达成一种有效的动态平衡，既维护了文学理论的学科合法性，同时也及时地拓展了自身的学理边界，有效地解决了新艺术形态下传统理论话语无力涵盖与无法言说的现实尴尬；③第二，在"文化"与"诗学"的互动互构中，文化诗学卓有成效地将文学文本的阐释与文化意义的揭示贯通起来，有效地勾连起"内部研究"与"外部研究"各自的优长之处；第三，文化诗学要求"从文本批评走向社会干预"，既体现了文化诗学在"审美性"之外的"现实性"品格，还彰显了人文知识分子积极干预社会的现实介入性。

正因为"文化诗学"的出场具有鲜明的现实针对性，因此才有学人指出它"作为一种理论问世，首先是新的时代情势需求的产物，是文艺界学人们从文论的高度对时代的呼唤做出的有创意的回答"④。作为现实呼吁的文论构想，文化诗学在童庆炳的勾勒下，其研究方法、理论品格及实践方向也日渐成形，基本形成了一套自己的诗学体系：

首先，在研究方法上，主张"双向拓展"，强调跨学科的整体性互动研究。具体而言，一方面要向宏观的文化语境拓展，即要在历史文化语境的"重构"中给以"互文性"的研究，通过对原始史料的整理，加以合理的理解想象，力求恢复历史的原貌；另一方面要向微观的语言细读拓展，"通过文本语

① 童庆炳：《植根于现实土壤的"文化诗学"》，《文学评论》2001年第6期。

② 参见李圣传：《"文化诗学"在中国：话语移植、本土建构与方法实践》，《中州学刊》2012年第4期。

③ 在这一方面，以蒋述卓为首的文化诗学的"暨南大学学者群"做出了颇有成效的学术贡献，自1995年蒋述卓发表《走文化诗学之路——关于第三种批评的构想》在国内率先倡行"文化诗学"进而引发学界关注起，近年来，这一学术群落又将关注的视点转移向了"城市文学""文化人类学""文化生态学"以及"海外华文文学"等前沿课题的研究中，但其研究的思维方式总体看来仍是践行文化诗学的路径策略。其代表性文章参见蒋述卓：《消费时代文学的意义》，《文学评论》2005年第6期；王列耀：《身份的焦虑：论90年代马华文学论争》，《暨南学报（哲学社会科学版）》2012年第1期。

④ 刘庆璋：《文化诗学：富于创意的理论工程》，《漳州师范学院学报(哲学社会科学版)》2004年第2期。

言的分析，特别是语言细读，揭示作品的情感和文化"①。此外，文化诗学"不是固定在一个视角、一个学科之内的研究"，它的重要意义在于"它以关联性方法的研究，展现文学全部复杂性、丰富性的无穷魅力"②；文化诗学的研究空间十分辽阔，包括"文学的历史文化和现实文化语境的研究；文学的文化意义载体的研究；文学与别的文化形态之间的互动研究"③。

其次，在学理内涵上，重视"审美性"与"现实性"的理论品格，还具有现实批判性。童庆炳指出："文化诗学的旨趣首先在它是诗学的，也即它是审美的，是主张诗情画意的，不是反诗意，非诗意的，它的对象仍然是文学艺术作品"④；文化诗学的精神内涵充分体现在"现实性"的关怀上，它紧紧扣住经济的市场化、产业化以及全球化，以揭示"文学艺术中出现的问题"⑤，如"古今问题、中西问题、中西部问题、性别问题、精英文化与大众文化的问题、商业文化与主流文化的问题、自然环境的保护问题、法与权问题"⑥。此外，文化诗学的基本诉求还在于"批判社会文化中一切浅薄、庸俗、丑恶、不顾廉耻和反文化的东西"⑦，在"从文本批评走向现实干预"中以"文本批评与介入现实"等的结合"对现实进行一种呼吁——走向平衡"⑧，以表达知识分子对于社会秩序的渴望以及对工业社会里人被异化的批判。

第三，在实践操作上，反对架空抽象的口号宣扬和概念定义的纠缠辨析，主张把具体文学问题延伸到历史、文化中，通过历史语境和文化内涵的结合，在"自觉实践"中创造文论的新局面和生命力。童庆炳的"文化诗学"构想渐趋完成了由前期的"理论构型"到"实践研究"的转向。这种自觉实践的构想其实早在建构"历史理性与人文关怀之间的张力"（1999年）时就已形成，并

---

① 童庆炳：《文化诗学：宏观视野与微观视野的结合》，《甘肃社会科学》2008年第6期。

② 童庆炳：《文化诗学的学术空间》，《东南学术》1999年第5期。

③ 童庆炳：《中西比较文论视野中的文化诗学》，《文艺研究》1999年第4期。

④ 童庆炳：《"文化诗学"作为文学理论的新构想》，《陕西师范大学学报(哲学社会科学版)》2006年第1期。

⑤ 童庆炳：《"文化诗学"作为文学理论的新构想》，《陕西师范大学学报(哲学社会科学版)》2006年第1期。

⑥ 童庆炳：《新理性精神与文化诗学》，《东南学术》2002年第2期。

⑦ 童庆炳：《"文化诗学"作为文学理论的新构想》，《陕西师范大学学报(哲学社会科学版)》2006年第1期。

⑧ 童庆炳：《文化诗学结构：中心、基本点、呼吁》，《福州大学学报（哲学社会科学版）》2012年第2期。

在后来的"历史文学三向度说"（2004年）与"历史题材文学创作五向度说"（2011年）中得到明晰的体现。童庆炳极为重视文学研究的文化维度和历史维度，强调"深入历史文化语境"的重要性[①]，认为研究的关键不在标举"文化诗学"的旗帜，而在于自觉地运用这种方法，要走出过去"内部批评"与"外部批评"相互割裂的局限，自觉加进历史的维度、文化的视野，在整体性研究中使对象厚重起来。

从童庆炳对"历史题材文学"的研究来看，其"文化诗学"的理论实践已向"大历史观、审美意识和现实关怀"三种范式的同步转移中悄然推进，并在文学、历史与文化的整体互动关系中将中国文化诗学的研究向前推进了一大步[②]。由理论塑型走向自觉实践，这是童先生晚年文化诗学研究的新转向，这也给当下文化诗学研究中的"众声喧哗"现象予以了纠偏，为理论发展的未来航向提供了启示。

总之，从"审美特征论"的构思起，"审美性"就成为了童庆炳文艺思想的基点与特色，以"审美"为弧线的理论之环也内在地圈缀起了童先生各时期的文艺构想。这些诗学命题不仅纵横捭阖、内在相通，而且显示了特定历史语境下的现实关怀，具有鲜明的时代特色。由"审美诗学"到"文化诗学"，童先生对一系列学术命题的思考及系统化建构，不仅拓展了文学理论的学术空间，增生了新的学术史话题，更为我们当下的文艺理论研究者们提供了一套系统缜密的治学方案。

二 "学案"研究与后期文化诗学的纵深

"学案"研究则是童庆炳晚期文艺思想的一项重要内容，是有感于当下文艺理论困局的深刻反思与调整，是其"文化诗学"思想的纵深、发展与实践，也是当下建构中国特色文艺理论话语的重要补充。童庆炳晚期的文艺思想，是

---

① 对"历史语境"的强调可参见童庆炳：《文学研究如何深入历史语境——对当下文艺理论困局的反思》，《探索与争鸣》2012年第10期。

② 童庆炳关于"历史题材创作问题的研究"是文化诗学实践的经典案例，其思考路径集中在"历史的向度"、"艺术的向度"和"时代的向度"三个方面，而这又恰好与其长期重视的"大历史观"、"审美意识"和"现实情怀"相互指涉，从而形成了一种逻辑理路上的内在张力。相关文章可参阅童庆炳：《历史题材创作三向度》，《文学评论》2004年第3期；《历史文学中的封建帝王评价问题》，《北京师范大学学报（社会科学版）》2005年第4期；《重建·隐喻·哲学意味——历史文学作品三层面》，《社会科学辑刊》2006年第6期；《"重建"——历史文学创作的必由之路》，《北京师范大学学报（社会科学版）》2007年第2期；《历史题材文学创作五向度》，《清华大学学报（哲学社会科学版）》2012年第2期；等等。

在以媒介为主导的消费文化语境中形成的，既有对传统文论研究模式的反思超越，又有对文学理论学科"泛化"且脱离文学作品、剥离历史语境的严肃批评，更是有感于当下文学理论的危机与困境并努力寻求新突破与新发展的深刻理论思考，值得学界持续挖掘与重视。

1.当下文论的危机与"学案"研究的意义

所谓"学案"，在童庆炳看来，可以是"一个词（一个概念）""一个作家(一个流派)""一群人（一场讨论）""一个事件""一部作品"或"一首诗歌"等等，并将之"事件化"，在翔实丰富的文献史料支撑下，对其前因后果、来龙去脉加以立体全面的谱系性考察，使研究结论接近历史学术的真相，究其意义则在于寻找出一整套新的文学理论话语，提升出新的理论概念，进而实现理论创新。①

应该说，这种以"学案"研究范式对作家、思想家、历史论争或事件进行微观个案式的时空人际关系的谱系源流考索并非当下创举。明末清初思想家黄宗羲在其《宋元学案》《明儒学案》两部传世之作中，即在史学史、学术史与思想史等领域为后世创立了"学案体"的经典学术范式②。随后，梁启超的《墨

---

① 参见2015年5月16日童庆炳在"百年学案2015南北高级论坛"上的总结发言。

② 黄宗羲"学案"研究方法，其思想择要有下："分其宗旨，别其源流"（〔清〕黄宗羲：《明儒学案·序》，沈芝盈点校，中华书局2008年版，第8页）；"牛毛茧丝，无不辨析"以"发先儒之所未发"；"皆从全集纂要钩玄"以尽"其人一生之精神"且"未尝袭前人之旧本"；"以有所授受者，分为各案；其特起者，后之学者，不甚著者，总列诸儒之案"；"一本而万殊"（黄宗羲：《明儒学案·发凡》，沈芝盈点校，中华书局2008年版，第14—15页）。其碑铭亦有评语曰：其学案以"濂洛之统，综会诸家，横渠之礼教，康节之数学，东莱之文献，艮斋止斋之经制，水心之文章，莫不旁推交通，连珠合璧，自来儒林所未有"，故其"论学如大禹治水，脉络分明"（缪天绶：《宋元学案解题及其读法》，见黄宗羲：《宋元学案》，缪天绶选注，商务印书馆民国十七年版，第1—2页）。梁启超亦有评价曰，梨洲先生之"学案"特色在于："第一，不定一尊。各派各家乃至理学以外之学者，平等看待。第二，不轻下主观的批评。各家学术为世人及后人所批评者，广搜之以入'附录'，长短得失，令学者自读自断，著者绝少作评语以乱人耳目。第三，注意师友渊源及地方的流别。每案皆先列一表，详举其师友及弟子，以明思想渊源所自，又对于地方的关系多所说明，以明学术与环境相互的影响。"（梁启超：《中国近三百年学术史》，天津古籍出版社2003年版，第106页）简而言之，黄宗羲"学案"研究范式或谓之研究理想，实可如清代道光会稽后学莫晋所归纳："言行并载，支派各分，择语精详，钩玄提要，一代学术源流，了如指掌。"（黄宗羲：《明儒学案·莫晋序》，沈芝盈点校，中华书局2008年版，第12页）

子学案》及钱穆的《朱子新学案》也仍依循这种"学案体"研究范式，为近现代学术思想史增添了新的学术典范。晚近以来，更有夏中义的《新潮学案》及李洁非的《典型文案》，赓续并接洽了这种传统学术范式，并在当下所谓文学理论"图像转向"与"哲学转向"的"后理论"学术语境中，愈发显得重要且独具学术魅力。

自黄宗羲"学案体"研究范式的确立，到当下以童庆炳、夏中义、罗钢、李洁非为代表的学界学人对"学案"研究的格外推崇与重视，除"学案"研究本身所要求和具有的"史家意识""问题意识""创新意识"外，更为重要的仍在于当下文学理论自身发展所遭遇的理论困局，而"学案"研究恰恰能为文论的这种困境提供一条切实可行的理论突围之路。

从21世纪初以陶东风为代表的对"日常生活审美化"及"大学文艺学学科反思"的倡导①，到希利斯·米勒及其中国拥趸对"全球化时代文学终结论"②的发起，童庆炳便开始不断思考"文艺学边界问题"③以及"文学理论的'泛化'与'发展'"④问题，并自觉地将这一时期正在倡导的"文化诗学"思想延伸到"历史题材文学创作和改编"⑤的研究实践中，以期通过引入"历史的向度"⑥将文学理论研究落到实处。然而，随着媒介消费语境中文化研究声势的不断扩大，尤其是"他者性"的域外理论思潮对文论话语的挤压渗透，使得文学理论因学理文化根基的不同而丧失了知识话语言说的有效性。由此，一方面是"理论之后"文学理论话语的文化转向、图像转向、政治哲学转向，另一方面却是"他者化"理论横向移植与盲目依附中自我"理论根基"的丧失。循环往复，文学理论的"他者化"状态与"泛学科化"趋势愈来愈造成整个文艺学学科生存与发展的"合法性"危机。针对这

---

① 陶东风：《日常生活的审美化与文化研究的兴起——兼论文艺学的学科反思》，《浙江社会科学》2002年第1期。

② [美] J.希利斯·米勒：《全球化时代文学研究还会继续存在吗？》，国荣译，《文学评论》2001年第1期。

③ 童庆炳：《文艺学边界三题》，《文学评论》2004年第6期。

④ 童庆炳：《文学理论的"泛化"与"发展"》，《湛江师范学院学报》2008年第5期。

⑤ 为引入"历史的维度"使文学研究"深入到历史语境"中去，童庆炳2004年申请并主持了教育部哲学社会科学研究重大课题攻关项目"历史题材创作和改编中的重大问题研究"。

⑥ 童庆炳：《"重建"——历史文学创作的必由之路》，《北京师范大学学报（社会科学版）》2007年第2期。

些文学理论学科发展中无法回避的现实问题，在2010年中国中外文艺理论学会第七届年会上，童庆炳首次明确地提出了"文学理论的危机"这一话题。在他看来，传统文学理论面临的危机主要有三点：一是"理论脱离实际，不能回答和解决社会转型后提出的急需解决的问题"，如网络文学问题、文学与电影、电视等媒介关系问题、文学消费问题等等；二是"文学理论面对蓬勃发展的各种人文社会科学的封闭和孤立状态"，即使是文化研究也是"照搬的痕迹"过于明显而缺乏自身的问题域，且离文学理论学科越来越远；三是"文学理论研究的浅表化"，即没有将问题产生的历史语境搞清楚。[①]童先生对当代文论"危机意识"的强调，在随后各种会议及论文中又屡次提及，且愈来愈强烈。在一篇文章中，童先生再次就"理论脱离实际""封闭和孤立""学术研究浅表化"三个"文学理论的危机"进行了详细阐释，并初步提出了"追求当下性""加强学科关联性"以及"提倡历史语境化"三大"破解方案"[②]。在"《文艺理论研究》创刊三十周年纪念座谈会"上，童先生再次强调指出："新时期以来的文艺理论建设虽然取得了巨大的成就。但自九十年代以来，在拜金主义、消费主义盛行以及由此导致的学术边缘化的社会文化情势中也陷入了某种深刻的危机。"[③]

面对以上种种危机状态，文学理论学科究竟该如何自处、如何应对，又该如何摆脱这种困境呢？2011年，在充分总结过往经验教训的基础上，童先生有感于近年来学者罗钢对"王国维《人间词话》学案"的系列研究成果，首次明确而具体地将"学案"研究的口号提了出来，并指出文学理论就应该走"学案"研究的路子。他指出，文学理论摆脱危机的办法有两种："第一是密切文学理论与当下创作实际的联系"，也即此前文章中反复强调的加强文学研究的"当下性""关联性"以及"重建历史语境"；"第二是静下心来，反思百年来文学理论走过的路"，而"文案研究、学案研究是反思百年现代文学理论的结节点"，也是目前"文学理论研究的新趋势"。[④]

---

① 童庆炳：《当下文学理论的危机及其应对》，《文化与诗学》2010年第2期。
② 童庆炳：《冲破文学理论的自闭状态》，《社会科学报》2010年5月20日。
③ 童庆炳：《当代文艺理论的发展道路——在〈文艺理论研究〉创刊三十周年纪念座谈会上的讲话》，《文艺理论研究》2010年第6期。
④ 童庆炳：《当前文学理论发展新趋势——以罗钢十年来的〈人间词话〉学案研究为例》，《探索与争鸣》2011年第9期。

文学理论要走"学案"研究的道路，在历史语境的深入考察中，加强问题的反省性与诊断性，在历史细节的复杂性、矛盾性的微观清理过程中，反思并重建文学理论话语。这种思想，在童先生临终前组织召开的"百年学案2015南北高级论坛"上，更为清晰地向文学理论界提了出来：

> 长期以来，中国现代的文学理论研究常被说成比较"空""空洞""不及物""大而无当"等。人们这样说，不是没有道理的，这就是因为我们的文学理论研究，经常是搞概念和术语的游戏，不关心现实，也不关心历史。……文学研究与哲学结盟，并不能给我们更多的东西……要是我们的文学研究都能进入历史语境，在具体的历史语境中去揭示作家和作品的产生，文学现象的出现，文学问题的提出，文学思潮的交替，那么文学研究首先就会取得"真实"的效果，在求真的基础上，才能进一步求善求美。如果我们长期这样做下去，我们的文学研究，文学理论的研究，就会落到实处，真正地提出和解决一些问题，理论说服力会加强，也必然会更具有学理性，更具有专业化的品格。①

在此，无论是破"空"求"真"，还是提倡"历史语境化"，抑或是接近"历史学术的真相"以及增强"理论说服力"，均是"学案"研究的基本原则和内在要求。②这也正是童先生格外推崇"学案"研究，并将其视为文学理论"摆脱困局"的一条有效出路。"学案研究"因其翔实丰富的"文献史料支撑"以及"历史语境化"的微观考索，它的确可为当下文学理论突破"空洞无物""大而无当""脱离实际""封闭孤立""研究浅表化""只重逻辑推演""没有在历史语境中把握对象"以及"盲目追求'他者性'的理论移植与依附"等危机状态，提供一条切实可行的理论突围路径。这也恰恰是黄宗羲所创立的"学案体"范式，能在当下文论研究格局中被格外推崇与提倡的现实理论意义之所在。

---

① 童庆炳：《文学研究如何深入历史语境——对当下文艺理论困局的反思》，参见2015年5月16日童庆炳在"百年学案2015南北高级论坛"提交的大会主题发言。
② 针对黄宗羲所开创的"学案"研究范式"重史"之特色，清代著名思想家章学诚亦有赞曰："近儒谈经，似于人事之外，别有所谓义理矣。浙东之学，言性命者必究于史，此其所以卓也"，"知史学之本于《春秋》，知《春秋》之将以经世，则知性命无可空言，而讲学者必有事事"，"彼不事所事，而但空言德性，空言问学，则黄茅白苇，极面目雷同，不得不殊门户，以为自见地耳，故惟陋儒则争门户也"。参见〔清〕章学诚著，叶瑛校注：《文史通义校注》，中华书局1985年版，第523—524页。

2."学案"分析法与文论研究的新突破

既然"学案"研究能够摆脱文学理论在当下所遭遇的诸种危机与困局,那么进一步可能追问的是:相较于传统的文论研究范式,"学案"分析法究竟有何不同? 其创新点与突破点又有哪些? 依据童庆炳晚年文艺思想的理论思考,可初步归纳为如下三点,简陈如下:

第一,学术研究路径的突破。仅就近现代学术研究路径而言,影响较大的主要有西方培根所确立的"科学归纳法"以及中国传统学术语境中形成的以考据为主的"乾嘉学派"。然而,归纳法过于强调对科学实验和客观真理的本质认识,乾嘉考据学在资料翔实等优长上却陷于逻辑归纳而缺乏理论的发挥与创造。"五四"之后,俄苏马克思主义尤其是"列宁哲学认识论"思想日渐占据主导,并对"延安文艺""十七年"文学直至新时期初期的文学理论形成统治性影响。这些思想影响下的文论研究模式,基本陷入"主客模式"及其预设的"认识论"的哲学概念圈套中,机械化、概念化、脸谱化,成为其理论滞后的历史标签。20世纪80年代初中期,受西方科学主义思潮的译介影响,演绎性的"新方法论"(即信息论、控制论、系统论)又对文艺理论的研究路径形成统摄性影响。受此影响,刚刚从极左束缚中解脱出来的文论,再次被匆匆塞入到"科学主义"的模式框架中去。20世纪80年代后期至世纪之交的三十年,也可以说是西方文论大量涌入的一段黄金时期,中国文学理论在实现跨越式发展并取得辉煌成就的同时,一方面仍然陷于"本质主义"的文学理论模式内[1],另一方面则紧随西方文论思潮,亦步亦趋、缺乏本土问题域,进而导致"文论失语症"[2]。针对这种学术研究模式,近些年来,关于"本土性""中国话语""中国学术话语建构",[3]直至"强制阐释论"[4]的提出,呼声可谓一浪高过一浪。但问题所指,均是将"当代中国文论反思与重建"这一话题再次提上议程。中国文论反思与重建的路径究竟何在? 也许,童先生晚年针对当下文论发展危机

---

① 陶东风:《文学理论:建构主义还是本质主义?——兼答支宇、吴炫、张旭春先生》,《文艺争鸣》2009年第7期。

② 曹顺庆:《文论失语症与文化病态》,《文艺争鸣》1996年第2期。

③ 关于"中国语境中的学术话语建构"问题,可参阅李春青为《中国政法大学学报》2014年第4期主持的一组笔谈文章,如:黄卓越《身份防御与全球知识共同体的面向》;金惠敏《全球化时代的真理与方法》;彭亚非《王国维"意境说"的问题及相关思考》以及李春青《走出"失语"焦虑》。

④ 张江:《强制阐释论》,《文学评论》2014年第6期。

所强调的"文史互动"的"学案"分析法，就不仅是对传统学术研究路径的一大突破，还是实现当下文论反思与重建的一大入手点。

第二，学术研究方法的突破。依据童先生的看法，过去文学理论研究的问题症结就在于思维方法上的二元对立，如"现象与本质、主观与客观、个别与一般、个性与共性、偶然与必然、有限与无限等"，这些"置于认识论的框架内，只注重概念的判断、逻辑的推衍"是"很难切入到文学艺术和美的细微问题中，很难解决艺术与美的复杂问题"①。这些研究方法因缺少"现实感—历史感"，既没有与现实的、生动的文学创作紧密互动起来，也没有深入到"历史语境中"去把握研究对象。与此方法不同，"学案"分析法则打破了这种只重"逻辑推衍"不重"语境化把握对象"的缺漏，通过"思想探源"法、"症候阅读"法、"求同辨异"法和"高度历史语境化"的方法等等，在历史的纵深处揭示出对象的细微性、矛盾性和复杂性，进而将"研究对象"的前因后果、来龙去脉，或"研究事件"的发生发展过程，通过历史化、语境化的阐释立体全面地呈现出来②。这种针对"人物"或"事件"的具体而微的"学案"分析法，不仅在"史实"的清理、爬梳与反思中化解了"大而无当"的文艺理论弊病，增强了学问的"历史维度"与"立学根基"，还消除了"哲学理论思辨"有余而"历史语境还原"不足的毛病，增强了文学理论的问题意识、反思能力与历史厚度，有效推动了文艺学学科的进步与发展。

第三，在具体而微的"学案"爬梳与审判中，努力实现文学理论的话语创新。相较于传统的文论研究范式，"学案"分析法不仅建基于"历史的维度"（如："人谱性"的学术传承发展与流变拓展的爬梳；人物/概念/事件在历史语境中发生发展的文献发生学追问；人物/事件在微观动态历史语境中的心理探究与精神拷问，等等）上，还需要"理论的视野"，即："努力寻找出一整套新的文学话语，提升出新的理论或概念"③。童先生认为，在"学案"分析法中，引进"历史的维度"还只是学术研究的基础和前提，是立学的根基，但我们不仅需要做成一个"文

---

① 童庆炳：《文学研究如何深入历史语境——对当下文艺理论困局的反思》，参见2015年5月16日童庆炳在"百年学案2015南北高级论坛"提交的大会主题发言。
② 童庆炳：《当前文学理论发展新趋势——以罗钢十年来的〈人间词话〉学案研究为例》，《探索与争鸣》2011年第9期。
③ 童庆炳：《文学研究如何深入历史语境——对当下文艺理论困局的反思》，参见2015年5月16日童庆炳在"百年学案2015南北高级论坛"提交的大会主题发言。

学理论史家"，更为重要的还在于在此基础上寻找到新的学术增长点，并努力总结生发出"新"的理论话语来。通过以"史实"说话，令人信服地抽绎出新的理论思想①，最终实现文学理论的创新，这也是文论研究的"学案"分析法在当下文化语境中的理论追求与重要突破。

应该说，当下文论语境中对"学案"分析法的倡导与实践，既有对传统学术语境中黄宗羲所开创的"学案体"范式的继承发扬（如其基于文献史料基础上的"分源别派""纂要钩玄""茧丝辨析"等理路），也有针对当下文论困境的现实考量（如破除"大而无当"的虚理玄谈而追求"精微个案"的文学剖析、破除脱离文学的"泛文化"趋势而追求"文史互动"的文本剖析、破除文学理论的"泛他者化"依附而在"自我建构"中重觅立足点与文化本位等等）。通过"学案"分析法的实践与解析，的确可为文学理论摆脱当前"泛文化"与"泛他者化"的通病，让"文学"在史料性与语境化的厚描阐释中回归"文学"，进而在理论趋附的"去他者化"中重新确立"自我"的主体性在场与文化学理根基，以在"学科自主性"与"持续发展能力"的反思重构中真正实现当下文论研究的更新与突破。

3.选案、审案与断案："学案"研究三步骤及其重难点

在阐明当下文论困境中之所以提倡"学案"研究的意义，以及相较于传统文论研究范式"学案"分析法的理论突破外，进一步总结"学案"研究的理论与实践，尤其是其实践操作方法就尤为显得必要。依据童先生的学术构想，其步骤主要有三，即："选案"——"审案"——"断案"，且三个理论步骤各有侧重，实践中也各有不同的重点和难点。

（1）选案："案"需要有争议和研究价值

童先生认为，"学案"研究的首要问题就是"选案"②。然而，并非所有问

---

① 如黄宗羲所言："每见钞先儒语录者，荟撮数条，不知取之意谓何。其人一生之精神未尝透露，如何见其学术？是编皆从全集纂要钩玄，未尝袭前人之旧本也。"（黄宗羲：《明儒学案·发凡》，沈芝盈点校，中华书局2008年版，第14页）其意即说，在详尽阅读整体著作的基础之上，作出自己的判断，要有"自得之见"。

② 黄宗羲"学案"研究理念同样存在一个"选案"的问题，即"人选"与"文选"。在"选人"方面，曰："羲为《明儒学案》，上下诸先生，深浅各得，醇疵互见，要皆功力所至，竭其心之万殊者而后成家，未尝以懵懂精神冒人糟粕。"也即是说，所选儒者在学问上需要相当的造诣和特色，要有"自得之见"。在"选文"方面，亦有曰见"其人一生之精神"，即是要最能反映人物思想的精彩文字。参见北京大学《儒藏》编纂与研究中心编：《儒藏》（精华编一五五册）《黄梨洲先生原序》，王国轩、王秀梅点校，北京大学出版社2016年版，第20—21、22页。

题、事件、人物或作品都能成为"案件"。在此，要构成"案"，还需要具备几个基本的要素：

首先，"案"需要有争议。只有一个还没有成为"定论"的学术史或文学史事件，才能成为一个"案件"，以便进一步研究和审理。如"王国维《人间词话》学案"，王国维的"境界说"究竟是中国古代"意境说"的赓续发展还是"德国古典美学"的当代变体呢？这个问题没有形成定论，且众说纷纭，因而得以构成"案件"。再比如说，20世纪50年代"美学大讨论"中，究竟形成了李泽厚所说的"三派"、蒋孔阳主张的"四派"，还是童庆炳研究发现的"二派"呢？此外，这场美学论争究竟是李泽厚、刘再复等人所褒扬的是一场"真正的百家争鸣"还是劳承万等学人所贬抑的是一次"政治洗脑运动"呢？这些问题由于历史语境以及学术视野的变化，没有形成定论，因而同样构成了"案件"。

其次，"案"需要有"问题意识"和"研究价值"。一个"学案"，它首先是作为学术研究的对象，因而它必须要具有研究的价值，值得学者花费大量时间与精力去廓清与梳理。倘若一个文学史上微不足道的对历史、文学与社会进程毫无任何影响的人物、作品或事件，他（它）就不值得人们去研究。当然，这样的人物、作品或事件也就不可能引发后世学者的"问题意识"。

再次，需注重构成"案件"之人物、事件及结构的重要性、复杂性和丰富性。如果一个"案件"的涉案人物及事件对当时的社会结构产生重大影响，对后世也同样影响深远，那么，这样的"案件"就值得格外关注。比如说，著名作家王蒙的成名作《组织部新来的青年人》——这部作品不仅包裹着1957年特定历史年份文学与政治的复杂关系，还因《人民文学》主编秦兆阳的编辑加工而成为了当代编辑出版史上的著名事件，更涉及毛泽东五次谈论并关注这部小说而使得它成为了传播史上一次重要的思想文化事件，等等①。那么，以《组织部新来的青年人》这部文学作品的知识生产及其传播过程作为一桩"学案"进行探讨，就不仅涉及王蒙创作的来龙去脉、涉及《人民文学》主编秦兆阳的编辑修改角色及其传播效果、涉及毛泽东对于文艺及"双百方针"的态度，更涉及20世纪50年代复杂的文学与政治的生态关系。这一"案件"因其涉案人物及

---

① 李频：《〈组织部新来的青年人〉的编辑学案分析》，《清华大学学报（哲学社会科学版）》2012年第4期。

事件的重要性、复杂性、丰富性，也就很值得去深入挖掘与清理。

（2）审案："审"需要客观立场、史料依据及学术视野

选取"案件"之后，接下来就需要"审案"。审理"案件"切忌武断和凭空下结论，而必须秉持客观公正的立场。这就需要在"历史语境化"的翔实史料的爬梳与微观分析考察中，基于现代学术视野及研究成果基础上，作进一步深入的审理与评判。

首先，既要破除"成见"，更要打破"前见"，从历史语境出发，以客观公正的立场对待"案件"。在此，一方面需要排除前人研究的影响，另一方面也要排除对研究对象的历史成见，这是进入"案件"现场的基础。只有这样，才能以一种"第三方"的身份有效扮演起"案件"的审理者角色。以童庆炳反复举例讲习的郭沫若1959年写作的历史剧《蔡文姬》为例。在过去，评论界一致认为这部历史剧作是"为曹操翻案"，然而，通过对郭沫若历史剧本的仔细阅读后发现，郭沫若《〈蔡文姬〉序》中曾说过"蔡文姬就是我！——是照着我写的"，于是，通过进一步阅读，童先生指出"为曹操翻案说"并不成立，郭沫若写蔡文姬实则仍是在写自己，因为蔡文姬"故国相思"的经历、"骨肉分离"的感情与郭沫若1937年离开日本的情景十分相似。[①]可见，只有回到历史语境中，通过历史语境的还原，才能真正破除似成定论的"前见"，客观揭示符合"史实"的历史学术真相。

其次，"学案"研究既可以"证实"，也可以"辨伪"，但其"评判"均需建立于翔实史料的爬梳与客观分析考察的基础之上。比如说，学界通常认为李泽厚的"积淀说"是其原创，其思想资源发源于克莱夫·贝尔"有意味的形式说"、荣格"原始的集体无意识论"以及皮亚杰"发生认识论"等等。然而，在导师童庆炳先生的指导下，笔者通过"地毯式"的文献细读与翻检却发现：李泽厚的"积淀说"命题实则先后经历了"积累—沉淀—积淀"这一漫长的理论求索历程，而其"积淀说"最初的理论雏形"积累"就发端于20世纪50年代"美学大讨论"中，且是受到黄药眠美学讨论中反复提倡的"积累说"的深刻影响；黄药眠的"积累说"同样是受列宁"逻辑的格"这一思想的启发而渐趋形成，并同样经历了"积蓄""沉淀""积累"等长期的理论运思才于

---

① 童庆炳：《文学研究如何深入历史语境——对当下文艺理论困局的反思》，参见2015年5月16日童庆炳在"百年学案2015南北高级论坛"提交的大会主题发言。

"美学大讨论"中趋于成熟①。

再次，"评判"需要一定的标准、依据和尺度，讲究"论"从"史"出，且需加入现代的学术理论视野。且以童先生对李白《独坐敬亭山》的考证为例加以解说。童先生因访安徽宣城时发现敬亭山上有唐玉真公主的塑像，并刻有碑文指出李白与玉真公主的交往，以及玉真公主死于敬亭山后李白到此看望因而写了《独坐敬亭山》这首诗。对于这首"诗歌解读"的真伪，童先生没有妄下结论，而是先梳理了学界"遗世独立，不与名利争""表达诗人寂寞之情""诗人将情感灌注于山，山被人格化"以及"从诗歌含蓄争论此诗高下"四种解读评论方法，并认为这四种解读方式均有合理处，但都没有"进入此诗产生的历史语境，没有找到解读此诗的重要视点"。通过翔实史料考证并参照现代学术研究成果，童先生指出：玉真公主的确与李白有较密切往来，但她从未到过敬亭山，更没有在敬亭山出家修道，因而用假冒的"历史事实"去解读李白的《独坐敬亭山》是不可取的，这是其一；其二，解读此诗与李白创作这首诗歌的年代及情愫有关，李白先后至少去过四次宣城，每次心情都不同，而此诗写作的年代属于李白去世之年或前一年，此时李白不仅情绪低落、病情加重，而且"安社稷、救苍生和求道术、任侠行"的两大生平理想均付诸东流；因此，李白此诗的主题应该是寄托晚年孤独寂寞的感情。②对此"学案"的考察，童先生通过将李白《独坐敬亭山》还原到具体的历史语境中，加上翔实的史料考辨以及现代的学术视野和研究成果，不仅对安徽宣城敬亭山关于"李白与玉真公主"的"虚假宣传"事件进行了一次"求真性"的学术辨伪，更将李白诗歌的历史感与现实感予以了"语境化"的历史复活和重新评价。

（3）断案："断"需要学术表达、历史再评价与理论创新

童先生认为，"学案"研究不仅要"选案""评案"，更要"断案"，要在充分史料清理与历史考辨的基础上，作出超越前人的"历史再评价"，并竭力在理论的评判与学理评价中寻找到一套新的文学理论话语，将"老话题"翻旧为新，进而实现理论的创新。

首先，案件审理后需要"断案"，而在比较、评判的"断"（评）案过程

① 李圣传：《从"积累说"到"积淀说"——李泽厚对黄药眠文艺美学思想的继承与发展》，《文学评论》2013年第6期。
② 童庆炳：《李白〈独坐敬亭山〉义证》，《河北学刊》2013年第4期。

中，需要进行学术观点的自我表达，而学术观点又必然涉及中西古今的问题。①
这就不仅需要研究者具备广阔的学术视野，牢固的中西学学术根底，更需要研究者在深厚扎实的学术储备基础上，进行合理客观的知识运用，注重史料性、科学性与反思性的学理结合，既合情合理地对案件作出严肃公正的评判，又能实现理论话语的推进与创新。

其次，通过"学案"的审查，对历史人物、事件或作品要作出符合"史实"的历史再评价。比如说，针对20世纪50年代"美学大讨论"学案中的"人物"再评价而言，通过思想探源法、影响研究法，可得出：美学论争的发起者黄药眠是被严重遮蔽的重要美学人物，其讨论中主张的"审美评价说"这一价值论美学思想因"反右"运动被遮蔽，但其思想在当时却别具一格；美学讨论中的人物蔡仪与日本"唯物论"重要成员、左翼美学家甘粕石介存在着重要的谱系性美学关联，20世纪30年代甘粕石介的《艺术论》与20世纪40年代蔡仪的《新艺术论》和《新美学》有着一脉相承的历史渊源，并直接影响到20世纪50年代的美学大讨论；美学讨论中的人物吕荧与高尔泰切不可用"主观派"硬性捆绑在一起，忽视两者在美感问题上的根本性差别，等等。而就"美学大讨论"作为一桩"美学史事件"而言，则可发现中苏美学论争之间同步共振的理论渊源，并可发现意识形态主导下"苏联美学模式"话语的膨胀、"欧美美学"话语的萎缩以及"本土性美学"话语的残缺等等②。这些批判均是基于文献史料支撑基础上作出的历史再评价，这不仅将"美学大讨论"这一"旧话题"在"学案式"的清理考察中实现了翻新，还赋予了这一美学事件及其人物新的学理意涵。

再次，在"学术观点"的话语表达以及"学案"的历史再评价过程中，要努力实现文学理论话语的创新。如果仅仅只是"史料"的堆积，那么很容易掉入材料的拼凑中，即使有观点上的"创新点"或"闪光点"，也很容易湮没在浩如烟海的材料中。因此，一方面，为避免史料的堆积与拼凑，需要对材料进行有穿透性的评论，加强对事件的学理审判，力求有"自得之见"；另一方

---

① 参见2015年5月16日谭好哲在"百年学案2015南北高级论坛"大会上的自由发言。
② 参见李圣传：《美学大讨论始末与六条"编者按"》，《清华大学学报（哲学社会科学版）》2015年第6期。

面，为避免将"学案"做成"史"，也需要有意识地进行理论话语的创新①。简言之，在童先生的文艺思想中，文学理论的目的与旨归还在于学术创新，而"学案"研究的根本意义和学术旨趣也就在于通过对选取各种不同的"学案"，在"审"与"判"的过程中，努力寻找到一套新的文学理论话语，抽绎提炼出新的理论概念或命题来，最终在"学案"的翻旧为新中实现文学理论的创新发展。

　　"学案"研究是童庆炳晚期文艺思想的重要内容，对此范式的推崇与强调，实际仍是在"历史文学题材创作"研究基础上，就文学研究"如何深入历史语境"以及摆脱文学理论"泛学科化"危机的深度思考，也是其"文化诗学"思想的进一步贯彻、纵深与自觉实践。众所周知，文化诗学的提倡与文化研究的冲击以及文学理论学科的泛化密切相关。童先生晚近也指出："文化诗学要向两翼发展，第一是文本本身，研究文学一定要重视文学作品本身，而不是一味搞西方理论推演；第二是走向历史，要充分注意文学作品产生的历史背景和历史语境。总的来说，就是要走向文学的综合性研究及历史性研究。"②在此，对"深入历史语境"与"历史性研究"的强调，正是"学案"研究的特色与旨归。可见，"学案"研究作为童庆炳"文化诗学"思想的一种默默实践，既是对当前文学理论"泛文化化""泛哲学化"与"泛政治化"的反思、批判与调整，又力图在"历史语境化"的文史互动的"学案"研究路径上，将文学理论从"他者性"的西方强势话语的移植依附中抽离，进而在"去他者化"的"自我建构"中努力寻求一条有历史文化学理根基的文论发展新路，以实现文学理论的正常发展。可以说，童先生晚年对"学案"研究的构想，仍在为文学理论的困境突围与学科建设殚精竭虑、苦心经营。

　　我们有理由相信：当文学批评界正恼怒于当下文学理论一味征用文化理论、政治理论、哲学理论并与其联姻而脱离文学文本进而导致一种"杂合性缺

---

① 童庆炳先生和谭好哲先生在"百年学案2015南北高级论坛"上均指出："学案"研究既要有"史料"支撑，同时还要避免将"学案"做成"文学理论史"，因而需要对文献史料进行有深度的学理评析，总结出自己的理论观点，并力求实现文论话语创新。
② 童庆炳：《走向文学的综合性研究》，《中国社会科学报》2014年1月3日。

失"①时，文学理论研究不妨走童先生临终前仍在极力倡导的"学案"研究路向，如此，当下文论研究势必摆脱华而不实、大而无当的"泛文化化"与"泛他者化"通病，进而开启一条"历史语境化"的文学研究新路子，并实现新的文论生长点。

第三节　建构富于创意的文学新论
——刘庆璋与文化诗学理论建构

新时期以来，刘庆璋在本土文论现实问题基础上，对西方诗学和中西比较诗学进行了长期探索，并在异质文论跨文化比较对话中提出了一系列富有创意的理论新见。这种"西学视野"与"本土意识"的学理策略使得她能够在中西古今文论间穿梭游走，并在对话与融通的基础上不断寻求异质文论话语间的整合、建构与创新。正是沿着这一理论思考的逻辑向度，在中国实际问题与西方外部思潮的双重刺激下，刘庆璋又于20世纪90年代中后期旗帜鲜明地提出了"文化诗学作为一种文学新论"的理论构想，至今仍受学界瞩目。

一　诗心与对话：融通"中西—古今"

刘庆璋的"文化诗学"构想是从"西方诗学"和"比较诗学"的研究中延伸发展而来的，在学术思考的方法理路上也一脉相承。因此，要全面整体地把握刘庆璋"文化诗学"思想的来龙去脉，就必先对其早期诗学的研究从学理层面上加以考察。

如何在中西文论的比较融通中"拿来"有用的东西化为己用，又该如何在研究中实现一种"辩证互动"的"平等对话"，是刘庆璋从事西方诗学研究的基本视点与入手处。早在1988年出版的《西方近代文学理论史》中，刘庆璋就已形成一种"文学与社会语境和文化语境互动互构关系"的研究思路。如在论述19世纪法国文论中斯达尔夫人的文论思想时，刘庆璋就力图从文学和政治制度、宗教状况、风土人情及民族性格的总体网络关系这一"文化场域"中进行

---

① "杂合性缺失"是笔者借用的一个生物遗传学概念，意指两对染色体配对时，一个染色体基因缺失而与之配对的却存在，但最终仍因蛋白表达的失效而使得基因缺乏。同样，在文学理论与诸种文化理论、哲学理论与政治理论杂交配对时，因脱离文学文本本身，最终同样造成某种"文学"意义上的杂合性缺失。

考察。从斯达尔夫人《论文学》《论德国》等文本出发，基于文论细读的基础上，刘庆璋既高度肯定其"从文学和社会制度的关系中去认识文学"的理论价值以及"对于19世纪文学史的进步和发展"的重要促进作用，也指出其过分贬低希腊文学"却不适当地偏爱罗马作家"的漏洞和偏颇。[①]这种辩证互动的思维特色不仅有力地打破了前人研究的偏见，还使得其研究结论新颖别致。

从文学与社会场域的"整体性关系"中去把握西方诗学，既注重对文本外社会存在的理论考察，也重视文本自身的诗意考掘，是刘庆璋研究的基本思路。正如蒋孔阳先生所评价的：

> 她坚持把文学作为文学来研究，文学理论是关于文学的理论，应当研究文学理论本身发展的规律。她是在研究文学家以及他们关于文学的观点时，很自然地和社会、政治、哲学以及其他的思潮联系起来，进行具体的分析。[②]

刘庆璋这种在"文本、文论家"与"社会历史文化场域"间穿梭游走的思维理路，使得她在观照西方诗学的同时恰到好处地予以"文学与社会语境和文化语境"一种互涵互动的综合整体性研究。

此外，刘庆璋还重视"互文本"与"文化间性"的历史厚描，力图在"文本、历史与语境"的场域中对文学加以交互性的考察。在刘庆璋看来，"文学自然是一种独特的存在，但它又是和经济、政治、哲学及其他意识形态相联系而存在的。文学要研究的文学特性，既包括了文学赖以区别于非文学的本质、性能、规律（创作、欣赏、发展规律），也包括了它和经济、政治、哲学及其他意识形态特有的关系"[③]。这种互涵互动的思维特色使得她在具体的文论实践中往往能翻旧为新。仅以柏拉图文论思想为例。受制于意识形态对文学的长期干预，在文论研究史上，对柏拉图文论思想的认识长期处于严重滞后的"被遮蔽"状况中。即使潜心西学多年的美学巨擘朱光潜先生，在面对柏拉图的文艺思想时也作出诸如"贵族资产阶级反动立场上的""客观唯心主义的反动性"的结论，认为是"歪曲了希腊流行的模仿说""否定了文艺的真实性"，尤其是对"灵感说"更是将之摆在"人民大众的实践生活"的角度上认为他"抹煞

---

① 刘庆璋：《西方近代文学理论史》，兰州大学出版社1988年版，第205—211页。
② 蒋孔阳：《〈西方近代文学理论史〉·序》，兰州大学出版社1988年版，第3页。
③ 刘庆璋：《欧美文学理论史》，福建教育出版社1995年版，第1—2、8页。

了文艺的社会源泉"，进而得出了"他对艺术本质的认识根本是错误的"结论①。朱先生的这种研究其实他本人非常清楚："缺点仍甚多，特别是我当时思想还未解放，不敢评介我过去颇下过一些功夫的尼采和叔本华以及佛洛伊德变态心理学，因为这几位在近代发生巨大影响的思想家在我国都戴过'反动'的帽子。'前修未密，后起转精'，这些遗漏只有待后起者来填补了。"②作为西方文论专家，"接着"与"填补"朱光潜先生继续说，便成为刘庆璋西方诗学研究中一项承续前人的有待完成的理论工程。在《欧美文学理论史》第二章柏拉图的研究中，刘庆璋正是在破除前人纰漏与成见的前提下，予以了辩证互动的重新评价。她指出柏拉图"否认文艺的真实性"，恰恰表明了他已经"认识到文艺不是直接诉之于本质的、概念的"，而且对"文艺的主要描写对象是人"这一重要特点也有了认识；柏拉图将"情感与理性对立"，恰恰使得他"在文艺史上最早提出了创作需要灵感的命题，并较系统地论述了文艺与情感的关系"；③等等。刘庆璋对柏拉图的重新评价不仅恢复和赋予了文论家本色自然的原始面貌，更通过辩证互动的视角破除了简单化的思维谬误，终将"文学的还给了文学"。

　　刘庆璋不仅用自己深厚扎实的西学素养对西方文论进行了"填补空白"式（蒋孔阳先生评语）的探索，难能可贵的还在于——积极尝试用"西方视点"返观中国文论，试图在"比较融通"层面上实现中西文论的"平等对话"。刘庆璋的这种探索在王国维与康德、金圣叹与黑格尔、《诗学》与《闲情偶寄》、"符号论"与"境界说"等范畴的比较中获得了可喜的成果。仅以王国维与康德的诗学比较为例略加阐述。关于王国维"境界说"的"学案"研究在当下学界已成为热点。尤其是夏中义、罗钢、王攸欣等一批学者推出的系列成果④，几乎改写了王国维"境界说"的学术研究史。但仅就王国维借鉴接受西方哲学思想进而得以总汇中国诗学成果提出"境界说"这一点上，刘庆璋则早在

① 朱光潜：《西方美学史》，人民文学出版社2011年版，第41、48、60—61页。
② 朱光潜：《作者自传》，见《朱光潜美学文集》(第一卷)，上海文艺出版社1983年版，第12页。
③ 刘庆璋：《欧美文学理论史》，福建教育出版社1995年版，第25—33页。
④ 如夏中义《王国维：世纪苦魂》（北大出版社2006年版）；罗钢《人间词话》学案研究系列论文；王攸欣《选择·接受与疏离》（生活·读书·新知三联书店1999年版）；等等。

1994年向中国比较文学学会（第四届年会）提交的论文中就已经十分清楚地进行了阐释①。刘庆璋在该文中以一种切近"诗心"的世界眼光对中西学中"艺术自律"这一文艺独立性美学价值进行了思考，认为：在漫长的西方诗学发展中，在康德以前，均可归入到柏拉图或亚里士多德这两大传统中，要么是从艺术家的主体灵感、激情的角度论及文艺表现情感的特点，要么是从艺术模仿再现现实这一角度解释文艺与外部世界的关系，直到康德将判定审美的标准看成是"无目的的合目的性"，才将文艺之所以为文艺的自身特质解放了出来；而在中国，同样存在有"文艺与时代、文艺与社会现实""言志抒情"及"偏于文艺的艺术特点"这三种思考文艺问题倾向的方式，直到受康德影响的王国维出现，才将文学视为一种"超出乎利害"的审美创造活动，进而"明确提出了文艺独立的美学价值问题"，象征着"中国诗学史上审美说"的正式形成。基于以上分析，刘庆璋得出研究结论：就诗学而论，王国维主要是借鉴了康德的文艺审美说，这使得他在中国诗学史上跨越了飞跃性的一步；也正因为他学贯中西，使他能在总汇中国诗学成果的基础上对世界诗学作出自己的贡献。②刘庆璋这一中西比较研究的案例，不仅是纵深于中西方自身学术语境中梳理考辨而进行的思想评析，更是中西方文化碰撞下文学及文论的相互阐发与对话，既视点新、立意高，又激活了古典诗学的诗意内涵。

这种基于中西文论融通对话基础上所做出的早期开拓，也得到了后辈学者曹顺庆的高度评价：刘庆璋等学者对"中西两大文化系统的文学、诗学的互相理解与沟通"所做出的积极探索极大地"深化了对话理论"③。我们也可以说，正因刘庆璋学贯中西，熟稔古今中外的文论，才使得她能够在西方诗学的视点上，进一步纵深跨入比较诗学的领域内，积极探寻中西文学与文论的"跨文化"比较对话，进而在异质文论话语的"融通与建构"中完成"古—今""中—西"的互补对接。

---

① 刘庆璋的《王国维与康德：中西诗学对话的范例》一文最先发表于中国比较文学学会第四届年会暨国际学术讨论会论文集《多元文化语境中的文学》中，该文英文全文《Wang Guowei and Kant：A Dialogue on Chinese and Western Poetics》同时被国际比较文学学会第14届大会推荐发表于澳大利亚悉尼大学《世界文学文库》第2卷中。

② 刘庆璋：《融通与建构——诗学论集》，人民出版社2013年版，第152—160页。

③ 曹顺庆：《比较文学中国学派基本理论特征及其方法论体系初探》，《中国比较文学》1995年第1期。

二 诗法与理念："文学—文化"的互涵互动

刘庆璋对古今中外文论话语的考察均持"对话"态度，并力求在"文学、历史与文化语境"这一"场域"中加以"综合整体性"把握。从方法视点看，这种文论实践，基本形成了一种"文学—文化"辩证互动的研究特色。这种思维范式，也反驳了传统的机械反映论的文艺观念，纠正了忽视艺术审美价值的泛文化研究，高扬了文学的审美特性，为"文化诗学"的出场在思维观念上提供了最初的雏形。刘庆璋这种理念的形成，其内因与外由在于：

一方面受"文化符号论"思想的内在启发。尽管丹纳在"艺术作品的产生取决于时代精神和周围的风俗"①这一论述中就已指出文学与文化系统的密切联系，但因过于强调"上层建筑"因而忽视了文学自身的美学规律。直至卡西尔对文学与文化圆周"各个扇面"之关联的阐发②，才对"文学—人类文化系统"进行了有机整体的深刻诠释。恩斯特·卡西尔的这一思想也激发了刘庆璋"文学—文化"辩证互动思维理念的形成。在1992年发表的《文艺"符号"论与"境界"说》一文中，刘庆璋就对卡西尔与朗格的"文艺符号论"从"历时性"与"共时性"视角建构文论"新体系"的方法显示出浓厚兴趣，并试图与中国传统诗学进行比较与融通，以揭示文艺发展的特殊规律。在1994年发表的《简单化思维模式的谬误——从西方文论史的研究谈起》一文中，刘庆璋也批评了传统"以哲学观去推断文学观""从政治标准"去评判作家的简单化做法，并提出"要着眼于文学的特殊性，以文学的特殊性作为自己研究的主旋律"，而研究文学的特殊性其策略就在于既要研究"文学赖以区别于非文学的本质、性能、规律（创作、欣赏和发展规律）"，又要研究"它和经济、政治、哲学、宗教及其他意识形态特有的关系"。③很显然，与传统文论研究中"唯艺术论""唯政治论"有所不同的是：刘庆璋将文学置于一个更为宏大的"文学—文化"系统关系中，通过不同文化扇面的透视，对文学做出一种更加符合艺术规律的把握。在《金圣叹与黑格尔：叙事文学理论的两座高峰》文论叙事的比较研究中，这一方法得到了绝佳的落实。文章不仅探寻了"以情节为中心"向"以人物为中心"的演变历程，还从社会文化语境层面分析了这一变

---

① [法]丹纳：《艺术哲学》，傅雷译，江苏文艺出版社2012年版，第68页。

② [德]恩斯特·卡西尔：《人论》，甘阳译，上海译文出版社1985年版，第87—88页。

③ 刘庆璋：《简单化思维模式的谬误——从西方文论史的研究谈起》，《江海学刊》1994年第5期。

化的思想缘由，更辩证地从中西方异质文化传统与哲学思想的差异指明了两者文论异趣各色的肌理缘由[①]，因而既呈现出"东方西方，诗心攸同"，又指明中西文论融通与互补的重要性。

另一方面是对当代西方文论的反思与总结。随着西方文论在20世纪80年代后大量译介引入并对中国当代文论形成强烈冲击，在"西学热""美学热"再到"文化热"的学术语境中，面对这段流派迭起、思潮涌动的文论史，中国学人该如何应对？刘庆璋此时集中思考的问题有二：一是无论美国学人艾布拉姆斯提出的关于西方文论的"模仿论"（mimetic theories）、"效用论"（pragmatic theories）、"表现论"（expressive theories）、"客体论"（objective theories），还是自己早前在《欧美文学理论史》中建构贯穿的"模仿说""表现说""审美说"，此时都已无法涵盖新近出现的文论流派，因此，如何重新把握与概括这些杂乱纷呈的文论分支成为了有待解决的一个问题；二是利奥塔、杰姆逊、伊格尔顿及其中国拥趸们的学理做法：加一个前缀"后—"（post—），便可笼统地命名为"后结构主义""后现代主义""后殖民主义"，如此等等，这样是否可行？又或者还可探寻出其他的概括方式以便更好地把握这些流派分支的基调与特色？

刘庆璋对于这两个问题的思考不仅关系着对西方诗学的重新定位与把握，更意味着对当时及未来文论发展趋势的一种理论捕捉。对于这两个问题的回答则充分凝聚在《基调与特色：20世纪末西方文论》一文中。该文不仅充分正视了当时文论发展趋势与传统文论间存在的巨大差异，并在现实的归纳分析中对当代西方文论思潮进行了学理上的重新审视。其反思集中落实到对两种不同"文论模式"的批判上：

一是对"语言学理论模式"的批判反思。刘庆璋认为，自20世纪60年代取代"新批评"而登上文论舞台的结构主义文论起，至精神分析学、解构主义均属于这一模式的不同演绎。这种文论建构的倾向是从索绪尔的"语言学理论"中汲取方法，试图通过文本"语言"的分析，研究作品的规律。只不过结构主义通过仿效语言学理论试图建构起一套自足的诗学体系，并在叙事学等分支模式中产生了流传甚广的影响。而解构主义尽管也建立在索绪尔的关于"语言学理论"的基石上，但他却是要打破这种"先在"的语言结构模式，以颠覆这种

---

① 刘庆璋：《金圣叹与黑格尔：叙事文学理论的两座高峰》，《文艺理论研究》1997年第3期。

"逻各斯中心主义"的传统。同样基于"语言学理论"基础上，精神分析派的拉康则通过对弗洛伊德的改造与发展，将性本能的精神分析学转换到了"语言的、象征的文化层面上"①。

二是对"文化研究模式"的批判反思。与"语言学"转向后文论建构模式不同的是，"文化研究"转向后的西方文论又呈现出另一副不同的面孔。如新历史主义文论、后殖民主义文论、女权主义文论等等。其"文化"的特性以及由文学推及而至的政治学、社会学、人类学、历史学、心理分析、经济学等学科界限和学科秩序在这一理论模式中被打乱。这其中最为重要的思潮就是20世纪80年代初中期兴起的"新历史主义"思潮。这一理论流派，无论是斯蒂芬·格林布拉特、海登·怀特还是路易斯·蒙特洛斯，其核心的学理思考均是将文学置于"文化系统"的扇面中进行"跨学科"的整体性审视，并在一种"文本的历史化"（the historicity of texts）与"历史的文本化"（the textuality of histories）的"双向振摆"关系中考察文本内外所隐含的权力运作关系。刘庆璋认为新历史主义"摒弃二元对立的绝对化的思维方式，高度重视文化与社会实践、文化各扇面之间的相互流动的无间歇性及其互动关系"并"吸取了各种文化新说，并清楚论证了同为文本的文化各扇面之间的相通性及互文性"②。这是其理论的优势，但其偏执在于"他们对不同文化扇面各自的特殊性，则不时表现出不够重视的倾向"，尤其是对"文化系统中的诗学—文学学，似乎并不是他们研究的主要兴趣所在"③。此外，后殖民主义文论、女权主义文论也大体属于"文化研究模式"的文论建构。

基于以上两种文论模式的批判总结，刘庆璋重新提出了"文学文化论"的建构模式，其要义在于：既要对西方新近"文论模式"进行反思，批判其文学自律性的流失以及因侧重"社会文化系统"而陷于"权力运作关系"之中的"泛文化研究"倾向，同时，又要"将丰富多彩、卓有建树的各个文化扇面的新理论、新方法运用于文学研究"④，以便在西方文论视野的"引进"中拓展"更新"本土文论的视界。

可以说，刘庆璋对"文学—文化"辩证互动的方法论思考长久地包孕于其

---

① 刘庆璋：《基调与特色：20世纪末的西方文论》，《文艺理论研究》2002年第3期。
② 刘庆璋：《基调与特色：20世纪末的西方文论》，《文艺理论研究》2002年第3期。
③ 刘庆璋：《基调与特色：20世纪末的西方文论》，《文艺理论研究》2002年第3期。
④ 刘庆璋：《基调与特色：20世纪末的西方文论》，《文艺理论研究》2002年第3期。

"西方诗学"和"比较诗学"的实践中，并在"文学文化论"的文论模式总结中趋于成熟。"文学文化论"强调文学与文化的互涵互动，它不仅是对中西方传统文论模式的赓续与继承，还是对西方当代文论思潮的批判与总结，同时也为下一阶段"文化诗学"的出场做好了充分理论准备。

三　诗意与创新："文化诗学"的出场及建构

进入20世纪90年代初中期，在西方思潮的影响下，"文化研究"不仅因西方理论"中国化"后与本土学术语境形成了强大的理论合谋关系，还契合了改革开放后经济腾飞带来的当代社会文化及人的思维观念的变化，因而迅速在中国落地生根，并红红火火地兴盛起来。文化研究使得文学的对象由过去的"纯文学"文本延伸到了各种文化现象及文化事件中。文学边界的"移动"与对象的"逆转"，不仅使得文学存在方式发生着"语图式"的"镜城"转向，更使得中国传统文论话语在"文化研究"冲击下面临着无力言说与无法涵盖的困境。在同样"失语式"的寻呼中，中国学人又开始努力寻找一套新的文论话语，以回应现实文化、文学及文论发展的需要。正是在这种情况下，刘庆璋在"文学文化论"基础上又适时地提出了"文化诗学"的构想①。

从"文学文化论"到"文化诗学"的内在转向看，这种学理上的对接不仅是对现实文论"新问题"的呼应与回答，也是方法理念上的承续与升华，既"自洽"又"自如"。而从理论层面分析，刘庆璋对"文化诗学"的构思，在出场语境及现实基础上也是正当其时的：

首先，它是中国古代诗学与西方诗学在当代语境中中西对话、辩证互动的理论出场，是异质文论话语间寻求跨文化比较对话、交融互补的一次诗学探索。"文化诗学"注意"整个文化系统与文学的互动关系"，不仅有利于中外文学与文化的贯通，还能"在自己民族文学的实践中，去建构和发展自己民族的新文学与新诗学"②，因而尽管是西方术语的"嫁接"与"借鉴"，它却并非"西方话语的简单搬用"，而是在民族文化根基上"融贯、整合中西文化成果

---

① 基于对"文化诗学"长久的理论运思与构想，刘庆璋作为组织发起者，于2000年11月在闽南师范大学举办了"全国第一届文化诗学学术研讨会"，受到了学界的广泛重视，并引起了较为热烈的社会反响；时隔多年后，又于2011年10月联合北京师范大学文艺学研究中心共同举办了"中国文化诗学漳州论坛"，为"文化诗学"的进一步理论发展与建设进行了深入的研讨与交流，不但引起了媒体的积极关注与报道，更为文化诗学的"本土化"及"中国文化诗学"的理论建构指明了方向。

② 刘庆璋：《文化诗学的诗学新意》，《文艺理论研究》2000年第2期。

来进行的一次理论探索与创造"①。其次，它是中国传统文论模式在当代文论语境中古今会通、辩证互动的理论出场，是传统民族文论话语在现代转换中的钩沉与激活。因"文化诗学"思维观念与传统文论契合，且在中国文化与诗学中潜藏着相似的理论基因并有着深厚的历史根基，因此"这种深入于中国学人血脉中的文化基因，正是文化诗学得以在中国生根发芽、成长壮大的土壤和基石"②。第三，"文化诗学"是现实文论语境中对"人文精神"与"审美文化"现实呼吁的理论出场，是传统文论话语模式及其思维方法在"中西整合"后的变革、转换与升华。刘庆璋认为，文化诗学在"文化"的扇面上既"鲜明地突出文学的人文精神"③又在"诗学"的落脚点上防止"泛文化研究"模式的偏执，强调"审美文化"的美学追求。因在"文学服务政治"的口号下，文学长期作为"阶级斗争的工具"，文学"自律性"在"苏联模式"的反映论话语中几乎被"他律性"所取代。文学自身的艺术特性也在"自律"与"他律"的长期割裂中流失。"文化诗学"在"文学—文化"辩证互动思维中就不仅得以回归文学本体深入关注文学艺术的独特规律，还能在跨学科"互文性"语境中对文学进行一种综合整体性研究。

正是在如上三个理论基点中，"文化诗学"在西方思潮的启发下很好地完成了"本土化"的着陆与改造，并在融通对话中深深地镶嵌到民族传统文论的话语模式中，从而使得"文化诗学"在立足本土、整合中西的路线上焕发出文论"中国化"后的本土特色。从刘庆璋的理论构思看，"文化诗学"之"新意"主要体现如下几方面：

第一，重视文学的"审美文化"属性及其"诗学"落脚点，防止"泛文化"研究的偏执。西方文化诗学研究者通过一些商业隐喻，诸如"流通"（circulation）、"商谈"（negotiation）、"交换"（exchange），进而在上层建筑与经济基础之间指涉一种文本背后暗含的权力运作关系④，同时将"妇

① 刘庆璋：《文化诗学学理特色初探——兼及我国第一次文化诗学学术研讨会》，《文史哲》2001年第3期。

② 刘庆璋：《建构中国学人的文化诗学话语——我国第一次文化诗学会研讨问题述论》，《文艺理论研究》2001年第3期。

③ 刘庆璋：《文化诗学:富于创意的理论工程》，《漳州师范学院学报(哲学社会科学版)》2004年第2期。

④ [美]斯蒂芬·葛林布雷：《通向一种文化诗学》，见张京媛主编：《新历史主义与文学批评》，北京大学出版社1993年版，第10—15页。

女、劳动阶级和其他边缘集团重新纳入到文学本文的讨论之中"①。这种充满"权力"含义的倾向使得他们在文学研究中尤为重视政治上的意识形态和阶级冲突的关注，正如弗兰克·林特利查所指出的"新历史主义奇怪的理论本体是由其导演在马克思和福柯之间，并以福柯为支配一方的不太适合的结合所构成的"②。这种文学批评的方法尽管将文本置于社会文化系统的"关联域"中进行考察，但却同时"把自己置于反历史的激进地位上"，从而沦为"自己所揭露的实践的牺牲品"③。刘庆璋对美国学人的这种研究倾向在合理肯定的同时给予了批评："作为'文化诗学'，文化系统中的'诗学'——文学学，似乎并不是他们研究的主要兴趣之所在。他们中的不少论者更多的是进行人类文化学的研究。"④那么，与美国学人关注文本之外的社会权力合谋关系不同的是，中国文化诗学的研究旨趣其落脚点是"一种文学理论，而不是泛文化理论。它是一种主要以文化系统与文学的互融、互动、互构关系为中轴来审视文学的理论和研究文学的方法"⑤。可以说，在刘庆璋的"中国文化诗学"构想中，在"诗学"与"文化"的旨趣上均与美国学人界限分明。刘庆璋提倡"审美文化"，主张"诗学"落脚点，因而重视"文学—文化"系统中对文学的审美分析，而非政治的、社会学的、经济学的脱离文学文本的泛文化批判。

第二，重视文学与文化母系统的整体性结构关系，强调在"文学—文化"的"场域"中进行文学的文化研究。西方新历史主义将"历史语境"看成一种"文化系统"，而社会制度及实践则视为系统的功能，这种将文学本文和文化系统之间的关系视为"文本"本文和"文化"本文之间的"互文"性解释方式不仅导致了将社会简化为"文化"、再将文化简化为"文本"这一"双重意义上的简化"后果，还使得新历史主义陷入一种"本文主义谬误"（textualist fallacy）中。⑥而

---

① [美]伊丽莎白·福克斯-杰诺韦塞：《文学批评和新历史主义的政治》，见张京媛主编：《新历史主义与文学批评》，北京大学出版社1993年版，第57页。

② [美]弗兰克·林特利查：《福柯的遗产:一种新历史主义？》，见张京媛主编：《新历史主义与文学批评》，北京大学出版社1993年版，第149页。

③ H.Aram Veeser, ed. *The New Historicism*, New York and London: Routledge, 1989. p.10.

④ 刘庆璋：《评美国学人的文化诗学论》，《漳州师范学院学报(哲学社会科学版)》2001年第3期。

⑤ 刘庆璋：《文化诗学学理特色初探——兼及我国第一次文化诗学学术研讨会》，《文史哲》2001年第3期。

⑥ [美]海登·怀特：《评新历史主义》，见张京媛主编：《新历史主义与文学批评》，北京大学出版社1993年版，第96—97页。

刘庆璋认为，中国文化诗学则在审美活动中辩证地重视文化各个扇面的区别于联系，"既不因个性而否定共性和互文性，又不因共性和互文性而否定个性，而是从共性、个性既区别又联系的辩证观点出发进行文学研究"①。

第三，强调文学的跨学科综合整体性研究，贯通"内部研究"与"外部研究"，对文本施以系统深入的美学文化阐释。就此而言，中西文化诗学在方法路径上有其相似性。格林布拉特构思"文化诗学"初衷就在于"阻止自己永久地封闭在话语之间"而必须"对文学文本世界中的社会存在以及社会存在之于文学的影响实行双向调查"。②刘庆璋也同样指出"将广阔的文化视野与深入的美学分析紧密结合"③的重要性，认为文化诗学"既追求人文理想，又不忘审美诉求，既重视文学的外部研究，又重视文学的内部研究，并将两者贯通起来，从而能更加全面地认识具体的文学作品和更加全面地阐明文学的规律"④。

第四，摒弃二元对立的思维模式，坚持辩证互动的思维方法，从而具有更为科学的理论品格和诗学新意。因苏联认识论文论的长期影响，中国文论也一度陷于"主客模式"哲学认识论中。文论"认识论化"带来的后果就是"本质主义"思维模式限制。"本质主义"因设置了以"现象/本质"为核心的一系列二元对立，从而造成了一种封闭、独断、僵化的知识生产模式。受其影响，文艺学知识生产与传授体系，特别是《文学理论》教材的编撰"总是把文学视作一种具有'普遍规律''固定本质'的实体，它不是在特定的语境中提出并讨论文学理论的具体问题，而是先验地假定了'问题'及其'答案'"⑤。而与此相反的是，"文化诗学"正是要摒弃这种二元对立的思维模式，而是在"辩证互动的思想方法"中将文学与社会、文化、文学文本、读者、作品的艺术形式及其文化意蕴结合起来加以互动互构的分析。因此，作为一种"文学新论"的

---

① 刘庆璋：《文化诗学学理特色初探——兼及我国第一次文化诗学学术研讨会》，《文史哲》2001年第3期。

② [美]斯蒂芬·格林布拉特：《〈文艺复兴自我造型〉导论》，见中国社会科学院外国文学研究所《世界文论》编辑委员会编：《文艺学和新历史主义》，社会科学文献出版社1993年版，第80页。

③ 刘庆璋：《文化诗学:富于创意的理论工程》，《漳州师范学院学报(哲学社会科学版)》2004年第2期。

④ 刘庆璋：《文学与文化互动铸就诗学辉煌——西方诗学发展的历史经验回眸》，《福州大学学报(哲学社会科学版)》2012年第2期。

⑤ 陶东风：《大学文艺学的学科反思》，《文学评论》2001年第5期。

提倡，"文化诗学"这一主张"辩证互动思维特色"的文论新命题，就不仅具有了拨乱反正的意义，而且也如刘庆璋所言，它"名正言顺地赋予了我们今日的文论以更为科学的理论品格"①。

当然，在刘庆璋的"文化诗学"构想中，其理论的出场语境与话语建构也受到外部语境中西方文论话语的影响，如：美国学人斯蒂芬·格林布拉特、海登·怀特、蒙特洛斯等人的"文化诗学"论，恩斯特·卡西尔的"符号哲学"论，伽达默尔的"阐释学"理论，福柯的"权力话语"理论以及巴赫金的"狂欢化"思维与"复调艺术"思维，等等。但这些西方优秀文论传统通过批判选择后与中国古典文论的整合改造，不仅焕发了新意与特色，还使得它在民族土壤中具有了顽强的理论生命力。通过与民族文化文论接轨、内化、转换后，它与中西方传统母体均具有了"变异性"，因而呈现出了符合当下文论语境的新的学理特色。

仅以西方文化诗学为例，尽管在外部思潮上受其影响，但通过与传统文化、文论的重组，中西"文化诗学"在哲学基础、文化视野、方法旨趣与学术立场等维度上均已截然不同。刘庆璋指出：首先，与西方文化诗学倡导者"视社会制度和社会实践均是文化功能的表现，忽视文化系统与社会经济的联系"，"将整个社会缩小为文化，又将文化缩小为文本"不同的是——中国文化诗学"在强调文化系统和文学的直接关系及文化系统的丰富性、复杂性的同时，仍然坚持经济是一切社会现象的根基和最终决定因素"。②其次，与西方文化诗学倡导者"仅强调文化各个扇面的文本共有的文本性，忽视各个扇面文本各具的特殊性"不同的是——中国文化诗学却"以文学与整个文化系统的互动、互融关系为其理论中轴"，注意不同文化扇面之间的特殊性，并在此基础上，去揭示文学自身的"独特规律"。③再次，与西方文化诗学倡导者"在注意到文本的互文性的同时，走向了虚无主义和不可知论的文本观"④不同的是——中国文化诗学则始终高扬历史唯物主义的旗帜，承认历史的客观存在，主张历史语境的重建，并试图以科学、客观的态度追求一种更为符合历史原貌的描述，在逐步接近历史真相的过程中彰显学术的"求真"品格。

① 刘庆璋：《辩证互动:文化诗学的思维特色》，《文艺理论研究》2009年第5期。
② 刘庆璋：《辩证互动:文化诗学的思维特色》，《文艺理论研究》2009年第5期。
③ 刘庆璋：《辩证互动:文化诗学的思维特色》，《文艺理论研究》2009年第5期。
④ 刘庆璋：《文化诗学的诗学新意》，《文艺理论研究》2000年第2期。

可见，通过辩证互动、融通互补的范式变革，中国语境中的"文化诗学"不仅与西方文化诗学具有了不同的理论旨趣，还使得"中国文化诗学"具有了"本土化"的学理特色，也在回应时代理论的需求中具有了"出场语境"上的合法性。正是基于古今中外文论"融通、互补与对话"的基石上，刘庆璋不仅在异质文论跨文化比较对话中探寻到一种中西互动、古今勾连的文论新方法，还在西方诗学、中西比较诗学的研究实践中初步形成了一套中国学人特色的"文化诗学"理论体系。

总之，刘庆璋通过西方诗学与比较诗学的长期研究实践，在中外古今文论的"融通与建构"中，逐步确立了一种"文学—文化"辩证互动的探寻文学自身逻辑发展规律的研究方法。这种方法在20世纪90年代中后期，当文学、文论面临新问题新挑战的文化语境中，进一步在西方思潮的刺激启发下，通过与传统文论话语的再次中西整合与对话，进而提出了"文化诗学"的命题。它既是西方文论话语的启发与借鉴，又是中国传统文论观念模式的当代会通。因此，刘庆璋的"文化诗学"构想：既可视为一种方法论的长期运思，也可看成是文论实践的理论升华；它在中西对话、辩证互动的思维模式中，不仅因"文化—诗学"的辩证互动而保持了"审美文化"与"文学学"的内在张力，还因中西文论话语的对话、整合与改造而具有了理论新意与本土特色，更焕发出无穷的生命力。

第四节　文学批评的文化之路
——蒋述卓与文化诗学理论建构

在当代中国文化诗学谱系中，蒋述卓是另一位极具代表性的文艺理论家。自20世纪80年代中后期从事佛教与中古文艺思潮研究起，便形成了从文化视野考察文艺理论问题的学理自觉，并于20世纪90年代初中期在佛学与中国古代文论、佛学与中国古代美学、宗教与艺术关系等研究实践中进一步系统形成了"综合研究法"与文艺研究的文化观照这一学术特色。这种"以文化中介"[①]切入文学研究的思想发展到20世纪90年代中期，尤其是当代文艺理论界在"失语症"冲击下关于"古代文论现代转换"的激烈研讨下，进一步激发蒋述卓在

---

① 蒋述卓：《宗教文艺与审美创造》，辽宁人民出版社、辽海出版社2001年版，第3页。

此基础上提出"走向文化诗学——关于第三种批评的构想"，率先在学界明确提出了"文化诗学"的理论命题。应该说，从20世纪80年代中后期渐趋形成的文艺研究的"文化视野"到20世纪90年代中期标举的"文化诗学"，尽管理论命题不尽相同，在实践研究中所表征的理论旨趣、研究方法及思维模式却是一以贯之的，鲜明体现了其"文化诗学"理论构想的本土化特色。尔后，尽管在"城市诗学""媒介诗学"与"流行文艺"发展转向中，其"文化诗学"思想也随着文艺学边界领域的不断挪移而变化发展，但在文化的"诗学"转换与诗学的"现实"呼应中，则始终将文学、文化与社会生活拴系在一起，既显示出强烈的人文关怀和现实介入意识，又突显出鲜活而旺盛的理论生命力。

一 "综合研究法"与文艺研究的文化观照

著名文艺理论家王元化先生在《文心雕龙》研究过程中，曾对中国古代文论及古典文学研究中表现出的"方法论"惰性，尤其是"以古证古""以弹所弹"而不能"用科学文艺理论之光去清理并照亮古代文论中的暧昧朦胧的形式和内容"之简单化、庸俗化方法进行了批评，进而提出了"古今结合、中外结合、文史结合"这一"三结合"说①，并在"文史哲不分家"这一"文史结合"路径上极力倡导"综合研究法"，主张"跨学科地进行一些问题的探索"②。作为王元化先生的高足，这种强调"古今结合、中外结合、文史结合"结合、主张"跨界的综合研究"的学术方法，无疑对蒋述卓产生了直接影响。早在1985年，蒋述卓便同样撰文对之进行了思考，深刻见出其对导师王元化先生思想的接受和发展：

> 古代文论作为一门理论科学，尽管它的研究对象是古代的材料，但它同样感到了一种方法与观念上革新的必要。研究方法还是提倡多样化好。任何一种方法都不是万能的，研究者必然会根据不同的研究对象选择不同的研究方法（比如对古代文论作家生卒年代的考证或对古代文论中关键性字词、术语的考辨与解释，就不能不沿用乾嘉学派的方法，这种方法并没有过时），有时一个研究对象甚至得采取多种方法（所谓微观与宏观相结合便是综合的方法，其实微观方法与宏观方法又是各自包括多种方法的）。

---

① 王元化：《论古代文论研究的"三个结合"——〈文心雕龙创作论〉第二版跋》，《社会科学战线》1983年第4期。
② 王元化：《思想原则和研究方法二三问题——在中日学者〈文心雕龙〉讨论会上的总结发言》，《复旦学报（社会科学版）》1985年第1期。

我认为，不管采用什么方法，将古代文论放到中国文化背景中去考察研究是极为重要的。[①]

将古代文论"放到中国文化背景中"去考察研究，这一思维方法上对文学文化维度的重视，显然与"跨界的综合研究"旨趣同一。由此，打通文学及文学理论与社会时代的精神气候，与民族传统思维方式及性格，尤其是与宗教观念及哲学思潮之间的渗透影响关联，成为蒋述卓实践"综合研究法"进而打破传统文论研究单向思维模式的研究选择和行进方向。

这种学术研究的模式趋向，便生动体现在其博士学位论文《佛经传译与中古文学思潮》的写作与探究中。该书中，蒋述卓翔实地考察了志怪小说、山水诗、四声、齐梁浮艳藻绘文风以及北朝质朴悲凉文风与佛教与"佛经传译"之间的互动关系，深刻地将中古文学思潮与社会思潮变迁的整体性关系，尤其是佛教文化对"中古文学思潮的嬗变"影响予以了开拓性地呈现，为文学研究与文化联系以及宗教意识对文化心理结构的影响这一宏观与微观双向交流拓展、相互融合与渗透的"整体性研究"做出了极好的阐释实践[②]。谈及此，蒋述卓后来也指出："中国中古时期是一个文学意识逐步自觉的时期，文学思想表现出流动多变、丰富多彩的特点，在诸多方面形成了较大的进步。在探讨这些进步的动力源泉时，我不是把它局限于文学本体内部作过于细微的局部透视，也不是从社会思潮演变角度进行过于笼统的总体考察，而更多地从分析中外文化交流所产生的推动力这一角度切入，因为文化的相互交流、影响与渗透常能给新文化的出现以最大的推动与刺激。由此出发，我把考察中古文学思潮嬗变的动力定位在对当时印度佛教文化的传入与影响上，同时还将这一影响史的研究置于中古时期文化发展的总体态势中。所以当时除了着眼于中古文学思潮变化过程中直接借鉴和吸收的佛教思想、佛教文学故事以及佛教仪式中的转读等因素之外，还注意考察佛教进入中国社会后对当时的宗教意识、宗教感情、宗教气氛所产生的影响，以及由此而形成的整个社会心理和时代精神。因为只有当佛教中的哲学、道德、审美诸观念渗入中国文化结构之后，它才会成为中国社会文化精神、文化氛围的一部分，在文学思潮的嬗变中折射出来。"[③]

---

① 蒋述卓：《把古代文论放到中国文化背景中去考察研究》，《文艺理论研究》1986年第3期。
② 蒋述卓：《佛经传译与中古文学思潮》，江西人民出版社1990年版，第2、12页。
③ 苏文：《文化观照与现实关怀——蒋述卓教授访谈录》，《社会科学家》1998年第5期。

在文艺思潮与文化互动演变的路径中[①]，沿着佛教与文学的踪迹，这种宏观文化背景与微观文学索骥的思维方法进一步体现在《佛教与中国文艺美学》《山水美与宗教》以及《宗教艺术论》等著作的撰写中，并由此渐趋形成了蒋述卓文艺研究的学术特色，并为日后建构"文化诗学"研究范式奠定了理论基础。这种学术研究的特色大致表现在如下诸方面：

第一，从历史文化背景出发，考察文艺理论问题。受王元化先生"古今结合、中外结合、文史结合"等从文化角度对中国古代文论进行"综合性研究"的方法论影响，蒋述卓也极为关注宗教观念渗入文学思潮后对时代文化精神、文化心理结构内在影响的探究。例如，在研究佛教与中国文艺美学关系时，就极为重视"文化作为中介"的作用，并通过文艺欣赏、美学分析与文化观照的互动关系，考掘诸如"宗教艺术中的生死意识""佛教与中国文艺美学中的悲剧意识""宗教艺术中的道德箴规"[②]等佛教思维或观念对古代文艺美学思维模式产生的重要影响。

第二，从跨学科视角出发，探索审美创造的经验与规律。无论是对宗教文艺、山水美的探究，还是对宗教艺术的考察，蒋述卓不仅有意识地将文学问题置于整体性文化结构中，还通过跨学科视角对之予以深层次的文化揭示。譬如，对"宗教艺术产生的奥秘""宗教艺术的世俗化倾向及其审美创造"等问题的研究，便从宗教学、符号学、人类学、艺术学、社会学等多学科视野出发，不仅阐释了宗教艺术与原始先民对神的崇拜仪式之间的心理同构，还揭示了"生产、宗教、艺术往往是三位一体混融在一起"这一艺术的"混融性实践与混沌性思维"[③]的审美创造特性。

第三，从古今融通出发，竭力将古代文论与当代文论融合会通。宗教文艺作为蒋述卓自始至终坚持和发展的学术支点，但正如王元化先生多次批评指出的，他并不"拘古泥古"，而是竭力将古代宗教艺术思想与当代文坛、当代文论，乃至当代文化现实生活紧密结合起来，真正实现"古今结合、中外结合、文史结合"。这种研究取向鲜明体现在对洛夫中后期诗歌中的"禅意"问题以及史铁生作品中"宗教意识"的理论分析上。以洛夫诗歌研究为例，透过诗歌意象、语言、结构，尤其是诗歌语言系统与意象系统之间的隐喻关系，对其诗

---

① 蒋述卓：《宗教与山水结合的历史文化考察》，《文艺研究》1986年第5期。
② 蒋述卓：《宗教艺术论》，暨南大学出版社1998年版，第44页。
③ 蒋述卓：《宗教文艺与审美创造》，辽宁人民出版社、辽海出版社2001年版，第45页。

歌中的"禅悟""禅意"与"禅境"以及"引禅入诗"的思维方式和表达方式
进行了深入洞悉①，为深入理解洛夫"反逻辑"以及"超理性"的诗歌矛盾语言
提供了解码的钥匙。通过这种研究，实则也间接体现了蒋述卓试图将"禅境、
禅之思维"与当代艺术、当代文学批评相互融合与会通的愿景。

不难看出，从佛经传译与中古文学思潮的探索，到佛教与中国文艺美学
的文化观照，再到宗教艺术论的理论建构，不仅呈现出蒋述卓对"宗教文艺研
究"的理论自觉和学术旨趣，更清晰显示出其"文化观照"与"综合性研究
法"的内在思维理路。也就是说，在古代文学与文论的研究中，要注重文学与
时代精神气候、民族思维方式与传统性格等不同层面问题之间的关系，重视文
学与文化之间交流渗透的相互影响，重视宏观文化审视与微观文学问题考察之
间的关联。正如其所言："文学与文化之间存在着有机的内在联系。文化可视
为一个大系统，在这个大系统中包含有文学，也就是说文学与文化间存在着部
分与整体之间的重合，而且文学这一部分与文化这一整体之间存在着相同与类
似的信息。文化作为涵盖面较文学更宽泛的学科来说，在许多方面呈现为文学
的本源、传统、背景与环境。"②也正是基于此，蒋述卓1994年还明确提出要
建立文学史研究的"文化史派"，极为强调文学与文化结构、文化精神以及民
族传统思维方式与性格之于文学建构的内在关联。只不过，这种文化史研究并
非用文化"消解"文学，而是要注意"文化阐释"与"文本的审美分析"相互
结合，也即是说，要"借文化研究来阐释文学，文学研究与文化研究并进，而
不是以文学去注解文化"③，真正实现文学与文化的互动互构。

总体而言，从20世纪80年代佛经与中古文学思潮的探究起，蒋述卓便自觉
形成了从文化考察文学问题的方法论自觉，并在跨学科阐释实践中自觉践行王
元化先生反复倡导的"综合研究法"。正是这一思维方法论，不仅开拓并建构
起蒋述卓"宗教文艺研究"的理论大厦，还为20世纪90年代中期当代文论失语
语境下"文化诗学"批评范式的提出奠定了学理基础。

二 批评失语与建构"文化诗学"批评范式

新时期以来，随着思想领域的解放，尤其是在"美学热"与"方法论热"
的促动下，西方理论思潮汹涌而至，在极大开拓人们视界以及推进理论发展的

---

① 蒋述卓：《宗教文艺与审美创造》，辽宁人民出版社、辽海出版社2001年版，第267页。
② 蒋述卓：《文学与文化关系漫议》，《中外文化与文论》2000年第00期。
③ 蒋述卓：《应当建立文学史研究的"文化史派"》，《江海学刊》1994年第3期。

同时，在成就与突进中，人们也越来越意识到"前进中的不足"，譬如美学领域中，蒋孔阳与朱立元当时便清醒地指出，"美学研究方法的多元化"是不可抵御的客观情势，但"多元化并非任意化、自由化"而应积极加以"融合、改造"，①但现实情况却是"面对当代西方美学思潮的大量引进和评介，我们还来不及选择与消化，少数同志抱着盲目崇拜、全盘照搬、亦步亦趋的态度，缺乏深入、系统、有说服力的马克思主义的分析、梳理和科学的批判、评价"②。美学领域的这种问题同样反映在文艺理论园地中。1988年，曹顺庆在《中国文学理论的断裂与延续》一文中同样对当代文论界形形色色、五花八门、目不暇接的理论现象，尤其是理论的"丰富与贫乏"问题予以了反思③。1990年，黄浩在《文学评论》发表的《文学失语症——新小说"语言革命"批判》一文进一步激发了人们对这一问题的思考。随后，唐跃和谭学纯《文学尚未失语——关于黄浩同志〈文学失语症〉一文的不同意见》、北村《失语和发声》、夏中义《假说与失语》、邵建《"精神失语"及其文化批判》、徐国俊《浮躁情绪与文学失语症》、毛丹青《失语症的哲学思考》等，诸多学人加入到中国文论话语"失语症"的讨论中。可以说，"文论失语"一时成为20世纪90年代初期当代文论话语建设无法回避的重要论题，也是直接有涉文艺理论危机与发展的方向性问题。

众所周知，"失语症"是一个综合性难题，不仅涉及古今中西的文论话语传统，还直接面向当下文论话语的理论言说。由于百年中国特殊国情，20世纪中国文论与美学均走过了一个"学习西方"到"移植苏联"再到"学习西方"的理论循环过程，而这一过程中，中国古代传统资源始终有意无意地处于边缘地位。正是由于"传统"的缺场与言说"他者"的言说，造成了当代文论丰富而又贫乏的"失语"。有鉴于此，在"失语症"讨论基础上，学界进一步延伸出关于"古代文论现代转换"的议题，试图在"古"与"今"的融通与转换、"中"与"外"的比较对话中，重新找寻到一条既接续传统文论与文化精神、又面向当下文论形态的理论发展之路，以真正建设起中国特色的当代文论④。

正是在如上关于"中国文论话语失语"以及"中国古代文论现代转换"激

---

① 朱立元：《美学研究的方法应当多元化》，《复旦学报（社会科学版）》1985年第1期。
② 蒋孔阳、朱立元：《八十年代中国美学研究一瞥》，《文艺理论研究》1990年第6期。
③ 曹顺庆：《中国文学理论的断裂与延续》，《当代文论》1988年第6期。
④ 钱中文：《建设有中国特色的当代文论——"中国古代文论的现代转换"学术研讨会开幕词》，《陕西师范大学学报（哲学社会科学版）》1997年第1期。

烈论争的学术语境中，1995年，蒋述卓在前期宗教文艺研究基础上，也提出走
"第三种批评"的道路——"走文化诗学之路"，试图对"言说"中国文论之
声提供另一种新的系统阐释。他指出：

> 时下文坛多在讨论批评的失语问题。这种失语，我以为有两个方面含
> 义。一方面指批评家面对多元化的创作找不到对应的理论与方法进行批评，
> 传统的批评话语，如"意识形态""反映生活""生活真实""艺术真实""风
> 骨"等派不上用场。另一方面，持后现代主义理论的先锋批评家们，完全
> 操持西方的话语来批评文学，看似有语实则无语。[①]

蒋述卓认为，这种"失语"表面是一个"语言的问题、方法的问题"，实则是一个"思
想与价值的丧失问题"，更是一个"文化机制与批评系统不成熟"的表现。正
是西方后现代主义话语影响下造成的批评的零散、分裂和自相矛盾，尤其是对
西方理论与术语的"引进和移植"而非"本土化"激活与新的创造，造成了"他
者化"中的批评"失语"。对此，蒋述卓指出，刻不容缓的解决方案关键在于"建
立一种新的阐释系统"，而这种新的阐释系统就是"文化诗学"：

> 文化诗学，顾名思义就是从文化角度对文学进行批评。这种文化批评
> 既不同于过去传统的文艺社会学中那种简单的历史批评或意识形态批评，
> 又不简单袭用西方后现代主义文化或西方人所建立的第三世界文化理论的
> 文化批评理论。它应该是一个立足于中国本土文化语境、具有新世纪特征、
> 有一定价值作为基点并且有一定阐释系统的文化批评。[②]

那么，这种"文化诗学"与英美20世纪七八十年代流行并于20世纪80年代末
译介传入中国的以斯蒂芬·格林布拉特为代表的"新历史主义"文化诗学又有
何区别呢？蒋述卓认为，两者之间的区别关键在于三个方面：

第一，在于坚守"审美性"。"文化诗学"的立足点在于文化，但并不
等同于文化研究，而是将文化学的理论与方法运用于文学批评的一种新的阐释
系统与方法，要求文学的文化批评必须"保持审美性"，这种文化批评的审美
性"着重在发扬中国传统批评理论与方法的优势，使得传统文学批评理论与方
法在现代化的转化过程中得到审美维度的再确立和审美意义的再开掘"，同时

---

① 蒋述卓：《走文化诗学之路——关于第三种批评的构想》，《当代人》1995年第4期。
② 蒋述卓：《走文化诗学之路——关于第三种批评的构想》，《当代人》1995年第4期。

也将西方文学批评的诸种理论与方法经过"本土化"选择、过滤与转化提升为"审美性"，成为"文化诗学"的有机组成部分。与此不同的是，西方新历史主义文化诗学却重在批评的"历史—社会学"取向，"离开文学审美性的趋势"十分明显①。

第二，在于发扬"文化关怀与人文关怀"。批评"失语"的问题关键在于思想与价值丧失的问题，这与20世纪90年代商品经济浪潮下作家、批评家"缺乏理性光芒的照射、理想的指引和价值基点的支撑"息息相关，而"文化诗学"阐释系统的建立，就在于试图重新找回"自己的声音、自己的话语和自己的思想"②，体现了异常明晰的现实文化情结和人文关怀。

第三，在于对"中国传统文学批评形式"的开掘、继承与转化。文化诗学迥异于西方新历史主义文学批评的关键之处还在于它直接面对并保留"中国传统文学批评"的基因，或者说，文化诗学理论与方法的建设关键还要对传统"印象式批评、诗意描述与领悟式批评"予以继承，并对传统"意象式"概念进一步予以"结构分析、心理分析乃至于社会风气、社会思潮、文化原因的分析"，并使之转化为一种"文化诗学"的批评。③从中国传统文学"思维方式和批评形式"入手，将"古代文论特有的思维方式以及独有的批评方式融入到当代文学批评与文论中去"④，也是创造当代中国特色文论以及建设"中国文化诗学"的重要旨趣。

由上可见，蒋述卓之所以将"文化诗学"称为"第三种批评"，原因在于作为一种新的阐释系统，一种新的文学批评方法，它直接指向当下文论"失语"背后的价值缺失——其现实意义在于文化关怀与人文关怀；其理论支点在于文学的审美特性；其理论方向在于实现传统文学批评方式的开掘与转化。因此，与其它文学批评方法相比，"文化诗学"立足"文化"却又坚守"审美性"，既重视文学的文化批评，又强调文化阐释与美学分析的有机结合，与此同时，又强调批评家的生命投入以及批评家的综合文化意识与宏观文化眼光，尤其是在非地域属性层面上注重对"本土文化背景、文化传统、文化语境"⑤的深入阐发。

① 蒋述卓：《走文化诗学之路——关于第三种批评的构想》，《当代人》1995年第4期。
② 蒋述卓：《走文化诗学之路——关于第三种批评的构想》，《当代人》1995年第4期。
③ 蒋述卓：《走文化诗学之路——关于第三种批评的构想》，《当代人》1995年第4期。
④ 蒋述卓：《论当代文论与中国古代文论的融合》，《文学评论》1997年第5期。
⑤ 蒋述卓：《文化诗学批评：第三种批评的设想》，《广州文艺》1997年第3期。

　　沿着如上"文化诗学"批评范式的思考路径，自1996年起，尤其是世纪之交前后，蒋述卓开始带领暨南大学"文艺学团队"，着力开始对"文化诗学"理论与实践双重层面的系统探索，并取得了杰出的科研成效，其标志性成果便是《文化诗学：理论与实践》一书。该书分上、下两篇：上篇"文学批评的跨文化视野"细数巴赫金、韦勒克、诺思洛普·弗莱、海登·怀特、厄尔·迈纳、弗雷德里克·詹姆逊等六位西方具有强烈"文化诗学"色彩的批评理论家，对其研究方法和理论进行了深入阐释，试图以此在"对话"中寻求其对中国"文化诗学"批评话语建设的启示；下篇"文学批评的现代性进程"则对本土语境中以王国维、郭沫若、闻一多、朱光潜、宗白华、王元化为代表的六位代表性人物为个案，并在"文化诗学"实践路向上总结其思想与方法，力图借此反思百年来"中国文化诗学"批评的历史经验并为当下"文化诗学"建设提供理论参考①。

　　可以说，从当代文论与批评"失语"现状出发，到建立"文化诗学"这一"第三种批评"的学理构思，再到"文化诗学：理论与实践"的系统尝试，蒋述卓带领的"暨南大学文艺学团队"不仅延续了其早期"文化观照"与"跨学科视角"这一"综合性研究法"的思维模式，还在此基础上建构起了一套"文化诗学"的本土化批评阐释系统，并翔实描绘出一条文化诗学"本土化"的建设轨迹。蒋述卓对于"文化诗学"的理论构想与实践推进，也不仅回应了"中国古代文论现代转换"的疑难以及"批评失语"背后的思想价值空虚，更为文化诗学的"本土化"话语建构提供了一套极具参考性的理论方案。

　　三　城市、传媒与大众文化：批评理论与批评实践的"诗学"延伸

　　世纪之交，面对社会转型时期当代文艺生态的变化，尤其是城市化、消费主义文化、大众传媒的迅猛发展，文艺所处的外在环境和社会氛围的变化更将文艺学生态推向一个与传统文艺存在方式截然不同的理论形态中。正是这种城市化、媒介化、文化产业化给当代文艺带来的问题挑战及其所催生的新的理论发展空间，促使蒋述卓在"文化诗学"土壤上，进一步将此理论批评策略延伸到对大众媒介文化时代的"文艺文化学"思考中，由此倡导提出"城市诗学"，并对消费时代和传媒时代文学存在方式及其意义变化、文化创意产业、当代流行文化予以理论呼应。蒋述卓对当代中国文艺新问题的敏锐捕捉与理论

---

① 蒋述卓主编：《文化诗学：理论与实践》，人民文学出版社2005年版，第3—5页。

回应，也延续了其一以贯之的"文化观照"与"审美注意力"这一"文化诗学"批评策略，并在批评理论与批评实践中充分彰显了其以"文艺介入"的方式为当代中国社会的变化建构一份"诗意认同"①这一人文学者的价值理想和学术情怀。

自20世纪80年代以后，尤其是90年代以来，伴随着迅猛的城市化浪潮，城市文学随之兴起。早在世纪之交，蒋述卓便敏锐地注意到，21世纪将是一个城市化迅猛发展的世纪，尤其是城市化不仅会促使城市文学蓬勃发展，还将进一步拓展中国文学的表现空间与审美格局，尤其是作为"新型的城市文学"的网络文学，更将在市民多样化的审美追求中得到充分体现。蒋述卓认为：

> 网络不仅拓展了作家的视野，更直接导致新型的城市文学——网络文学的出现。无论在何种层面上，网络文学都是一种具有绝对意义的城市文学。无论是作者、读者，还是它所描绘的生活，都完全属于城市世界。当前网络文学还只是刚刚起步，网络文学的总体水平并不高。网络文学的现实意义并不在于它所取得的文学成就，而在于为城市文学提供了一个新的生存空间，一种新型的、完全不同于书本的阅读审美感受。……无疑，网络文学所展示的巨大的文学生成空间的意义，是不能低估的。而21世纪，随着网络文学的进一步成熟，这种文学空间拓展的意义将会更加突出。②

在今天看来，这一论断无疑极具前瞻性。无论是网络文学的表现空间、审美格局，还是其与现实生活的联系以及其世俗化、消费化、多元化的审美价值取向，都得以验证。与此同时，网络文学发展到今天，不仅改变了传统文学史的版图，极大冲击了主流文学史模式的观念和边界，并在其虚拟与想象中极大拓展了文学研究的空间，业已构成当代文学史的一部分③。

如果说，世纪之交对于"城市文学"的构想，还仅仅只是"文化诗学"批评方式探向现实生活的触须，那么，随后出版的《城市的想象与呈现》一书中，蒋述卓则不仅提出了"城市诗学"的构想，还在"城市诗学"的路径上将文学、诗学与时代氛围、现实生活在"文化"与"诗学"的互动互构中关联起

---

① 郑焕钊：《文化观照与现实关怀——蒋述卓文艺思想述评》，《新疆大学学报（哲学·人文社会科学版）》2012年第6期。

② 蒋述卓：《城市文学：21世纪文学空间的新展望》，《中国文学研究》2000年第4期。

③ 欧阳友权：《重写文学史与网络文学"入史"问题》，《河北学刊》2013年第5期。

来。该书以一种宏观开放的文化视野和敏锐包容的学术胸襟，不仅系统梳理了城市审美风尚、当代都市文学审美特征、都市女性小说的艺术变革、当代城市电影现状和走向以及电影中的城市文化形象的内涵和叙事方式，还深入探讨了理性化、女性、后现代和时尚等审美意识，更将研究视野广泛涉及城市建筑、社区文化、时装表演等①，为客观总结中国文艺理论最新动向并在批判与反思中予以理性理解，作出了恰合时宜的理论回答。

在蒋述卓看来，由于文化与传媒的发展，尤其是文学存在方式的变化，使得文学逐渐走向一种广义的"大文学"，与此同时，文学批评也应走向一种"大批评"，从而寻找在"种种边界或结合部，比如文本自身与外部语境的遇合，本质意义与阐释价值的对话，审美分析与历史视野的会通，结构研究与文化研究的通融"②等等，以求得文学研究与文学批评的效果。可以说，正是在这种"文学与文化的结合部"这一"大批评"中，蒋述卓及其"文艺学团队"不仅对文学的文化批评展开了系统探讨，更在"文艺文化学"的开掘中为文化诗学的批评理论与批评实践提供了极佳的范本。《文化视野中的文艺存在》一书，可谓批评理论的代表。该书不仅通过文艺与哲学、宗教、道德、语言学、人类学等相关学科的融通与比较对文学予以重新认识，还在更大的文化语境中对文艺与社会风尚、社会文化心理、大众文化、文艺的生产与消费等文化现象予以文化透视，对重新理解文化语境中的文学意义、文艺存在的精神向度以及当代文艺的多元走向提供了新的批评视野③。《批评的文化之路》一书，则可谓批评实践的代表。该书通过宗教文艺的文化阐释、文艺美学的文化观照、文学批评的文化解读、跨文化视野中的比较文学、多元文化语境中的中国文学以及大众文学与大众文化六辑文章，从诸多作家作品以及诗学文论个案入手，通过宏阔文化视野的理论审视，对之予以新的学理阐发，令人耳目一新。

蒋述卓曾指出，"文化诗学"阐释系统主要"在一种文化对话中来建立，这种对话包括：东方与西方的对话，现在与未来的对话，作者与大众的对话，作品与社会的对话"④。可以见出，蒋述卓及其带领的"暨南大学文艺学团队"，在

---

① 蒋述卓等：《城市的想象与呈现》，中国社会科学出版社2003年版，第2—3页。
② 蒋述卓：《文化视野中的文艺存在·〈文学与文化研究丛书〉总序》，见蒋述卓等编著：《文化视野中的文艺存在》，中国社会科学出版社2003年版，第3页。
③ 蒋述卓等编著：《文化视野中的文艺存在》，中国社会科学出版社2003年版，第376页。
④ 蒋述卓：《在文化的观照下》，广东人民出版社1997年版，第414页。

文学的文化批评中，不但有主体维度、文化维度，还有诗学维度，而且无论是批评理论还是批评实践，始终表现出一种文学与文化互动、对话的鲜明特色，这也为其文学批评开拓文化视野、文学研究拓展方法路径，提供了坚实的理论基础和开放的建构策略。

近年来，蒋述卓及其团队在文学批评的文化之路上，又转向到对图像、广告、网络、博客、短信、流行歌词等传媒诗学，以及文化产业、新移民文化、流行文化、流行文艺等消费时代文学形态方式的研究中。这种面向现实生活的理论转向，其目的在于"试图从文学性的现状"出发"探索当下文学的存在方式及其可能趋向"，进而"希图揭示出文学性在当下存在的多元化现实，及其中隐含的时代文化本质"①。由此，也不难看出蒋述卓近年来在文艺理论研究上的独特性：

第一，对新兴文学类型的敏锐捕捉与关注，以及"文学性"立场上对消费主义语境中的"泛文学"持肯定态度。与学界绝大多数理论家基于严肃文学立场对"新兴文艺现象"和"流行时髦文化"持"警惕性"态度不同，蒋述卓及其团队对此却表现出异乎寻常的敏锐和开放性态度。正如蒋述卓所言："一个时代有一个时代的文学艺术，在当今信息时代与消费时代，文学艺术发生扩容、变异并产生变种，应该是可以理解、容忍并逐渐接受的"②；"我们为消费时代文学的意义问题所作的辩护，目的是想从积极或正面的方面去理解文学存在的价值以及发展的前途问题"③；"在我看来，诗意的理解也处于不断变化之中，从现代艺术开始，日常生活本身就成为诗意构成的一部分，因此诗意不仅指人类应具备精神家园，亦指人与自然、人与人之间、人与社会之间的和谐关系。在当今的市场经济与消费时代，艺术的商品化同样也向艺术的独创性提出了更高的要求，如果缺乏独创性和个性，就会被大众无情地抛弃，只要艺术家和理论家能积极地应对这种要求与挑战，拿出更具独创性的作品，那么文学意义又怎么会流失？当前学界对消费时代的文学的看法无疑过于悲观，有失辩证法"④。

① 蒋述卓、李凤亮主编：《传媒时代的文学存在方式》，广西师范大学出版社2010年版，第3页。
② 蒋述卓：《消费时代文学的意义》，《文学评论》2005年第6期。
③ 蒋述卓、李凤亮主编：《传媒时代的文学存在方式》，广西师范大学出版社2010年版，第283页。
④ 蒋述卓、邓锡斌：《社会转型时期的城市、文化与文学——蒋述卓教授访谈录》，《甘肃社会科学》2013年第3期。

第二，对当代人文学科的综合整体性关注，并在消费时代中坚守人文学者的精神品格。蒋述卓对于流行文艺和文化现象的关注，并非意味着对其形态上的理论认同，而是希冀通过对消费时代流行文艺的关注与批判，实现对"现时代"文艺文化现象的整体性关注，实现理论对现实生活的"接地性"与"介入性"。蒋述卓指出："所谓流行文化主要是指影视、广告、流行歌曲、网络文学、短信微信等各种以现代媒介为载体的文化样式，由于流行文化的受众主要是青年人，所以所体现出来的价值观难免会跟我们社会的主流价值观有些差异，但正是这些差异为主流价值观提供了一些新鲜的因素，促进了主流价值观的改变，于此而言，流行文化的价值观和主流价值观实际上是一种互动现象。所以，我们必须重视大众文化价值观给主流价值观所提供的新的因素。"[1]当然，这种对流行文化的关注并非媚同，而是持一种"批判精神"，并在"批判、拯救"中"实现对现实的超越"，从而肩负人文学者对于人类社会的"人文关怀"[2]。这种理论对现实生活的批评、回应与关注，正鲜明彰显出新时代"学院派"学人对于现实生活的理论情怀。

总体而言，自20世纪80年代中期以来，蒋述卓通过立足古典，尤其是对佛经传译与中古文学思潮，以及佛教美学、宗教文艺等领域的系统开掘，在中国古代文论领域形成了宏观文化观照和微观文学剖析相结合的综合研究法，这一强调"文化观照"之文论研究方法和思维模式不仅打破了当时单一化、简单化的文论研究倾向，还在20世纪90年代中期"文论失语"与"古代文论现代转换"语境中进一步发展形成了"文化诗学"的批评主张。"文化诗学"作为新时代语境下文论话语建设的新的批评阐释系统，尔后又被蒋述卓适时地运用到文艺理论"本土化"建设发展的理论批评和实践运用之中。尤其是对城市诗学、媒介诗学、移民文化、文化产业、流行文艺的延伸关注和理论研讨，通过文化的"诗学"转换与诗学的"现实"呼应，不仅体现了蒋述卓在文化与诗学的互动中力图融合古今的本土化理论建构的文化批评之路，更使得其文艺理论研究多年来始终保持着鲜活的理论生命力和旺盛的发展势头。

---

① 蒋述卓、邓锡斌：《社会转型时期的城市、文化与文学——蒋述卓教授访谈录》，《甘肃社会科学》2013年第3期。

② 蒋述卓、李凤亮主编：《传媒时代的文学存在方式》，广西师范大学出版社2010年版，第284页。

第五节 文本·体验·文化语境
——李春青与中国文化诗学实践

作为西方话语概念的借用，"文化诗学"之所以能在中国文论语境中落地、生根、发芽，并形成理论气候，根本原因就在于这一研究方法（或谓"实践模式"）与中国传统诗学研究模式存在相通契合之处。在这一基础上，受西方理论话语刺激影响，如何深入挖掘中国传统诗学文论中的营养资源，以建构起中国特色的"文化诗学"话语体系——"中国文化诗学"，并将这一阐释方法自觉运用到古代文学、古代文论及古代文学思想观念等领域内，以实现当下文论研究的思维转换与话语突破，便成为学界认真思考和探寻的问题。

这其中，北京师范大学李春青教授便是建构和实践"中国文化诗学"的杰出代表。自1995年为研究生开设"文化诗学"专题课到1996年发表《走向一种主体论的文化诗学》①及《中国文化诗学论纲——对古代文论研究方法的一种构想》②起，李春青便致力于中国古代诗学研究模式的创构，并力求在诸如"文本中心主义""话语转换"等传统诗学研究偏误的反思中建构一起一种"既能切近对象深层底蕴，又符合现代学术规范的新的阐释模式"③，这就是"中国文化诗学"。此后，李春青便长期自觉耕耘并实践着中国文化诗学，先后出版了《宋学与宋代文学观念》（北京师范大学出版社2001年版）、《在文本与历史之间》（北京大学出版社2005年版，人民出版社2019年修订再版）、《诗与意识形态》（北京大学出版社2005年版，北京师范大学出版社2018年版）三部著作。这可谓是学界自觉实践中国文化诗学的"三部曲"，不仅有力诠释了文化诗学"本土化"与"中国文化诗学"建构的可能，还在古代诗学的激活与重释中为"中国文化诗学"理论建设提供了一套行之有效的操作模式及经典范例。尔后，《趣味的历史：从两周贵族到汉魏文人》（生活·读书·新知三联书店2014年版）之出版，更意味着文化诗学操作方法的成熟。李春青的中国文化诗学实践，不仅意味着中国特色文化诗学话语由构想到成形，还在研究方法的探索与创新中突破了传统文论研究的模式框架，开辟出当代中国文论研究的新局

---

① 李春青：《走向一种主体论的文化诗学》，《文艺争鸣》1996年第4期。
② 李春青：《中国文化诗学论纲——对古代文论研究方法的一种构想》，《社会科学辑刊》1996年第6期。
③ 李春青：《主持人的话》，《文艺争鸣》1996年第4期。

面，值得深入考察与总结。

一　在"反思"中走向"阐释"：中国文化诗学的萌发机制

与童庆炳、刘庆璋、蒋述卓等文化诗学倡导者略显不同，李春青的中国文化诗学构想及实践在思想渊源、问题意识及实践路向上均具有鲜明的本土化特色，并在本土问题的观照反思中强调传统诗学资源的话语参与和建构意义。作为一种实践方法或阐释策略，李春青"中国文化诗学"的提出正是源于对中国古代文论研究方法论的不满以及当代文学理论研究现状的反思。

先看对中国古代文论研究方法论之不满。在1996年正式提出"中国文化诗学"命题时，李春青便明确指出对传统文论研究路径的不满。为显其要，不赘列举如下：

> 在以往对中国古代诗学的研究中存在着两种明显的方法论迷误：一是"文本中心主义"。其表现有二：其一，仅着眼于古代诗学文学而对现代学术规范、学术方法、阐释视角一概不予理睬。其二，只囿于诗学文本的话语网络中探赜索隐，对文本赖以产生的文化历史语境毫无觉察。这种"文本中心主义"使研究毫无现代学术品格，以至见解陈旧、肤浅，根本无法揭示古代诗学的丰富内涵。
>
> 还有一种方法论迷误可称为"话语转换"。这种研究倒是颇能借鉴现代学术规范与话语，但研究者误以为只要将古代诗学那些不规范、不明确的概念——贴上现代学术话语的标签，指出"感物""兴会神道"就是"审美体验"，"神思""神与物游"即是"艺术想象"等等，就是万事大吉了。殊不知这种研究其实等于什么都没有做。
>
> 其实不独古代诗学的研究，在整个中国古代文化的研究中都存在着上述两种方法论迷误。这说明，当代中国学术界到了在方法论上深刻反思、积极探寻、努力建构的时候了。①

可以说，正是对中国古代诗学文论研究中"文本中心主义"或"话语转换"的方法论不满，李春青才急切寻求并探索出一种新的阐释模式。这种反思与不满，更加清晰地体现在其"反思文艺学"的构思中。在"中国古代文论的方法论反思"中，李春青详细归纳了三种现代以来数十年古代文论研究的路径

---

① 李春青：《主持人的话》，《文艺争鸣》1996年第4期。

方法，并对其得失进行了总结评析。

第一种路径是"沿着第一代学者的路子继续搜罗爬梳，进行资料的发掘、选择与整理工作，其旨在求真"。这种文论研究立足于"求真""求实"，重视材料的发现、整理，带有科学主义倾向的遗留影响。在李春青看来，这种"求真"的研究路径学术价值是毋庸置疑的，但问题则在于"古代文论话语不仅仅是材料，它更是意义的世界，是活泼泼的精神存在"①，因而其方法具有局限性。

第二种路径是"用西方近代以来形成的文学观念与诸种文学理论来衡量、取舍古代文论材料"以彰显"古代文论之现代意义"。李春青认为，这种研究有其可取之处，尤其是"以西方文论话语为参照来发掘中国古代文论话语中蕴含的那些以往不为人所知的意义"进而达成"中西艺术共有的审美特性"有其价值，但更多时候容易陷入"用西方话语来贴标签、曲解、遮蔽、压制古代文论资料"之"以西解中"或"扬西解中"的窠臼中②。

第三种路径是"求真"路向，即是对"古代文论话语形成逻辑和内在机制之'真'"的探求。李春青认为，这种"真"与资料考掘、辨伪抉疑不同，而是对话语生成、文学观念形成之逻辑探寻，只不过这种研究路向自鲁迅、王瑶等近现代学者开辟后便鲜有当代学人接续。

通过对现代以来中国古代文论研究路向的如上分析，李春青指出："中国古代文论研究始终徘徊于知识梳理，即'求真'与意义建构，即'求用'之间，而这也正是人文学科所面临的一个普遍性问题。"③这也是当前古代文论研究的问题所在。"求真"仍是执着于对古代文论概念、范畴及其演变轨迹进行考掘梳理，长于文献梳理却短于评价且对西方新学充耳不闻；"求用"则是希望通过古代文论研究寻觅一套"纯粹中国式的文艺学话语系统"，以此进行西方文论话语的平等对话，破除"失语症"，然此途径却陷于"古今""中西"的两难境地中。这种难处简单说就是以古代文论为体则很难进入现代学术话语系统，而以现代话语对古代文论进行阐释则有"以西印中""对号入座"之弊，未能有效推进古代文论的发展。

那么，究竟该如何找到并确立一种"有效的、灵活的具有普适性"的文论

① 李春青、赵勇：《反思文艺学》，北京师范大学出版社2009年版，第41页。
② 李春青、赵勇：《反思文艺学》，北京师范大学出版社2009年版，第48—49页。
③ 李春青、赵勇：《反思文艺学》，北京师范大学出版社2009年版，第51页。

研究方法，借以调适如上诸种文论研究的尴尬境地呢？在"中国古代文论研究反思"中，李春青指出：

> 古代文论研究应该成为一种文化研究。这有两方面的含义：一是在方法上采取综合研究视角，将古代文论与古代哲学、宗教、伦理、艺术以至政治制度、民风民俗、自然环境、民族交往等等文化历史因素视为一个彼此相连的整体，视为具有共同生成机制与深层意义结构的文化符号系统。……在研究对象上扩大范围，不仅仅局限于古人关于诗、文、词、赋等文学类型的评论方面，对于其他非文学文类中的诗性特征（或称诗意性、诗意境界）也作为重要研究对象来看待。……总之，从古代文化学术的整体性入手，注意不同文类之间的互文性，同时顾及言说者主体心态——这应该是今天中国古代文论研究所宜重视的方法论原则。①

这种中国古代文论研究的新方法，或谓之新的研究视角，就是李春青所提倡的"文化诗学"，而直面中国古代文论研究模式的种种问题，也是"文化诗学"倡导的现实缘由：

> 我们借用"文化诗学"这个概念是为了倡导一种阐释方法（美国的新历史主义又被称为文化诗学，不是一种理论体系，而是具体的阐释方法，主要在对莎士比亚等作家的研究中体现出来）。这种方法简单说来就是将阐释对象置于更大的文化学术系统之中进行考察。就古代文论（或古代诗学）而言，就是要将文论话语视为某种整体性文化观念的一种独特表现形式，因此在考察其发生发展及基本特征时能够时时注意到整体性文化观念所起到的巨大作用（新历史主义就极为关注不同学科门类的话语系统之间的"互文本性"，决不说我是研究文学的，将自己的视野封闭起来）。②

除直面中国古代文论研究模式的种种积弊外，对20世纪以来学科史，尤其是当代文艺理论面临的危机与困境，同样引发李春青的思考。诸如来自文化研究的挑战，来自当代文论界过于执着对西方文学理论的介绍和沿用，来自当代文论

---

① 李春青：《宋学与宋代文学观念·引言》，北京师范大学出版社2001年版，第10页。
② 李春青：《在文本与历史之间——中国古代诗学意义生成模式探微》，北京大学出版社2005年版，第11页。

建设过分执着对于概念逻辑推演而忽视对象自身特征的方法，等等。① 这些"学科史"层面上遇到的种种问题，激发了李春青对于中国文论研究方法的反思、学科的反思，进而在经验教训中寻找一种新的研究出路。

由以上思想脉络，不难管窥李春青最初萌发并构思"文化诗学"的几个核心要素：

第一，理论初衷上，是对于中国古代文论研究路径的反思，尤其是近现代以来文论研究在"求真"与"求用"等方法论问题上的摇摆，进而试图倡导一种新的更为灵活有效的普适性研究方法，谓之"文化诗学"。

第二，理论背景上，是在19世纪末维谢洛夫斯基"历史诗学"、苏联巴赫金"社会学诗学"、法国戈德曼"文艺社会学"以及美国格林布拉特"新历史主义文化诗学"等西方诗学观念背景下提出的，但正如李春青所言，"上述诗学观念只是作为一种学术背景而对'中国文化诗学'具有意义，后者并非对它们的照搬或拼凑"②，它仍是一种"具有本土性质的文化研究方法，是伴随着中国古代文学的产生与发展而形成的中国式的文学阐释学"，也即是说，"中国文化诗学是一种既有着悠久的传统，又具有现代精神的文学阐释路向"，既有其"古代之源"，又有其"现代之流"③。

第三，理论主张上，倡导在反思中走向"文学阐释学"。在李春青的构思中，文化诗学是作为一种方法论原则或阐释策略，因为过去的文学理论深受西方理性主义哲学影响，带有鲜明的"科学主义"倾向，④这种"求真""求实"的方法在一定程度上造成了古代文论研究的偏失，而文化诗学就是要使文论研究重新回到"阐释的轨道"，也即"要求文学理论从文学现象的实际出发来言说，而不是从某种理论预设或原则出发来言说"⑤。

第四，理论旨趣上，关注"主体"，重视对"言说主体"及其言说语境的沟通和阐释。作为古代文论研究者，在李春青看来，古代文论的问题本质上乃是人的问题，因而，"确立诗学研究的主体视角"便是文化诗学建构的首要任

---

① 李春青：《20世纪中国古代文论研究的意义与方法反思》，《东岳论丛》2006年第1期。
② 李春青：《中国文化诗学论纲——对古代文论研究方法的一种构想》，《社会科学辑刊》1996年第6期。
③ 李春青：《中国文化诗学的源流与走向》，《河北学刊》2011年第1期。
④ 李春青：《在现代与传统之间——对20世纪中国古代文论研究若干问题的反思》，《清华大学学报（哲学社会科学版）》2008年第2期。
⑤ 李春青：《当代文论建设的可能途径》，《湛江师范学院学报》2008年第5期。

务①。从《乌托邦与诗——中国古代士人文化与文学价值观》到《趣味的历史：从两周贵族到汉魏文人》，李春青均竭力从主体文化心理及其价值观念入手，以揭示中国古代诗学观念或文人趣味与诗学关系发生发展及演变的内在规律。

可以说，正是有感于中国古代文论研究路径上存在的诸种问题，李春青才在深切的问题意识中提出了作为一种新的"阐释模式"的"中国文化诗学"。作为一种新的阐释策略，从言说者"主体性"视角入手，通过文化历史语境的重建以揭示中国古代诗学观念的表征及其意义，则是李春青实践中国文化诗学遵循的路径。

事实上，从李春青学术发展的脉络历程看，作为一种新的研究方法或"阐释策略"，"文化诗学"思想之形成及其实践，除了现实文论土壤中20世纪90年代以来文学理论及学术界发生的三大重要转型外②，还与其早期学术性格密切相关。作为童庆炳先生指导的第一批研究生，李春青自20世纪80年代中后期始，便投身于国家"七五"社会科学研究重点项目"文艺心理学研究"。究其研究对象，如童庆炳先生所言就是"审美主体在一切审美体验中的内在规律"，即"艺术家的心理特征，艺术创作的动力，艺术创作的心理流程，艺术作品的心理蕴含，艺术接受的心理规律等"③。众所周知，心理学美学是20世纪西方哲学美学的三大转向之一，作为"语言论转向""文化转向"的发端，心理学美学在费希纳"自下而上"的倡导下于20世纪初期蔚为大观，国内影响最大的便是由朱光潜译介引入的利普斯的"移情说"、布洛的"心理距离说"以及古鲁斯的"内模仿说"等等。心理学美学的最大特色就在于对"审美主体"，尤其是主体的审美心理机制的微观透视。正是在这一团队攻关中，李春青也在上一时期《艺术直觉研究》基础上，承担了《艺术情感论》的写作，并在随后又完成了《美学与人学——马克思对德国古典美学的继承与超越》的写作。细致观察会发现，无论是艺术直觉、艺术情感，还是马克思人学美学，都体现了鲜明的"主体性"色彩，这也充分反映出"文艺心理学研究"思潮对李

---

① 李春青：《中国文化诗学论纲——对古代文论研究方法的一种构想》，《社会科学辑刊》1996年第6期。
② 指20世纪90年代以来中国文论界及学术界的三大转向（哲学转向历史、理论转向阐释、审美转向文化），见后文分析。
③ 童庆炳主编：《心理美学丛书·总序》，见杨守森：《艺术想象论》，百花文艺出版社1991年版，第2—3页。

春青早期学术性格的理论锻造和重要影响①。

可以说，正是早期对文艺心理学的研究锻造了其关注"主体"的学术个性，并形成了后期对中国古代文人士大夫精神结构及其审美趣味的研究旨趣，这也正是其中国文化诗学实践的方法论地基。正如李春青所言：

> 我确实一直关注"主体"，即言说者。我始终认为，中国古代文化，或许是因为缺乏西方传统中那种"逻各斯中心主义"思维方式的缘故，一切言说都与言说者的个体主体性，例如情绪、情感、好恶、个人动机等密切相关。尤其是诗词歌赋之类的文学及相关的诗文评就更是如此。我认为言说个体的心理结构背后总是隐含着作为一个社会群体或阶层的心理结构，而后者又与特定社会结构之间存在千丝万缕的联系。这些都可以通过文本与文化语境的互动关系显现出来。所以我研究一个问题或者一个领域时，总是从言说者人格结构、文化心态或者身份入手的。……从言说者主体性与文化语境的互动关系，进而到诗学观念之表征，这是我历来遵循的思考路径。②

因此，从"文化诗学"萌发机制上看，李春青中国文化诗学的学理主张可溯源到20世纪80年代中后期文艺心理学的研究上，而在20世纪90年代初期有感于中国古代文论研究的方法论问题时，加之"失语症"的普遍焦虑，受西方诗学观念之启发，李春青由此提出建构一种新的文论阐释模型的紧迫性。这种模型便是"中国文化诗学"阐释模式。它在中国古代诗学文论中有着十分丰富的学理资源，只不过在当代文论建设中未能接续。为此，李春青适时地运用这一模式方法，从"主体性"维度出发对中国古代文化诗学加以深入探索，从而逐步形成一套系统的行之有效的实践操作模式。

二　中国文化诗学的学理特征与研究模式

中国文化诗学作为一种阐释学方法，其视点与旨趣就是试图通过改变过去的文论研究模式，实现研究方法的变革。在文论研究领域，尤其是中国古代文论研究中，受传统"经典传注"之学以及西方科学主义思维模式的影响，长

---

① 参见赵新：《学问的苦索与澄明——李春青"中国文化诗学"学术思想综论》，《创作与评论》2016年第12期；赵新、赵雪峰：《李春青先生的学思历程述略》，《中国语言文学研究》2018年第1期。
② 刘思宇：《中国文化诗学与主体视角——李春青访谈录》，《创作与评论》2016年第12期。

期以来均过于专注对知识话语系统的揭示，追求本质、规律等，而忽视了中国古代"建构人生意义"之取向的学术主流。正是基于此，李春青才极力倡导"文化诗学"，试图"将文论话语视为某种整体性文化观念的一种独特表现形式"，将其置于"更大的文化系统之中进行考察"以重新返回到文本之源并揭示其无限丰富的意义和价值。可以说，围绕中国古代文论研究，将其研究视野由科学主义思维模式下对知识话语系统的求真求实性探索转向价值意义系统的现代阐释，是李春青中国文化诗学方法实践的基本旨归。

　　文化诗学作为一种研究方法或研究路径，既然是对传统文论研究模式的反思，也更具有效性、灵活性，那么，它究竟与西方"历史诗学""社会学诗学""文化诗学"有何异同，其本土化特色或理论方案及特征何在？在反思传统文论研究的路径基础上，又何以要转向"文化诗学"？这些问题恰恰是李春青思考与建构"中国文化诗学"的重要入口。李春青指出，"文化诗学"作为一种方法视角，之所以在20世纪90年代出场，实则是文学理论三大转向的集中体现。

　　一是"从哲学转向历史"。受西方形而上学传统影响，文学理论过分依赖哲学，造成理论在逻辑演绎、概念推理、本质规律等思维模式中被抽象化，并且越来越脱离了理论的文本本源。转向历史，则意味着在文学现象的"事件化"及复杂历史文化语境中思考文学，这使得文学理论"回到具体之中，回到特殊之中，根据现象本身的特点进行言说"①。这种"转向历史"的文学理论研究，在李春青看来，有两条基本路径：第一条是"语境化"，就是"把作为研究对象的文学问题置于具体文化语境中，考察其形成与展开的具体过程，揭示其复杂的具体关联"；第二条是"学科史视野"，即"把文学理论的研究置于学科史的内在关联与流变中，并从中发现问题、提出问题、解决问题"。②这种语境化、历史化的文学研究，实则就是将文学现象与文论话语置于复杂的文化系统中进行考察。

　　二是"从理论转向阐释"。李春青认为，西方后现代主义语境中的理论，其意义在于打破了西方长期以来占据统治地位的理论中心主义和"逻各斯中心主义"思维传统，但其局限性则在于"都是从一个预设的前提出发的，把一切

① 李春青：《论文化诗学的基本特征与操作路径》，《江苏行政学院学报》2014年第3期。
② 李春青：《文学理论：从哲学走向历史》，《探索与争鸣》2011年第10期。

问题都纳入到设定的框架中来理解，常常显示出令人无法接受的偏激"，与此不同，阐释则是"对对象深入'肌理'的剖析，是对被表面现象遮蔽的'真相'的解释，也是对因此而产生的价值判断的阐发"①。相对理论的"先入为主"而言，阐释因其对对象本身特性的症候式把握更能揭示文本所蕴含的复杂性意蕴。

三是"从审美转向文化"。李春青指出，由于特定的文化历史语境和需求，过去文学理论强调以审美为基点的文学理论研究，这是审美现代性的表现，更因其"赋予文学艺术和审美某种神圣性与超越性，使之高蹈于社会历史之上，从而成为一个纯粹的知识分子的精神乌托邦"，而理论的文化转向，即"文化诗学"，作为与"审美诗学"不同的研究路径，体现的是后现代性，就是要"放弃审美乌托邦主义幻想"回到生活中，并将"是什么""怎么样"的追问置换为"为什么"，旨在"发现或建构意义"，进而揭示对象背后隐含的复杂关联。②李春青认为，在西方，文化诗学是与后现代性相关联，体现的是一种对审美现代性的反思和颠覆，但在中国，审美诗学与文化诗学呈现一种错位，这种错位根本上是因为社会现实的需求使然，因此，中国文化诗学在汲取后现代主义反思批评精神以及中国传统文论思想资源的基础上，不仅不同于西方文化诗学，还成为了一种更为有效的文学阐释路径。

由上可见，李春青对于"中国文化诗学"的构想有着自己的鲜明路向，这不仅体现在对语境化研究的重视和文学意义的追寻，还在于后现代性语境立足点上对"审美诗学"的检视、批判和反思，并在对"审美诗学"方法的不满以及本土语境中的"文化转向"下，提出了"中国文化诗学"。那么，在对"文本诗学""语言诗学""形式诗学"等"审美诗学"不满的境况下，文化转向后的"文化诗学"研究路径该如何操作呢？李春青从文化的综合性、复杂性及关联性入手，提出了三种研究模式。

一是"主体—文化心理"模式。李春青认为，在中国现代思想史上，刘师培《中国中古文学史讲义》、鲁迅《魏晋风度及文章与药及酒之关系》、王瑶《中古文学史论》以及李长之《司马迁之人格与风格》等著述，均紧紧"抓住文学艺术作品及其观念的主体，分析其文化心态，进而揭示文学艺术产生的文化心理动

① 李春青：《论文化诗学的基本特征与操作路径》，《江苏行政学院学报》2014年第3期。
② 李春青：《论文化诗学与审美诗学的差异与关联》，《北京师范大学学报（社会科学版）》2016年第5期。

因及其所表征的主体之价值取向与人格理想"①，体现了一种以文化、政治或宗教等综合性眼光审视对象的研究思维。这种研究路径在20世纪80年代后90年代初被罗宗强等学者接续，这就是本土语境中形成的中国式的"文化诗学"。

二是"语境化的综合研究"模式。格林布拉特的文化诗学主张"文本的历史化"，并认为文本并非一个封闭的独立自足存在物，而是一个"流通"与"协商"的开放性的社会存在，进而在跨学科的视野中揭示文本内所蕴含着的权力运作关系。与此相似，李春青认为，语境化研究"并非勾勒出某种时代的政治状况、文化状况就万事大吉"，关键之处在于"把研究对象看成是在与具体语境的互动中的生成过程，而非居于语境中的已成之物"，语境的作用就在于"在复杂的关联中梳理、阐述这一生成过程，揭示其复杂性"并将之"显现出来"②。譬如，具体到中国古代文论研究上，一个重要倾向就是要"将古代文论与古代哲学、宗教、伦理、艺术以至政治制度、民风民俗、自然环境、民族交往等等文化历史因素视为一个彼此相连的整体，视为具有共同生成机制与深层意义结构的文化符号系统"③，这样才能在古代学术的"整体性"与"互文性"中呈现其意义生成模式。

三是"政治的或意识形态的研究模式"。李春青认为，西方马克思主义文论研究模式，尤其是杰姆逊和伊格尔顿的文论研究，将文学艺术现象视为"某种意识形态的特殊表现形式"，对文学理论研究极富启示性。④尤其是从不同历史时期的精神文化符码出发，对中国古代审美趣味及相关文论话语范畴特征以及这些特征潜藏的意识形态内涵进行探究，能够从不同维度接受文学艺术现象的丰富内涵。

如上三种研究模式理论指向及其背景资源不尽相同，但相通处都在于关注文本与其形成或发挥功能的外部语境的关系且强调对象的构成性、动态性和生成性，而对文学艺术现象复杂关联性的重视，恰恰形成了一种"文化的整体性"，这也正是李春青"中国文化诗学"的内核与旨趣所在。在如上操作模式基础上，李春青通过对"诗经""宋诗"及"文人趣味"等古代诗学观念之翔实

① 李春青：《论文化诗学的基本特征与操作路径》，《江苏行政学院学报》2014年第3期。
② 李春青：《"文化诗学"的本土化与"中国文化诗学"之建构》，《文艺争鸣》2012年第4期。
③ 李春青：《宋学与宋代文学观念·引言》，北京师范大学出版社2001年版，第9—13页。
④ 李春青：《论文化诗学的基本特征与操作路径》，《江苏行政学院学报》2014年第3期。

考察，更进一步总结出了中国文化诗学的研究方法和阐释实践，完成了这一阐释模式由最初构想到实践的过程，真正将"中国文化诗学"呈现在学人面前。

三　中国文化诗学的研究方法与阐释实践

李春青曾反复强调，借用"文化诗学"是为了倡导"一种阐释方法"，就是要将阐释对象置于更大的文化学术系统之中进行考察。那么，这种研究方法有何特征，又该如何操作呢？对此，李春青结合中国古代文论研究，尤其是围绕先秦两汉《诗经》功能演变与儒家诗学生成轨迹等问题进行了极富启示的探索，并由此形成了一套系统的且行之有效的实践方案。

首先，重建文化语境——文化诗学之入手处。从最初关于"文化诗学"的构思起，李春青就极为重视"主体之维""文化语境"及"历史语境"三大阐释视角之于研究对象的重要意义①。尤其是"文化历史语境"，作为文论话语产生的文化氛围之"母体"，任何诗学文论观念、范畴、话语之形成，都可以说是特定历史文化语境互动生成的产物。为此，要理解某一诗学观念之发生及演变，就必须将对象重新置于特定的历史文化语境内分析，方可作出恰如其分的阐释。李春青认为：

> 任何一种言说或者文本的形成都必然是各种关系的产物。言说者、倾听者、传播方式构成这种关系最基本的维度，而言说者面对的种种文化资源、社会需求、通行的价值观念、占主导地位的思维方式等等都对其言说产生重要影响。这一切因素共同形成的特定文化氛围、环境是一种话语产生、存在、实现其意义的必要条件。对此我们称之为文化语境或者文化空间。我们从事研究工作的主要目的之一就是要揭示一种文本或话语系统的意义，而任何意义只有在具体的文化语境中才是可以确定的。不顾文化语境的研究可以称为架空立论，只是研究者的主观臆测，或许会有某种现实意义，但算不上是严格意义上的学术研究。所以文化诗学的入手处就是重建文化语境。②

重建历史文化语境的意义在于为对象设置一个"坐标系"，使之在文化母体中易于衡量、把握。问题是逝去的历史文化何以重建呢？李春青认为，历史文化

---

① 李春青：《走向一种主体论的文化诗学》，《文艺争鸣》1996年第4期。
② 李春青：《诗与意识形态：西周至两汉诗歌功能的演变与中国诗学观念的生成》，北京大学出版社2005年版，第2—3页。

语境并非完全"重建"，但可以通过历史文化文本及其印迹无限接近历史文化语境，尤其是"通过对历史的、哲学的、宗教的、民俗的等各类文化文本的深入分析"①进而在各种不同方向的"力"的构成关系中把握文论话语意义的生成模式。

其次，互文性研究视野——文化诗学之基本原则。"互文性"原是法国女权主义文论家克里斯蒂娃提出的一个重要概念，受巴赫金对话、杂语与狂欢理论的启发，她认为任何文本都是一个循环流动的空间，有作者与读者、文本内与文本外之间的对话，而文本实则就是一个意义的发生场。无独有偶，罗兰·巴特后期的思想中也极为重视"互文性"，尤其是在其《从作品到文本》中，更强调打破文体与学科界限的意义。可以说，"互文性"理论作为结构主义符号学的重要思想资源，其打通学科界限，进入哲学、语言、历史和心理的交叉领域，打破静止的语言结构并在内外互动中形成一种由静态到动态的超越模式，对西方文论研究路径及思维变革产生了重要影响。与西方"互文性"理论类似，在中国古代，"互文"关系同样是文学生产的重要方式，如文章与天道、世理、人情之关系，尤其是文史不分、政教不分，所谓"述而不作"，都体现了古代文学文本衍生性及"互文"关系的重要特征，也意味着"互文性"视野对于理解古代文学文本话语建构的重要性。据此，中西文学生产的"互文性"思路，构成了李春青实践中国文化诗学的重要参照。在李春青看来，文化诗学就是要充分重视历史、哲学、宗教、文学等不同门类的文化文本之间普遍存在的"互文性关系"，重视"不同文本之间相互渗透、互为话语资源的现象"②，进而在跨文本关系中进行综合比较研究。以《诗经》研究为例，李春青指出：

> 《诗经》不是作为文学而被生产出来的精神产品。它们与思想史、文化史、意识形态史乃至政治制度史有着比文学史更为密切的关联。这说明，文学史学科根本承担不起像《诗经》这样的研究对象。事实上不仅《诗经》这样复杂的研究对象，即使对那些文学性更强的、作为文学而被创造出来

---

① 李春青：《诗与意识形态：西周至两汉诗歌功能的演变与中国诗学观念的生成》，北京大学出版社2005年版，第7页。

② 李春青：《论文化诗学的研究路向——从古今〈诗经〉研究中的某些问题说开去》，《河北学刊》2004年第3期。

的诗词歌赋，我们以往那种画地为牢式的文学史研究也只能在某些层面上给出有限的解释。由于这类作品与其他文化文本之间同样存在互文性关系，故而无视互文性现象的研究方法就不可能对它们进行全面深入的把握。文学史给自己设定的任务或研究范围不允许研究者将目光投向更远的地方，否则就被视为越界了。所以对中国古代文学作品、古代文学观念的研究只有打破了人为设置的藩篱，以更加宏通的眼光，采用跨文本研究方式方能有所进步。我们提倡文化诗学研究思路正是试图在这方面做一些尝试。①

可见，将文学文本或思想观念置于更宏大的文化历史空间中，并从与之相关的前后左右形形色色、不同文类的文本关联中透视文本生成的思想轨迹，是深刻理解与阐释古代诗学思想观念的重要方法。可以说，互文性视角，是李春青中国文化诗学实践的根本原则。

再次，在文本、体验、文化语境之间穿行——文化诗学之阐释策略。无论是"文本中心主义"文论范式，还是"作者中心主义"文论范式，文本都是阐释的着眼点，只不过其视角和侧重点不同而已。那么，文化诗学作为一种阐释方法，又是如何对待文本，或者说，文化诗学的阐释策略又是什么呢？李春青认为，首先应该将文本视为"文学文本"和"文化文本"两类，文化诗学就应该在文本与文化语境之间穿行，而其特别要关注的是文本中的"语词的使用"以及"文本语词所负载的意义世界"，进而发掘"文本更深层意蕴或者文本意义世界生成的文化逻辑"②。从文本到文化语境，再从文化语境反过来揭示文本的意义，正是在这种"循环阅读"中，文本的意义完成了增殖，这就是李春青文化诗学阐释的实践策略。此外，为揭示文本中蕴含的精神与心理诸要素，完成对"主体"心灵的碰撞，进而揭示对象的情感，在阐释过程中还"必须关注一种隐含于文本之中，若隐若现的因素：体验"，而在李春青看来，要把握文本的体验层面，关键是要注意"体认"与"涵泳"，在全身心投入对象、体会领悟感觉对象中，使得"阐释主体真正深入地、全面地理解对象"③。

---

① 李春青：《诗与意识形态：西周至两汉诗歌功能的演变与中国诗学观念的生成》，北京大学出版社2005年版，第9—10页。

② 李春青：《诗与意识形态：西周至两汉诗歌功能的演变与中国诗学观念的生成》，北京大学出版社2005年版，第20页。

③ 李春青：《诗与意识形态：西周至两汉诗歌功能的演变与中国诗学观念的生成》，北京大学出版社2005年版，第21页。

　　以上三种阐释方法是李春青实践文化诗学的基本策略，从中不难见出其研究之旨趣。过去，文论研究要么局限于文献，过分偏执于资料之发掘、选择与整理，缺乏对意义的阐释以及宏通的现代视野，要么则以西方概念解释古代文论文献，并在以西释中压制了古代文论的丰富意蕴。李春青中国文化诗学实践，旨在破除上述方法论上的偏失，试图以一种新的宏通的眼光和文化视野，在文本与文化语境之间构建起一种新的文论研究路径，在激活传统文论话语的同时真正探寻古代文论的生活实践意义。可以说，从《道家美学与魏晋文化》到《宋学与宋代文学观念》再到《诗与意识形态》，从《在文本与历史之间》到《在审美与意识形态之间》再到《趣味的历史：从两周贵族到汉魏文人》，等等，李春青始终沿着这一阐释线路，默默实践中国文化诗学的可行性，也逐渐建构起了一套行之有效的实践路线。

　　事实上，从李春青中国文化诗学的阐释实践方法看，他不仅重视对古代诗学观念生成踪迹的知识考察，还同样关注主体内在精神意义的探寻；不仅重视文本语境文化的循环阅读，还同样强调由哲学回归历史的文本阐释途径；不仅重视对古代诗学文本的涵泳与体认，还主张运用西方现代阐释方法迂回地呈现古代诗学的意义，进而实现知识与意义、文本与历史、古人话语与现代话语之间的对话与会通。

　　由上观之，李春青中国文化诗学实践实乃是一种关于当代中国文论建设未来途径的思考，它源于传统古代文论研究模式之偏执，尤其是新时期以来当代文论在既定观念与方法、逻辑演绎及理论预设原则上的诸多不足，进而希冀寻找到一条走向一种对话、反思，走向阐释，并指向生活经验与生命体验的言说的文论研究方法，实现文学理论的创新发展。"文化诗学"正是在这种语境中被提出，并成为李春青在古代文论领域长期以来研究的实践方法。正如李春青所言，"中国古人的一切言说，都是关于意义的问题"[①]，而"不涉理路"——让体验贯穿言说过程而非抽象概括，"不落言筌"——用描述的语言而非下定义、下判断，"设身处地"——与古人处同一境界，或亦可视为李春青中国文化诗学实践的理论旨趣和终极关怀。

---

① 李春青：《向古人学习言说的方式——以中国古代文论研究为例》，《北方论丛》2009年
　　第3期。

第六节　在"双向建构"中"激活传统"
——林继中与中国文化诗学实践

　　林继中先生是一位才思敏捷且多才多艺的中国古典文学大家，擅长考证、精于文献，但在深厚扎实的辞章考据背后却透射出一股清秀隽美的文风。也许正是这种灵动飘逸的风格铸就了他在理论上的才华。因熟稔文献史料，又勤研西学方法论，尤其是对钱锺书中西"打通"研究模式的参透与推崇，使得林继中的古代文学与文论研究在"复古"而"越古"的路径上别具匠心，且始终站在时代学术的理论前列。这其中，对"文化诗学"的多年倡导与自觉实践，便是林先生于古代文论领域躬耕至深的思想结晶。新历史主义"文化诗学"作为形式主义路尽处崛起的思潮，本是一种西方理论形态，但它之所以进入林先生的学术视野，除其代表性的"跨学科整体性研究"方法外，更根本的是其包容、开放、动态的阐释模型不仅契合了中国文化的精神质素，还与诸多中国文学批评模式在观念方法上肌理相通。据此，挪借运用"文化诗学"的"他者性"视界来烛照激活中国古代诗学命题，并在嫁接转化中内化生成一套"中国文化诗学"的实践范式，是林先生长期思考与研究的课题。从"文化构型""文化流""蔓状生长"等一系列"旧题新义"的理论抽绎，到"文化建构文学史"的操作演示，林继中不仅不自觉地树立了一套在"双向建构"中"激活传统"的中国文化诗学实践范例，还生动诠释了由"文化诗学在中国"到"中国文化诗学建构"的可能境界及其学思意义。

　　一　"双向建构"：中国文化诗学的操作方法

　　由索绪尔《普通语言学教程》所引发的"语言学"革命，使得20世纪初中期的西方文论掀起了一场形式主义与结构主义的语言盛宴。从俄苏形式主义的"陌生化法则"到英美新批评的"文本细读法"，从索绪尔的"能指/所指"的"二元符号论"到罗兰·巴特与克里斯蒂娃的"文本双人舞"，驱逐作者、剔除历史，把语言视为一个独立系统并将文本加以"封闭自足"的"非历史化"处理，成为一种全新的"科学主义"理论范式。直至20世纪中后期，尤其是"五月风暴"后，法国后结构主义转向以及以一大批世称"西马"左翼理论家的登场才扭转了这种局面：一方面，在福柯、德里达的引领下，利奥塔、鲍德里亚以及德勒兹等一大批法国学者不断反叛拆解"结构主义"的科学语言范式，并将之转向人类学、社会学、心理学等领域；另一方面，则是以阿多诺、本雅明为代表的德国"法兰克福学派"以及以威廉斯为代表的英国"文化唯物主义"在对资本主义"文化工业"的批判中，将视野转向更为宏阔的意识形态领域的"文化研究"中。与此相随的是，巴赫金"狂欢化"与"对话理论"在西方的重新发现以及以杰姆逊为代表的美国"新左派"马克思主义的崛起，都为文学从"语言论转向"到"文化转向"进而重新走向历史并连接政治意识形态转变着方法论范式。"新历史主义"思潮正是在这种历史背景与理论资源中孕育而生。

受福柯、德里达、巴赫金、"西马"、"文化唯物主义"以及"文化人类学"等思想资源的启发影响，新历史主义文化诗学主将斯蒂芬·格林布拉特在解释文艺复兴文本时，在文学批评实践中首先就用"本文的间离性"去取代"本文的自律性"①，以对"文学文本世界中的社会存在以及社会存在之于文学的影响实行双向调查"②。主张在"流通"（circulation）、"谈判"（negotiation）、"交换"（exchange）等文学与社会制度询构的"文化系统"中实现"文学作品—文化语境"③的关联：一方面解构日常生活中经济与非经济的二元对立与割裂；另一方面则竭力在文本的符号分析中重构批评者与文本之间的"同谋"关系，进而在"语境化"的操作中揭示"谈判和交易的隐秘处"所蕴含的权力意识形态运作关系④。

新历史主义文化诗学在"语境化"的"双向调查"这一整体性研究模式上，可谓与"入乎其内，出乎其外"这一"移入—移出"之"双向运动"⑤的中国传统文学批评方法在观念上暗合，且在"情以物兴—物以情观""言志—缘情""文化—心理""入世—出世"等诸多中国诗学原型中有着相通相似处。因此，若能在跨文化语境中加以中西比较与融通对话，必将形成辽阔的阐发空间与学术增长点。此外，随着20世纪80年代中后期由"美学热"发展而来的"文化热"进而推动形成的"文化研究"潮流，也使得文学研究的文化视野成

---

① [美]斯蒂芬·葛林伯雷：《通向一种文化诗学》，见张京媛主编：《新历史主义与文学批评》，北京大学出版社1993年版，第15页。

② [美]斯蒂芬·格林布拉特：《〈文艺复兴自我造型〉导论》，见中国社会科学院外国文学研究所《世界文论》编辑委员会编：《文艺学和新历史主义》，社会科学文献出版社1993年版，第80页。

③ [美]海登·怀特：《评新历史主义》，见张京媛主编：《新历史主义与文学批评》，北京大学出版社1993年版，第96页。

④ Veeser, H. Aram, *The New Historicism*, New York & Lodon: Routledge, 1989:p.13.

⑤ 童庆炳：《〈文心雕龙〉"物以情观"说》，《北京师范大学学报（社会科学版）》2011年第5期。

为国内学者开辟"文学研究新视野"的重要方法与维度。

正是据于以上情形，主张"文化"与"诗学"双向流通的新历史主义"文化诗学"批评模式也就获得了林继中先生的青睐与认可，并成为其积极实践"中国文化诗学"的理论动力。正如林先生所指出，"整体性研究是文化诗学生命之所在。所谓整体性研究，体现在以宏阔的文化视野对文学进行全方位的审视"，采用"跨学科"的方法"以多种视角观照文学"以"对产生该文学文本的历史文化母体进行修复"①。在此，无论是"跨学科整体性研究"还是"重建历史文化语境"，无疑都是西方新历史主义文化诗学的内在法则。然而，如何真正将这种"西化"的文学批评模式"嫁接"并内化到中国文化母体中，使之具有理论的"本土性"品格，进而在相互阐发中真正完成对古代文论与诗学命题的现代转换与钩沉激活，就不仅是构建"中国文化诗学"的起点，还是一项方法论转换的难题。

林先生精于中国古典诗学，在深谙诸种诗学模式及其生命特征的基础上，受结构主义哲学家皮亚杰发生认识论影响，提炼抽绎出——"双向建构"——这一方法论命题，由此破解并完成了从"西学"到"中学"的思维转换。"双向建构"本是瑞士哲学家皮亚杰发生认识论[S（A）R]的核心旨意：反对行为主义心理学单向的"刺激—反应"（S→R）过程，而是从主体"对刺激的感受性开始"，强调刺激反应"同化"过程中的"自我调节的主动能力"；因而其有机体就不仅受单向的外界环境的刺激影响，同时还与外界发生"相互作用"（interaction），并在"组合"(combinatorial system)与"建构"(construction)中达到"一种新的平衡形式"②。然而，这种"双向建构"的方法论模式不仅在中国传统诗学命题中生生不息，还与西方文化诗学阐释模式契合相通，因而其勾连中西、会通古今的思维质素便暗含其中。也正基于此，林先生将"双向建构"视为"文化诗学的基本方法"③并在中国古代诗学文论的爬梳与阐发中印证了其可行性与有效性。所谓中国文化诗学之"双向建构"法则，其内涵、思路与方法大体有三：

一是贯通"内外"，阐释文学文本与外部世界之间的双向互动关系。新历史主义文化诗学在讨论文学文本时，往往将其置入历史语境中加以"互文性"

---

① 林继中：《文化诗学刍议》，《文史哲》2001年第3期。
② [瑞士]皮亚杰：《发生认识论原理》，王宪钿译，商务印书馆2011年版，第65—66页。
③ 林继中：《文化诗学刍议》，《文史哲》2001年第3期。

考察，既将文本视为社会文化的现实建构①，又将社会文化视为相互作用的各种社会机构的总和并以"文本"形式呈现，即蒙特洛斯所提出的"文本的历史性"与"历史的文本性"。在此，"文学文本"与"文化文本"通过历史语境的关联统一于一种"文化系统"中，而性别、种族、阶级所决定的社会制度与权力等级均包含于内。"文化诗学"的文学批评实践就是要通过这种历史与文化的"厚描"揭示文本内部所隐含的这种权力意识形态关系。与西方学人思维理路类似，"将文学视为文化的产物，将文学置诸文化的总体格局中去考察，注重文学文本的历史语境，通过整体性研究，去阐释文学文本与外部世界的互动关系"同样成为林继中先生贯彻中国文化诗学"双向建构"之路径方法。因为在中国诗学观念中，从孟子"知人论世"说、刘勰"心物交融"说、王昌龄"思与境谐"说、王夫之"情景交融"说直至王国维"境界说"乃至鲁迅"魏晋风度及文章与药及酒之关系"，无不将作者的兴发感动与外部世界相串联，并在情感心理结构与社会历史文化的双向建构中完成艺术世界的创构。因此，主张贯通文本内外的"双向建构"之思路方法，不仅能对与此相似的相关命题加以重新释意，还能激发传统文化与诗学的"通变"，②极大地整合与丰富传统文论的现代性意涵。

二是会通"中西"，寻求异质文化间的契合点与生长点。林继中认为"中西文化、中西文论应当是对话的关系、互补的关系，也是双向建构的关系"，文化诗学"应当以全人类文化为参照系，有意识地融会各种文化，具有融贯古今中外的博大胸襟"③。在此，植根民族文化精神，进而在中外会通中与西方思想家平等对话，是异质文化间对话交流的基础。如钱锺书所指出的，因"人文学科的各个对象彼此系连，不但跨越国界，而且贯串着不同的学科"④，因而我们须"穷气尽力，欲使小说、诗歌、戏剧，与哲学、历史、社会学等为一家"⑤，以期实现互释互证与往来对话。这种中西文论"双向建构"之阐发模式

---

① [美]吉恩·霍华德：《文艺复兴研究中的新历史主义》，见中国社会科学院外国文学研究所《世界文论》编辑委员会编：《文艺学和新历史主义》，社会科学文献出版社1993年版，第101页。
② 林继中：《在双向建构中激活传统——从文化诗学说开去》，《文艺理论研究》2009年第4期。
③ 林继中：《文化诗学刍议》，《文史哲》2001年第3期。
④ 钱锺书：《谈艺录·序》，中华书局1984年版，第1页。
⑤ 钱锺书：《管锥编》，中华书局1986年版，第854页。

也许在朱光潜"移西方文化之花接中国传统之木"①的诗学批评实践上可谓一例。朱光潜在《诗论》中通过运用克罗齐"直觉说"以及立普斯"移情论"等西方理论来解释中国古典诗歌，同时又用中国诗论印证西方诗论，对中国诗歌的起源、节奏、境界以及中国诗的声韵进行了详尽阐发，在中西贯通中，朱光潜还不仅批判了西方文论的偏执之处，还补阙了中国诗论的不足，并在中西互释对话、融通创新中提出了"新的表现说"②。应该说，朱光潜对中国古典诗歌的中西互释与对话，也正是林继中所谓会通"中西"之"双向建构"模式的理想之境。

三是勾连"古今"，在文史互动、古今互动中激活文本之"历史—当代"的双重意义。新历史主义在处理"历史"与"文本"时，存在一个"编织情节"（emplotment）与"重新编码"的"历史编撰学"（historiography）过程③，其本文"作为结构的社会关系和性别关系的历史的产品和参与者"④只是作为社会制度与实践的"'文化系统'的表达或表现"⑤，因而在读者接受过程中就存在一个阐释循环与意义增殖的过程。因此，新历史主义的文本阐释策略既区别于形式主义的语言自律性与历史编撰学的外在他律性，在"历史的文本化"与"文本的历史化"的双向互动中具有历史与当代的双重意义。与此相似，林继中也常引陈寅恪"对于古人之学说应具了解之同情"观来对古代诗学命题作文史互动与古今互动的双重意义阐释，指出："双视角构成为古人定位之坐标。从以今视昔之视角，可发现中国士大夫普遍存在的软弱性，及其只在廊庙与山林之间选择生存方式的狭隘性。以对古人了解之同情，则可发现中国古代知识分子在难以想象的恶劣政治环境下是如何顽强地以健康的心态求生存，最大限度地保存个体的尊严。二者正是构建现代中国新型知识分子有益的鉴戒。"⑥以此出发，林先生不仅匡

① 朱光潜：《关于我的〈美学文集〉的几点说明》，见《朱光潜全集》第十卷，安徽教育出版社1992年版，第568页。
② 朱光潜：《诗论》，北京出版社2009年版，第85页。
③ [美]海登·怀特：《作为文学虚构的历史本文》，见张京媛主编：《新历史主义与文学批评》，北京大学出版社1993年版，第173页。
④ [美]伊丽莎白·福克斯-杰诺韦塞：《文学批评和新历史主义的政治》，见张京媛主编：《新历史主义与文学批评》，北京大学出版社1993年版，第64页。
⑤ [美]海登·怀特：《评新历史主义》，见张京媛主编：《新历史主义与文学批评》，北京大学出版社1993年版，第102页。
⑥ 林继中：《对古人了解之同情》，《光明日报》2004年4月28日。

正了冈村先生因"文—人"分离后对陶渊明的误读，还在古今勾连的文化修复中辩证地澄清了陶氏复杂矛盾的内心情感世界。可以说，林先生这种古今"打通"的"双向建构"之路径不仅在现代性视野中整理并重构了传统诗学，还在"历时性"与"共时性"的转化平台上激发了读者的"期待视野"以及文本的"召唤功能"①。

林继中倡导的上述三种中国文化诗学"双向建构"之路径方法，有其相通处，也有其特定的阐释场合。仅就思维观念说，话语的开放性、诠释的动态性以及对象的构成性是其基本特色，这也充分显示了"文化诗学"须在"文本—历史—文化语境"间施以"综合整体性研究"的旨归。当然，这三种路径方法在深层基质上则更体现了其共有的"双向"互动的动态"生成性"，而这恰恰吻合了中国传统文论的文化品格与精神气象，由此也就具有了"文化诗学"话语的民族个性与学理特色。

二 中国文化诗学实践："双向建构"的三种运用模式

"双向建构"是中国文化诗学的基本方法，其思维路径在于贯通"内外"、会通"中西"与勾连"古今"。那么，究竟该如何将这些宏观的学理策略具体地运用并落实到操作实践中呢？在林继中先生的研究实践中，对"双向建构"方法论的理论阐发居于其次，他更多的正是对"双向建构"模式的实践运用，并在中国古代文学与文论的研究贯彻中不自觉地形成了三种运思模式。兹举其要，简陈如下：

1. "文学—文化"的双向建构模式

所谓"文学—文化"的双向建构模式，即是要将文学文本置诸"我国长期形成的文化构型的发展嬗变的运动过程中"，把握对象"与文化诸因子之间的特殊联系所形成的整体结构，作功能性的研究"②。在此，"文化构型"与"整体结构"是逻辑前提，强调文学与文化的互涵互动与双向建构关系，而"功能性研究"则是关键，也是文化诗学"综合整体性研究"的要义所在。林继中这种研究模式与其说与格林布拉特所倡导的"语境化整体性研究"相似，还不如说与恩格斯所倡导的"无数互相交错的力量，有无数个力的平行四边形"③这一

---

① 参见林继中：《文化建构文学史纲（魏晋—北宋）》，北京大学出版社2005年版，第12页。

② 林继中：《文化建构与文学史》，《社会科学》1989年第4期。

③ 《马克思恩格斯选集》第四卷，人民出版社1972年版，第478页。

"文化合力论"更具亲缘性似为妥帖。

在林先生看来，"文化的中介作用及其与文学的系统、子系统关系，最深刻地体现为文化自身的建构制约、驱动着文学的建构，促成其演进；而文学又以其自身的变革参与文化建构，二者形成双向同构的运动"[①]。因此，如果"只强调文学'自身'的主体性，甚至排斥其他文化因素的介入，力图进行'纯文学'的研究，也同样要犯片面性的错误而不可能发现文学真正的自身规律"[②]。由此，在"文化整合"与"文化合力"的"场域"系统中对对象予以整体性观照便是文化诗学"文学—文化"双向建构模式的实践路向。

先看林先生对陶渊明《桃花源记》的题旨新解。历来关于《桃花源记》的主旨解读观点甚多，如唐长孺"百姓避赋役入山的理想化"之说，陈寅恪"晋人避秦入壁坞之事实与刘遴入山采药传说的结合"之说，等等。然而，在林先生看来，这些解读尽管有其历史依据，但与"文学"本体自身存在裂隙，因为《桃园源记》已是纯粹的文学文本。为此，林先生重新将之置于历史文化系统中，并从"文学文本"与"文化文本"双重维度上予以了烛照：首先，作为"文学文本"，作者通过亦真亦幻的"桃花源"结构，呈现出了一个被简化而远离现实因果秩序之网的淳朴的"自然社会"；其次，作为更根本的是"文化文本"，因为文本中所反映出的淳朴自然风光及情感结构有着更深层的文化心理，即桃花源不仅是作者个人化情感而且代表着整个"时代的历史文化精神"。正是从"社会历史文化"层累积淀为文本"情感心理结构"这一向度上，林先生作出了新的题解："陶渊明只是从'集体无意识'对理想化的公社式农业社会的向往中提取意象，让这一具有原始生命力的意象嵌入那片绯红的桃花林，让自然美与顺应自然之社会生活叠印"，"是生存焦虑所促成的审美超越，是对文学净化与'移置'功能的一次深化，也是魏晋以来长期形成的人生诗意化追求的体现"[③]。从文本出发，再将文本置诸历史文化"场域"中加以透视，力图在"文学文本—文化系统"的交流碰撞中激发新意，这就是林继中先生"文学—文化"双向建构模式的运用法则。

再看林先生对"科举"与"行卷"风尚之于文学影响的再解读。学界对于"唐人以诗取士"的现象多有分析，最具代表性的是陈寅恪、冯沅君、程千

---

① 林继中：《文化建构文学史纲（魏晋—北宋）》，北京大学出版社2005年版，第16页。
② 林继中：《文化建构文学史纲（魏晋—北宋）》，北京大学出版社2005年版，第14页。
③ 林继中：《文化建构文学史纲（魏晋—北宋）》，北京大学出版社2005年版，第54页。

帆、傅璇琮等先生认为的科举对文学发生积极影响之中介是在"行卷"风尚。然而，林继中在充分肯定其运用社会学视角研究文学史的基础上，又予以了批评。林先生认为这种思路仍稍显"封闭"，因为"科举对文学史发生综合的影响，远非兴于唐而止于宋的'行卷'之风所能囿"，因而也只能是"小结果"而非"大判断"。于是，林先生将此话题重新还原到"文化构型"的历史文化场景中，从"科举"制本身的兴衰起伏与文学思潮之关系予以了辩证而精辟的阐明：首先，科举制首创于隋，但直至中晚唐，它仍没有成为宗法一体化的中国封建社会超稳定结构的调节机制，因为唐代科举不仅"取士甚少"，且未与儒家学说自觉地结合成为"政教合一"的组合机制；其次，中晚唐参加科举的士子与儒家学说无必然联系，因政教分离，科举制也未能培养官僚体制所需的人才；而到北宋，当科举制真正成为世俗地主文化构型中参政的主要渠道时，它才与儒家学说自觉结合，从而使大量世俗地主知识分子普遍接受儒学教育，并积极投身举业；因此，科举制对于文学的深远影响远不在于"为取功名"而"投其所好"的"行卷"之风，更根本的是由士族文化构型向世俗文化构型过渡中科举与国家意识形态结合后因政教统一而发挥的巨大力量。①应该说，林继中基于两种"文化构型模式"驱动转换基础上对"科举—文学思潮"的阐发不仅有理有据、视野辽阔，且更能在文化母体的修复中触摸到历史的体温。

2."主体—文化心理"的双向建构模式

所谓"主体—文化心理"的双向建构模式，即是要抓住文学艺术作品的主体，分析其文化心态与情感结构，揭示"诗人的情感结构于个人风格之形成"②以及"诗的形式之律动与人的内在生命之律动"③的关系，进而窥探出文学艺术作品所饱含的"民族文化——心理的内容"④及其所表征出的主体性人格理想与价值追求。在此，从"历史文化积淀"出发呈现主体文化心理与情感结构的生成过程是其关键，以便进一步深入揭示文学结构内部形式与内容中所蕴含的生命意味。

此类"双向建构"模式的运用在林继中的唐宋诗歌研究中可谓臻于至境，也

---

① 参见林继中：《文化建构文学史纲（魏晋—北宋）》，北京大学出版社2005年版，第160—163页。
② 林继中：《王维情感结构论析》，《文史哲》1999年第1期。
③ 林继中：《杜律：生命的形式》，《首都师范大学学报（社会科学版）》1996年第4期。
④ 林继中：《杜诗学——民族的文化诗学》，《杜甫研究学刊》1995年第4期。

充分彰显了林先生作为古典文学专家在西方理论上的专长。《诗国观潮》可谓这方面的代表作。林先生广纳尼采的悲剧心理学、克罗齐的美学原理、弗洛伊德的精神分析、荣格的原型论、姚斯的接受美学、皮亚杰的发生认识论、本尼迪克特的文化人类学、苏珊·朗格以及克莱夫·贝尔的艺术论，甚至是海德格尔的存在主义在林先生的唐宋诗歌研究中都有涉及。而通过西方理论对传统诗学现象的相互烛照，也的确使得其研究结论立意新颖，读罢令人耳目一新。

在《边塞诗与盛唐心态》一文中，林先生以"边塞诗"为研讨对象，对"盛唐人之心态"与"集体人格"进行了一番文化检视，认为"布衣取卿相"与"边塞求军功"是刺激唐人以任侠形式表露自我的文化心理动力，因而在盛唐边塞诗中往往强调一个"飞"字，它不仅是唐人对边塞建功立业的幻想，还是唐代边塞诗人情志感发与人格力量的顽强表现。①在《李白歌诗的悲剧精神》一文中，林先生则紧紧抓住"醉"与"梦"两个关键意象不仅形象地说明了"李白式的夸张在文化心理的层面上与'太白醉酒'所体现的人格力量"之间的联系，还指出"梦"作为"现实的反面"实则是李白"主体性人格"受压抑的表现，得出"李白的痛苦更多的来自'自我超越'，他要超越这压抑他个性的现世间，却又不能忘怀他强烈的济世欲求；他要摆脱那屈己于人的痛苦，却又跌入'苟无济世心，独善亦何益'的痛苦之中"②。《生存焦虑与情志离合——魏晋文学自觉的动力探源》一文探讨魏晋"文学自觉"的动力时，林先生从东汉官僚党争致使士大夫日益边缘化切入，指出因党锢驱逐使得"群体自觉"日渐走向"个体自觉"，并在"惶恐游走"的生存焦虑中将"个体自觉表现为对生命的追问"，因而在情志合一中形成了"建安文学最具特色的'风骨'"③。在《回味生命的艺术——论陶渊明的审美实践》一文中，林先生则从弗洛伊德情感净化与审美升华的角度出发，认为在陶渊明的诗歌理想中"儒家的人格理想与道家的审美态度"已内化为其具有"审美超越性"的"情感结构"，并在审美实践中完成了陶诗对"生命的回味"④。而在《论杜甫"集大成"的情感本体》一文中，林先生更一反学界众人从"时代、学力、儒学、家族、社会等等外部原因去考察"的做法，而是直

---

① 林继中：《诗国观潮》，福建教育出版社1997年版，第33—36页。
② 林继中：《李白歌诗的悲剧精神》，《文学遗产》1994年第6期。
③ 林继中：《生存焦虑与情志离合——魏晋文学自觉的动力探源》，《东南大学学报（哲学社会科学版）》2004年第2期。
④ 林继中：《回味生命的艺术——论陶渊明的审美实践》，《东方丛刊》2006年第2期。

接抽绎出杜诗的"情感本体"作为研讨对象，并认为杜甫之所以能获得"集大成的意义"关键在于其"真与善无间"情感本体结合，因为正是在"真与善在生活中介的作用下双向建构为杜甫独特的情感结构"，才"完成其扬弃与继承的主体性"①。

除以上诸篇文章外，《变迁感：中唐士大夫的心理压力——中唐田园诗的透视》《白居易自我调节机制的实现》《幻觉思维：李贺歌诗探秘》《情感意象的一种构图方式——以杜诗为例》《沉郁：士大夫文化心理的积淀》等文章，均可谓林继中实践"文化—心理"双向建构模式的经典个案。林先生在唐宋诗歌长河中，或是截取诗人个案，探讨其情感心理结构、人格理想、审美趣味之于诗歌的关联，进而从中追问艺术形式中所蕴涵的生命意味；或是截取文学史上某一思潮或文化现象观之，探索诗人作家在文学文本中与此文化心理结构所反映出的异质同构性，进而反向揭示文本背后所隐含的时代历史精神及其心理依据。林先生的这种文学批评实践，真可谓是一种不自觉的中国式的"文化诗学"。

3."文学文本—现实人生"的双向建构模式

如果说"文学—文化"的双向建构模式其落脚点在于"文本"，关注历史文化层累驱动之于文学建构的影响，"主体—文化心理"的双向建构范式其落脚点在于"作家"，关注的是社会历史文化层累积淀之于主体情感心理结构的影响以及之于文学文本的关联，那么"文学文本—现实人生"双向建构范式的落脚点则在于"读者"与"世界"，关注的是当下社会的发展以及人的生存，并强调现实问题意识的"参与性"与"介入性"。当然，"作家—作品—读者—世界"作为"文学四要素"本是一个循环有机的整体②，为便于分析，在此仅是在各个"击破"的层面上使用，绝非分割孤立视之。

具体言之，所谓"文学文本—现实人生"的双向建构模式，即是要"重返文化发展的基始之处，探索并开拓具有真正人文精神的文化发展方向，提出具有根本性的、富有诗意的文化创意，在文学与现实生活的双向建构中创造美好的人生"③，

---

① 林继中：《论杜甫"集大成"的情感本体》，《福州大学学报（哲学社会科学版）》2012年第4期。

② [美]M.H.艾布拉姆斯：《镜与灯：浪漫主义文论及批评传统》，郦稚牛等译，北京大学出版社1989年版，第5—6页。

③ 沈金耀、林继中：《文化诗学的文化创意》，《文艺理论研究》2012年第3期。

并力图在"立足现实、瞻望未来"中参与"世界多元文化格局的重组"①。也许，这就是当下所谓的"大国心态"，也是林先生所反复提倡与强调的"文化自觉"。

作为一名能诗善画的人文学者，林继中先生除有一颗兼并包容之心外，还有其现实的"参与"与"介入"意识。作为"少陵功臣"②——不但林先生的研究对象杜甫因忧国忧民而大吟"三吏三别"，关注现实人生苦难，而且其本人对鲁迅杂文也情有独钟而喜欢批判现实主义的诗歌。在繁重的科研工作外，林先生还重视大学教育改革、探讨人才培养模式，重视学生由"知识"到"学识"的培养，等等。这种"积极入世"的心态，从某一层面上看，实则也体现了林先生"学术—人生"之"双向建构"的理想化人格。此外，作为古典文学专家，林继中也极力提倡"文化研究"，并对文学的"雅俗偏见"持批评态度，他多次强调指出：面对文艺学的研究对象，一定要在"移动的边界"上持"开放态度"，并在此基础上予以合理批判。林先生曾以"重建文艺学的把握方式"为题对"赵本山小品"进行了文本学解读，不仅"及物"与"接地"，还以此话题在文学文化与现实生活的双重维度上进行了一次"双向调查"。这就是当下文艺学界仍较为流行的"文化研究"（Cultural Studies）方法。究其实质而言，则可谓是一种"意识形态的批评模式"。

众所周知，德国法兰克福学派重要人物阿多诺因对西方资本主义"文化工业"（Culture Industry）的批判而扬名四海，并成为当下大众文化研究领域内的重要理论资源。在《文化工业：作为大众欺骗的启蒙》一文中，他针对文化娱乐化以及由此带来的"娱乐知识化"结果进行了批判，指责"文化工业把娱乐变成了一种人人皆知的谎言，变成了宗教畅销书、心理电影以及妇女系列片都可以接受的胡言乱语，变成了得到人们一致赞同的令人尴尬的装饰"③。而"新左"马克思主义理论家杰姆逊则更直截了当地指出："在今天的商品消费时代里，只要你需要消费，那么你有什么样的意识形态都无关宏旨了。我们现在已经没有旧式的意识形态，只有商品消费，而商品消费就是其自身的意识形态。"④这种晚期资本主义的文化逻辑，在我们当下所谓的后现代文化语境中同样存在。在由消费文化主导

---

① 林继中：《在双向建构中激活传统——从文化诗学说开去》，《文艺理论研究》2009年第4期。

② 莫砺锋：《少陵功臣林继中的新著》，《中华读书报》2014年8月20日。

③ [德]马克斯·霍克海默、西奥多·阿道尔诺：《启蒙辩证法》，渠敬东、曹卫东译，上海人民出版社2006年版，第130页。

④ [美]杰姆逊：《后现代主义与文化理论》，唐小兵译，北京大学出版社1997年版，第29页。

的文化资本逻辑中，不仅文学理论、美学、艺术在市场冲击下出现诸如"诗歌产业化""人体艺术美学"等现象，文学创作中"取媚市场"的倾向更屡见不鲜，文艺领域的"三俗"现象仍十分普遍。这就必然要求我们以一种"批判性"的态度对之加以审视和介入，并加以学理性的诊断，最终通过学理化的引导，既寻求一种有利于社会进步的文化产业趋势，也由此营造一种主流文艺的价值观。简言之，通过意识形态的文化批判，有效介入现实，实现学术创新与现实关怀的双边增长，是双向建构之"文学文本—现实人生"模式的主旨意涵。

事实上，文学与现实人生的相互建构在中国传统文学语境中，也有着十分深厚的根基与底蕴。《论语·泰伯》中即有云："兴于诗，立于礼，成于乐。""文学与现实人生的相互建构"①可谓意义重大。当下的文学存在方式在"比特之境"中也正发生深刻变革。随着网络文学的涌现繁衍，网络文学"入史"与"重写文学史"话题已被学者提上日程。此外，"博客"写作，"微博""微信"的迅猛传递，也无不改变着当下人的文化生活与精神状况，并同样在"双向建构"中驱动并影响着"微时代"的文学知识生产。

以上这些关乎文学与现实人生的实例，均旨在说明两者间的相互驱动与建构意义，并在当下意识形态的各个领域中藏身。作为一种文学批评实践，正如新历史主义文化诗学对"政治与意识形态的重视"②一样，积极介入当下现实，并关注文化生活之于文学文本以及文学文本之于社会人生的"双向流通"关系，或许这也是林继中倡导中国文化诗学"文学文本—现实人生"之双向建构模式的应有之义。

三 "激活"与"重构"：中国文化诗学的境界与意义

如果说"跨学科""语境化""互文性"的文化大视野是中国文化诗学在方法论上带来的范式变革与更新，那么这种开放、动态、建构的阐释性策略则在拓展、激活与重构中国古代诗学与文论命题上具有重要意义。林继中在《文化建构文学史纲（魏晋—北宋）》以及《激活传统——寻求中国古代文论的生长点》两书中对诸如"蔓状生长的文学史模式""内观照的'山谷模式'"以及"'象外之象'的现代阐释""文气说解读"等题旨的现代性阐发，均可视为运用这种研究范式"激活"与"重构"传统诗学文论的成功例证。晚近发表的《超越"以史

---

① 林继中：《诗可以兴——古文论范畴的动态结构例说》，《文艺理论研究》2003年第3期。
② 廖炳惠：《新历史观与莎士比亚研究》，见张京媛主编：《新历史主义与文学批评》，北京大学出版社1993年版，第258页。

证诗"》一文，更在宏阔的"双向建构"的大视野中对陈寅恪的"以史证诗"模式提出质疑①。

先以"内观照的'山谷模式'"为例加以陈说。正如许总所窥破"《文化建构文学史纲》就是文学史研究'引进'与'激活'双线进行的典型示范"②一样，林继中在"山谷模式"的诠释上即是运用西方接受美学理论，着重阐释在宋人的期待视野下杜甫诗歌是如何"使杜就范"的，杜甫由"诗史"到"诗圣"的地位转变又反映了宋人怎样的文化心理，由此在文学与文化构型互动中对诗人经验系统进行了一场心理学上的"精神分析"。林先生指出，使杜就范并创宋诗自家模式者为黄山谷，他建构了自己社会退避的新模式，然黄山谷与其他士大夫在化解内心矛盾的自我调节机制上又甚不相同："苏东坡是化'一肚皮不合时宜'为'漠然淡定'，以其超越时空、超越自我的追求，形成'出新意于法度之中，寄妙理于豪放之外'的文风"，而"山谷化解矛盾的方法是：将理学家的内省功夫与禅宗的自我解脱结合起来，追求一种内心的恬淡与宁静"；"苏轼强调的是形在法度中，而神在法度外；黄庭坚强调的却是'自合'于法度。在恐惧心理作用下求自合于法度"，而正是在回到儒家温柔敦厚之诗教层面上才能理解"黄庭坚对杜甫的'修正'"。③可以说，至此林先生便在文本的文化实践中通过语境化的整体操作，将"山谷模式"置诸于文学史整体脉络中并在文化心理构型上予以了心理学层面上的激活。④

尤为精彩且极具突破性的还有其发表的关于"超越'以史证诗'模式"的理论构想。《超越"以史证诗"》一文中，林继中首先合理地肯定了陈寅恪"以史证诗"模式在时空人际关系的史料考索中的重要意义；其后，他进一步指出，"诗史"固然是极其重要的"不可或缺的参照"，但其偏重在"史"而不究"心"，这容易"囿于文献一段，泥于从史料到诗文的单一逻辑"，因而其局限在于"难以借此全面恢复当时的语境"，更无法明了"诗人之心"，也即"情感"与"性情"。林继中以杜甫"三吏""三别"为例进一步论证指出：

唐肃宗乾元二年（759 年）三月。是月，六十万唐军大败于邺，郭子仪

① 林继中：《超越"以史证诗"》，《光明日报》2015年3月27日。
② 许总、姜秀锋：《评林继中〈文化建构文学史纲（魏晋—北宋）〉》，《文艺理论研究》2006年第1期。
③ 林继中：《文化建构文学史纲（魏晋—北宋）》，北京大学出版社2005年版，第272页。
④ 相关评价还可参阅杨明：《读林继中〈文化建构文学史纲（魏晋—北宋）〉》，《文学评论》2006年第3期。

以朔方军断河阳桥保东京（洛阳），局势十分危急。当时洛阳百姓处境如何，史无详载。《资治通鉴》卷二二一"肃宗乾元二年三月"条仅简单地提到："东京士民惊骇，散奔山谷。"约略其时，杜甫由洛阳回华州，写路上见闻为此组诗，不但揭露当时唐政府毫无章法、惨无人道的征兵政策，还写出当地民众义无反顾地支持保家卫国战争的爱国主义精神，可谓与史载"士民惊骇，散奔山谷"云云背道而驰！何者为"真相"？两相比较，史册好比疏漏残缺的账本，杜诗却是精彩的影视。①

通过以上"史实"与"文本"并置于"历史语境"中的深入分析，林先生站在一种文学与现实之"双向建构"的大视野上，最后令人信服地得出"史有诗心，诗有史据"且"理、事、情融为一体"这一"超越'以史证诗'"的结论。

这种在"历史—文化语境—文本"间不断"流通往来"与"双向振摆"的实践阐释策略，可谓是林继中先生治唐宋文学与文论的惯行模式。究其旨归，在古代文学与文论研究上求"新"图"变"之理想以及立"论"成"法"之锐气，是显而易见的。正如林先生所说："新时期以来古代文学研究有了蓬勃的多元的发展，特别是回到鲁迅那对社会风气、社会状态与作者内心世界及作品风格间联系的研究的路子上去，而且视野更宽，发掘更深，考察更细。由此而延伸到对整个大文化与文学之间的考察，必将出现许多新情况。我们需要寻找一个新起点。"②如果说传统文论只有"由'变'达成'通'"才能寻求到"最富生命力的生长点"③，那么"中国文化诗学"则正是林先生长期构思以期实现传统文论"激活"与"重组"所苦苦寻觅的那个"新起点"与"生长点"。

早在20世纪90年代中后期，林继中先生便不无焦虑地呼吁："唯有新范式的建立，才能保住文学史研究领域的革命成果，使之以新的形式凝定下来，使我们有一个新的突破，从无序走向有序。我们期待新世纪有自己的新范式。"④此话距今已二十余载。通过学界近些年来包括林先生在内的以童庆炳、刘庆璋、顾祖钊、蒋述卓、李春青等为代表的一大批学人在"中国文化诗学"园地中的辛勤耕耘与自觉实践，其所期待的"新范式"之建立，大体可见雏形！

---

① 林继中：《超越"以史证诗"》，《光明日报》2015年3月27日。
② 林继中：《寻找新的起点》，《江海学刊》1997年第3期。
③ 林继中：《放眼寻求传统文论的生长点》，《学术月刊》2006年第6期。
④ 林继中：《寻找新的起点》，《江海学刊》1997年第3期。

第五章　理论困境与突围对策

自20世纪80年代末西方新历史主义文化诗学译介进入中国学界算起，从启发借鉴到落地发展再到本土化建构，文化诗学之所以在世纪之交取得重要影响而近些年却不温不火，难以纵深和推进，很大原因仍在于自身发展中仍有诸多亟待廓清与解决的问题。

譬如说，在具体的文化诗学研究实践中，文化诗学的"文化"维度有余，而"诗意"维度不足。也就是说，"文化"与"诗学"并没有达成有效的互动、互构关系，而一味向文化研究或文化批判暧昧靠拢，在电子媒介的巨量传播与群体自娱语境中消解了文学批评的严肃性及其"诗学"内涵。无怪乎有学者批评道："所谓文学的文化研究，都只是在所选定的文化形态内把文学作品当做了充分但未必必要的证据来用，不是以异质文化的视角，打开传统研究无法照射到的文学死角。结果可想而知，'文化诗学'仍然是缺席的维度。"①

譬如说，文化诗学作为一种研究方法，在具体文学问题的实践研究上，仍缺乏系统深入的理论分析。尤其是受制于当前商品拜物教的影响，文论研究也往往趋于玩弄概念和术语，好时髦、求新意，因而混搅于各种"后—"学和"主义"的狂欢与喧嚣之中，恰恰忽视中国的文论传统与现状，远离民族传统的诗学资源与对象，本末倒置地与各种消费文化现象相媾合，使得研究陷于被动。

---

① 牛学智：《我们的"文学研究"将被引向何处？》，《天津师范大学学报(社会科学版)》2011年第6期。

据此，当前文论研究现状之一便是：远离文学、媚俗文化，借艺术与政治或市场相结合的趣味媚俗之风盛行；远离作品、空谈文学，架空立论之蔽盛行；远离民族传统、学步西学，"离器言道"之蔽盛行。作为文论发展新趋势的文化诗学，能否在本土建构中确立自己的"诗学"话语，从某种意义上也代表着中国文学理论的未来。

实际上，文化诗学作为世界文论语境中"反叛"与"回归"的文艺思潮，其核心便是强调从哲学、形式回归到历史，用一种历史生成的眼光来重新审视文学与文化的双向互动关系。因此，在当前多元媒介融合的大众文化语境中，进一步回望并反思文化诗学相关基本理论问题，无疑对文化诗学的纵深发展及其学理建构，乃至文艺理论的未来发展均有重要的现实意义。

第一节 "文化诗学"与"文化研究"的区隔

时至今日，文化诗学研究无论是在学理建构上，抑或是批评实践上，都已取得系列可喜的成果，极大拓展了文学批评的视域，也将文学理论推到一个新的理论层面上。

然而，今天各种此起彼伏的社会文化现象似乎仍浓厚地萦绕在艺术的周围，也包裹着文学。因时代的进步、科技的发展，文学艺术也在多元媒介融合的时代展现出有别于传统诗学的新格局。在这纸质、电子、媒介逐渐向"读图时代"的位移中，日常生活的审美化也渐趋向影像化、视觉化、消费化的向度靠拢，大众文化的受众总量在"电信时代"中仍然有增无减。文化研究也在新的时代潮流中演绎得轰轰烈烈，保持着一股坚挺而旺盛的态势，一步一步地挑衅着传统精英文学的生存空间。尤其严重的是，传统的文艺理论话语在新的文学艺术面前展露出无法涵盖与无力言说的现实尴尬。当前，文艺理论面对新媒介下文学艺术的多元格局以及文化研究的强力冲击似乎显得无能为力或力不从心，问题有三：一是与现实相"隔"，根本无法解释媒介转型后各种新的文艺文化现象；二是文学理论学科仍缺乏"关联性"，固守传统的诗学界限，没能在新的社会形势下与历史、社会、经济、政治、宗教等学科有效地衔接起来；三是文学艺术的研究态势大有浅表化的特征，尤其是文化研究，尽管队伍庞大，但其现实的问题意识仍然匮乏，一味地迎合西方或是不断地泛化文化的概念，跳出了文学理论的大门。①

文化诗学作为文学理论的当代话语表达，它的根本性变革之一就在于在"诗学"基础上开辟了一种"文化视野"，吸纳了文化研究的有益营养，及时地更新了理论观念，拓展了学理范畴，改进了言说方式，能够在文本之外游刃有余地解释各种新的审美艺术形态。因此，它一方面能够进入历史语境，在经典文本的细读实践中钩沉诗学传统，进而汲取养料丰富自身的理论话语；另一方面它又能很好地应对各种新的审美文化形态，有效地进行诗学的解释。此外，文化诗学提出的一个重要时代语境正是针对泛文化研究的"拨乱反正"。

但在今天的文学研究中，不少学人似乎仍无意识地陷入一种文化研究与文化诗学相互纠缠的两难境地，随意标举文化诗学的旗帜，甚至简单的直接将文化诗学与文化研究等同起来。那么，究竟文化诗学与文化研究之间究竟存在哪些异同？进一步廓清这一基本理论问题，对于当前学界所提倡的文化诗学以及文学理论自身的健康发展就并非显得多余。

一　"文化诗学"与"文化研究"殊名异义

所谓文化诗学（cultural poetics），就是从文化的角度出发，在宏观文化语境与微观文本细读的双向拓展中对具有文学性的文本进行批评，它既立足于当代本土现实，又积极从传统诗学和西方话语中汲取营养，在化合中西后形成新的话语体系，是一种沟通古今、连接中西又关注当下的批评方法。它是在文化现象广泛蔓延、学科边界不断模糊、人文精神日渐缺失、新理性精神急需提倡的现实语境下破土而出的。显然，文化诗学是一种方法论层面上学理范畴的思考，是一种对具有文学性意义的文本进行阐释研究的批评方法和策略。

文化研究（cultural studies）则有着不同于文化诗学的更为复杂而庞大的含义。有学者认为，文化研究"是一种新的研究文化（the study of culture）的方式。许多学科——其中主要是人类学、历史学、文学研究、人文地理学及社会学——长期以来已把它们自己的学科关注带入到对文化的研究之中"。②而一般学术界提及的"文化研究"主要是指英国伯明翰大学1964年成立的"当代文化研究中心"（CCCS），其主要代表有霍加特、威廉斯及霍尔等人。中心成立之初是为亚文化族群，特别是个人阶级文化和青年亚文化族群作辩护，研究的对象也

---

① 童庆炳：《当下文学理论的危机及其应对》，《文化与诗学》2010年第2期。

② [英] 阿雷恩·鲍尔德温等：《文化研究导论》（修订版），陶东风等译，高等教育出版社2004年版，第5页。

主要是阶级、文化及传播学，但他们对于文化研究的定义莫衷一是，或是"日常生活的文化形式和实践"，或是"文化与空间的关系"，或是"探究权利的形形色色，各不相同，包括性别、种族、阶级、殖民主义等等"，或是认为"文化研究是一个人们用来将他们对大众文化的迷恋合法化的技术性词汇"。①也许还是雷蒙德·威廉斯说的最精辟，他在《现代主义的政治——反对新国教派》一书中认为，文化研究对早期社会学的和马克思主义研究的突破是从对作品的详细分析开始，但立场非常鲜明，那就是"以一种资产阶级经济作为先决条件，然后是一种资产阶级意识形态，接着是某些复制了资产阶级意识形态的文本"②。国内学术界对于文化的研究始于20世纪90年代，其关注的主要对象是当下社会的各种热点问题，具有强烈的现实感和时效性，主要包括网络现象、时尚新闻、热门电视剧、流行音乐、选秀节目等等，无不纳入文化研究的视野。也正因如此，才有学者认为"迄今难以界定文化研究究竟是一门学科，还是一种方法，抑或是一个领域"③。但是，可以肯定的是，当下无论是中国还是西方的文化研究，其指向的仍是日常生活文化、大众文化，它关注大众传媒、关注全球化、关注人的身份认同，展现的是与主流权利话语相对抗的质疑、消解和批判的立场。国内文化研究学者赵勇就认为"文化研究从它的诞生之日起，就在倡导'穿越学科边界'的'跨学科方法'（transdisciplinary approqch），也在积极地把文化研究打磨成一种进行社会斗争、从事社会批判的武器"④。

文化研究作为一门学科或领域，其开放性的批判是次要的，更为重要的是，文化研究是一种政治层面的强烈介入，是一种文化与权力关系的探讨，是一种对社会不良政治经济制度和操控舆论的坚决反击和批判。

当然，文化诗学除了纯粹的作为一种学理的批评方法外，很重要的一点，也是强调现实的关注性。但与文化研究的泛文化性研究所不同的是，文化诗学关注的更多的是一种具有"历史—人文"张力的价值尺度。童庆炳就指出："文化诗学的基本诉求是通过对文学文本和文学现象的文化解析，提倡深度的精神文化，提倡人文关怀，提倡诗意的追求，批判社会中一切浅薄、庸俗、丑

---

① 朱立元主编：《当代西方文艺理论》，华东师范大学出版社2005年版，第452页。

② [英]雷蒙德·威廉斯：《现代主义的政治——反对新国教派》，阎嘉译，商务印书馆2002年版，第260页。

③ 陆扬主编：《文化研究概论》，复旦大学出版社2008年版，第59页。

④ 赵勇：《透视大众文化》，中国文史出版社2004年版，第15页。

恶、不顾廉耻和反文化的东西。"①童先生在《美学与当代文化讲演录》一书中更是犀利地指出："深度的精神文化，应该是本民族的优秀的传统文化与世界的优秀文化交融的产物，它追求意义和价值，那么这种深度的精神文化的主要特征就是它的人文品格：以人为本，尊重人，关心人，爱护人，保证人的心理健康，关怀人的情感世界，促进人的感性、知性和理性的全面发展。"②刘庆璋也指出："'文化诗学'在'诗学'前冠之以'文化'，首先在于突出这一理论的人文内核，或者说，在于表明：人文精神是文化诗学之魂。"③在《走文化诗学之路——关于第三种批评的构想》一文中蒋述卓也指出"文化诗学的价值基点是文化关怀和人文关怀，文化诗学的立足点是文化，但不能将其等同于文化研究，文化诗学要求文学的文化批评必须保持审美性"④。

可见，在学理内涵上，文化诗学与文化研究的差异是显而易见的。文化诗学作为一种文学实践的批评方法，其出发点和落脚点都应该回归到文学文本的层面上来，而其指向又应该具有现实的人文关怀品格，具有积极的社会人生价值的精神导向功用。而文化研究的研究对象不再局限于传统经典的精英文学样式，它更多的是对大众文化及各种青年亚文化现象进行批评，表现出一种"有机知识分子"（organic intellectual）所特有的对社会现实问题的介入、质疑、消解和批判。

二　"文化诗学"与"文化研究"维度有别

文化诗学提倡的是一种深度的精神文化，要求在诗意维度的前提下进行文学的学理研究，所以"文化诗学"不仅具有审美的维度，并且其所指的"文化"也应该是符合"审美"这一内在特征的。同时，文化诗学是基于对文学语言的研究，强调文本语言的细读，因此文化诗学又应该具备语言的维度。由此，童庆炳将文化诗学归为三个维度，包括"语言之维、审美之维和文化之维"，这恰到好处地点出了以文学文本为轴心的诗学文本与审美文化之间的三维互构关系。

---

① 童庆炳：《"文化诗学"作为文学理论新构想》，《陕西师范大学学报(哲学社会科学版)》2006年第1期。
② 童庆炳：《美学与当代文化讲演录》，广西师范大学出版社2007年版，第223页。
③ 刘庆璋：《文化诗学学理特色初探——兼及我国第一次文化诗学学术研讨会》，《文史哲》2001年第3期。
④ 蒋述卓主编：《文化诗学：理论与实践》，人民文学出版社2005年版，第5页。

学界以童庆炳、刘庆璋等老一辈教授为代表的学者对于文化诗学的长期思考，已经初步建构起了一套相对完整的诗学理论体系，其学理维度主要体现在以下几个方面：

第一，以诗意旨趣和人文精神为内核，并以"审美文化"作为文化诗学的支点。

第二，"内部研究"与"外部研究"的路径策略。要在"文本内外"双重维度内走向文学艺术"自律"与"他律"相结合的综合整体性研究。

第三，文化诗学的价值立场是关注现实。文化诗学主张从文学作品、审美文化现象中发掘出深度的人文精神和历史理性，以此回应社会现实，并求得文学理论自身的更新和发展。

第四，跨学科的理论品格。文化诗学主张跨学科的方法，从人类学、美学、心理学、社会学、宗教学、民俗学、经济学等诸多学科的视角观照诗学文本，通过"打通"，将不同学科视为一个彼此联系的整体以求整体观照和阐发。

第五，文学与文化间的互动、互构。童庆炳认为"文化诗学所要做的事情，就是恢复语言与意义、话语与文化、结构与历史本来的同在一个'文学场'的相互关系，给予它们一种互动、互构的研究"①。这种文学与文化的互动互构，既要求文化的视野，又要求诗意的尺度，进而在文化与诗学的互动中对文本进行微观与宏观的阐释。

文化研究作为一种后现代学术思潮，其研究的倾向也主要表现在五个方面："1.与传统文学研究注重历史经典不同，文化研究注重研究当代文化；2.与传统文学研究注重精英文化不同，文化研究注重大众文化，尤其是以影视为媒介的大众文化；3.与传统文学研究注重主流文化不同，文化研究重视被主流文化排斥的边缘文化和亚文化，如资本主义社会中的工人阶级亚文化，女性文化以及被压迫民族的文化经验和文化身份；4.与传统文学研究将自身封闭在象牙塔中不同，文化研究注意与社会保持密切的联系，关注文化中蕴含的权力关系及其运作机制，如文化政策的制定和实施；5.提倡一种跨学科、超学科甚至是反学科的态度与研究方法。"②

对比文化诗学与文化研究在学理维度和研究方法上的差异，不难见出：文

---

① 童庆炳：《文化诗学：宏观视野与微观视野的结合》，《甘肃社会科学》2008年第6期。
② 罗纲、刘象愚主编：《文化研究读本》，中国社会科学出版社2000年版，第1页。

化诗学是基于学科品格的前提而言的，是一种文学文本与文化之间互涵互构的研究，并且其文化应该是一种积极的具有诗意审美维度的精神文化、审美文化，这也是文化诗学的"支点"所在；而文化研究则是对日常生活文化、大众文化，包括各种流行文化、消费文化及亚文化的研究，它可以是日常生活的美学研究，也可以是泛文化研究。与传统的以文学文本为中心的文学批评模式不同，文化研究显现出一种积极介入社会的政治热情。

三 文化诗学："文化"与"诗学"的互动互构

文化诗学既然谓之"诗学"，首先就在于说明它不是泛文化研究而是要强调其学科的审美内涵；而同时又在"诗学"前冠之于"文化"，也表明了其文化视野的维度。所以，文化诗学应该是一种审美诗学与文化研究的双重整合，既具有诗学旨趣的审美之维，又具备历史的文化维度，两者相互补充、相互建构。

基于此，文化诗学可以而且应该从两个不同的向度来对文本进行阐释研究：一是研究文本中的文化，即应该重视文学文本与文化之间的互涵互构关系，将文学文本置于历史文化语境中来研究，揭示文本隐匿于历史时空中的原始文化遗迹，激活传统；二是研究文化中的文本，即应该研究当下日常生活中各种鲜活的具有文学性的审美文化艺术形态，包括具有审美文化属性的各种"微文化""微现象"，关注现实。

1.文化诗学是文学的文化研究，是诗的文化学，即：应该研究文本中的文化意涵，重视文学文本与文化之间的互涵互构关系，激活传统。文化诗学研究的入手处就在于重建历史文化语境，强调"对知识与意义的双重关注""在文本与历史之间穿梭"。[①]只有将文本置于历史文化语境中，我们才能挖掘出蕴含在历史文本中的文化意蕴来。尤其是在"诗经学"研究中，通过历史语境的重建来追问历史的真相就显得越发必要。然而，离开历史文化语境的架空立论曾经却是一种非常普遍的现象。清儒皮锡瑞有言："后世说经有二弊：一以世俗之见测古圣贤；一以民间之事律古天子诸侯。各经皆有然，而《诗》为尤甚。……后儒不知诗人作诗之意、圣人编诗之旨，每以后世委巷之见，推测古事，妄议古人。故于近人情而实非者，误信所不当信；不近人情而实是者，误疑所不当疑。"[②]由此不难想

---

① 李春青：《文化诗学视野中的古代文论研究》，《文学评论》2001年第6期。
② 〔清〕皮锡瑞：《经学通论·诗经通论》，中华书局1954年版，第20页。

象，对于历史文本的研究，我们若是脱离具体的文化语境，缺乏"关联性"的比较思维，不去借助互文性的文本将对象置于时代的"坐标体系"中去，我们就很难追问到历史的真相。

《庄子·天下》是我国最早的一篇反映学术思想的珍贵文献，其中在论述到"道术"与"方术"相分离时，有云："天下之治方术者多矣，皆以其有为不可加矣！古之所谓道术者，果恶乎在？曰：'无乎不在。'曰：'神何由降？明何由出？圣有所生，王有所成，皆原于一。'……古之人其备乎！配神明，醇天地，育万物，和天下，泽及百姓，明于本数，系于末度，六通四辟，小大精粗，其运无乎不在。其明而在数度者，旧法、世传之史尚多有之；其在于《诗》《书》《礼》《乐》者，邹鲁之士、缙绅先生多能明之。《诗》以道志，《书》以道事，《礼》以道行，《乐》以道和，《易》以道阴阳，《春秋》以道名分。其数散于天下而设于中国者，百家之学时或称而道之。……天下大乱，贤圣不明，道德不一。……悲夫！百家往而不反，必不合矣！后世之学者，不幸不见天地之纯，古人之大体。道术将为天下裂。"①现在，暂且不去考证《天下》篇是否出于庄子之手，我们来分析"道术"与"方术"究竟是指代什么意思？"道术将为天下裂"这一"裂"字又该如何理解？是"分割""分裂"的意思呢，还是"破坏"的意思？要想回答好这一个问题，仅仅回到文本是很难得出正确的答案。首先，仅从文本上下文来看，我们似乎读出：世间的万事万物过去都源于一个统一的混沌的整体，那就是道，随着天下大乱，贤王不显，道德分歧，把古人完美的道德弄得支离破碎，很少能具备天地的完美，相称于神明的容貌。所以，内圣外王之道暗而不明，抑郁而不发挥，天下的人各尽所欲而自为方术。因此，有王官之学，官吏制度，有百家之学，并且百家各行其道而不回头。后世的学者，不幸不能见到天地的纯真和古人的全貌，道术将被天下人割裂，真是可悲啊。从中我们似乎得出这样一个简单的结论："道术"与"法术"成为了整体与部分之间的关系。这就造成了对文本的不合理的误读。而要正确合理地真正理解这种关系，我们就不能不回归到春秋战国时代的历史文化语境中，结合先秦的各种典籍文献，通过"互文本"关系，揭示其真正的内涵。

春秋战国时期，王室衰微，在礼崩乐坏的局面下，诸侯间战争、征伐频

---

① 〔清〕郭庆藩撰：《庄子集释》，王孝鱼点校，中华书局2004年版，第1065—1069页。

仍。在这场社会大变革、大动荡的局面下，士的阶层也应运而生。他们来自社会的各个方面，地位虽然较低，但多有学问，由于出身不同，立场不同，因而在解决社会现实问题时，其政治主张也不同，因此出现了百家争鸣的局面。文中庄子所代表的正是道家的立场，道家追求的人生理想是"逍遥游"式的"绝对自由"。这种近乎无政府主义的放弃任何形式统治的理想，乃是庄子追求的"圣有所生，王有所成，皆原于一"的混沌世界。而现实却是"天下大乱，贤圣不明，道德不一"，这种礼崩乐坏的局面严重地破灭了庄子心中乌托邦式的自由美好的理想，所以他也感慨后世的学者，不能再见到天地的纯真和古人的全貌。在《应帝王》《天地》《天道》等文献记载中，同样可以明显地感知到庄子的这种原始混沌的自由政治理想，"天地虽大，其化均也；万物虽多，其治一也；人卒虽众，其主君也。君原于德而成于天，故曰，玄古之君天下，无为也，天德而已矣。…… 以道观言而天下之君正，以道观分而君臣之义明，以道观能而天下之官治，以道泛观而万物者应备……故曰，古之畜天下者，无欲而天下足，无为而万物化，渊静而百姓定。《记》曰：'通于一而万事毕，无心得而鬼神服。'"[1]这里既讲"无为"，又讲"人卒虽众，其主君也"，但君臣万物，都应该顺应于一个统一的"道"，只有这样，才能"通于一而万事毕，无心得而鬼神服"，天下人人各守其职、各得其份。可见，在《庄子·天下》篇中，"道术"也应该是一种混沌的不可言喻的美好理想，是一种天下一统、君臣各守其职、人人自由洒脱的一种社会秩序的美好愿望。这"破"也就应该理解为破灭，就是指这种道术也随着社会大乱而破灭了。

因此，通过这种在"文本⇔历史⇔文化语境"之间反复穿行的阐释方法，我们就能更好地接近《庄子·天下》篇所要表达的真正内涵，也更能逼近历史文化的原貌，揭开文学文本尘封于历史遗迹中的神秘面纱。

2.文化诗学是文化的文学性研究，是文化的诗学，即应该研究文化中的文本，研究当下日常生活中各种鲜活的具有文学性、审美性的文化艺术审美形态，关注现实。

当下的文学在文化研究的冲击之下似乎正处于一种进退维谷的矛盾境地。一方面要坚决护卫文学的永恒的神圣家园，一方面又要关注现实，而现实生活却总是与各种文化现象紧密关联。即使是我们所谓的纯文学作品，在当下电子

---

① 〔清〕郭庆藩撰：《庄子集释》，王孝鱼点校，中华书局2004年版，第1065—1069页。

媒介语境中也难以"独善其身",更在不为人所注意的情况下经过编辑、出版社的反复包装、制作,各种插图、漫画、二维码短视频渗入其中,一方面改变人们对待文学的认知,一方面企图追逐更高的市场营业总额①。如此种种。毋庸置疑的是,传统的文学研究在当下这种"语—图"关系复杂的视觉文化语境中已难适应,尤其是面对各种"微文化"现象,很难建立起一套行之有效的文学批评话语体系。

为应对社会文化发展带来的新挑战,文学理论家们开始思考"重划文学疆界"的合法性可能。陶东风曾极力主张"日常生活审美化"研究,他希望能通过拓展文学的疆界范围达到对各种新兴文化现象的批判。他指出"审美化的意义在于打破艺术(审美)与日常生活的界限,日常生活审美化的学术关注并不意味着对它价值上的认可",因此日常生活的审美化研究"大可不必把它排斥在美学文艺学研究的大门之外"。②学者欧阳友权将文学研究的视角伸向了当下极其活跃的网络现象——微博客(Micro-blogging)的研究,他认为:"在网络媒体的传播力日渐强大的今天,文学没有像希利斯·米勒所预言的那样被技术传媒引向终结,而是通过改变自身存在的前提和共生因素,把生存的空间向数字化生成的新边界延伸,微博客文学便是其中之一。"③

客观说来,文化诗学既要关注纯文学的文本,也应该关注这些具有文学性的各种文学艺术形态,包括古典的"有意味的形式"的各种原始图腾,当下具有诗意审美的短信、博客、微博、微信、短视频等具有文学审美属性的"微文化""微现象"等新艺术形态。

我们来分析以下几个句子:

> 爱,凝聚您的粉笔中;情,珍藏您的教鞭中;苦,融入您的教案中;甜,散发您的书信中;笑,充盈您的收获中;美,永远在我感恩记忆中。
>
> 九月,是秋的季节,是收获的季节,是回报的季节……老师,是这个

---

① 关于这一点,尼尔·波兹曼(Neil Postman)有着鞭辟入里的见解,他认为媒介就像一种隐喻,用一种隐蔽但有力的暗示来定义现实世界,这种媒介——隐喻将世界进行着分类、排序、建构、放大、缩小、着色,并且证明一切存在的理由;媒介的独特之处在于它以不为人所注意的方式介入,指导着我们了解事物。可参阅尼尔·波兹曼《娱乐至死》(广西师范大学出版社2004年版)及马歇尔·麦克卢汉《理解媒介——论人的延伸》(商务印书馆2000年版)。

② 陶东风:《日常生活的审美化与文艺社会学的重建》,《文艺研究》2004年第1期。

③ 欧阳友权、吴英文:《微博客:网络传播的"软文学"》,《文艺理论研究》2010年第4期。

季节的主题。岁月如歌，感念师恩。对每个人来说，在我们从顽皮稚童到青涩少年再到风华青年的生命历程中，老师，都是最值得我们尊重和感恩的人。向过去的，现在的，将来的，所有人类灵魂的工程师，道声：你们辛苦了！节日快乐！

一生教书育人，两眼炯炯有神，三尺讲台情深，四海学子满门，五洲驾驭风云，六合天地爱心，七仙向往凡尘，八面玲珑机敏，九霄云外星辰，十分磊落光明，百尺竿头奋进，千秋大业兴盛，万古流芳美名，亿众爱戴尊敬，兆祥中华复兴，极致境界追寻。

这是不是我们非常熟悉的文学字眼呢？这是不是诗情画意的感情表达呢？这是不是就是我们所从事的美好的文学研究事业呢？回答者纵然有千百万个人，或许大多数读者都认可那就是文学，因为这些句子都是用非常细腻的笔法，用饱含深情的基调抒写出了自己对于老师的赞美。而这些句子正是刊登在《中国教师报》上的"2011教师节'感念师恩'"主题活动祝福短语征集评选的获奖短信。

文化作为一种诗学的对象（文化的诗学），与诗进入文化观念（诗的文化学）共构成了一个互释、互渗（participation）的空间场域。与其说文化与文本的交融赋予了文化以文本的诗学审美属性，不如说文化自身呈现出诗意的形态。因为人在创造文化的活动中必然要把人创造成"文化的人"，而人的哲学又"必然地同时就是一种科学哲学，必然地同时就是一种艺术哲学、语言哲学、神话哲学，……一句话，人的哲学归根结底不能不是一种人类文化哲学"①。文化作为一种活动的创造，其本身就已经涵盖了诗的阐释，因此，诗的阐释可以看成是文化的本质属性之一，也是文化的阐释模式之一。正是在日常生存与本真的存在中，栖居着历史文化的创造中所蕴含的人类的诗意的呈现。海德格尔给我们提供了一种文化诗学模式的阐释路径。在《艺术作品的本源》中，海德格尔说道："艺术作品是人人熟悉的。在公共场所，在教堂和住宅里，我们可以见到建筑作品和雕塑作品。在博物馆和展览馆里，安放着不同时代和不同民族的艺术作品。如果我们根据这些作品的未经触及的现实性去看待它们，同时又不至于自欺欺人的话，那就显而易见：这些作品与通常事物一样，也是自然存在的。一幅画挂在墙上，就像一枝猎枪或者一顶帽子挂在墙上。一副油画，比如凡·高那幅描绘一双农鞋的油画，就从一个画展转到另一

———————————

① [德]恩斯特·卡西尔：《人论》，甘阳译，上海译文出版社1985年版，第7页。

个画展。人们运送作品，犹如从鲁尔区运送煤炭，从黑森林运送木材。在战役期间，士兵们把荷尔德林的赞美诗与清洁用具放在背包里。贝多芬的四重奏存放在出版社仓库里，与地窖里的马铃薯无异。"①正如马克思在《1844年经济学哲学手稿》中所言："囿于粗陋的实际需要的感觉只具有有限的意义。对于一个忍饥挨饿的人来说并不存在人的食物形式，而只有作为食物的抽象存在；食物同样也可能具有最粗糙的形式，而且不能说这种饮食与动物的饮食有什么不同。忧心忡忡的穷人甚至对最美丽的景色都没有什么感觉；贩卖矿物的商人只看到商业价值，而看不到矿物的美和特性；他没有矿物学的感觉。"②在此，海德格尔与马克思都同样注意到了一个"审美认识"的问题。美其实就在日常的诗意存在中，在本真的体验中，所谓艺术，所谓审美，所谓诗意，不就是人的超脱世俗后本真的静观、默察以及人与物、心与自然之间的沟通吗？美，其实就是客观事物或社会生活符合人的生活理想，就是人对日常现实生活所作出的审美的体验。著名美学家朱光潜先生在《"慢慢走，欣赏啊！"——人生的艺术化》一文中指出："人生本来就是一种较广义的艺术。每个人的生命史就是他自己的作品。这种作品可以是艺术的，也可以不是艺术的，正犹如同是一种顽石，这个人能把它雕成一座伟大的雕像，而另一个人却不能使它'成器'，分别全在性分与修养。知道生活的人就是艺术家，他的生活就是艺术作品。"③

"人生的艺术化"不正是我们这些被机器笼罩着的现代异化人类所苦苦追寻的诗意吗？诗意存在于文学文本的虚构世界中，也同样存在于日常的文化生活中。中华民族几千年的灿烂文明沉积出了华夏灿烂的文化，造就了无数的经典作品，陈列于文学艺术的殿堂之上，令人百读不厌。然而，正如胡适先生所言"一时代有一时代之文学"，"诗经"时代有"诗经"时代的文学，唐代有唐代自己傲人的诗歌，"五四"也有"五四"时代特有的文学，处于新时代的今天，也有符合当下口味的文学艺术形态。无论经典与雅俗，它就是我们当下所特有的时代历史的产物，在历史的书写中，它们不可能"缺场"。

正如童庆炳所言，"文化诗学"在审美文化基点上，既要持有批判审慎的

---

① [德]马丁·海德格尔：《艺术作品的本源》，孙周兴译，见《林中路》，上海译文出版社1997年版，第3页。

② [德]马克思：《1844年经济学哲学手稿》，人民出版社2000年版，第87页。

③ 朱光潜：《"慢慢走，欣赏啊！"——人生的艺术化》，见朱光潜：《谈美》，中华书局2010年版，第110页。

态度，也应该具备一种开放的精神、一种包容的情怀，用"海纳百川，有容乃大"的批评精神去解读和观照一切具有诗情画意的文学艺术形态。

第二节　文化诗学的理论困境与突围对策

文化诗学自20世纪90年代初期在中国学界提倡以来，曾于世纪之交产生过巨大影响。这种文学研究的"时髦新论"在西方各种后现代理论思潮的蚕食中，学术领地似乎日渐萎缩甚至近于被遗忘，近年来研究者的呼声也越来越微弱。

文化诗学研究者顾祖钊曾指出，中国学者提出文化诗学多年可惜没有引起学界反响的根本原因有三，即：对"为什么要用文化诗学方法研究文学"宣传不够；对"中西文化诗学的理念"辨析不够；对"文化诗学的批评方法如何操作、如何动手"引导不够。[①]这三个"不够"每一个都如此掷地有声、发人深思。遗憾的是，顾先生此文发表之后，文艺理论界尤其是文化诗学研究者们并没有引起足够的重视。

一　文化诗学的四重"病根"

文化诗学之所以在研究的路途中止步不前，甚至被学界遗忘，其原因是多方面的，除顾先生指出的"宣传不够""辨析不够""引导不够"三个问题之外，文化诗学还存在着另外几重更为根本的困境，这是直接导致文化诗学难以进一步发展和深化的"病根"。

第一，文化诗学与新历史主义之间的学理界限纠缠不清，这是导致文化诗学研究裹足不前的第一因。不可否认的是，中国学界提出"文化诗学"是从新历史主义的认识起步的。自20世纪80年代后期起，西方"新历史主义"理论就开始陆续被介绍到国内。从1988年王逢振在《今日西方文学批评理论——十四位著名批评家访谈录》中第一次对新历史主义作了相关介绍到1993年国内先后出版了张京媛主编的《新历史主义与文学批评》及中国社会科学院外国文学研究所《世界文论》编辑委员会主编的《文艺学与新历史主义》两本系统介绍西方新历史主义的专著后，新历史主义文化诗学正式"撬开"了中国学界的大门。尽管中西文化诗学在哲学基础、历史态度、思维模式、理论来源等诸多

---

① 顾祖钊：《文化诗学三题》，《文艺理论研究》2011年第3期。

方面存在根本的差异，但正是在新历史主义之风的启发下，中国才开始文化诗学研究。关于这一点，即便是较早系统运用文化诗学方法从事实践研究的学者李春青也毫不讳言。他在1996年发表的《中国文化诗学论纲》中就指出，中国文化诗学不是对俄苏"社会诗学"、法国"发生学结构主义文艺社会学"、美国"文化诗学"的"照搬或拼凑"，"上述诗学观念只是作为一种学术背景对'中国文化诗学'具有意义"①。尽管中国文化诗学"嫁接"的仅仅是西方新历史主义的名称术语，但由此导致的却是欲辩难言的"后遗症"。从此，在中国文化诗学的研究中，总是很难逃脱新历史主义的影响，"文本"（text）、"历史"（history）、"语境化"（contextualization）、"文本的历史性"（the historicity of texts）、"历史的文本性"（the textuality of histories）、"厚描"（thick description）等专有名词遍地可寻。在中西方同一学术名称但主张两种全然不同的研究方法中竟屡屡出现如此高频的专业词汇，这不能不令人感到困惑。尤其对于文化诗学的外行者来说，还误以为此"文化诗学"与彼"文化诗学"全然无别。因此，要建构中国文化诗学，如何挣脱新历史主义预设的话语"牢笼"，撇清对西方文化诗学旧有理论的因袭，真正建构起具有本民族特色的理论话语体系，才是中国文化诗学走出当前困境的首要难题。

第二，文化诗学忽视历史，放弃"历史优先"原则，企图在不确立自己的历史观与哲学观的基础上空谈文化诗学，这是文化诗学研究难以突破现状、难以取得新进展的根本限制。新历史主义文化诗学"致命性"的缺点就在于历史与语境的虚构性。其代表海登·怀特指出，历史就是诸如"a，b，c，d，e，……，n"等此类的一系列事件，历史"关于事件""而且也关于这些事件所体现的关系网"，历史学家通过"比喻语言的技巧"采用"情节编织的形式"重新描写事件系列，其目的就是要"解构最初语言模式中编码的结构以便在结尾时把事件在另一个模式中重新编码"。②海登·怀特也"雅称"这种特殊类型的研究者为比喻型的历史主义者（figurative historicists）。他们借助"历史话语"的解构与重码不过是为了达成对现实社会政治批判的目的。这是新历史主义的历史观与哲学观，也是中西文化诗学的分水岭。与西方文化诗学主张后现

---

① 李春青：《中国文化诗学论纲——对古代文论研究方法的一种构想》，《社会科学辑刊》1996年第6期。

② [美]海登·怀特：《作为文学虚构的历史本文》，见张京媛主编：《新历史主义与文学批评》，北京大学出版社1993年版，第172—178页。

代的、解构主义的哲学观以及无序性（disording）、消名性（unnaming）、虚无性的历史观完全相反的是，中国文化诗学坚持走一条辩证唯物主义的、高扬新理性人文精神的哲学历史路线。我们承认历史的客观存在，并试图以科学、客观的态度追求一种更为符合历史原貌的描述，在逐步接近历史真相的过程中彰显学术品格。然而现实情况是，我们的文化诗学，更多的却是与结构主义、解构主义等西方文化诗学哲学历史观的"结盟"，而忽视自身正确的历史观与哲学观，放弃"历史优先"的基本原则①，空谈文化诗学，这是造成中国文化诗学难以突破现状、难以取得新进展的根本限制。

第三，文化诗学偏离初衷，与新潮的文化研究等"后—"（post-）理论辩难不明，这是文化诗学难以摆脱困境的又一限制。我们非常有必要重提中国文化诗学的出场语境。童庆炳指出：

> 文化研究是西方引进来的一个词，但是，它被引进以后，就成了中国当前的一种思潮。文化研究是对现实的回应，是具有积极意义的。但是，在目前这种文化研究的对象转了向，已经从解读大众文化等现象，进一步地蔓延开，比如说去解读广告，解读模特表演，解读小区热等，结果，解读的对象就离开了文学、艺术作品本身。……像这样发展下去，文化研究必然就不仅要与文学、艺术脱钩，要与文学艺术理论脱钩，而且成为新的资本阶级制造舆论，成为新的资本阶级的附庸。正是在这一背景下，我们提出了文化诗学的新构想。②

其实，童先生这里早已打了"预防针"——文化诗学就是对文化研究的纠偏，防止文化研究的蔓延给文学理论的学科性带来危机与挑战，这是文化诗学"历史登场"的意义所在。文学理论就是研究文学如何及文学为何的学科，这是文学理论研究的根本对象。然而，随着消费时代与大众文化的发展，文学理论在商业化的时代浪潮中迷失了自我，当今文学理论的审美对象再也不是传统经国济世的文学作品，而"基因突变"式地"病变"成了流行韩剧、时尚模特、当红明星、选秀节目等极富感官愉悦的快餐式的文化消费品。我们不是要排斥文化研究，相反，我们要极力提倡文化研究。但是，我们提倡的文化研究是基于

---

① 童庆炳：《文化诗学：宏观视野与微观视野的结合》，《甘肃社会科学》2008年第6期。
② 童庆炳：《"文化诗学"作为文学理论的新构想》，《陕西师范大学学报（哲学社会科学版）》2006年第1期。

文学基础之上的，是文化语境中的文学研究，是文学的文化研究，而并非泛文化的研究，这是文学理论的根基所在。刘庆璋指出：

> 文化诗学的落脚点是诗学——文学学，是一种文学理论，而不是泛文化理论。它是一种主要以文化系统与文学的互融、互动、互构关系为中轴来审视文学的理论和研究文学的方法。[①]

文学作品仍然是文化诗学研究的出发点和落脚点，文化诗学并非脱离文本信马由缰式的架空立论，从文学作品出发进入文化语境，再从文化语境回归诗学文本，这是文化诗学与文化研究最为本质的区别。

诚然，我们提倡文化诗学是一种研究方法，它既可以是文学的文化研究（即应该将文本置于文化视野中，在文学与文化的互动互构中研究文学），同时也提倡文化的文学性研究（即应该研究文化中的文本，研究当下日常生活中各种鲜活的具有文学审美韵味的艺术形态，关注现实）。但它绝不是脱离文本、脱离文学性的完全与文学审美范畴无关的泛文化研究。这不是文化诗学的登场目的，更非文化诗学的学术使命。假若硬用文化诗学去解读漫无边际的一切文化现象，"越权"式的去承担文化批判、政治学批判、社会学批判的任务，越出它的"出场"使命，抛弃它的核心存在价值，这就必然造成对学科层面"纠偏"作用的功能失效，反而最终会因"超负荷"的"职责越位"将文学拉向远离文学的场域，结果适得其反，在"自我拖垮"中被文化研究所湮没。

第四，文化诗学批评的理论队伍尚欠成熟，仍缺乏一套系统的行之有效的理论实践方法，这是文化诗学研究渐趋"默无声息"的理论局限所在。我们不妨先来"重温"新历史主义文化诗学在美国学界"消亡"的历史及其原因，以资借鉴。1990年理查·勒翰（Richard Lehan）就明确否定了新历史主义的学术创见，认为新历史主义受到结构主义与后现代主义理论的过多影响，过分热衷于对历史的消解和对文本的裁剪，存在"时间空间化""过分意识形态化""割裂历史与语言关系"的理论局限，在玩弄历史的同时失去"历史序列的自然延伸"，也就丧失了其自身的历史意义与学术生命。[②]正是由于新历史主义自身理

---

① 刘庆璋：《文化诗学学理特色初探——兼及我国第一次文化诗学学术研讨会》，《文史哲》2001年第3期。

② Richard Lehan, *"The Theoretical Limits of the New Historicism"*, NLH, 21.3.Spring1990, pp.533-553.

论存在的诸多局限，使其在发展中一直处于危机四伏的局面，在短暂的辉煌后淹没于其他理论的声浪中。

总体而言，当下中国的文化诗学，尽管学人们做出了极大的努力，在实践中也建构起了一些可供参考的文化诗学实践的经典范本，如童庆炳先生的《中国古代文论的现代意义》、李春青的《诗与意识形态：西周至两汉诗歌功能的演变与中国诗学观念的生成》《趣味的历史：从两周贵族到汉魏文人》等，但相较而言，其理论的建构仍然十分不够。此外，文化诗学的批评队伍力量仍稍显薄弱。所有这些，都是制约和限制文化诗学进一步发展和深化的现实障碍。

二 文化诗学的"二次'消亡'"？

何谓文化诗学的"二次'消亡'"？回答这个问题首先需要解释的是文化诗学的"一次'消亡'"。自斯蒂芬·格林布拉特于1980年在《文艺复兴时期的自我塑造：从莫尔到莎士比亚》一书中首次倡导"文化诗学"（认为"这种批评的正规目标，无论有多么难以实现，应当称之为一种文化诗学"[1]）发展到20世纪90年代初期，在文化研究浩大声势的冲击下，文化诗学最终被文化研究所吞噬，这就是笔者所指称的文化诗学的"一次'消亡'"。与此类似的是，自20世纪90年代中期发展到当下，中国文化诗学也面临着文化研究轰轰烈烈、坚挺而又旺盛的姿态挑衅。当前，文化诗学不但未能完成学科"纠偏"的历史出场任务，反而大有被文化研究击败的倾向，从这个意义上而言，文化诗学正面临着文化研究冲击下"二次'消亡'"的危险。

然而，文化诗学面临的"二次'消亡'"与文化诗学的"一次'消亡'"不同的是，造成中国文化诗学"二次'消亡'"的导火索并非文化研究。中国文化诗学并不排斥文化研究，相反还高度肯定其"合理性"，因为文化研究所提供的文化视野给我们的文学园地带来了无限的生机。童庆炳指出：

> 在研究文学问题（作家研究、作品研究、理论家研究、理论范畴研究等）的时候，要向宏观的文化视野拓展，以历史文化的眼光来关注研究的对象，把研究对象放回到原有的历史文化语境中去把握，不把研究对象孤立起来

---

[1] Greenblatt Stephen, *Reniassance Self-fashioning: From More to Shakespeare*, Chicago & London: University of Chicago Press, 1980.pp.4-5.

　　研究，因为任何文学对象都是更广阔的历史文化产物。①

　　我们应该看到，世界的万事万物只有在"人—世界"的"天人合一"式的结构关系中，在"此在"与"世界"、"在场"与"不在场"的相通相融中才显现出普遍的价值和意义。② 恩斯特·卡西尔也将"人的哲学"定义为"能使我们洞见这些人类活动各自的基本结构，同时又能使我们把这些活动理解为一个有机整体"③。回归中国文化诗学，其存在的价值意义就在于整体性研究的多元之美上，其最终的旨归就是要通过学科间的"打通"完成对文学作品的"症候性"解读（symptomatic reading），或曰"去蔽"（discovery）。一方面要将文学作品中"在场的东西"（the present）进行解说，传达其思想意义；另一方面更要将"不在场的东西"（the absent）进行揭示，追问隐含于作品背后的更为复杂的人生哲理，挖掘其中的真、善、美。

　　综上，文化诗学不排斥包含文化研究在内的任何一种有益于文学研究的范式，它存在的合理性就在于立足于文本"自律"基础之上的"他律"空间的无限延展性。照此而论，文化诗学的空间本应无限广阔，其发展的后劲本应潜力十足，那它为何偏偏会在短暂的高潮后风平浪静、止步不前继而面临"二次'消亡'"的危机呢？问题的根源出在我们自身。

　　首先，文化研究红红火火、如日中天，"时髦"的文化研究具有无穷的吸引力，这直接造成了学者对文化诗学心理层面的"抛弃"。文化诗学提倡文学的文化研究，文化视野的引入可谓是"双刃剑"，它既可以将文学带入文化的广袤世界，极大地拓展文学的研究空间，也可以将文学拖入无底的深渊，最终挣脱出文学的缰绳，滑落到远离文学的文化解读或文化政治层面的批判。正是这一双向式的"振摆"，使研究者简单地误认为文化诗学类似于文化研究，甚至在心中无意识地将两者等量齐观，这样势必将更多的精力投向"时髦"的文化研究，而从心理上"放弃"文化诗学。

　　其次，对文化诗学出场意义的忽视是造成学者"抛弃"文化诗学的另一重要原因。学界对提出文化诗学的学理动机不明，忽视了文化诗学是在文学理论受日益多元化的冲击，其研究对象、研究方法、研究目的出现诸多问题而传统

---

① 童庆炳：《文化诗学：宏观视野与微观视野的结合》，《甘肃社会科学》2008年第6期。

② 张世英：《哲学导论》，北京大学出版社2008年版，第28—31页。

③ [德]恩斯特·卡西尔：《人论》，甘阳译，上海译文出版社1985年版，第87页。

的批评方法又难以驾驭的情形下，需要文化诗学的出场从根本上变革旧有的方法论体系。

第三，文化诗学的辐射空间与学理建构较为局限，这也是学者"放弃"文化诗学研究的重要原因。我们深知即使西方文化诗学最为辉煌之时，也仅仅是在美国、英国、澳大利亚、新西兰等英语国家产生影响，而在非英语国家的德国、法国等理论大国中影响十分有限。其理论辐射与波及的范围远不如形式主义、结构主义以及各种"后—"理论，更不必提风靡全球的"文化研究"了。另外，中国文化诗学在学理层面上也确实缺乏全面深入的建构，甚至在研究中还难以挣脱新历史主义的理论沿袭，造成两者间的纠缠与混同。既然这一理论如此"局限"且"含糊"，又何必参与呢？这种思维层面的横亘又是一个因子。

此外，专门从事文化诗学研究的批评队伍欠成熟，这是造成文化诗学"难成气候"的直接原因。就目前学界来看，文化诗学的研究团队、研究学者、研究专著、研究网站以及期刊杂志，甚至培养文化诗学方向的文艺学硕士点和博士点依然门可罗雀。或许，这也是造成顾祖钊先生所"苦恼"的"宣传不够""辨析不够""引导不够"的缘由。

综上所述，当前文化诗学研究仍深处困境，且由于上述因素的长期累积与聚合，最终造成了当前文化诗学的"衰落"与"二次'消亡'"的危险。

三　文化诗学突围困境的理论对策

文化诗学存在诸多问题，该如何"对症下药"，及时摆脱这些困境呢？综合当下文化诗学研究中存在的问题，再借鉴学界在相关研究中的成功经验，其理论对策大致有三种范式。

1.回归文本、重提经典——在古今文本的钩沉与重释中建构话语体系

通过对文化诗学困境与危机的分析，不难看出，导致文艺理论陷入困境的根本症结在于脱离了文学文本，忽视了作为研究对象的文学作品的存在。童庆炳先生曾在一次教改研讨会上严肃地指出，"当前我国文学学科教学存在的问题"在于"注重'概论''通史'的教学，而不强调中文原著（理论作品、文学作品）的教学，特别是不重视经典原著的阅读与教学"，造成的结果是"两头落空"，"一是理论空洞无物，另一头是对具体的名篇名著一

无所知"。①那么，如何在文学原典的重构与阐释中建构起一套话语体系呢？下面仅以李春青的中国文化诗学研究为例，加以论述。

李春青的中国文化诗学研究是从古代文论出发的，他将研究的逻辑起点投向了士人阶层。他认为，只有先确定了中国古代诗学精神建构者这个逻辑性前提，才有可能对其精神产品有正确的理解；"而作为主体之维的古代士人阶层只是在特定的文化语境中来建构自己的诗学话语系统的"，而话语主体在文化语境中要进行建构，确立新的话语体系、新的价值观念，"主要是由历史语境决定"。②正是在"主体之维度""文化语境""历史语境"的考察中，李春青逐渐明晰了中国文化诗学的实践路径。

在《论文化诗学的研究路向——从古今〈诗经〉研究中的某些问题说开去》一文中，李春青又进一步在学理层面对"中国文化诗学"进行了整体的逻辑推进。该文以先秦两汉中《诗经》功能的演变与儒家诗学生成的轨迹之间存在的若干问题作为切入点，详细论述了"重建历史文化语境""互文本关系"等方法策略对文学研究的重大意义，还对文化诗学做了进一步的修正。他认为"任何意义只有在具体的文化语境中才是可以确定的。不顾文化语境的研究可以称为架空立论，只是研究者的主观臆断，或许会有某种现实的意义，但算不上是严格意义上的学术研究"，据此，他得出了"文化诗学的入手处就是重建文化语境"这一论断。接着李春青又通过学术史上关于"王者之迹熄而《诗》亡，《诗》亡然后《春秋》作"这一争论总结出了"尊重不同文类间的互文本关系"这一文化诗学的基本原则，进而指出文化诗学的基本阐释策略就是在"文本、体验、文化语境之间穿行"。③这样，李春青通过对"历史语境""互文性视野""文化语境"等多向度的考察，文化诗学的理论之胚也基本成型。

随后，在《中国文化诗学的源流与走向》一文中，李春青又通过"古代之源""现代之流""今日之继"的详细考证，爬梳出了"中国文化诗学"这一独

① 童庆炳：《回归名篇原著的阅读与教学——谈谈当前文学学科教学改革的方向》，见北京师范大学文艺学研究中心编：《"文艺学新问题与教学改革"学术研讨会论文集》，2012年6月，第181页。
② 李春青：《中国文化诗学论纲——对古代文论研究方法的一种构想》，《社会科学辑刊》1996年第6期。
③ 李春青：《论文化诗学的研究路向——从古今〈诗经〉研究中的某些问题说开去》，《河北学刊》2004年第3期。

特的文学现象从产生到发展再到当下的逻辑演进历程。他认为中国文化诗学除了从西方获得资源与营养外，更具有悠久的传统和历史，由孟子开其端，刘勰总其成的中国古代文化诗学，由刘师培、鲁迅、王瑶、顾颉刚、钱穆等用史家眼光审视文学的现代传统以及当下正在走向成熟的文化诗学都使得"中国文化诗学"获得了现代品格而具有强大的阐释功能。①据此，中国文化诗学这种民族特色的理论话语体系在李春青的实践研究中得以呈现。

目前，李春青将自己的文化诗学观概括为以"对话"作为研究立场、以"跨学科、互文性"作为研究视角、以"重建历史语境"作为基本方法、以"建构意义"作为基本目标②。从《乌托邦与诗——中国古代士人文化与文学价值观》到《宋学与宋代文学观念》再到《诗与意识形态：西周至两汉诗歌功能的演变与中国诗学观念的生成》三本专著可谓是李春青实践中国文化诗学的"三部曲"，在民族传统诗学的钩沉与重释中为建构本土文化诗学提供了一个经典的范例。

2.立足史料、沉潜历史——在学术史案的爬梳与剖析中追问学术真相

关于学术史案的研究，学界可谓硕果累累，罗钢的"境界说"研究、夏中义的百年学术史案研究等等。其贡献不仅为剔除"学说神话"给研究者提供了更多的信心与勇气，更为文化诗学提供了很好的方法论启迪。下面仅以夏中义关于朱光潜美学学案的研究为例加以论述。

夏中义《朱光潜美学十辨》通过文献学细读与发生学追问的方法，通过对朱光潜文集编年史式的解读真正实现了对朱光潜美学在历史与逻辑层面上的整体还原。以《朱光潜美学与克罗齐的关系——从〈克罗齐美学的批评〉到〈克罗齐美学的批判〉》③一文为例，夏中义给予文化诗学研究的方法论启迪至少有三：

第一，编年史般的"地毯式"文献阅读。我们都知道克罗齐提倡的"直觉说"对朱光潜审美心理学的影响巨大，这直接反应在《文艺心理学》一书中。但是，克罗齐的"直觉说"却从1901年撰写的《美学原理》到1921年撰写的《美学纲要》发生了诸多转变。夏中义分析说，1901年版的《美学原理》中克罗齐几乎都是论"直

---

① 李春青：《中国文化诗学的源流与走向》，《河北学刊》2011年第1期。
② 参见李春青于2011年11月24日在北京师范大学"中国语言文学前沿问题研究"博士生系列讲座上的演讲，题目为《中国文化诗学》。
③ 夏中义：《朱光潜美学十辨》，商务印书馆2011年版，第33—64页。

觉",但到1921年版的《美学纲要》中,"克罗齐不再将'直觉'幽闭在纯逻辑框架"中,而"已将'直觉'视为一种'循环的心灵的高级形式'",因为克罗齐"直觉说"的侧重点已向"意象"发生了偏移,强调"直觉性""整一性"的同时还注重精神灵魂层面的"抒情性"。而朱光潜《文艺心理学》所接受的则基本是前两者,而对"抒情性"的接受则"单薄"得"似有'半截子'"。据此,夏中义得出结论:这就是造成朱光潜美学"仅仅将此情感动力归结为康德式的、纯心理水平的'心灵综合作用'","对意象'整一性'的解读只能是形式水平的'整一'","而非克罗齐在1921年所论证的灵魂水平的'整一'"。夏中义基于对文献烂熟的深度解读基础上做出的这一精彩辨析,不仅令人信服地看到了朱光潜对克罗齐的"误读",更让人惊讶地"重新发现了克罗齐"。

第二,微观学术史与宏观国史的辩证互动。夏中义对朱光潜的美学研究不仅仅局限于原著,还恰到好处地归原历史。文中,他通过朱光潜文集的整体把握,在历史的脉络中梳理出了师徒间分分合合的复杂关系:从"1927年的学术崇敬"到"1935年的方法论质疑"到"1948年哲学系别"再到"1958年'遵命式'的审判"。这四幕"啼笑因缘"式的悲喜剧在夏中义的笔下是通过一种令人信服的文献深度解读上演的,其中有文本层面的语义学分析,也有历史层面的文化考察。一段师徒间纠缠复杂的学术因缘在夏中义"文本"与"历史"的辩证互动中演绎得潇洒自如、淋漓尽致,令人拍案叫绝。

第三,立足历史史料,通过"文献—发生学"方法,重审"百年学案"的"才、胆、识、力"。夏中义是一位有担当的当代人文学术批评家。在今天"西学热""文化热"大行其道的形势下,夏中义却将精力投入史案文献的溯源与整理中。夏中义曾说:"漠视史案,凿空而道,这是当下学界的'流行病',也是本土语境常年不愈的'遗传病'","学术的尊严,学风的质朴,曾几何时,就在此等脸谱的趋势蜕变中,被搅得荡然无存"。①夏中义是这样说的,也是这样做的。从《九谒先哲书》到《新潮学案》再到晚近新著《朱光潜美学十辨》,几乎每一本专著都可称之为"学案"研究的经典范例,并且几乎部部都是"惊人之语",要么是言他人之所未说,要么是言他人误说之翻案之说。叶燮有言:"大约才、识、胆、力,四者交相为济。苟一有所歉,则不可登作者之坛。"②在笔

① 夏中义:《"百年学案":学风、方法与气度》,见《学案·学统·学风》,上海文艺出版社2011年版,第261页。

② 〔清〕叶燮、沈德潜:《原诗 说诗晬语》,孙之梅、周芳批注,凤凰出版社2010年版,第34页。

者看来，夏中义是符合"才、识、胆、力"四者相济这一说的，这不仅体现在他甘于沉潜历史文献，爬梳"百年学案"的学术贡献上，更体现在一位当代学者的学术担当与生命情怀上。

3.重建历史文化语境——对"不在场"的"症候性"揭示

以上分析了文化诗学研究"回归文本"与"回归历史"的必要性。与此同时，"文本"与"历史"也并非是毫不相干的"绝缘体"，它们共存于同一"文学场域"之中。因此，文化诗学倡导"文本"与"历史"间的双向互动，而连接"文本"与"历史"的结节点则是"历史文化语境"。只有将文本置于具体的历史文化语境中，我们才能挖掘出蕴含于文本之外的更为复杂的价值蕴涵来，也就是前文提到的对"不在场的东西"（the absent）进行"症候性"解读（symptomatic reading）。

在"诗经学"研究中，对于《诗经》的解读曾走过了一段艰辛曲折的历程。究竟应该把《诗经》当作一部"经夫妇、成孝敬、厚人伦、美教化、移风俗"的"经学圣典"来看还是当作一部"歌谣总集"对待呢？如何超越这种传统的"经学圣典"式的解读呢？以闻一多先生为首的文化人类学实践告诉了我们答案——要将《诗经》当作一部歌谣总集，带入文学审美研究的殿堂，同时还要"带读者到《诗经》的时代"和"用《诗经》时代的眼光读《诗经》"。在《芣苡》研究中，闻一多先生做了三个工作：一是通过考古学、音韵学、训诂学等方法，读透诗的每一个字义（文本细读）；二是通过传注训诂与民俗学、神话学、社会学等相结合，重建历史语境，即要求"带读者到《诗经》的时代"去解读《诗经》（重建历史语境）；三是从文学自身特性出发，追寻文学作品的诗意（诗意审美的前提）。① 据此，一幕活泼灵动的溢满诗意的景象在闻先生的描述下跃然纸上，不仅再现了"采芣苡"这一古老习俗的欢乐场景，更挖掘出了文本背后所隐藏的先民对生殖的崇拜与狂热。

尽管对于《芣苡》的主题争论至今莫衷一是，但这丝毫不影响以闻一多先生为首的文化人类学实践对于《诗经》研究所取得的巨大贡献。文化诗学指向人类学。闻先生主导的"带读者到《诗经》的时代"和"用《诗经》时代的眼光读《诗经》"，其理论思想资源对于当下中国文化诗学理论与实践的建构，启发都是巨大的，值得借鉴吸收。对于历史文本的研究，我们若是脱离具体的

---

① 闻一多：《闻一多全集·神话编·诗经编上》，湖北人民出版社1993年版，第233—249页。

文化语境，缺乏"关联性"的比较思维，不借助"互文性"视角将对象置于历史的"坐标体系"中，就很难追问到历史的真相，也难以呈现出文本掩埋于历史时空底层的意义与价值。

总之，沉潜历史，立足史料，回归文本，通过历史文化语境的重建，在文本与历史文化系统互动、互构的实践中钩沉传统，才是中国文化诗学突围当前诸种困境进而实现"本土化"建构的不二法门。只有通过文本细读，抓住文本的症候性，同时借助"他者"的质素、引入历史的维度、将具体文学问题置于文化语境中去考察，才能在中西融合的实践中真正建构起理论体系。中国文化诗学不能否认受到西方新历史主义的刺激与启发，这与"本土性"无涉。我们要做的就是要通过我们民族自身传统资源的挖掘与钩沉，做到中西话语的衔接对话，最终实现民族话语与世界话语在异质文化语境中的交流与对话。要而言之，摒弃理论空谈、概念纠辨，紧扣文本、历史与审美文化的互构关系，将具体文学问题置于历史与文化的多维视野中，是中国文化诗学本土化建构的基本实践原则，只有在具体文学文本、文学现象、文化语境的辩证互动与结构解构中，才能真正建构起中国学人特色的文化诗学话语体系；也只有如此，文化诗学方可落到实处，并获得新生机、求得新发展、开辟新局面。

第三节　审美文化：文化诗学建构的支点与方向 [①]

"理论之后"的文艺理论究竟为何与何为？这个被伊格尔顿挑起的难题同样困扰着当前中国文艺理论学者。尤其是在经济社会大发展与大变革的潮流中，文学早已被资本与市场裹挟。逃离文学走向文化产业，逃离美学走向艺术策展，在文化资本的逻辑调控中跨界转向似乎理所当然。不可否认，相较于传统以"纯文学"为对象的研究模式，文化研究在与"日常生活的动态协商中找到其新的感觉和生命力" [②]，因而"日常生活"的"文化理论"也显得更通地气。这是文化研究方兴未艾的缘由。那么，回到传统文学研究上，其路又何方？从文化研究的经验中可知：找到一条有效协商"文学"与"文化"的途

---

① 本节内容曾是在导师童庆炳先生指导下完成，为使书稿更加完整成熟，特纳入本书中，特此以志师恩。

② 金惠敏：《文化理论究竟研究什么？》，《文艺争鸣》2013年第5期。

径，是我们能否既关注文学文本以维持学科品格又回应现实生活以接地气的关键。学界倡导多年的"文化诗学"，则是一条切实可行之路。

那么，文化诗学既然"接地气"且"可行"，又为何始终不温不火，难以纵深发展呢？除上节"理论困境"所陈病根外，或许还在于建设方向不明确且缺乏理论的核心支点。应该看到：要摆脱文学理论的危机，其路径就在于走"文学的综合性研究"①道路，但正如童庆炳先生所指出的"文化诗学的旨趣首先在于它是诗学的，也即它是审美的"②一样，"文化诗学"要坚持文化视野走多学科综合发展之路，其"文化"首先在于它的"诗学"前提与"审美"旨趣，即"审美文化属性"。也就是说，"文化诗学"的支点与诉求就在于重视和强调文学的审美文化属性，而"审美文化"也应当成为文化诗学着力建设的基础与方向。

一 "诗意的裁判"：文学的审美品格与价值诉求

关于文学的"审美文化属性"的重要性，且以刘再复的《双典批判：对〈水浒传〉和〈三国演义〉的文化批判》为例谈起。正如该书导言所说，刘再复试图"悬隔审美形式"，不作文学批评，而是"直接面对文学作品的精神取向"进行文化批判。依此逻辑，他对《水浒传》《三国演义》这两部历来被视为国人必读的经典名著得出研究结论，认为："五百年来，危害中国世道人心最大最广泛的文学作品，就是这两部经典。可怕的是，不仅过去，而且现在仍然在影响和破坏中国的人心，并化作中国人的潜意识继续塑造着中国的民族性格"，"这两部小说，正是中国人的地狱之门"。③刘再复得出这一结论的理据在于："《水浒传》文化，从根本上，是暴力造反文化。造反文化，包括造反环境、造反理由、造反目标、造反主体、造反对象、造反方式等等，这一切全都在《水浒传》中得到呈现"，小说文本蕴含的两大基本命题就是"造反有理""欲望有罪"；而相较于此，《三国演义》则是"更深刻、更险恶的地狱之门"，因为"《三国演义》是一部心术、心计、权术、权谋、阴谋的大全。三国中，除了关羽、张飞、鲁肃等少数人之外，其他人，特别是主要人物刘

---

① 童庆炳：《走向文学的综合性研究》，《中国社会科学报》2014年1月6日。
② 童庆炳：《"文化诗学"作为文学理论的新构想》，《陕西师范大学学报（哲学社会科学版）》2006年第1期。
③ 刘再复：《双典批判：对〈水浒传〉和〈三国演义〉的文化批判》，生活·读书·新知三联书店2010年版，第5页。

备、诸葛亮、孙权、曹操、司马懿等，全戴面具。相比之下，曹操的面具少一些，但其心也黑到极点。这个时代，几乎找不到人格完整的人"。①

毫无疑问，将《水浒传》《三国演义》这样两部历久弥新的"文学经典"视为"灾难之书"，一部搞"暴力崇拜"，一部搞"权术崇拜"，进而"影响和破坏中国的人心"，这样的观点可谓标新立异，却难以令人信服。

刘再复之所以得出这一令人咋舌的结论，违反的正是"文学作为一种审美文化"这一根本原则。他所谓的不是"文学批评"而是"价值观批判"的方法对"文学经典"的重新"解读"，在违背"诗意"的前提下，不仅用"政治批判"肢解和取消了"文学作为文学"的持久永恒的美学魅力，还几乎彻底否定了代表中国古典小说制高点的一大批经典名著，将《三国演义》《水浒传》视为中华民族原形文化的伪形产物，打入了"祸害人心"的"政治冷宫"中。

且以《水浒传》中观众喜闻乐见的武松"血洗鸳鸯楼"的片断为例，我们从刘再复的《双典批判：对〈水浒传〉和〈三国演义〉的文化批判》及其对金圣叹评点的评价中便可看出其研究的尺度与偏颇：

> 武松如此滥杀又如此理直气壮，已让我们目瞪口呆了。可是，竟有后人金圣叹对武松的这一行为赞不绝口，和武松一起沉浸于杀人的快乐与兴奋中。武松一路杀过去，金圣叹一路品赏过去。他在评点这段血腥杀戮的文字时，在旁作出欢呼似的批语，像球场上的拉拉队喊叫着："杀第一个！""杀第二个！""杀第三个！""杀第七个！""杀第八个！""杀第十一个、十二个！""杀第十三个、十四个、十五个！"批语中洋溢着观赏血腥游戏的大快感。当武松把一楼男女斩尽杀绝后自语道："方才心满意足"，而金圣叹则批上："六字绝妙好辞。"观赏到武松在壁上书写"杀人者，打虎武松也"时，他更是献给最高级的评语："奇文、奇笔、奇墨、奇纸。"说"只八个字，亦有打虎之力。文只八字，却有两番异样奇彩在内，真是天地间有数大文也"。一个一路砍杀，一个一路叫好；一个感到心满意足，一个感到心足意满。武松杀人杀得痛快，施耐庵写杀人写得痛快，金圣叹观赏杀人更加痛快，《水浒》的一代又一代读者也感到痛快。……金圣叹和读者这种英雄崇拜，是怎样的一种文化心理？是正常的，还是变态的？

---

① 刘再复：《双典批判：对〈水浒传〉和〈三国演义〉的文化批判》，生活·读书·新知三联书店2010年版，第27、99页。

是属于人的，还是属于兽的？是属于中国的原形文化心理，还是伪形的中国文化心理？①

从刘再复对《水浒传》以及对金圣叹评点的批判中可以看出，其单一的政治性批判视角是显而易见的。刘再复与金圣叹，前者是"悬隔审美意识"的政治文化批判，而后者则正是基于"审美文化"基础上的审美评价。这是两人对《水浒传》进行评点的逻辑前提，也是学术立场上的分水岭。刘再复对文本解读的问题在于：他一边要搁置文学批评进行文化批判，而另一边却要反过来对诸如金圣叹的"文学评点"大加否定，实可谓前后矛盾，毫无统一的批评"标准"或"原则"可言。

对待同一部文学经典，刘再复之所以得出与金圣叹截然对立的两种观点，其症结就在于他们"裁判"文学的视角或价值标准在"文学性"与"政治性"的逻辑起点上便发生了分离。金圣叹在评点"血溅鸳鸯楼"时曾明确地指出："此文妙处，不在写武松心粗手辣，逢人便斫，须要细细看他笔致闲处，笔尖细处，笔法严处，笔力大处，笔路别处。"②非常明显，金圣叹的评点紧扣文学文本，在作品言语的细读品味中，体验人物的形象、动作、心理乃至于文本的表现技法。其意在于"文"，而非"文本"之外的政治伦理的道德谴责。强调"因文生事"，也即是重视从艺术作品的审美形式、叙事结构等文学内部审美规律出发去刻画人物性格，塑造人物形象，从而揭示小说的叙事特点及其艺术价值。金圣叹在《水浒传·序三》中曾言明：

> 《水浒》所叙，叙一百八人，其人不出绿林，其事不出劫杀，失教丧心，诚不可训。然而吾独欲略其形迹，伸其神理者，盖此书七十回、数十万言，可谓多矣，而举其神理，正如《论语》之一节两节，浏然以清，湛然以明，轩然以轻，濯然以新，彼岂非《庄子》、《史记》之流哉！③

在此，金圣叹"独略其形迹，伸其神理"也正是注重一种文学的"审美阅读"，

① 刘再复：《双典批判：对〈水浒传〉和〈三国演义〉的文化批判》，生活·读书·新知三联书店2010年版，第27、44—45页。
② 〔明〕施耐庵、罗贯中：《水浒传》（上册），金圣叹、李卓吾点评，中华书局2009年版，第261—262页。
③ 〔明〕施耐庵著，〔清〕金圣叹批评：《金圣叹批评本水浒传·序三》（上册），凤凰出版社2010年版，第6页。

而非对"绿林"好汉们"劫杀""丧心"的政治伦理的社会学批判。

《水浒传》如此，《三国演义》亦然。如果我们总如刘再复一样，搁置"审美"的眼光，而从单一的道德伦理的角度去解构文本，那么且不说貂蝉、孙夫人（孙权妹妹）等人物形象仅是一个个"政治马戏团里的动物"，即便如刘备、曹操、诸葛亮、司马懿等家喻户晓、喜闻乐见的人物形象也仅是一批好用儒术、法术、道术、阴阳术的"伪君子"了。如此丰满多姿、栩栩如生、形态各异的人物形象，一旦被"收编"到刘再复"悬隔审美形式"的政治视野的"文化批判"中，便个个成了同一模式中机械复制的充满"匪气""暴力"的"无法无天"的一串"政治符号"。

从刘再复与金圣叹的分歧中，我们可以清楚地意识到：如果忽视文学自身独特的审美规律，仅从单一的道德伦理的政治性角度去解读文本，进行文化批判，是不可能从中体验到"文学之所以为文学"的美学意涵及审美快感的。问题的症结在于：用单一的政治性的视角取代了"审美标准"，而非以一种"美学的"眼光，从文学的审美规律出发去分析作品，从中体验文学蕴涵的审美价值。对于刘再复《双典批判》中的"批评偏执"，恩格斯早有批评："我们决不是从道德的、党派的观点来责备歌德，而只是从美学和历史的观点来责备他；我们并不是用道德的、政治的、或'人的'尺度来衡量他。"[1]正如恩格斯"从美学观点和历史观点，以非常高的、即最高的标准来衡量您的作品"[2]所指出的一样，文学艺术作品的价值，关键在于它具有一种特殊的审美感染力量。而这种艺术的感染力则源自于人们特有的"裁判"——"诗意的裁判"，即是从"美学的历史的观点"进行文学的审美评价，而非道德的、政治的、非审美属性的评判标准。其原因在于：文学所表现的东西并不仅仅只是生活本身，而是作家对社会生活的体验，是作家情感的物化与加工。也正是这种艺术剪裁与加工后形成的情感世界，才铸就了文学永恒的魅力与价值。苏珊·朗格在分析长篇小说时也曾批评说：

> 但是它是小说，是诗，它的意义在于详细描绘的情感而不在于社会学或心理学的理论。正像 D.戴克斯教授所说，它的目的简直就是全部文学的目标，就是完成全部艺术的职能。……今天的多数文学批评家，往往把当

---

① 《马克思恩格斯全集》第四卷，人民出版社1958年版，第257页。
② 《马克思恩格斯选集》第四卷，人民出版社1972年版，第347页。

代小说当作纪实，而不是当作要取得某种诗的目标的虚构作品来加以赞扬或指责。①

应该承认，"文学是满足人的审美需要的活动，其本质是审美"②。因此，如果我们忽视了《三国演义》《水浒传》作为文学本体的艺术魅力，忽视了作品本身无法替代的独特的美学韵味，而一味地从后现代的政治性视角切入加以社会性的批判，就必然在审美的流失与取代中破坏或肢解文学艺术的文化品位及其诗意内涵，造成"文学经典"解读的偏执。诚然，在"告别革命"的"后革命时代"语境中，我们也提倡"去政治化的政治"，力图激活与拓展文学的审美政治空间，但在制造这种"文学"与"政治"对话与对抗的前提是：我们不能在单一化的"文化批判"视野内彻底颠覆与消解作为"审美话语生产"的文学自律性空间。那种将文学史、文化史仅仅简化还原为政治阶级结构的做法已无法解释中国文化心理结构的涵濡转换与历史生成。

可见，如果放弃文学作为一种"审美文化"这一特质，而采取某种单一学科性质的批评视角，就有可能导致对"经典"诠释的偏颇。正据于此，文化诗学的理论建设，才要坚持文学的审美文化属性，破除单一学科性质的研究视角。只有将理论的基点率先牢牢建立在"审美文化"的土壤上，再对研究对象加以整体性研究，文化诗学才可能摆脱当下理论的困局，肩负起文学理论未来发展的使命。

二 认识论——泛文化——审美文化：范式的变革与更新

作为一种摆脱现实危机以适应当下文化生态的理论选择，文化诗学要走一条综合多元的整体性革新之路，是由长期以来文学理论自身发展格局以及所遭遇的种种问题所决定的。

自1949年以来，文学理论大体存在着三种不同的研究范式：一是秉承马克思唯物主义的认识论思维方法；二是受西方文化研究的影响，试图从前一阶段的认识论、本质论的模式中跳出，而转换到日常生活的"泛文化"研究方法上；三是试图摆脱第一阶段认识论的模式阈限，也反对第二阶段中脱离文学文本的"泛文化研究"模式，但同时又希望将"文化研究"视野纳入到文学研究中，因此提出了走向文化诗学的研究方法。在这三种范式中，只有坚持"审美

① [美]苏珊·朗格：《情感与形式》，刘大基等译，中国社会科学出版社1986年版，第333页。
② 童庆炳：《文学活动的美学阐释》，陕西人民出版社1989年版，第78—79页。

文化"路径，走多学科综合性研究的"文化诗学"之路，才是文艺理论未来发展的必然选择。

（一）文学理论研究的第一种范式，秉承马克思唯物主义的认识论思维方式

在文学理论领域，从哲学认识论出发将文学看成是现实真理的认识、反映，同样成为了不容置疑的"金科玉律"而不断沿袭。先看1953年由平明出版社推出的盛极一时的季摩菲耶夫的《文学概论》，这套教材不仅将文学"鲜明凸出的特质"确定为它的"形象性"，还认为文学的本质在于"形象的生活的反映"①；随后出版的谢皮洛娃的《文艺学概论》观点如出一辙，认为文学的意义就在于"反映生活并特别积极地促进对社会生活的理解"②。同样的问题还反映在本土理论教材的编写中。如由蔡仪主编的《文学概论》即指出"文学是社会生活的反映，社会生活是文学的唯一源泉，这正是马克思列宁主义反映论的原则在文学问题上的运用"，只不过文学不同于科学对社会生活的反映，它的基本特征在于"通过形象反映社会生活"。③这种思想在以群主编的《文学的基本原理》中同样沿袭，认为"文学艺术的基本特点，在于它用形象反映社会生活"，哲学、社会科学和文学、艺术的共同点就其来源和作用看都是"来源于客观世界，是客观存在在人们头脑中反映的产物"。④可以说，这种哲学认识论的思维模式很长一段时期内在中国文艺理论与美学研究中均起着支配性作用。

（二）文学理论研究的第二种范式，是当下仍较为"火热"的"泛文化研究"模式

这种研究模式率先起于对本土学术语境中长期占据支配地位的认识论、本质论、工具论文艺学模式的反驳，并在西方文化研究的译介影响下于20世纪80年代末至90年代初登场，尔后在文学理论与美学的"文化转向"中扮演主角，直至延续到21世纪初关于"日常生活审美化"及美学的"生活论转向"中。"泛文化研究"在理论的缘起上深受西方"文化研究"的启发，并希望通过这种话语机制的转换超越传统的局限于经典作家作品的研究，而换以对"文艺的自主性进行历史的、社会学的分析"，并在知识社会性的考

---

① [苏]季摩菲耶夫：《文学概论》，查良铮译，平明出版社1953年版，第127页。
② [苏]谢皮洛娃：《文艺学概论》，罗叶等译，人民文学出版社1959年版，第13—14页。
③ 蔡仪主编：《文学概论》，人民文学出版社1979年版，第4、18页。
④ 以群主编：《文学的基本原理》（修订本），上海文艺出版社1983年版，第34—35页。

察与历史自省中超越过去的"认识论文艺学""工具论文艺学"及"本质化文艺学"模式。①20世纪60年代，英国伯明翰大学成立了"当代文化研究中心"(CCCS)，文化研究是该中心建树的传统，代表人物有霍加特、威廉斯、霍尔等人。在伯明翰学派的推动下，文化研究成为了20世纪80年代后最为活跃的一个理论领域，并且这种研究还将注意力从过去以"精英文化"为主体的文化现象推衍到了边缘领域，如大众文化以及与大众密切相关的日常生活领域中。于是，对广告、时装、流行歌曲、摔跤节目等"日常生活现象"的关注与批判成为了文化研究学者"介入社会"的一种方式②。

受西方思潮的影响，加上中国市场经济的发展以及全球化进程，上述文化研究的思路与方法不仅契合了改革开放后市场化的消费之风，还与当代中国知识分子参与并介入社会的热情一拍即合。因文化市场的兴盛、大众文化的蔓延，文化工业的崛起急需人文知识分子作出应对。而包含现实性批判意识并强调跨学科研究的文化研究模式恰好提供了理论的范式。因文化研究注重和强调的仍是一种知识社会学的政治性批判，是人文知识分子在社会转型中凸显自己的社会责任意识与参与意识的回应与表达。所以，文化研究范式关注的重心已非传统的作家作品，而是"已经完全离开文学研究的传统对象，转而研究一些像城市的空间建构（广场、酒吧、咖啡馆、民俗村、购物中心）、广告、时装、电视现场直播、校庆等等"③。这种研究倾向与西方文化研究关注"当代文化""影视大众文化""边缘文化和亚文化""权力关系及其运作机制"④等如出一辙。

那么，相较于哲学认识论范式，这种无限"敞开性"的"泛文化研究"范式又能否解决文学理论的根本性问题呢？对此，童庆炳指出："文化研究对于文学理论来说，既是挑战，也是机遇。说它是挑战，就是文化批评对象的转移，解读文本的转移，文学文本可能会在文化批评的视野中消失。说它是机遇，主要是文化批评给文学理论重新迎回来文化的视角，文化的视角将看到一

---

① 陶东风、徐艳蕊：《当代中国的文化批评》，北京大学出版社2006年版，第12—14页。

② [美]约翰·费斯克：《理解大众文化》，王晓珏、宋伟杰译，中央编译出版社2001年版，第104页。

③ 陶东风、徐艳蕊：《当代中国的文化批评》，北京大学出版社2006年版，第12—14页。

④ 罗钢、刘象愚主编：《文化研究读本》，中国社会科学出版社2000年版，第1页。

个极为辽阔的天地。"①因文化研究引入了跨学科的知识，强调文学与政治、社会、历史、哲学等学科的互动关系，改变了传统的"认识论"模式以及单一性的学科视角，能够极大拓宽我们文学研究的理论格局，这是它的可取之处；但与此同时，这种脱离文学文本自身而一味与政治社会勾连的"泛文化研究"模式，不仅远离文学文本，丧失了文学理论的学科品格，更在"越权"式的承担文化批判、政治学批判、社会学批判的任务中与文学渐行渐远。

据上考虑，从学科发展的长远角度看，"泛文化研究"范式因其偏离文学本体的路向，因而在学科品格的流失中同样不能解决文学理论自身存在的问题。

（三）文学理论研究的第三种范式，即文化诗学的研究方法，是对以上两种模式的变革、更新与发展

文化诗学始于20世纪90年代初中期而兴于21世纪之初，是基于以上两种研究范式均无法或无力解决文学理论存在的问题这一逻辑基础上提出的。它不仅在反思"认识论"范式中重视文学的"他律性"及"文化视野"，也在反思"泛文化研究"范式中强调文学的"自律性"及"审美性品格"。因此，作为一种方法论的变革，通往一条既重视文学的"富于诗意"的"审美性品格"，又关注文本之外的更为广阔的"文化视野"的文化诗学之路，成为了文艺理论未来发展的必然选择。其原因在于：

第一，文化诗学采取了多学科综合整体性的研究视野，强调文学与其他学科之间的互动互构关系，这有效防止了哲学认识论思维模式中的思维阈限以及单一性的学科视角，将文学研究引向更深、更广的学理层次提供了理论可能；第二，文化诗学重视"文化研究的视野"，但又坚持"诗学"的落脚点，坚守文学研究的诗意品格，强调文学的"审美文化"属性，因而既更新了文学研究的思维方法，又有效地防止了"泛文化研究"模式中学科品格的流失；第三，文化诗学作为一种方法论的革新，提供了一套既切合文学本体又更加贴近实际的知识话语体系。

纵观当代文艺理论的发展格局，在以上三种历史时空的研究范式中，只有变革更新后的文化诗学研究范式，不仅能在文学与其他学科的互文参照中满足文学与人类社会相互交织而可能出现的话语复杂性这一"现实性实际"，还能满足多元媒介融合时代下文学不断面临新问题、新对象而传统研究范式又无法

---

① 童庆炳：《植根于现实土壤的"文化诗学"》，《文学评论》2001年第6期。

涵盖与无力言说这一"理论性实际"。正是在跨学科的广阔文化视野中，通过将文学理论建立在"审美文化属性"这一基础前提下，才有可能提供一套更加全面合理、更加有机系统的文化诗学的阐释路径，有效地化解文学研究的方法论危机，肩负起"理论之后"的文艺理论职责。

三 "审美文化"作为文化诗学场域的原点与支点

文化诗学因坚持文学的审美文化属性，重视文学艺术与其他文化形态间的互涵互动关系，因而相较于过去的哲学认识论思维模式以及"泛文化研究"范式，它能更加合理有效地化解文艺理论存在的问题。在传统文论研究范式的反思与改进中，也能够将文学研究的理论格局提升到一个更深、更广的层次。正是在这一层面上，才将审美文化视为文化诗学建构的原点与支点。

关于"审美文化"，叶朗在《现代美学体系》中有着很好的诠释，包括"审美活动的物化产品""审美活动的观念体系"以及"人的审美行为方式"。①因审美文化与美学及文化学紧密关联，因此，文化诗学强调文学的审美文化特性，这就与一般的非审美文化以及现实中一般的日常生活划开了界限。此外，将文学视为一种审美文化，也即意味着文学中的各种社会的、政治的、经济的、道德的、伦理的思想只有呈现在这一特殊的文学文本之内，这种复杂的审美意蕴及其所包孕的社会学层面的生活内容才具有现实性意义。文化→审美文化→文学，作为渐次深入的领域，文化诗学话语空间生产的知识意义就在于三者合力所形成的多元互渗与沟通的整体性场域中。

首先，文学作为一种审美话语，其本身就是一种审美文化的表现，正因审美话语的组织结构与表现，才形成了文学语言、文学话语、文学叙事与文学修辞等一系列话语组织形式，形成了文学自身独特的审美规律与文化特征。韦勒克、沃伦曾认为"每一件文学作品都只是一种特定语言中文字语汇的选择"，"文学是与语言的各个方面相关联的"②。文学作为一种语言的艺术，一种人的审美创作活动，它必然是一种审美的对象。卡勒也指出："一部文学作品就是一个审美对象，这是因为在暂时排除或搁置了其他交流功能之后，文学促使读者去思考形式与内容相互间的关系。"③可见，对文学的研究，首先需要

---

① 叶朗主编：《现代美学体系》，北京大学出版社1999年版，第242—243页。
② [美]勒内·韦勒克、[美]奥斯丁·沃伦：《文学理论》（修订版），刘象愚等译，江苏教育出版社2005年版，第195—198页。
③ [美]乔纳森·卡勒：《文学理论入门》，李平译，译林出版社2008年版，第35页。

高度重视从语言分析入手的文本细读，只有将文本语言作为研究的入手处，进而抓住作品中的人物、性格、心理、神态及社会历史场景，才能完成对文本的"症候性"解读。文化诗学也就是要基于语言分析与审美批评基础上，加入文化的视野，这样也才能在双向拓展中真正揭示文学作品的深层意蕴及其美学寓涵。

其次，审美文化为文学艺术确立了一种诗意特性的"格式塔质"，并搭建了历史理性与人文关怀的价值坐标，还为文学艺术与别的文化形态间的互动互构提供了一套开放的文化系统。当代审美文化因与市场经济的媾合而在娱乐、消遣的"大众狂欢"中渐趋发生扭曲与变形。作为一种精神文化的文学艺术也在一味的媚俗中流失其自主性与个性，其精神价值与人文品格日渐流失。周宪指出：审美文化的某些领域正被"商业目的和交换价值所取代，'诗意的'表现转化为'散文的'工具价值，最终为了实现某种审美之外的商业目标。……文化从诗意状态向散文状态转变的一个重要标志，是艺术越来越放弃它所固有的诗的视野和胸襟，把艺术和日常生活混杂起来，并以一种日常生活的方式来看待艺术，而不是以审美的方式来看待生活"①。这种从"雅趣"向"畸趣"的趣味转变，不仅背离了传统的诗意追求，还消解了文学艺术的审美韵味。而文化诗学因强调审美文化，并主张一种诗意化的价值旨趣与人文精神，因而恰能对此进行鞭笞与修正，维护文学艺术的精神本色。在此，历史理性与人文关怀是文化诗学场域中的重要两极，也是评判艺术的重要尺度。"历史—人文"的双重价值尺度不仅体现了作家的情感立场与文学艺术的价值导向，更有效地取代了"过去的那种僵硬的政治律条作为批评标准"②。此外，因审美文化作为文化系统的一部分，它本身就具有表层文化所具备的属性功能，这就恰好能够为审美文化内层的文学提供一种与母系统——文化之间互涵互动的视野。而人类文化的"'人性'的圆周"上又是由"语言、神话、艺术、宗教"等形态功能的扇面有机组织而成③，所以，从文化系统出发审视文学，也就为文学与各个文化扇面之间的相互关系提供一种跨学科研究的可能。因此，文化诗学坚持以审美文化作为基点，也正因为它为文学艺术摆脱了过去孤立封闭的文学研究以及单一化学科的批评视

---

① 周宪：《中国当代审美文化研究》，北京大学出版社1997年版，第322页。
② 童庆炳：《美学与当代文化讲演录》，广西师范大学出版社2007年版，第227页。
③ [德]恩斯特·卡西尔：《人论》，甘阳译，上海译文出版社1985年版，第87页。

角，在开放的文化系统中实现了"文化—审美—文学"的视域融合，为文学的文化研究提供了一条更加广阔而有机的新的方法论范式。

第三，以审美文化为中介和辐射，文学、文化与历史之间的张力关系形成了一个循环流动的"力场"，在这相互协同与有机联系的网络关系中，为文学研究深入历史文化语境、深入文学的文化意义载体、深入文本中隐含的意识形态及人类生产方式提供了多向度的阐释视界。詹姆逊曾指出"真正的解释使注意力回到历史本身，既回到作品的历史环境，也回到评论家的历史环境"[①]，由此，他认为："一定文本板结的既定东西和材料在语义上的丰富与拓展必须发生在三个同心的构架之内：这是一个文本从社会基础意义展开的标志，这些意义的概念首先是'政治历史'的，狭义地以按时间的事件以其发生时序编年地扩展开来；继之是'社会的'，现时在构成上的紧张与社会阶级之间斗争在较少历时性和拘于时间意义上的概念；最终，历史在其最宽泛的意义上被构想，即生产方式的顺序和种种人类社会形态的命运和演进之中，从史前期生命到等待我们的无论多么久远的未来史的意义。"[②]根据詹姆逊的理解，一部作品是在三个渐次展开的阐释视界内呈现：第一层是狭义的个别文本；第二层是扩展到社会秩序的文化现象中的文本，它在宏大的集体和阶级话语形态中被重构；第三层是处于一个新的作为整体人类历史的最终视界。詹姆逊这种"新历史主义"的思维模式与我们主张的文化诗学在方法上具有相似之处。即是说，文学艺术应该走出文本自身的封闭系统，通过"文化系统"的中介，揭示"文学作品、文学作品的社会——文化语境以及二者之间的联系"[③]，并在"语境化"（contextualization）与"互文性"（intertextuality）的视域内把握文学的文化内涵。当然，与美国新历史主义文化诗学代表格林布拉特、海登·怀特、杰姆逊等人热衷于关注"文本"外的政治社会性的权力意识形态这一路径指向不同的是：中国文化诗学的旨趣更体现在"审美文化"的精神品格中，即通过对文学艺术的批评，承担对社会大众审美文化趣味的培养，担负起社会伦理道德以

---

① [美]弗雷德里克·詹姆逊：《快感：文化与政治》，王逢振等译，中国社会科学出版社1998年版，第4页。

② [美]弗雷德里克·詹姆逊：《快感：文化与政治》，王逢振等译，中国社会科学出版社1998年版，第67页。

③ [美]海登·怀特：《评新历史主义》，见张京媛主编：《新历史主义与文学批评》，北京大学出版社1993年版，第96页。

及日常生活准则的价值引导责任。审美文化强调学术品格与文化品位，文艺作品肩负树立和弘扬民族精神的使命。因此，文化诗学坚持审美文化的基点不动摇，坚持人文精神的内核不动摇，就必然在适应现实与时代需求的发展中迎来理论发展的蓬勃生机。

总之，文学作为一种审美意识形态话语，本身就是一种审美文化。文化诗学突出地强调文学的审美文化属性，就是要凸显文学艺术自身存在的独特品格与学理特性。通过审美文化基点的确立，不仅突出了文学作品的审美价值属性，也为文学研究沟通"语言—文化"、打通"内—外"敞开了空间。与此同时，在审美文化的构架内，通过引入文化研究的视野，坚持文学的跨学科综合性研究，文化诗学既有效打破了过去机械封闭的模式阈限及单一性的学科视界，还在微观语言细读与宏观文化批评的症候阐释中为文学研究走向更深、更广的层次提供了一套行之有效的阐释策略。因此，可以说，范式革新后的文化诗学诠释方法，通过审美文化的基点确立，真正找到了一条既能回归"文学本体"，又能通往一条多元文化对话的更加宽广、更具学理、更为系统的阐释路径，预示着文学理论的光明未来。

结 语　文化转向与诗学转换：
中国文化诗学的未来

　　作为当代中国文艺学学科发展的理论选择，文化诗学既是历史语境中对中国传统诗学模式的钩沉与激活，又是现实语境下西方理论思潮的影响、当代文论的需求、创作实践的呼应以及文化研究的纠偏形成的理论共同体，具有深厚的原发性基础。

　　文学、文化与民族发展是紧密联系在一起的。当前，民族多样性、文化多元性仍是社会的总体特征。文学作为文化的一种样式，具有审美意识形态的社会属性，凝聚着个体与社会的经验，因而并不"自足"，亦非"自律"，而是不断面对世界、面向现实，更与社会文化生活不断交融、重构，进而不断衍生出新的文学样式和新的理论形态。由此，不断确立文化立场，不断恢复文学与文化之关联，是文学面向世界、面向生活、面向现实、面向时代的必由之路，更是文学摆脱批评、创作及理论"自说自话"之困境的必然路径。

　　也正因此，不断调整文学研究的理论模式，推进文学研究的"文化转向"，在文化视野的"间性"结构中使文学与文化不断形成互动阐释关系，不仅能恢复文学理论应对现实社会生活的能力，还能给文学研究在跨学科文化视野中带来新的思想资源，亦可在"他者"镜像中引入新的分析视角以发掘文本深层机制，改变文学理论在大众文化冲击下的无效、无法与无力，实现文学理论的理论转场以及干预现实和介入时代的理论活力。

　　事实上，文学作为文化的结晶，在文学研究中引入文化视野是异常关键的，并且文学与文化之间的联结点也是多层次、多角度的，这为文化视野中运用多种方法、多种理论模式去阐释文学带来了可能。譬如说当前学界，广泛运用哲学、史学、文字学、考古学等方法去研究殷商文学和文化，借鉴社会学、民俗学、心理学、文化人类学、考古学、训诂学等方法去探讨和阐释《诗经》文本，借助文艺心理学、美学、伦理学、哲学、政治学、社会学等方法去研究中国传统文艺的审美趣味，等等，都可以说是文化视野下文学文化研究的有益尝试。这些研究取向虽未标举文化诗学旗号，实则亦是在默默践行文化诗学的路径策略，这在当下学界很是普遍和盛行。

当然，受西方批评理论的影响，尤其是西方后现代文化理论的冲击，当代中国文艺理论研究在取得诸多成绩的同时，也在"泛文化化""泛哲学化""泛政治化"中日益模糊了文学的内涵、尺度及标准，诗意思维与审美情感渐失，更使得文学研究丧失了原有的学科理论品格，致使文学理论变得模糊，文艺学的边界在"越界"与"扩容"中遭遇严峻挑战。这种文学研究"文化转向"后的"文化泛化"，不仅不以文学本体作为研究对象，还用文化研究或文化批评简单取代文学批评，造成了文学理论研究对象、文学理论研究重心的偏移，最终导致了"没有文学的文学理论"之观念的形成，引发学界争议。

一方面是文学文本的诗性运思及其本体边界；另一方面则是"他者性"理论的理论视野和阐发价值。传统"自律性"文论研究模式因遵循前者，与现实文化与生活形成隔阂，造成文学理论研究的困境，尤其是在各种新兴大众文化现象面前尽显理论的无效和无力，思维宰制、视野固化、解读平面、方法单一，文论研究难以推进和发展。受西方后现代影响下的"文化理论"研究模式又因依附后者，热衷追寻时髦新论而放逐了文学本体，远离文学、脱离文本、玩弄概念、模式拼凑、架空立论、强制阐释，造成了没有文学的文学理论之观念的流行。

以上两种文论研究取向，正鲜明对应了自20世纪90年代以来文艺学学科发展屡屡受挫所遇到的问题和症结。不断化解这一危机，则是要彻底解决文学研究没有"文化维度"造成与现实文化生活隔膜以及文化研究又无"文学维度"造成文化的诗意缺失之问题。走向文化诗学——正是要在文学与文化之间重建理论支点、重建文论张力，在后现代文化语境中寻找到一条适于文艺学学科发展的新的范式路径。

因此，面对当前纷繁复杂的后现代文化理论思潮，适时将诸种"他者性"理论进行理论的"诗学转换"，将之变换为文化诗学的文学批评，是"他者性"理论为文学研究所用的前提。与此同时，在各种新理论、新思潮、新观念迭出的文化语境中，也要积极实现文学理论研究的"文化转换"，不断为文学研究引入新思维、新方法、新视野、新理念和新模式，不断求得文艺理论的创新和发展。

总而言之，重建文学研究的文化视野，重建文化研究的诗性尺度，仍是当前及未来很长一段时间内，文学理论学科发展的必由之路。实现这种路径，克服诸种研究的褊狭，急需重新呼吁一种自律与他律相互并重、文学与文化相互结合的研究范式，而主张"语言与意义、话语与文化、结构与历史"①在同一文学场域内外互动互构之研究的文化诗学批评方法，正是实现并落实这种阐释理念的合理选择。与此同时，既直面文学的"文化转向"，不断拓展文学理论研究的文化视野和研究方法，又正视文化的"诗学转换"，实现文化理论的诗学重建和审美原则，不断在古与今、中与西、文本内与文本外、文学与文化的历史结合部探赜索隐、钩深致远，亦是文化诗学发展的未来。作为文艺理论学科发展的范式选择，我们有理由期待：走文化诗学之路，仍将有着无限广阔的发展前景……

---

① 童庆炳主编：《文化诗学：理论与实践》，北京大学出版社2015年版，第125页。

参考文献

[1] [德]恩斯特·卡西尔：《人论》，甘阳译，上海译文出版社1985年版。

[2] [英]特雷·伊格尔顿：《二十世纪西方文学理论》，伍晓明译，陕西师范大学出版社1986年版。

[3] [英]马克·罗伯逊：《斯蒂芬·格林布拉特》，生安锋等译，天津人民出版社2018年版。

[4] [法]米歇尔·福柯：《性史》（第一、二卷），张廷琛等译，上海科学技术文献出版社1989年版。

[5] [法]米歇尔·福柯：《知识考古学》，谢强、马月译，生活·读书·新知三联书店2007年版。

[6] [法]米歇尔·福柯：《规训与惩罚》（修订译本），刘北成、杨远婴译，生活·读书·新知三联书店2019年版。

[7] [法]托多罗夫：《巴赫金、对话理论及其他》，蒋子华、张萍译，百花文艺出版社2001年版。

[8] [法]路易·阿尔都塞：《哲学与政治：阿尔都塞读本》，吉林人民出版社2003年版。

[9] [法]路易·阿尔都塞、艾蒂安·巴里巴尔：《读〈资本论〉》，李其庆、冯文光译，中央编译出版社2008年版。

[10] [法]路易·阿尔都塞：《保卫马克思》，顾良译，商务印书馆2010年版。

[11] [苏]巴赫金：《文艺学中的形式主义方法》，李辉凡、张捷译，漓江出版社1989年版。

[12] [苏]米哈伊尔·巴赫金：《陀思妥耶夫斯基诗学问题》，刘虎译，中央编

▎中国文化诗学：历史谱系与本土建构

译出版社2010年版。

[13] [美]海登·怀特：《后现代历史叙事学》，陈永国、张万娟译，中国社会科学出版社2003年版。

[14] [美]海登·怀特：《元史学：十九世纪欧洲的历史想象》，陈新译，译林出版社2004年版。

[15] [美]勒内·韦勒克、[美]奥斯丁·沃伦：《文学理论》（修订版），刘象愚等译，江苏教育出版社2005年版。

[16] [美]克利福德·格尔茨：《文化的解释》，韩莉译，译林出版社2008年版。

[17] [美]查尔斯·E.布莱斯勒：《文学批评：理论与实践导论》，赵勇等译，中国人民大学出版社2015年版。

[18] 张京媛主编：《新历史主义与文学批评》，北京大学出版社1993年版。

[19] 中国社会科学院外国文学研究所《世界文论》编辑委员会编：《文艺学和新历史主义》，社会科学文献出版社1993年版。

[20] 盛宁：《二十世纪美国文论》，北京大学出版社1994年版。

[21] 刘庆璋：《欧美文学理论史》，福建教育出版社1995年版。

[22] 朱立元主编：《现代西方美学史》，上海文艺出版社1996年版。

[23] 朱立元主编：《当代西方文艺理论》，华东师范大学出版社2005年版。

[24] 王岳川：《后殖民主义与新历史主义文论》，山东教育出版社1999年版。

[25] 林继中：《文学史新视野》，北京大学出版社2000年版。

[26] 罗钢、刘象愚主编：《文化研究读本》，中国社会科学出版社2000年版。

[27] 童庆炳：《中国古代文论的现代意义》，北京师范大学出版社2001年版。

[28] 程正民：《巴赫金的文化诗学》，北京师范大学出版社2001年版。

[29] 李春青：《宋学与宋代文学观念》，北京师范大学出版社2001年版。

[30] 郭绍虞：《中国历代文论选》，上海古籍出版社2001年版。

[31] 张中载等编：《二十世纪西方文论选读》，外语教学与研究出版社2002年版。

[32] 顾祖钊：《文学原理新释》，人民文学出版社2002年版。

[33] 李咏吟：《诗学解释学》，上海人民出版社2003年版。

[34] 蒋述卓主编：《批评的文化之路》，中国社会科学出版社2003年版。

[35] 胡金望主编：《文化诗学的理论与实践研究》，社会科学出版社2004年版。

[36] 乐黛云：《比较文学与比较文化十讲》，复旦大学出版社2004年版。

[37] 张进：《新历史主义与历史诗学》，中国社会科学出版社2004年版。

[38] 费孝通：《论文化与文化自觉》，群言出版社2005年版。

[39] 林继中：《文化建构文学史纲（魏晋—北宋）》，北京大学出版社2005年版。

[40] 蒋述卓主编：《文化诗学：理论与实践》，人民文学出版社2005年版。

[41] 李春青：《诗与意识形态：西周至两汉诗歌功能的演变与中国诗学观念的生成》，北京大学出版社2005年版。

[42] 顾祖钊：《华夏原始文化与三元文学观念》，北京大学出版社2005年版。

[43] 赵敏俐编著：《文学研究方法论讲义》，学苑出版社2005年版。

[44] 赵一凡等主编：《西方文论关键词》，外语教学与研究出版社2006年版。

[45] 朱刚编著：《二十世纪西方文论》，北京大学出版社2006年版。

[46] 童庆炳著，赵勇编：《在历史与人文之间徘徊——童庆炳文学专题论集》，北京师范大学出版社2007年版。

[47] 林继中：《激活传统——寻求中国古代文论的生长点》，上海古籍出版社2007年版。

[48] 刘庆璋：《融通与建构——诗学论集》，人民出版社2013年版。

[49] 李春青：《趣味的历史：从两周贵族到汉魏文人》，生活·读书·新知三联书店2014年版。

[50] 童庆炳主编：《文化诗学：理论与实践》，北京大学出版社2015年版。

[51] 林继中：《文本内外——文化诗学实验报告》，中国社会科学出版社2016年版。

[52] 顾祖钊：《中国文化诗学的建构》，安徽大学出版社2016年版。

[53] 赵勇：《法兰克福学派内外：知识分子与大众文化》，北京大学出版社2016年版。

[54] 祖国颂：《文化诗学：理论建构与实践策略》，中国社会科学出版社2016年版。

[55] 沈金耀：《文化诗学之文本解读》，中国社会科学出版社2016年版。

[56] 蒋述卓：《蒋述卓自选集》，中山大学出版社2017年版。

[57] 童庆炳等主编：《文化与诗学》（1—20辑），北京大学出版社等2001—2018年版。

[58] Stephen Greenblatt，，The University of Chicago Press，1980.

[59] H. Aram Veeser，ed.，New York and London: Routledge，1989.

[60] Stephen J. Greenblatt. . New York: Routledge，1990.

[61] Alan Sinfield，，Berkeley: University of California Press，1992.

[62] Greenblat & Gunn eds.，，New York: the Modern Language Association of America，1992.

[63] H. Aram Veeser，，New York: Routledge，1994.

[64] Louis Adrian Montrose，，Chicago: University of Chicago Press，1996.

[65] Claire Colebrook，，Manchester University Press，1997.

[66] Stephen Greenblatt，，University of California Press，1998.

[67] Catherine Gallagher，Stephen Greenblatt，The University of Chicago Press，2000.

[68] Daniel Bell，，The Free Press，1962.

[69] Mannheim，，New York:Harcourt，Brace&World，1968.

[70] Horkheimer & Adorno，，New York: Continuum，1969.

[71] Terry Eagleton，，London: Verso，1991.

[72] Adorno，，University of Minnesota Press，1998.

后　记

　　文化诗学不仅是我进入文艺理论园地的入场券，还让我得以在人生路上有幸先后与著名古典文学家林继中先生、著名文艺理论家童庆炳先生以及著名美学家高建平先生结下了至为珍贵的师生缘分。

　　曾几何时，我为文化诗学痴迷乃至疯狂，这几个字也整日整夜在我脑海中翻滚。令我记忆犹新的是，有一段时间在图书馆读书过程中遇到好些疑问，百思不得其解，突然间某个深夜便会做一场奇怪的梦，梦里一位"白发神仙"告诉我这一问题该如何切入、如何阅读、如何思考、如何解决，于是，我从床上一跃而起迅疾摸黑在笔记本上记录下"点子"来，随后便倒头呼呼大睡，整个梦境早上醒来却浑然不觉。这种对文化诗学研究的兴趣与痴迷状态，一直持续到博士入学后的一段时期，以至于师妹李莎博士每次在校园见面远远便直呼我为"文化诗学"……

　　这部书稿是在我硕士论文基础上不断扩充修改而成，部分章节是博士在读期间新增写的内容。尽管其中部分内容今天读来仍显稚嫩，却是我随恩师林继中先生、童庆炳先生学习的阶段性总结，也是我一段时期内治学与研究的缩影，因此要特别感谢在这条路上不断牵引我思考和进步的老师们。闽南师范大学有自己独特的学术理念和追求，尤其是留美归来的刘庆璋教授和杜甫研究权威林继中教授领衔的文化诗学研究团队，在国内颇具学术影响力。在此，我得以反复聆听林继中、刘庆璋等老一辈学者对文化诗学的学术构想。进入北京师范大学文艺学研究中心，给了我再次放飞思想的空间。出于热爱，硕士期间我早已读遍所能找到的国内外新历史主义与文化诗学研究的全部论著，在这一知识积累基础上，有幸再次反复聆听童庆炳先生、李春青先生关于文化诗学的课程，这不仅给我注入了新的知识结构和理论动能，更开辟了新的学术视野。除以上四位先生的课堂直接给予我启发外，黄金明教授、祖国颂教授、沈金耀教授、雷亚平教授、程正民教授、王一川教授、赵勇教授、方维规教授、陈太胜教授、季光茂教授、陈雪虎教授、姚爱斌教授、钱翰教授以及安徽大学顾祖钊教授、武汉大学李建中教授、中国传媒大学张晶教授、江西师范大学陶水平教授、中国人民大学张永清教授、暨南大学蒋述卓教授等，或是课堂、或是开题、答辩，也均在"文化诗学"相关问题上先后给予过我意见、指导和帮助。可以说，这部书稿同样是我向诸位老师们提交的稍显"迟到的"课程作业。

本书中部分内容曾陆续在《北京师范大学学报》《学术研究》《中州学刊》及《暨南学报》等期刊上发表过，部分文章发表后有幸被《新华文摘》《中国社会科学文摘》《高等学校文科学术文摘》以及《人大复印资料·文艺理论》全文转载或论点摘编，文章发表后激起的学术反响，无疑给了我持续拼搏的信心与动力。在此，我要向相关编辑老师，尤其是提出过修改意见的专家学者们，表示由衷的感谢！

在这"理论"喧嚣与"主义"盛行的时代，文化诗学作为一种理论或方法，我自认仍未"过时"，尽管仍有诸多问题亟待解决，且无论学者们信与不信，均已不自觉地生长进当代中国文艺学的知识版图中，其正面影响和成绩可以不提，其问题却不容回避且仍待吾辈学人持续开掘与耕耘，以期不断完善、成熟。

感谢人民出版社诸位老师的辛苦筹划与编校，书稿能呈现出现在的质量，同样离不开编辑老师们认真、细致的审读与校阅。

最后，我还要特别感谢我的父母、妻儿，在偌大的京城，他们随我一道居无定所、屡次搬家，每每看到父母与孩子期许的眼神，我一方面心生愧疚，另一方面又增添了无穷的战斗力。正是这种力量加之对学术的热爱，让我得以不断迎难而上、向前攀登……

2020年12月24日夜于北京三里河住所